現代漢詩的魔怪書寫

劉正忠　著

臺灣 學生書局 印行

現代漢詩的魔怪書寫

目　次

· 現代漢詩的魔怪書寫 ·

序說
現代漢詩的詩意轉換

一

　　「現代漢詩」係指二十世紀以降用漢語寫成的，回應現代世界、表達現代感受、追求現代質地，並以白話文為基礎的新體詩。這個名目以漢語為銜接點，隱含著跨地域、跨系統的文類視野。本書並未涵蓋現代漢詩的各個區塊，而僅著重處理了「現代中國詩」（1949 年以前）與「當代臺灣詩」（1949 年以後）。我最初的關懷是：晚近一種展現「非理性視域」的詩學路數，在漢語脈絡裡的流變狀況。通過本書已選擇的兩個「跨時跨地、若斷若續」的詩學系統的並陳，當可更有效地凸出「漢語」這個固定項所產生的作用。我的意圖並非溯源或類比，主要還在於，用當代臺灣觀點來重新詮釋現代中國詩，並回過頭來擴展或修正觀點；同時也期望藉由較大幅度的抽樣考察，來強化非理性議題的詮釋縱深。

　　詩與非詩之別，並非總是涇渭分明或理所當然，特別是在美感變動的年代。惟在一般詩史敘述裡，旗鼓大張的主義、流派、運動常能吸引較多的目光，使我們以為那當中必然飽含著「革命性

的」、「劃時代的」創造意義。諸如上個世紀初「變文言為白話」的新詩運動，1950 年代的泛現代派運動，1980 年代以降對於後現代主義與都市文學的刻意提倡，便以較強勢而系統性的話語操演，提供了若干主導一時的詩學模組。但在這類敘述之外，個別詩人通過實際創作所營造出來的「詩意轉換」的訊息，其實更具關鍵。本書所謂「詩意」，係指詩篇所訴求的「詩之所以為詩」的核心成份，有時也被稱為「詩質」或「詩素」。惟一般對詩的內在「質－素」的討論，常有將它本質化的傾向，因此不免是「排他性」的。然而本質並不統一，純粹也非絕對，我們其實很難認定哪一種成份先天上是「詩的」，因此我更重視其生產機制或建構歷程，也就是這「意」的流動性。

　　「詩意生產機制」並非侷限於文本內部的修辭行為，更涉及與其他篇章或外在現實之間的互動，從而構成一種動態、多向度、非系統性的觸發歷程。其中包含權力與慾望的頡頏，以及時代、社會、文化的作用，因此具有相當程度的政治性。有別於集團式大模組的對抗或取代，我將更關注「逸軌的」而非「趨勢的」個體，特別是原本被派入非詩領域的異質者，如何經歷激烈的辯詰，樹立自己的表現方法與美感取向，或久或暫地輪迴到詩的位格。依照一般的解釋，詩是高貴的心靈產物。本書則立基於三個反詰性的觀點：首先，如同前面的闡論，詩意也是一種政治。其次，「高貴」所含帶的正面價值並非詩的全部，比如說「暴躁」、「厭煩」、「頹廢」也可以是一種出神狀態。再其次，詩人其實難以從身體分離出一個獨立生產情思、製作語言的心靈，因此沒有「無關身體」的抒情。綜合來說，即是考察「詩意」、「魔怪」、「身體」這幾個元

素如何在詩的話語中流竄，從而凸顯出詩與非詩交互為用的動態關係。

在漢語脈絡裡談論詩意由古典向現代轉移的契機，魯迅仍是較為精準的切入點。胡適等人所形塑的「新詩」，偏向於從語言與形式上區隔古典，故常遭致「新瓶裝舊酒」的批評。魯迅則始終不把「白話」、「分行」視為「新」或「詩」的前提，故獨能於明顯的詩形之外，反思詩的意義，而非製作詩篇而已。舊體漢詩不只是一套文字運作的技術法則，更涉及文化認同與意識型態的潛在作用。每一首詩甚至每一個字，常被視為神聖的屋宇，豐厚地蘊藏著來自歷史的聲音、形象和隱喻。魯迅既浸潤其中，體驗過漢語傳統資源的美好，卻又不滿於其中隱藏的平和美學觀與馴良倫理觀。乃刻意批判「持其志」的傳統，並轉向我稱之為「暴其氣」的路線。

關於他的詩學發展，一般多以〈摩羅詩力說〉對應於浪漫派思維，並謂《野草》實踐了象徵主義的藝術。我的研究則顯示，魯迅所經營出來的詩意，並非現成創作範式的直接挪用，而是自行鎔鑄了兩種原料：一是傳統的非詩意因素，如志怪小說與民俗信仰中的奇幻思維與幽詭情境。二是西方的非詩學資源，如尼采的哲學箴言與佛洛依德的精神分析學說。這些成份既非現成之「詩」，有待轉化的程序愈繁，可資變異的空間愈多。通過他劖刻而複雜的人格，再結合中國本土的現實，終於創造出一種能夠體現漢語特質的現代詩意。與西方現代主義詩學形塑歷程相比，實具有某種程度上的同步性。

外來「摩羅」與本土「鬼物」在精神／語言結構上的交融互滲，具體而微地反映了現代漢詩混雜複合的樣態。魯迅不斷在詩文

裡，表演著一種「邊地魔獰」（pandemonium）的寫作風格：❶對於
神聖權威的體系，常抱持著質疑、挑戰或褻玩的態度；對於表象上
的和諧、溫厚和潔淨，常感厭惡和忿恨；著迷於奇詭幻異、狂亂脫
序、亢躁不安的詩意體驗，並且出之以暴動殺伐（割裂、燒煮、扭
曲、重組）的文字技術。又因其中涵化了本土的「廟會因素」，而
有著親瀆、油滑、打鬧的民間腔調，以及陰森復仇的鬼氣。魯迅對
「漢語－詩學」所做的「魔／鬼化調整」，已成了一種新的原型。
在某些崇尚變異的詩人那裡，再現以不同份量、組合與型態，而為
現代漢詩獲取新能量的重要途徑。

　　探討二十世紀前葉中國詩如何變得「現代」的詩史著作，經常
依照西方詩潮劃出「浪漫派－前期象徵派－後期象徵派－現代派」
的框架，再將中國詩人逐一歸檔定位。其間似乎預設了一種想像，
我們談論文學現代性的概念、詞彙與思路，不免仍是遠方舶來的。
問題是在原產地形成「歷時性發展」的風格，在移植地卻可以構成
一種「共時性結構」，而這個共時結構的任一部份，都可能交互滲
透，展現繁複的變貌。何況「西方－原產」對應於「中國－移植」
的二元思維，其實並不牢靠，忽略了刺激變項與機體變項的作用。

---

❶　按"pandemonium"係彌爾頓（John Milton, 1608-1674）在《失樂園》裡自鑄之
　　辭，用指魔魁 Lucifer 所樹立的殿堂，見 *Paradise Lost*, Book X (lines 424-
　　425)。原辭有「群魔所在」之義，在後世的引用法裡，則指涉一種混亂、
　　猖狂、失序的場面。傅東華的譯本，有一段簡明的提要：「昔有預言，更聞
　　傳說，云有新世新物，不久將出。乃命諸靈，興采蓬勃，眾手齊舉，有所建
　　設。剎那之間，判地摩寧，巍然崛起；諸魔巨頭，於茲會議。」見彌爾頓
　　著，傅東華譯，《失樂園六卷》（臺北：臺灣商務印書館，1967），卷 1，
　　頁 1-2。

此外，認定「現代派」必定比「浪漫派」更現代、豐富、進步，極可能是一種迷思——誤將西方詩潮的「演變歷程」，當作漢語詩歌「價值評斷」的準據。

以本書第二章所探討的三位新月詩人（徐志摩、聞一多、朱湘）來說，他們披覽的西方文本，確實集中於十九世紀以前的英美詩人。但這並不表示，他們所生產的詩意，只能歸檔於某某主義或流派的大模組。除了感發位置——在「二十世紀前葉」的「中國」使用「漢語」——自有脈絡之外，我將著重探討：他們充滿現代特質的個別身體，如何帶出各成異趣的細節，突破固定詩意模組的引導。墳墓、屍體、毒藥這一類魔怪意象在漢詩傳統裡被發展得比較有限，而在他們所熟習的西方文本裡則不算罕見。但具體地提供魔怪動能的，卻是中國現實；具體地製作魔怪詩篇的，則是懷著各自病根的血肉之軀。

橫跨大陸與臺灣詩壇的紀弦，是另一個有意思的案例。新月詩人多少仍背負著「感時憂國」的詩人使命觀，但其文本的底層卻時時竄動著感官因素、幽黯意識與魔怪意象。紀弦則在很年輕的時候，便自居於「現代派」、「異端」、「虛無」、「藝術家」的位置。他高揚宇宙意識與個體主義，頗不含蓄地爭取一種「私欲」——生存、成名、創作自由——這些都適度地更新了現代詩人的形象，有其積極意義。在歷史機遇與主觀意志的作用之下，他先後成了所謂「文化漢奸」（上海時期）與「現代派盟主」（臺北時期）。前者係被派入政治性異端的位置，當事人並不承認；後者則係主動創造的美學位置，具有「異端／先知」的表裡雙重性。

藉由第三章對於「藝術自主與民族大義」的考察，我想闡論的

是：自居於異端的位置或姿態，並不保證其內涵之遠離正統或保守。行為上的反社會傾向，也並不必然帶出語言實踐與美學體驗上的革命行動。紀弦雖果敢地追尋「精神上的私欲」，卻也熱衷於模仿公理式的論述。在創作、詩論、回憶錄上，一貫使用激烈昂揚的夸飾性修辭，把「個性」發揮得淋漓盡致。但這個「異端」，有時顯露了一些依附權威的傾向，且不乏斬妖除魔式的說法。發展到後來，他更極端地膨脹自我的「心靈」，在創作上發揮激情，在論述上強調理智，較少投入血肉感官的成份，並且拒斥了非理性的魔怪路線。❷

事實上，紀弦作為兩個詩系統之間最顯著的「接榫點」（但絕非唯一的點，我們也不能忽略其他零星傳遞與潛在流滲的管道），固然傳遞了許多重要的「現代性」體驗——例如主知、純粹性、橫的移植都可以在部份現代中國詩裡（不僅上海現代派）找到契機與芻型，但也遺落或忽略了不少重要的質素——例如晦澀、身體性、非理性的相關路數，在當時已頗有討論與實踐。目前對於紀弦的相關研究，恐怕

---

❷　我曾經論證在「泛現代派運動」的後期，紀弦與新起的洛夫等人之間，主要的理論差距在於：前者謹守狹義的主知信條，後者則大肆發展非理性詩學。故 1950 年代倡導「新詩再革命」的紀弦，1960 年代初期即轉以「詩神之園丁」自居，發表多篇清除「病蟲害」的詩論。他稱那些「打破一切文法成規」的詩，為「猴子用打字機亂打一陣」。又說某些詩人「思想錯誤」，「他們將人性裡的獸性之衝動予以神聖化。他們的內容是撒但之勝利，是惡魔之舞蹈，是肉慾之狂歡。他們的主題是『恨』，是不斷的報復，而且是永遠的唱反調。」詳劉正忠，〈主知·超現實·現代派運動：臺灣，1956-1969〉，收於陳大為、鍾怡雯主編，《20 世紀臺灣文學專題 I：文學思潮與論戰》（臺北：萬卷樓圖書公司，2006），頁 192-220。

還有些單純化，有待運用更多的新史料和新觀點來加以深化。我先前的兩篇研究已分別探討過紀弦與前端的「上海現代派」，與後起的臺灣軍旅詩人之間的理論異同。❸本書對「文化漢奸」相關問題的探討，則大致已經釐清了「紀弦在上海」的行止與心態，這應當有助於理解他在上海的詩學主張與創作表現，以及在臺灣、在美國的某些言談。對於現代派所遭受到的政治攻擊，也可以得到另一側面的理解。

二

在上個世紀末的臺灣，出現了許多以身體為焦點的創作。相關論述也逐漸增多，發展為不同的研究路徑，並逐漸與創作形成相互牽引的關係。其中最醒目的，乃是「情慾－身體」的面向，焦桐以「情色詩」的概念，展示了身體與權力在臺灣現代詩中爭霸的歷程，照應到政治脈絡，但所舉例證大多表現了男性異性戀觀點的情慾想像。❹陳義芝則專論女詩人的「情慾表現」，歸納出女性脈絡裡的獨特風貌，並發覺「性」在她們筆下仍屬私領域，尚未推展到

---

❸　分別見劉正忠，〈紀弦與現代派運動：從上海到臺北〉，收於《回顧兩岸五十年文學學術研討會論文集》（臺北：文化大學中國文學系，2004），頁349-388。以及前引〈主知・超現實・現代派運動：臺灣，1956-1969〉一文。

❹　焦桐，〈情色詩〉，《臺灣文學的街頭運動》（臺北：時報出版公司，1998），頁143。

公領域議題。❺其次則有「性別－身體」的面向，伴隨著女性意識的覺醒而來。李元貞明確揭櫫「女性詩學」的論述，主張階段性地以女性主體抵抗父權體制，再朝向解構男女二元論的桎梏，展現「多元的」身體、性別與情慾。❻李癸雲的研究，則把重心由「社會性婦運的權力」轉移到「以詩建構主體性」，並多方嘗試把女性生理與心理經驗聯結於女詩性的「荒野地帶」。❼

　　鄭慧如的《身體詩論》，允為漢語學界首部聚焦於「身體詩」的系統性專著。她的論述立基於兩項反思：首先，要求走出身體被「情慾」壟斷的侷限，關注更全面的議題。她認為「學者對『身體』『下體化』的媚俗傾向有導正之責」，進而意圖「全面開展各年齡、各階層的身體觀」。其次，則嘗試更深廣地結合外來理論與在地特質，照應文本生產的背景。在實踐過程中，她大量參考了思想、醫學、社會等層面方興未艾的身體論述，使其「身體」概念綜

---

❺　陳義芝，〈從半裸到全開——臺灣戰後世代女詩人的情慾表現〉，《從半裸到全開：臺灣戰後世代女詩人的女性意識》（臺北：學生書局，1999），頁37-63。我們注意到，焦桐和陳義芝這兩篇論文，最初都宣讀於「當代臺灣情色文學研討會」（1996.01.27-29），會中討論的文類還包含小說、電影，範圍兼涉異性戀與同性戀。因此，「情慾－身體」在1990年代前後的臺灣，應屬備受作家與學者關注的議題。參見林水福、林燿德編，《蕾絲與鞭子的交歡——當代臺灣情色文學論》（臺北：時報出版公司，1997），頁195-276。

❻　李元貞，〈論臺灣現代女詩人作品中「身體」與「情欲」的想像〉，《女性詩學——臺灣現代女詩人集體研究（1951～2000）》（臺北：女書文化公司，2000），頁165-230。

❼　李癸雲，《朦朧、清明與流動——論臺灣現代女性詩作中的女性主體》（臺北：萬卷樓圖書公司，2002），與身體書寫直接相關的討論，在頁142-150；184-188；226-232；251-256。

攝了肉身、神識、體制等三個向度。❽大致說來，專從「情慾－身體」或「性別－身體」著手，或有將身體「窄化」的傾向；惟打開一個宏大架構，試圖將諸家各具脈絡的身體論述加以整合或並陳，則又傾向於觸處成體、一體適用，有把身體因素導向「泛化」的可能。

　　身體大概難以區分為上下兩部，或獨立於情思之外。❾那些偏重於「情慾－身體」或「性別－身體」的創作與論述，並非（同時也無法）將思慮僅僅停留在血肉之軀，而是策略性地凸顯了某些關懷。本書既以考察「詩意轉變機制」為出發點，我將特別關注差異、邊緣與被壓抑的向度。一則對身體作適度的選擇與限縮，避免作太多隱喻性或類比性的延伸；再則特別看重「身體感」（body experience）的內在作用與深層意義，而非器官字眼的羅列。在討論現代中國詩時，我已處理了「身體」與「魔怪」相互滲透的部份；順著這條美學脈絡，將更積極思考：當代臺灣詩人一種特殊化（而非普遍化）的身體書寫，如何開展或顛覆既成的漢語詩意模式。

　　在具體操作上，我試著提出「惡露－身體」的視域。所謂「惡露」，出自佛典，即巴利語 asubha 之義譯，泛指肉身所出一切體液及排泄物。惡為憎厭之義，露指分泌物，其思想基礎即是佛教所

---

❽　鄭慧如，《身體詩論（1970～1999‧臺灣）》（臺北：五南圖書公司，2004），頁2。

❾　參閱周作人，〈上下身〉，《周作人全集》第 2 冊（臺北：藍燈文化公司，1992），頁 309-311。

謂「不淨觀」或「惡露觀」。❿這套觀念原具有貶斥生理本能的傾向，惟其態度並非「漠視」，反而藉由「凝視」來達成「生厭起悟」的效果。當代臺灣的部份詩人，頗以多元型態再現了這種「凝視惡露」的思維結構，但在感悟方向上作了很大的擴充或變更。這種表現路線似乎是一種偏鋒，但其間仍涉及主體情志的開展，以及審美、社會與權力的脈絡。另一方面，此辭所含帶的「惡」（污濁，魔怪，罪惡）與「露」（揭開，解放，暴出）概念，還對揚於「美善而含蓄」的主導模式，不僅是詩材的偏移，也蘊含著「詩意」與「詩法」層次的議題。

實際上，在所謂「身體詩」尚未凝聚成一種類型、「身體論述」尚未蔚為風潮以前，若干漢語詩人，便已經在多樣化的文本裡，把身體當成抒情、敘述、變形的重要憑藉。魯迅文字裡的身體感，無論就思維能量或感應範疇而言，都展示豐富的可能性。新月詩人的腐爛體驗，亦自成一格。至於本書第四章所討論的前期洛夫，更是彙聚著「魔怪－身體－惡露」等元素的重要樞紐，頗不同於某些僅在字面上觸及器官名稱的泛化身體詩。若是一律安置在大架構的身體詩學裡，反而泯除了他的獨特性。我的研究策略，乃是先扣緊身體性，再深掘政治性。一方面聚焦於能夠深切體現肉身感知歷程的體液意象，一方面將它置放在歷史、社會、文化的脈絡中，來考察身體與世界如何交織為文本，碰撞出詩意。

---

❿　參見丁福保，《佛學大辭典》（上海：上海書店，1991），頁 2056。按古今醫書所稱「惡露」（lochis），則指產婦分娩後胞宮遺留的餘血與濁液。兩者定義並不相同，前者趨向廣義，後者則有所特指。

　　以洛夫為參照座標，再回頭來考察當代身體書寫的發展，應可較確切地掌握其因循或創造的軌跡。克莉斯蒂娃（Julia Kristeva）在談論人們對於污穢與玷污的認知時，曾經指出：

> 污染物體，雖然總是與身體的孔穴有關，彷彿向眾多區劃、建構著身體界標尋求依歸，但概括說來，總不脫這兩種型態：糞便型和月經型。比方淚水和精液，即使涉及身體邊界，卻不具污染性質。⓫

洛夫的詩已經把傷口之血、男體之精發揮得頗為淋漓，打開了「身體」的邊界，臻及現代主義美學的一種高峰。但我們發現，晚近還有一種另類書寫，恰恰發展了比洛夫案例「更超過」的兩種惡露符碼──「經血」和「屎尿」，這也正是本書第五章、第六章分別要考察的對象。從「負面身體」激生情思，自然可以被視為「褊狹」的，無法照應到身體的「全面」。但它們長久以來即被社會成規給妖魔化，更被詩意體制所放逐，這也恰恰賦予它們妖魔般的「能量」。魯迅早已宣稱：「詩人者，攖人心者也。」惟各種不同的時代語境下，能夠觸犯心靈、撩亂體系的符碼也屢見遷移。因此，這類詩具有瞬間爆發的撞擊力量與挑釁效果，但也意味著其詩意型態之「非永恆性」與「非本質性」。通過眾多詩例的實際觀察，我們發現，這「褊狹」的內部竟可以是華瞻富麗的。

⓫　克莉斯蒂娃（Julia Kristeva）著，彭仁郁譯，《恐怖的力量》（臺北：桂冠圖書公司，2003），頁91。

　　雖然本書談論了不同時空斷層下的詩人，但各章大多扣緊「身體感」來探索詩的現代抒情效能，扣緊「非理性」來考察詩的現代思維方法。「經血」和「屎尿」等污染性符碼在臺灣當代詩的湧現，便以近乎戲劇性的行動和語言，同時彰顯了兩個面向的發展。物之所以具污染性，非僅關乎其本身的性質，更涉及社會體制對於異質成份的恐慌與驅逐。因此，被賤斥者找到相對應的被賤斥物來表達情思，實有一定的理路可言。這是游移於多重邊界的異議和抒情，既非因「善隱」或「善露」而被津津樂道的情色詩，也非正典化的身體詩——我曾在個別地方權且稱之為「淫邪詩」或「惡露詩」，他們其實已為所謂濁穢之物進行解魅，故能自在地觀看與言說；但「社會」通常要按既成的「規矩」來解讀，感到恐怖、噁心而驚呼一聲：「太超過了」。

三

　　紀弦一度被視為「現代詩」最重要的形塑者，但所謂「現代派信條」其實自成悖論。第五條主張「追求詩的純粹性」，意即：「排斥一切『非詩的』雜質，使之淨化，醇化，提煉復提煉，加工復加工，好比把一條大牛熬成一小瓶的牛肉汁一樣。」⑫這個說法顯示出對於現代詩質的熱切追求，但只標示出「提煉」的修辭原則，未能描繪「純粹」的實際指涉。他既高揚「橫的移植」，偏偏又宣稱要「揚棄它那病的、世紀末的傾向；而其健康的、進步的、

---

⑫　紀弦，〈現代派信條釋義〉，《現代詩》13 期（1956.02），頁 4。

向上的部分則為我們所企圖發揚光大的。」⓭儼然設定了「病態－
渣滓」與「健康－精華」的對立關係，而後想像出一種「去蕪存
精」的分離技術。

　　按新批評學者華倫（Robert Penn Warren）曾有「純詩」（pure
poetry）與「不純詩」（impure poetry）的劃分：前者朝向清純，排斥
了概念、意義、知性意象、不諧和的面、現實的細節等，後者則其
反面。⓮古添洪曾藉此觀察臺灣現代詩的狀況，認為長久以來純詩
居於主導，而「濁詩」（即不純詩）則仍有很大的發展空間。他所援
以為濁的方法，乃是：「把『非詩的』（也就是對詩抵抗最激烈的）的
現實與知識納入詩中而不失為詩，而現實與知識仍以其真實的震撼
宛然存在。」⓯此說指出了化純為濁的一條路徑，然而純濁之分不
僅涉及內容成份而已。著力「抒情」而有所「轉換」，也可能觸及
「濁」的質感。

　　歸根究底，詩的「純／濁」想像，實涉及意識型態與審美傾
向，以及隨之而來的修辭技術與語言風格。其間經常存在著「排
斥」與「納入」的辯證結構，舉例來說：某些自居於「現代」的論
者宣稱要排斥散文的、媚俗的、政治的成份，另一些自居於「現

⓭　同前注。對於現代派信條自相扞格處的分析，參見柯慶明，〈六十年代現代
　　主義文學？〉，《中國文學的美感》（臺北：麥田出版社，2000），頁 398-
　　399。

⓮　Robert Penn Warren, "Pure and impure poetry" in *New and Selected Essays*, (New
　　York: Random House, 1989), pp. 3-28.

⓯　古添洪，〈評《新詩三百首》〉，《中外文學》24 卷 10 期（1996.03），頁
　　147-154。

實」的論者則又宣稱要拒斥晦澀的、濫情的、頹靡的成份。這樣看來，恐怕並無本質上的純粹，而僅有認同／辨異的問題。其間又涉及兩個不同層次的考量：首先在詩的質地方面，究竟是要選擇哪一種詩意？其次在表達方法上，是要傾向於精心提煉，還是橫恣潑灑？本書雖考察了不少自成一家的詩人，但都格外重視對上述議題的梳理。實際上，在文本取樣與詩學闡釋上，我更傾向於呈顯那些游離於主流模式之外的異質性，它們較不穩當但卻蘊含著更多的可能。

就詩意體驗而言，這一類詩顯非神韻、性靈、情志所能含括，關鍵也不在於納入知識與現實。同樣是「抒－情」，情感內容與抒發途徑卻已頗多變異——概括地說，就是前面提過的，由「持其志」向「暴其氣」偏移。例如魯迅與洛夫，都曾沈溺於一種以詩「復－仇」的情境裡。❶依照一般認知，這種立基於恨意的創作路數，「格調」可能不高。但也正因不以「澄淨的心靈」濾除「卑－濁」的情緒渣滓，我們有機會讀到，一種極身體性的情感震撼。「血氣」成份之「暴出」於詩篇，有時非由自主。徐志摩就曾把「新月的態度」標舉為「健康與尊嚴」兩大原則，而極力排除有如「鴉片、毒藥、淫業」的詩，但我們發現，就新月詩人的筆下所蘊含的深層意識來看，卻也不乏製作毒藥、召喚屍體、渲染慾望等種種不健康的元素。這與 1960 年代的余光中批評「惡魔派」詩人，

---

❶　魯迅寫過兩首〈復讎〉，相同的恨意屢見於《野草》其他篇章。洛夫則曾說過：「攬鏡自照，我們所見到的不是現代人的影像，而是現代人殘酷的命運，寫詩即是對付這殘酷命運的一種報復手段。」見《詩人之鏡》（高雄：大業書店，1969），頁31。

但自己卻在《敲打樂》、《在冷戰的年代》裡寫出豐富的「頹廢」（decadence），情況頗為類似。

在臺灣 1950、1960 年代的「泛現代派運動」裡，有些詩人刻意走入迷亂的深淵。洛夫便經常把「瘋狂」、「魔鬼」、「病態」當成「現代詩」的重要特質。❶他一樣追求「純粹性」，但卻是通過自己所認知的「超現實主義」而實現的，取徑頗異於前人。於是，虛無精神以及潛意識世界，被視為詩的內核；理性、文法、道德、社會等等，反而成了被拒斥的詩的雜質。按漢語詩學的純粹性議題，差不多在 1920 年代就已開始蘊釀，穆木天、王獨清、梁宗岱、卞之琳、戴望舒等皆有闡論，而淵源各不相同。例如戴望舒延續了梵樂希（Paul Valery）的理路，把「純詩」的核心界定為「詩情」（但變更其型態），紀弦則又進一步用「詩想」替換「詩情」。❶❽這類言談表面上是在去蕪雜、求精純，實質上涉及「詩質」的選擇。洛夫雖自以為寫出純粹性，但他其實引進了許多（別人眼中）「非詩的」濁質。在感性與知性之外開發出「非理性」的詩學路數，藉此進行另類的批判與試驗。

再就表現方法而言，本書所涉及的許多詩人，其實各具特色，難以被強加統合為一端。但就其基本趨勢而言，卻多走上魯迅所說的「不為順世和樂之音」的路數。魯迅寫作「雜」文，本意即在

---

❶ 這些字眼歸納自瘂弦、洛夫、葉維廉早期的詩論，相關討論見劉正忠，《軍旅詩人的異端性格》（臺北：國立臺灣大學博士論文，2001），頁 139-143。

❶❽ 參見劉正忠，〈紀弦與現代派運動：從上海到臺北〉，收於《回顧兩岸五十年文學學術研討會論文集》（臺北：文化大學中國文學系，2004），頁 349-388。

「照見膿瘡」，其令人不快（而非愉悅）是可理解的；但像《野草》那樣經由「冒犯」而能獲取詩意，卻是行難用險了。也就是說，這批散文詩裡有一種類似於雜文的，與「非禮勿視」對衝的「大膽地看取」的態度。在個別之處，同樣藉由隱喻、象徵、暗示等「以少總多」的「隱藏」手段來生產「言外之意」──這是「詩」文類的一般成規。但他更具特色的手法反而是「揭露」：把別人因文明教養、階級利益、倫理或審美觀念而「點到為止」之處，給看透了、說穿了。這不僅是指散文詩的體裁裡，單刀直入的「賦」筆對「比興」手法的反靜性。即便是動用隱喻，他也常能發明具有探照作用的個人隱喻，去敲破暗藏保守心態的公共隱喻。因此，整部《野草》雖然不乏「含蓄」筆法，其整體效果卻是「反含蓄」的。❹

洛夫更是執迷地走向非理性的「偏鋒」，明確地標舉反結構、反詮釋、反大眾的「晦澀」美學。詩人所持的理據在於，通過「超現實」的變異詩語，可以達致更繁複、真誠、深刻的藝術表現。但其底層仍隱藏著另兩個可能成因：一是被外在的政治社會情境逼迫而成的一種壓抑或掩飾，一是內在的認同危機與情思糾葛所衍生的

---

❹ 劉人鵬、丁乃非在〈「周兩問景」方法論〉、〈含蓄美學與酷兒攻略〉等文中，曾經反思傳統的「含蓄詩學」如何縝密地滲透到日常的各個層面，進而探討「主流霸權的含蓄如何壓抑並規訓，以及弱勢的『不當』含蓄如何為另類能動主體創造空間。」見劉人鵬、丁乃非、白瑞梅，《周兩問景：酷兒閱讀攻略》（桃園：中央大學性／別研究室，2008），頁 III-VII、3-43。本書多處闡釋過程，得益於這個觀點，但把關懷重心移回相對狹義的「詩學」領域，特別是含蓄詩學所根著的「詩」的文類脈絡裡。我好奇的是，違反傳統含蓄修辭原則的詩篇，如何在表意過程中，既質疑了既成的倫理、美學與社會文化，又能生產出新的「詩意」。

曖昧狀態。因此，當時無論當事人或批評者儘管褒貶不同，但都傾向於把「晦澀／虛無」當成互為表裏的結構。晦澀，常被視為形式上「過度的」或「失敗的」含蓄，但我們也不能忽略，其間蘊藏著一種刻意違離公共話語體系的意圖。整部《石室之死亡》的表現方法，確實充斥著斷裂、破碎、牽合的痕跡，顯得怪異而難「懂」。假如含蓄是一套合宜得體的修辭法則與美學—倫理的規訓，那麼，洛夫這種橫暴過激的狂譫式話語，恐怕也已經破壞了含蓄的結構。本書從體液狂飆的視角來考察那些號稱晦澀的詩行，恰恰可以展示「反含蓄」的多重變異：既可以往直截的方向偏移，因敢言敢看敢想而有所「揭穿」；也可以往迷離難懂的方向偏移，因失序、脫軌、反常而有所「撩亂」。事實上，直說無隱／狂譫不明也可以並存於一詩篇，而在比例上有所變化。

　　紀弦以「提煉」作為純化的想像，其實發展了把詩視為「煉金術／煉丹術」的傳統。不同流派的現代詩人，如余光中和洛夫，也都提過類似的想像。但在途徑和目標上，卻有很大的認知差異。提煉的技術，預設了「以有限暗示無限」的觀念，一方面使文字趨於極致濃縮，一方面使意義趨於極致飽滿。然而為了篩選出那最佳的「有限」，勢必淘汰掉大量「渣滓」。從邊緣地帶冒起的「惡—露」書寫，則不僅試驗了污染性詩材，同時也帶出了「反提煉」的詩法偏移。他們相信，「渣滓」之中可能蘊藏著更真實的生命力。或者說，根本沒有所謂絕對的精純，而完美也只是想像。於是在語言操作上，他們著力於「脫除」沒有必要的修飾和隱喻，自由地「潑灑」各種混雜的文字。這類行動具有相當程度的前衛性，其積極意義便在於：打開「詩與非詩」的區隔，注入一些新的資源。當

然，「反」的思維應該是動態性的，如何持續製作新的詩意，乃是詩人重大的挑戰。因此，「反」應該兼含「反抗」（世界）與「反省」（自身），才能常保生機。

四

　　寫作這一本「渣滓之書」，轉眼間消磨掉多少華年。猶記最初構思於外雙溪那間壁虎不斷擲落顆粒狀黑色笑聲的研究室，山蔭溪畔，度過困蹇的晨昏。機械獸大概已經刨掉了我的巢穴以及徘徊的身影，但美好的風物與人情卻仍深植於我的記憶之林。特別是我的第一代研究助理，包括許婉姿、黃文鉅、賴位政、吳昇晃等，都曾經在我盲目的指揮下自動導航，建立奇功，奠立了本書的文獻基礎。

　　轉到清華的這幾年，大多數篇章才實際馳騁開來。居高的研究室外有搖動的黃竹與翠葉，順著山坡伸展過去，堅忍不拔而且徒然廢棄的鐵塔彷彿在模範一種人生。住家書房外那麼和平的公園裡，不時傳來蟬噪與市聲；還有一棟不斷長高的施工中女士，帶著並不協調的當代節奏，陪我緩步運思。這段期間，在國科會與清華中文系的補助之下，我很慶幸擁有第二代研究助理，包括吳怡穎、曾琮琇、楊淑君等，她們冰雪聰明而又吃苦耐勞，以攻無不克的戰力和極偶然的出包，助我在千頭萬緒中安心撰作。

　　我還要特別感謝劉人鵬教授，在清華人社中心的規劃與支持之下，慨允擔任我的 Mentor。她閱讀了本書大部份篇章，有些還讀過不止一個版本。我曾經妄評，她雖提出反含蓄的思考但待人處事

卻很含蓄，不過在討論文章的過程中，嗯，我知道錯了。很榮幸她以最坦率的態度仔細指出我論辨不周的地方，當然還提供了更多珍貴的見解，做活了好幾塊死棋──我吸收了太多，以致為圖行文便利，未及逐一注明。本書能夠順利竣工，她幫了極大的忙。此外，各章都曾發表於學術刊物，有機會得到十數位審閱者的質疑補闕以及鼓舞，使我能夠有所增長，也是衷心銘感的。

　　名匠有言：「徐則甘而不固，疾則苦而不入。」可見不徐不疾之難得，我寫此書，略能體會進退於甘苦之間的窘況。雖曾僶俛從事，並仰仗諸多師友的匡助，惟限於學力，必然還有好多不固或不入之處，只能以「過處唯存悔」聊自解嘲。惟名匠似乎也有「精華何異渣滓」的意思，念之爽然。現代學術論文即便以詩為研究對象，大概也是禁止驚歎號的。但我們之所以願意貫注時光和心血，多方考索，著力論證，動機不免也關乎情意所感。那麼，去吧，渣滓之書，連著我的侈言與微辭！

第一章
魔／鬼交融與廟會文體
——魯迅詩學的非理性視域

一、前　言

　　詩，並非僅是一成不變的文類概念，還可視為持續建構的美學範疇。詩的重建，除了語言變革之外，常須以「人的重建」或「我的重建」為根基。以五四時代的「反傳統」論述而言，「詩學建構／歷史解釋／思想探索」常是一體並生，而皆涉及對西方現代價值的接受與反省。張灝曾經指出：五四思想表面上強調科學、推崇理性，實際上卻熱血沸騰、情緒激盪；看似以西方啟蒙運動為楷模，骨子裡卻帶有強烈的浪漫主義色彩。❶魯迅的重要性便在於，他既入乎其內，共同締造了這些新思潮，而又出乎其外，提出深刻而尖

---

❶　張灝，〈重訪五四：論五四思想的兩岐性〉，收於余英時等著，《五四新論：既非文藝復興，亦非啟蒙運動》（臺北：聯經文化公司，1999），頁34-40。

銳的反詰。既體現了中國現代知識份子的啟蒙願望與浪漫精神，而又獨獨契合於西方現代美學「非理性轉向」的精神。也就在這種群性與個性的辯證之中，展現了精采的思辯與體驗。

　　本章之作，即著力於梳理魯迅詩學所蘊含的一種非理性視域。這種視域的來源與表現乃是重層疊構的，我將試著從西方影響、本土經驗、人格構造等三個面向進行相互連貫的考索。先由青年魯迅留日時期所受容的「摩羅詩學」入手，導出他對「民俗體驗」的轉化與「志怪傳統」的發揚。一則聯結西洋「摩羅」與本土的「鬼物」，一則區判「魔／鬼」的型態與意義。並時時與魯迅複雜的人格進行對照，進一步觀察非理性因素如何形成「觀看／思維／書寫」的方法，創造嶄新的詩語，生產銳利的詩意，從而完成一次重大的詩學轉換。

二、爭天拒俗：從持其志到暴其氣

(一)反對平和

　　青年魯迅曾經醉心於「科學救國」的夢想：他透過地質學的礦藏調查，重新認識被風水迷信籠罩的母國大地；又透過解剖學與藥理的研習，試圖療救那被庸醫所誤的「國族－父親」的病軀。所謂「科學者，神聖之光也，照世界者也，可以遏末流而生感動。」❷西方的科學知識不僅被視為振衰起弊的靈丹，在魯迅的描述下，居

---

❷　魯迅，〈科學史教論〉，《墳》（臺北：風雲時代出版社，1989），頁 30。

然也有了如「詩」般使人感動的光芒。這種由精神面來理解事物的取向，使他免於陷入物質至上的觀念，而能同時肯定宗教民俗的非理性力量。

　　無論就科學或革命而言，魯迅顯然極早便認識到自己猶疑深慮的性格，拙於實務上的行動，而長於精神上的提問。因此，在著名的「幻燈事件」的視覺震撼之下，他便「惱羞成悟」，走上了「棄醫從文」之路。❸依照一般的理解，此事突顯了「醫學－體格／文學－精神」的結構性轉移。實際上，魯迅並未「棄離」科學，而是把它由技術層次提到倫理與精神的層次。認定在「工具理性」（instrumental reason）之外，中國還需要意志、夢想，以及情感的衝動。因此，在知識份子競相醉心於理性精神的時代，魯迅乃獨自走上了違眾抗俗之路。

　　透過日本文化界的中介，他敏銳地注意到，十九世紀的歐陸思想界有一股「崇奉主觀」、「張皇意力」的非理性主義潮流，蘊藏著從傳統哲學到現代哲學的轉換契機，預示二十世紀現代文化的新發展，意義重大。文中舉證，包括齊克果（S. Kierkegaard）所謂「發揮個性，為至高之道德」，易卜生（H. Ibsen）劇作之「反社會民主」、「無間習慣信仰道德」，及尼采（Fr. Nietzsche）「用庸眾為犧

---

❸　舊說多以此事幾近「寓言」，惟據近年日本學者的考察，當年在仙臺醫學專門學校課間播放「時局幻燈」，確有其事，內容主要展現日軍在對俄戰爭中的勇決與犧牲。精要的研究回顧，詳阿部兼也，《魯迅の仙台時代：魯迅の日本留學の研究》（仙台：東北大學出版會，1999），頁 21，注 5。現存幻燈畫片十五幅，見同書，頁 329-333。

牲，以冀一二天才之出」的「超人之說」等等。❹儘管如此，受限於現實中國的時代需求，魯迅日後仍大力支援以科學、民主、進步為號召的五四新文化運動，在文化論述上，更多地表彰啟蒙主義的理性內容。❺至於早年這種「觀諸黑暗」的思維，則多展布於創作，發揮為詩學，透顯於字句底層，大幅超越了多數文人「僅見光明」的膚淺與空疏。❻

　　魯迅「張個性」之觀念同樣充盈於早年的詩學論述〈摩羅詩力說〉（1908），此文全面檢討中國詩學的限制，並以西洋文學為參照，提倡一種以反抗為要務的詩人典型，立論頗為激進。他從終極關懷上著眼，把詩學理想和人生哲學聯繫起來，抨擊中國古人崇尚「平和」的傾向。他指出，人間並無所謂永久的「平和」，殺伐爭強才是世界的真象。由蠻荒入於文明，風俗開化，知險而思安，乃有一種為馳慕「平和」的渴望。這種理想在西方的典型表現乃是製作理想的社會藍圖，創造假設的國度，或托諸極祕之寶地、甚遲之將來，於是有柏拉圖（Platon）《邦國論》（The Republic）一類作品。相對於此，在中國的典型表現卻是對遠古懷著莫名的鄉愁，想像唐虞聖人之治，甚或錯將人獸雜居之世誤認為「萬禍不作，人安其天」的清淨世界。❼兩相對照，一主迎新，一主慕古，思維恰成異

---

❹　魯迅，〈文化偏至論〉，《墳》，頁 49-50。

❺　說詳汪暉，〈個人觀念的起源與中國的現代性認同〉，《汪暉自選集》（桂林：廣西師範大學出版社，1997），頁 146-147。

❻　「僅見光明」、「觀諸黑暗」俱為魯迅語，見《墳》，頁 50。

❼　魯迅，〈摩羅詩力說〉，《墳》，頁 67-68。按這裡涉及「桃花源境界」與「烏托邦社會」兩種對反的虛構原理，可參看中野美代子著，劉禾山譯，

趣。在他看來，中國人的想法明顯違背「人類進化史實」，許多偏頗的觀念皆導源於此。

魯迅談論中西異同的另一組概念是「攖」與「不攖」。❽中國的人生哲學，如老子所立，便以「不攖人心」為主腦：「以不攖人心故，則必先自致槁木之心，立無為之治；以無為之為化社會，而世即於太平。」❾在魯迅看來，這又是一種反進化的思維，人身既不可能「退返於孩」，人類也不能「歸于禽蟲卉木原生物，復由漸即於無情」❿。進化之勢如飛行中的箭，不可能「逆飛而歸弦」。個人之苟安如此，整體社會亦復如此，無論統治者或被統治者，或為保位，或為安生，一見有人能「攖」即感到焦慮，於是「庸眾」扼殺「獨異」的現象，在歷史上也就層出不窮。

中國之扼殺天才，正與《邦國論》之驅除詩人類似。只是一為歷史事實，一為理念推衍。詩人之被逐，關鍵在於其威脅性：

> 蓋詩人者，攖人心者也。凡人之心，無不有詩，如詩人作詩，詩不為詩人獨有，凡一讀其詩，心即會解者，即無不自有詩人之詩。無之何以能夠？惟有而未能言，詩人為之語，則握撥一彈，心弦立應，其聲激於靈府，令有情皆舉其首，

《從中國小說看中國人的思考方式》（臺北：成文出版社，1977），頁 81-91。

❽　按「攖」有觸犯、擾亂之意。《孟子・盡心下》：「虎負嵎，莫之敢攖。」《莊子・庚桑楚》：「不以人物利害相攖。」

❾　魯迅，《墳》，頁 68。

❿　魯迅，《墳》，頁 68。

　　如睹曉日，益為之美偉強力高尚發揚，而污濁之平和，以之將破。平和之破，人道蒸也。⓫

詩人的任務是揭破，而非遮蓋。即使看似層層包裹的隱喻結構，實質上也是為了蓄養「攖」的力量。魯迅認為「平和」是污濁的，就統治者而言是以老舊頑固的倫理維護了封建體系，就被統者而言則顯示了孱弱退離、麻木無能的奴隸心態。而真正的詩應是破除平和，發揚人道的手段。這裡透露了一種「以暴制暴」的思維：平和的假象是壓制的暴力，詩必須揭竿而起，反擊以更強的暴力。可惜中國之所謂詩化，在他看來，都是一種馴化的過程，反而把銳利的人心給磨鈍了。

　　魯迅認為，世界觀支配了文學觀。蓋西方人既以「平和」為想像之境，承認現世為災為亂，吾人宜競宜爭，因此其文學作品亦看重「衝突」的結構或主題。中國人則對「平和」奢想太過，忽略了生民爭抗劬勞的事實，於是文人思士常以「隱逸」為高蹈，以「樸古」為歸穴。這樣的判斷，頗能扣觸中西美學傳統的差異：東方詩學把「意境」視為重大價值，極力追求一種靜觀的、超越的、虛空的美感，從而形成所謂「神韻傳統」。於是詩化，常是超越，而非介入。其優勝處在於能夠達成一種自我身心的止息與安頓，契入精純的審美經驗。這原是重大的民族文化特徵，但深懷亡族之憂的魯迅，顯然無暇欣賞，而把列強鼎盛、中國孱弱的世況，歸疚於詩與思。

⓫　魯迅，《墳》，頁69。

　　自嚴復譯介《天演論》以來，競爭生存之說瀰漫。知識份子的價值體系都受到衝擊，形成一種以進化論為核心的判斷標準。中土詩學講究「天人合一」、「美在和諧」，推尊聖賢，信仰中和之美，通通成了「反進化」的鐵證。西洋詩學主張「人天相抗」、「美在衝突」，崇拜英雄，追求悲劇的力量，則被視為列強「進步」的根源。⓬這裡涉及了對「天」、「理」、「人」、「心」等一系列觀念的重新理解。「天」既失去了權威性，那些揣摩或製造天意、天命、天理的思想型態隨之崩潰，則法天的聖人、順天的文字、合天的意境，都盡歸於虛無。魯迅認為，古代的反抗模式，無論是「以文亂法」之儒或「以武犯禁」之俠，終究是在「天」的籠罩下，以各自的方式去體現天意，都只能算是出點小亂子，不足以稱「叛」。⓭也正因為缺乏「以魔抗天」的精神，最後終將被收編到封建體系裡。

　　以這種眼光來省視中國傳統詩學，魯迅認為，其中便充滿滅詩不成，「設範以囚之」的線索：

　　　　如中國之詩，舜云言志；而後賢立說，乃云持人性情，三百之旨，無邪所蔽。夫既言志矣，何持之云？強以無邪，即非人志。許自繇于鞭策羈縻之下，殆此事乎？然厥後文章，乃

⓬　相關較論，部份參考了錢鍾書〈中國詩與中國畫〉，《七綴集》（臺北：書林出版社，1990），頁 16。
⓭　魯迅，〈流氓的變遷〉，《三閒集》（臺北：風雲時代出版社，1989），頁 185。

　　果輾轉不逾此界。**⑭**

按「志」和「持」都是傳統詩學詮解「詩」字的重要語彙。所謂「志」，在原始的脈絡裡，一面是心思的「握定」，一面是意向的「伸張」。**⑮**但在兩漢時期逐漸被強調為「社會群體的共同意志」，而有了較多的規範性色彩。直至六朝時期，生死愴痛帶來的激盪與醒覺，使文學自主觀念逐漸成熟，乃推衍出「詩緣情」的創作理念，進而完成抒情傳統的典範。至於所謂「持」，便是偏重於志之握定的一面，衍為講究法度的詩學：就主體涵養而論，則詩人思想必須合乎典常，詩是含蘊正當義理的語言；落到形式技巧來看，則要求創作者遵循節制的美學原則，精於鍛鍊，嚴於聲律，以收攝狂野的情志。古人經常努力調和「志」與「持」兩種思路。惟在魯迅看來，這種調和顯然並不可行。**⑯**如果說「志」的原始精神是「自繇」，「持」的詩學取向則是「羈縻」（「無邪」為羈縻的標準），後者足以使前者完全變質，而中國詩學的侷限也正在此。

　　傳統的詮釋路徑，或可名之曰「持其志」的詩學。那麼，魯迅

---

⑭　魯迅，《墳》，頁 69。

⑮　陳世驤，〈中國詩字之原始觀念試論〉，《陳世驤文存》（瀋陽：遼寧教育出版社，1998），頁 20。

⑯　魯迅發言，顯然針對劉勰這段文字：「大舜云：『詩言志，歌永言』；聖謨所析，義已明矣。是以『在心為志，發言為詩』；舒文載實，其在茲乎！詩者，持也，持人情性，三百之蔽，義歸無邪，持之為訓，有符焉爾。」按《論語·為政》：「詩三百，一言以蔽之，曰：思無邪。」漢代《詩緯·含神霧》：「詩者，持也；持其性情，使不暴去也。」見劉勰著，周振甫注，《文心雕龍注釋·明詩第六》（臺北：里仁書局，1984 年），頁 83。

所開啟的詩學，便充滿了「暴其氣」的傾向。❶暴，係指狂野馳縱的行動；❶氣，則指情意飽滿的生命力。❶持其志，導致一種澄定、冷靜、節制的抒情傳統；暴其氣，則打開了「非理性詩學」的通道，馳向「無意識」與「超現實」的視域。古人雖也有「詩可以怨」的說法，然其態度基本上是接納，忍受而後又有掙扎的波瀾。正如「怨悱而不亂」一語所顯示，節制有度，適可而止，恰如其分的悲劇情感。❷因此，魯迅雖自青年以來便極賞愛屈騷，❷說他「放言無憚，為前人所不敢言」，卻又說他「反抗挑戰，終篇未能

---

❶　孟子〈公孫丑上篇〉云：「夫志，氣之帥也；氣，體之充也。夫志之志焉，氣次焉，故曰：持其志無暴其氣。」依據勞思光的闡釋：「持，定守之謂，趙註所謂『正持』也。『暴』，指『亂』而言。欲以志帥氣，則必須一面定守其志，一面勿使其氣暴亂。換言之，欲以德性我統攝生命情意，則須一面使價值自覺澄定，一面不縱其生命情意，免使至於肆而亂也。」見《新編中國哲學史》（臺北：三民書局，1990），頁 173。

❶　劉若愚在闡釋袁枚詩論時，提到：「袁枚似乎附合孟子，將「暴去」（run wild）與『持』（hold）對比。也許在《孟子》有關章句中，『暴』字也應該解釋為『run wild』或『get out of control』，而不是『do violence to』或『abuse』。」見《中國文學理論》（臺北：聯經出版公司，1985），頁 298。

❶　徐復觀認為氣是作者「生理地生命力」。見《中國文學論集續編》（臺北：臺灣學生書局，1984），頁 60。

❷　這裡對「怨」的詩學闡釋，主要參考張淑香，〈論「詩可以怨」〉，《抒情傳統的現代省思》（臺北：大安出版社，1992），頁 32-33。同一議題的文獻疏理，另詳錢鍾書，〈詩可以怨〉，《七綴集》，頁 123-138。

❷　許壽裳，〈魯迅與屈原〉，《七友魯迅印象記》（北京：人民文學出版社，1953），頁 5-8。

見」。❷在救亡圖存的迫切壓力下，獨立的審美空間難以自在。青年魯迅實際上已經刻意對詩，特別是抒情詩，提出「過份」的要求，非既有的詩體所可負荷。他明明稟受「詩人之質」卻加以壓抑，故意扮演「詩歌之敵」而反噬其體。這當中充滿矛盾和緊張，勢將引發一種「反詩之詩」——反（舊）詩是作（新）詩之法，正如反（庸）人是立（起）人之道。

㈡宗尚天魔

魯迅既不愜於中土詩學，只有「別求新聲於異邦」，倡論「函剛健抗拒破壞挑戰之聲」的摩羅詩學：

> 摩羅之言，假自天竺，此云天魔，歐人謂之撒但，人本以目裴倫（G. Byron）。今則舉一切詩人中，凡立意在反抗，指歸在動作，而為世所不甚愉悅者悉入之，為傳其言行思惟，流別影響，始宗主裴倫，終以摩迦（匈加利）文士。凡是群人，外狀至異，各稟自國之特色，發為光華；而要其大歸，則趣於一：大都不為順世和樂之音，動吭一呼，聞者興起，爭天拒俗，而精神復深感後世人心，綿延至於無已。❷

喧囂反抗，無所禁忌，對於久聞「溫柔敦厚，詩教也」的中國詩人而言，確實是極具震撼的新聲。這裡涉及「惡魔詩人」如何在不同

---

❷　魯迅，〈摩羅詩力說〉，《墳》，頁70。
❷　魯迅，《墳》，頁66。

語境下（英國－日本－中國）被建構與運用的問題，惟有考其差異，才能理解底層的詩學意義。中島長文指出，魯迅之論拜倫（George Gordon Byron, 1788-1824），約有十分之七取自木村鷹太郎的《文界之大魔王》（1902），例如「惡魔為權力意志的象徵」的觀點，便受其啟發。㉔北岡正子也作了鉅細彌遺的逐章考查，發現魯迅此文多數材料與觀點，皆可從當時日本文化界的論述中找到具體來源。㉕即便如此，〈摩羅詩力說〉仍然充盈著初期魯迅的「個性」，他常能對各種材料的要旨進行創造性的融和，在轉述間展露尖銳而新穎的判斷。以拜倫為例，木村氏原書裡的「惡魔－詩人」乃是備受擁戴的英雄，與群眾處於和諧關係。魯迅的摩羅不僅「抗天帝」，還要「制眾生」，不「和」不「樂」，是陰慘、孤獨、逆眾的戰士。㉖

　　他不沿用木村所謂「魔王」（此詞亦屢見於佛經），而另假諸天竺名相以為標題，或者有意避開「王」的封建意涵，並召喚東方語

㉔　中島長文，〈藍本『摩羅詩力の說』第四・五章——北岡正子氏作るところの「摩羅詩力說材源考ノート」によせて〉，《颶風》第 5 號（1973.06），頁 95-109。

㉕　北岡正子的考索工作持續數十年，初期成果分 24 回，陸續刊載於《野草》第 9 號（1972.10）至第 51 號（1995.08）。部份有中譯，收於氏著、何乃英譯，《摩羅詩力說材源考》（北京：北京師範大學出版社，1983）。其間經中島長文前揭文補正，晚近又有更周到的材料發現與觀點分析，見北岡正子，《魯迅救亡の夢のゆくえ：惡魔派詩人論から「狂人日記」まで》（大阪：関西大学出版部，2006），頁 33-88。

㉖　說見藤井省三，《魯迅：「故鄉」の風景》（東京：平凡社，1986），頁 201。

境。同時，「魔」的形象在「漢語化」的轉換過程中（特別是魯迅採用了概括性、斷裂性、詩意性較強的文言漢語），必然產生異質性。按上古中國，原有鬼、魅、妖、怪等觀念，「魔」（本作「摩」）卻是六朝時期為對應佛典概念而造的新字。❷依照《大智度論》的闡釋，摩羅（Māra）乃一切欲界之主，「常來嬈佛」。甚至力能「將十八億眾到菩薩所，敢與菩薩決其得失。」因此，「過諸魔事」乃是修行者必經的磨難。論云：

> 是魔名諸佛怨讎一切聖人賊，破一切逆流人事，不喜涅槃，
> 是名魔。是魔有三事：戲笑語言歌舞邪視，如是等從愛生；
> 縛打鞭拷刺割斫截，如是等從瞋生；炙身自凍拔髮自餓入火
> 赴淵投巖，如是等從愚癡生。❷

魔雖為外來的力量，卻經常利用人心本有的弱點，使其表現為淫邪、殺伐、自虐等三種類型的行為。如從修辭的角度看，可以視之為欲望的人格化。然而，魔在佛教之中為三界宇宙觀與六道結構中重要的一環，佔有確實的位格、功能、力量，與「鬼」判然有別。

---

❷ 清人邢澍云：「北齊天統三年〈造像記〉：『摩王歸軼』，案此為魔之正字，《一切經音義》卷二十一，『天魔』注云：『魔，莫何反，字書無此字，譯人義作。』據此，則後魏武定六年〈造像頌〉：『羣魔稽首』，是魔乃六朝譌體也。」見《金石文字辨異》（臺北：藝文印書館，1970，聚學齋叢書本），卷4，頁31。

❷ 龍樹著，鳩摩羅什譯，《大智度論》（臺北：新文豐出版社，1981），卷5，頁97。

而由漢語所凝鑄的「魔鬼」一詞，卻與古代中國之「人死為鬼，物變為妖」的原始觀念相互混雜。青年魯迅建立「摩羅－撒旦」的聯結，具有把魔從鬼裡區別出來的作用。與此相反，中年魯迅卻又刻意召喚魔鬼混淆的漢語傳統，似乎也在這裡埋下伏筆。

　　摩羅是一界之主，撒旦則是叛亂的天使長，來源不同，挑戰的對象也有極大的差異。由於佛教重視冥想修行，摩羅比諸撒旦，更具有深慮自省的心靈。就人（或神）魔對抗而言，也比較偏向於言辭交鋒，而非西方式的形軀殺伐。❷以《雜阿含經》「魔相應品」所搜集的二十則故事來看，結尾經常是：「時魔波旬作是念：沙門瞿曇已知我心。心懷憂慼，即沒不現。」❸這種懷憂存疑、敏感多思的形象，其實比較接近後來的魯迅。基督教傳統的中的撒旦（Satan），原本即內涵「抗爭」的意義。❸在早期文獻中，魔是誘惑人犯罪的邪惡角色，而為衛道者所引以為戒。中世紀以降，祂不斷與民間信仰結合演化：一方面匯集眾惡，繼續為人所鞭撻；一方面也為部份淫邪者所奉祀，形成撒旦崇拜的儀式。甚至在許多文學

---

❷　James Waldemar Boyd, *Satan and Mara: Christian and Buddhist symbols of evil* (Leiden: E. J. Brill, 1975), pp.140-143.

❸　印順編，《雜阿含經論會編·下冊》（臺北：正聞出版社，1987），頁 31-51。

❸　楊牧谷指出：「撒但」的希伯來文為 sāṭān，原是個動詞，在閃族語言以外沒有其他同義詞可譯，大概相近的意思是「控告」，而詩篇 38:20 是指「作對」。見《魔惑眾生——魔鬼學探究》（香港：明風出版社，2006），頁 112。另有學者指出：「撒但」之語根 śṭn 有「敵對者、妨害者、反對者」的意味。見 Elaain Pagels 著，松田和也譯，《惡魔の起源》（東京：青土社，2000），頁 75-76。

藝術作品中，其形象已由畸零醜怪變為高大俊美，性情與思維也更加的人性化。卜倫（Harold Bloom）就曾指出，米爾頓《失樂園》裡魔魁路西法（Lucifer）乃是「最具莎士比亞風格的人物，是依阿高、哀德蒙、馬克白等反派英雄的繼承人，也延續了哈姆雷特較陰沉的一面。」㉝順此思路而下，我們也可以說，拜倫的魔鬼乃此一傳統的新版本。而魯迅所吸收的，實際上便是這個充滿英國詩人機杼的「詩化撒旦」。

按詩的惡魔派（Satanic school of poetry）原為蘇惹（R. Southey）強加於拜倫等青年詩人的惡諡，用指其褻瀆上帝、敗壞了政治與道德兩方面的國本。在拜倫這邊也就慨然以惡魔立場自居，然而我們應當注意，其前提乃是先作「神魔逆轉，善惡易位」的程序：擁護上帝者，實為虛假、橫暴而無恥；狂放如魔者，反是真誠。以敘事長詩《海賊》（The Corsair）為例，詩人強調「惡名」昭彰的主人翁其實甚具「美質」：純淨、勇敢、堅忍。在詩劇《凱因》（Cain）裡，他更再三假魔鬼之口，指出：「上帝為不幸之因」、「惡魔者，說真理者也」。㉞由此看來，拜倫式英雄切斷了「善－神／惡－魔」的僵化公式，實際上是嫉惡而非耽惡，不同於波特萊爾（Charles

---

㉝　卜倫（Harold Bloom）著，高志仁譯，《西方正典》（臺北：立緒文化公司，1998），頁237。

㉞　魯迅，《墳》，頁85。在拜倫原著第一場第一幕，凱因完整的說法是：「蛇說出真理：這是智慧之樹，是生命之樹。智慧是善，生命也是善，這兩者怎麼會是罪惡？」引自趙瑞蕻，《魯迅「摩羅詩力說」：注釋·今譯·解說》（天津：天津人民出版社，1982），頁95-96。原文屬敘述句，魯迅卻把它提高為一種定義。由這個例子，可以看到漢語文言體制與譯述者主體意志介入原作的痕跡。

Baudelaire）的「撒旦主義」。魯迅基本上繼承了兩個重點：一是反抗權威的立場，一是自由、進步、正義等等價值觀。與其說魯迅接受了拜倫、雪萊的詩，毋寧說是，接受了他們充滿傳奇的一生。吸引他的，不是詩的形式、風格、技巧，而是詩人反抗強權、鼓吹文明的姿態、立場與行動。

　　但另一方面，魯迅也作了創造性的修正或偏移。首先，他把尼采的「超人」觀念與浪漫主義的「摩羅詩人」結合起來，便展現了獨特體驗。拜倫式的英雄，具有激昂勃發的浪漫詩情與革命行動；尼采的超人，則是天才之人透過駕馭自身而獲得力量，變成主人，其中充盈著一種蔑視庸眾的思維。魯迅實際上是把惡魔詩人給「超人化」，使其具有更深邃的思想資源，從而將「詩人－戰士」形象由社會面深化到精神界。當然，這兩種思維之間頗有扞格，例如尼采之「反民主」，便與拜倫異趣。此外，魯迅也曾提及：

> 盧希飛勒（Lucifer）不然，曰吾誓之兩間，吾實有勝我之強者，而無有加於我之上位。彼勝我故，名我曰惡，若我致勝，惡且在神，善惡易位耳。此其論善惡，正異尼佉。尼佉意謂強勝弱故，弱者乃字其所為曰惡，故惡實強之代名；此則以惡為弱之冤諡。故尼佉欲自強，而並頌強者；此則亦欲自強，而力抗強者，好惡至不同，特圖強則一而已。❸❹

無論拜倫詩劇或尼采論述，都在質疑「善惡」的分判，而皆認定其

---

❸❹　魯迅，《墳》，頁 80。

與權力之運作有關。拜倫筆下的惡魔「以惡為弱之冤譴」，是代弱者鳴不平，大有拂去惡名之志。尼采認為「惡實強之代名」，則並不以惡為恥，且譏彈弱者之以善自飾。在神魔對立的隱喻結構裡，神是施加壓迫的一種權力，魔則如先知先覺者喚醒積弱國民以抗之的另一種權力。雖然通過「挾持」眾生而「賦予」自由，看似橫暴，其姿態仍是利群的，這是魯迅的公共立場。但在尼采設定的隱喻裡，魔鬼乃是一種否定精神或虛無意志，超人必須嘗試克服、容納並利用它，兩者並非一體。㉟魯迅用超人以論摩羅，看似有印證或擴充的作用，實則埋下了質疑與辯證的因子。在個體哲學的立場上，他毋寧是尼采式的，而非拜倫式的。

　　其次，魯迅依照自身的體驗與視野，建立了「摩羅詩人」的系譜，將東歐諸弱小民族的革命詩人納入其中，這也就偏移了「惡魔派」的指涉。蓋在原始脈絡裡，所謂「惡魔」乃是對蹠於「神權」及隨之伴生的政治、法律、道德而豁顯；在魯迅的版本裡，重心則由「反神權」轉至「反侵略」的面向。他說：

> 裴倫既喜拿坡崙之毀世界，亦愛華盛頓之爭自由，既心儀海賊之橫行，亦孤援希臘之獨立，壓制反抗，兼以一人矣。雖然，自由在是，人道亦在是。㊱

㉟　相關闡釋，參見德勒支（Gilles Deleuze）著，周穎、劉玉寧譯，《尼采與哲學》（北京：社會科學文獻出版社，2001），頁 279-280。

㊱　魯迅，〈摩羅詩力說〉，《墳》（臺北：風雲時代出版社，1989），頁 81。

「毀世界」與「爭自由」兼具，乃是摩羅詩人的完整型。然而從魯迅所建立的系譜看來，他更強調的乃是反抗者之爭自由，而非壓制者之毀世界。宗教上認為，神賦予吾人自由意志，而導致罪惡之漫衍、魔鬼之作亂。詩人卻認為，惟有通過「惡魔似的」強勢行動與言語，人乃能爭得自由。但魯迅又對愛國行動或自由價值進行區分：「惟武力之恃而狼藉人之自由，雖云愛國，顧為獸愛」。**❸❼**然則強者凌弱是「獸愛」，弱者求存才是「人道」。這便使其摩羅詩學具有「弱者本位」、「正面取向」、「淑世功能」等意義。換言之，如華盛頓之所為才是摩羅詩人的必要條件，拿破崙只是輔助性因素。這是一種迎向「光明」前景的摩羅，而非安居「黑暗」立場的惡魔。

　　在競爭圖存的基本認知下，魯迅要求詩人必須走出懷舊的、退離的、田園的古典情境，邁向未來的、進取的、社會的現代體驗。因此，詩不能是休閒之物，而應扮演推動社會改革的戰鬥武器。不同於古人的循環觀，這一種「進步」的線性時間觀，乃是「社會現代性」的基本信念，符合五四思想主流，同時也確實支配著魯迅後來的公共參予。然而，我們也應該注意到，魯迅詩學的深層結構裡，另有一種與此恰成逆反的「末世論」思維——相信人類終將走向歷史的盡頭，而常懷沈淪、頹廢、死滅、絕望的陰影，那是「美學現代性」的重要根據。**❸❽**實際上，留日時期的魯迅，雖然一方面

---

❸❼　魯迅，《墳》，頁 92。原文註明，此係引用勃蘭兌思（G. Brandes, 1842-1927）之語。

❸❽　這是李歐梵所作的概括，詳《現代性的追求》（臺北：麥田出版公司，1996），頁 199。

持續認識西方學界的「進化公理」，另一方面卻從中國現實裡不斷體驗到一種「末世圖像」。❸力能圖強者，當然可以期諸進化公式（優勝劣敗）之運作；勢必積弱者，恐怕也只好等待末世審判（懲惡揚善）的到來。因此，青年魯迅的言辭，可說是不斷掙扎於「進化論／末世論」、「希望／絕望」、「迎新／懷舊」之間，其思維結構之獨特與深刻，恰恰精準地呈現了「現代性」的悖論。

綜觀青年魯迅的論述，還有一個重大意義，那便是以動態的「詩力說」，糾彈了靜態的「詩意／詩境論」。其實，傳統詩學也是講「力」的，特別是用「風」這個自然意象來標誌一種詩歌，即內涵著運行、感動的力量。❹但風之為力，仍偏向於「潛移默化」的仿自然系統。梁啟超論小說功能拈出「熏、浸、刺、提」四字，即可看作是「風」的近代轉化。魯迅既不滿於詩之主靜傾向，乃導入更具社會實踐意涵的惡魔元素，使其由「止於言」進而兼涉「起而行」，不僅「有所指」，還要「有所為」。舊體詩既僵硬而不堪其任，即連五四後起的白話新詩也因疲軟而為魯迅所深鄙。因此，摩羅詩力的實踐，不得不期待於新文體——那也便是他參予創造的

---

❸ 伊藤虎丸，《魯迅と終末論——近代リアリズムの成立》（東京：龍溪書舍，1975），頁 188-190。依照伊藤的看法，章太炎〈四惑論〉對「進化論」的批判，可能對魯迅頗有啟發。關於這一點，另可參看汪暉前揭文。除此之外，我認為中國民間信仰普遍存在的末世想像，應當也影響了魯迅的思想，詳下文討論。

❹ 說詳宇文所安（Stephen Owen），王柏華、陶慶梅譯，《中國文論：英譯與評論》（上海：上海社會科學院出版社，2003），頁 39。

現代小說。**❹**然而，時局日惡，人心愈僵，魯迅對「詩力」的期待愈急，而「匕首投槍」式的雜文似乎更能緊扣當下，終至篡奪了詩的位置。——傳統抒情詩（以及部份追躡詩騷傳統的小說）是退返（古代、青春、田園）的文類，雜文才能回應現在，指向將來。**❹**

三、瀆神犯忌：摩羅詩學的本土轉化

(一)迎神賽會

　　五四人物的自傳書寫裡，經常觸及迎神賽會的回憶。在胡適那裡，「太子會」被描寫成一種寥落而虛假的儀式。思想進步的父親鐵花先生，則對鄉野迷信多所抑制。**❹**十三歲的胡適，受了〈神滅論〉一類文章的影響，甚至敢於提議把菩薩丟到毛廁裏。**❹**但在魯迅這裡，「五猖會」卻是兒時難忘的盛事，遊行的鬼物、俚野的目

---

❹　北岡正子就曾將魯迅小說裡的「狂人」類比於摩羅詩人，見《魯迅救亡の夢のゆくえ：惡魔派詩人論から「狂人日記」まで》，頁 118-119。

❹　王國維說：「叔本華謂：『抒情詩，少年之作也。敘事詩及戲曲，壯年之作也。』余謂：抒情詩，國民幼稚時代之作也。敘事詩，國民壯盛之作也。」見滕咸惠校注，《人間詞話新注》（臺北：里仁書局，1987），頁 52。這一段話本意在說明抒情文類愈古而天機暢旺，敘事文類愈今而人機精巧，但似乎也間接顯示了抒情的一些侷限，可與魯迅的思維相印證。

❹　胡適，〈我的母親的訂婚〉，《四十自述》（臺北：遠東圖書公司，1985），頁 1-3。

❹　胡適，〈從拜神到無神〉，《四十自述》，頁 44。

連戲、喧嘩的號筒聲，都被寫得熱鬧、鮮活而充滿眷戀之情。❹兩
種異趣的「廟會圖像」或「瀆神模式」，反映出各自的思維與性
情，甚至延伸到他們的文體風格，可以說，這也正是「胡適之體」
與「魯迅風」的重大差異。❹

　　漢語所謂「瀆神」頗不同於英語的"blasphemy"，「神」可兼
鬼神而為言，❹「瀆」則有「數煩」（太過頻仍、緊密、輕易地親近）而
「褻瀆」之意。❹這與中國古代「神仙世界」與「人間世界」分裂
的神話有關。在較早的文獻中，存在著人神直接交通的描述。但在
東周時期的「重黎神話」中，這種情況有了變化。據《國語》記
載：

　　　　及少暤氏之衰也，九黎亂德，民神雜糅，不可方物。夫人作
　　　　享，家為巫史，無有要質。民匱於祀，而不知其福。烝享無

<hr>

❹　〈五猖會〉及〈無常〉，在《朝華夕拾》（臺北：風雲時代出版社，
　　1989），頁 37-57。此外，小說體的〈社戲〉對於野台戲的描寫，可以互相印
　　證，見《吶喊》（臺北：風雲時代出版社，1989），頁 199-200。

❹　依張新穎的歸納，胡適之體講究明白、曉暢、決斷，「語言絕對歸順於邏
　　輯」；魯迅風則充滿迂迴、破碎、斷裂，「邏輯寓於語言之中」。見氏著，
　　《在語言的地圖上》（上海：文匯出版社，1999），頁 6-7；16-17。

❹　魯迅曾指出中國神話之零落，與「神鬼之不別」大有關聯：「天神地祇人
　　鬼，古者雖有辨，而人鬼亦得為神祇。人神淆雜，則原始信仰無由蛻盡；
　　（……）隨時可生新神，（……）舊神有轉換而無演進。」見《中國小說史
　　略》（臺北：風雲時代出版社，1990），頁 23。

❹　《禮記·少儀》：「毋拔來，毋報往，毋瀆神，毋循枉，毋測未至。」注：
　　「瀆，謂數而不敬。」見鄭玄注，孔穎達疏，《禮記正義》（臺北：藝文印
　　書館，1981，十三經注疏本），卷 35，頁 10。

度，民神同位。民瀆齊盟，無有嚴威。神狎民則，不蠲其
為。嘉生不降，無物以享。禍災薦臻，莫盡其氣。顓頊受
之，乃命南正重司天以屬神；命火正黎司地以屬民，使復舊
常，無相侵瀆，是謂絕地天通。❹

從「民神雜糅」到「絕地天通」，也就是從「瀆神」到「禁瀆」，
標誌著商周神話史上一個關鍵性的轉變，前者是原始社會的實況，
後者則是改革的結果。蓋人人與神直接交通，則神權的約束力將喪
失。因此，政權掌控者乃積極重整神權，將宗教事物收歸於特定部
門。❺此一關目，使失序的思想狀況回到一個穩定的系統，這是一
種宗教「理性化」的程序，對於種族、國家、社會、文化的凝聚，
具有正面作用。但若照魯迅的思路來看，這可能也是一種「持」的
手段，同樣將造成「許自繇于鞭策羈縻之下」的後果。實際上，通
天之梯從未斷絕，漢民族的「瀆神」模式始終旺盛地保存在民間信
仰裡，這也正是魯迅詩學的重要方法。

　　在細論瀆神之前，須先討論抗神。神的權威與力量，經常通過
天災地變而展現，依據張光直的詮釋，在東周的神話裡，已有對神
的權威加以懷疑或挑戰的思想。人之與神爭，雖有小勝，但絕大部

---

❹　《國語·楚語下》（上海：上海古籍出版社，1995），頁 562。

❺　有關「絕地天通」的討論，參考勞思光，《新編中國哲學史》，頁 36-38；張
　　光直著，郭淨、陳星譯，《美術·神話與祭祀》（臺北：稻鄉出版社，
　　1983），頁 39-40。

份情況是慘敗，夸父、刑天、共工、精衛是較著名的例證。❺神常致患於人，而且未必都有道理，這便給了「摩羅－英雄」存在的根據。魯迅在《故事新編》中動用了女媧、后羿、大禹等抗天立人的神話英雄，並蓄意加以變形，例如〈補天〉一篇：女媧補天之際，古衣冠的小丈夫在她的兩胯間出現；當她死後，顓頊禁軍在死屍最膏沃的肚皮上紮寨，並打著「女媧氏之腸」的旗號。在這類故事裡，「丑」的因素（滑稽、諧謔、荒謬、油滑、猥瑣）總是不斷滲入敘事體，顛覆了神話的聖體。❺❷再如〈鑄劍〉一篇：為了報讎，可以把自己的頭顱和寶劍交給信任的人。在超現實的情境裡，三顆頭顱在沸湯之內追逐互咬。❺❸其間所展露的對抗意志與毀滅手段，如怨鬼，如巫蠱，明顯繼承了志怪體的魔怪因素。

　　所謂「故事－新編」，做為魯迅作品中普遍存在的一種方法，也就是對於既有的神聖的原型，施以污染、轉化、再生的改造行動。其型態頗接近參見卜倫（Harold Bloom）所謂「魔鬼化」（demonization）或「逆崇高」（counter-sublime）。❺❹如眾所知，魯迅對

---

❺　張光直，《中國青銅時代》（臺北：聯經出版公司，1983），頁 308-309。此文同時討論到，這些人物介於神與人之間的雙重角色。

❺❷　關於這種成份，魯迅曾自稱「油滑」，一般論者也經常把它視為負面因素。王瑤則從魯迅〈二丑藝術〉一文得到啟示，指出這種寫法具有創造意義，魯迅係刻意聯結紹興戲「二丑」腳色的民間因素來改造神話。見《中國現代文學史論集》（北京：北京大學出版社，1998），頁 74-84。

❺❸　魯迅，《故事新編》（臺北：風雲時代出版社，1989），頁 108-109。

❺❹　依卜倫（Harold Bloom）的講法，「魔鬼化」或「逆崇高」係後來詩人修正前驅詩人的重要方法：「魔鬼透過打碎而創造」，取得比前驅更廣大更偏激的威力。見其所著，徐文博譯，《影響的焦慮——詩歌理論》（臺北：久大

於古典文學傳統迷戀極深，但同時也強烈怵惕，所以吸收利用之際，總帶著明顯的「防禦機制」與「修正手段」。在他的筆下，古典聖體既是被膜拜的，也是被戕害的，被攝食的對象，正如報賽之會中的「犧牲」。有別於〈摩羅詩力說〉那種「以魔抗神」、「不共戴天」式的斬截態度，後來的魯迅毋寧是採取一種以「鬼魂」潛入「聖體」的附身行動。其間關係，可以表列如下：

故事	聖體	古代	禮法	經典	死屍
新編	鬼魂	現代	蠻荒	民俗	血氣

魯迅的許多概念都具有強烈的辯證性格，這裡也不例外。古之「聖體」看似衣冠楚楚，卻藏滿了迂腐顢頇的成份，壓抑了自由與生機。常民文化中的「裝神弄鬼」，反而透露出人民純真的性格、想望與生命力。也就在這種認知下，魯迅展開了「打鬼」與「附魔」並存的書寫。這個被圍毆的「鬼」其實非鬼，而是從前被當成「神」一般的傳統權威。由此觀之，打鬼也常是「抗神」。至於所附之「魔」，則範式幾經轉移，已經不再是泰西之撒旦或梵天之摩

文化公司，1990），頁 98-100。假如我們把整個古典傳統視為一個強者詩人，那麼，魯迅的策略確實是既積極吸收而又強烈抵製。如純就文學機杼而言，則此說亦可印證於弗萊（Northrop Frye）所謂「魔怪式調整」（demonic modulation）的移用技巧，那也就是「蓄意違背」原型與傳統道德的聯繫（例如故意將蛇描繪為純潔），著墨於被稱之為猥褻、淫穢、腐敗、下流和褻瀆神靈的質素，從中獲取文學的愉悅。見其所著，陳慧、袁憲軍、吳偉仁譯，《批評的剖析》（天津：百花文藝出版社，1998），頁 182。

羅,而是中土的鬼魂。換言之,後來的魯迅實際上已對浪漫主義式的摩羅詩力進行了一種「本土轉換」,民俗信仰則是轉換過程中的重要資源。

越人尚巫,常與神鬼相侵瀆,民間信仰中保留極為強烈的原始性格。特別是迎神賽會中的「目連戲」,更曾提供魯迅源源不絕的創作活力,儼然構成一套隱喻系統。他曾在〈社戲〉中生動描繪目連戲演出的盛況,並以〈無常〉、〈女吊〉二文,集中勾勒這兩個重要角色:女吊又叫吊神,是一種「帶復讎性的,比別的一切鬼魂更美,更強的鬼魂」魯迅說:「橫死的鬼魂而得到『神』的尊號的,我還沒有發現第二位,則其受民眾之愛戴也可想。」⑮至於無常,「一切鬼眾中,就是他有點人情,我們不變鬼則已,如果要變鬼,自然就只有他可以比較的相親近。」因此魯迅稱他是「鬼而人,理而情,可怖而可愛。」⑯綜合看來,祂們體現了一種穿梭於「神—鬼」之間的多重身份,而其底蘊則仍為「人」(超乎平常狀態的人,或吾人心靈的一種特殊狀態)。既然神鬼之間可以混淆或轉換,那麼鬼之於神,便不必再進行你死我活的「對抗」。既然人鬼之間可以互為表裡,那麼鬼之於人,便不必再進行威逼利誘的「挾持」。這是中土鬼物與異國摩羅的差異,同時也就意味著:魯迅以本土民間想像更新了「浪漫主義—撒旦詩學」,從而完成了一種「詩質」的轉移。

---

⑮　魯迅,〈女吊〉,《且介亭雜文末編》(臺北:風雲時代出版社,1990),頁 200。

⑯　魯迅,〈無常〉,《朝華夕拾》,頁 52。

　　李歐梵曾指出，魯迅的童年有兩個世界，一是以「三味書屋」為象徵的大傳統——由四書五經與宗族社會構成的正統文化，一是以「百草園」為象徵的小傳統——由《山海經》、《酉陽雜俎》、《玉歷鈔傳》所構成的奇幻空間。❺❼魯迅日後對於大傳統的拆解，是眾所熟知的。至於這個小傳統，進一步分析，實可再細分為兩個部份：傳世「小說」與民間「廟會」，古今交織，虛實互證，形成下筆運思的重要資源。

　　魯迅自日本歸國之後，便開始輯錄唐以前小說佚文，為《古小說勾沈》一書，以後又撰成《中國小說史略》，開啟嶄新的研究視野，可說是近代重新發皇志怪傳統的關鍵人物。他曾指出：

> 中國本信巫，秦漢以來，神仙之說盛行，漢末又大暢巫風，而鬼道愈熾；會小乘佛教亦入中土，漸見流傳。凡此，皆張皇鬼神，稱道靈異，故自晉訖隋，特多鬼神志怪之書。其書有出於文人者，有出於教徒者。文人之作，雖非如釋道二家，意在自神其教，然亦非有意為小說，蓋當時以為幽明雖殊途，而人鬼乃皆實有，故其敘述異事，與記載人間常事，自視固無誠妄之別矣。❺❽

也就是說，「小說－虛構」與「散文－紀實」的區判，並不全然適用於志怪。蓋書寫者並不以鬼神為妄想，故有一種目擊身驗的真實

---

❺❼　李歐梵，《鐵屋中的吶喊》（臺北：風雲時代出版社，1995），頁 4-5。

❺❽　魯迅，《中國小說史略》，頁 49。

感。當代論者則指出，六朝志怪具有「導異為常」的敘事模式，不論是無意反常或刻意違常，是自然異常或超自然非常，其實都「敏銳地攝取到脫序世界的扭曲形象，幽微地表達出對常與秩序的想望。」❺❾魯迅浸潤既深，乃模擬其感知模式，獲取了一種自由「出入真幻」的超現實技巧與非理性思維。

　　見於紙面的志怪傳統，屬於另類的六朝文章，在敘述手法上的影響較大；存諸現實的民俗體驗，含容著鄉土形象與童年記憶，在情感召喚上更為直接有力。至於引自域外的摩羅詩學，本就複合了諸多思想資源，帶有顯著的個體意識與叛逆性格。魯迅以其靈識銳感，兼收「志怪傳統－摩羅詩學－民俗體驗」等三種元素，疊合其類似質素，焊接其殊異成份，終轉化為一種獨特的文學現代性。

㈡扮鬼／附魔

　　無常所體現的，乃是一種俚野諧謔的脫軌衝動，女吊則體現了淒厲執著的復讎精神，在魯迅所構築的鬼怪隱喻裡，這是兩種重要的原型。相較之下，對於作為賽會主角、掌握生殺之權的「神」（城隍或東嶽大帝之類），卻採取了一種刻意淡漠的態度。這種態度來自於民間的鬼神觀，講究「人情」，追求「實益」，不同於夸言「天理」的正統思想。他們有時把眾鬼當作鄉黨裡的癟三或鄰居，而把諸神視為一套官僚體系。魯迅於此，有極深刻的觀察：

---

❺❾　劉苑如，《六朝志怪的常異論述與小說美學》（臺北：中央研究院中國文哲研究所，2002），頁 189。

灶君升天的那日，街上還賣著一種糖，有柑子那麼大小，在
我們那裏也有這東西，然而扁的，像一個厚厚的小烙餅。那
就是所謂「膠牙餳」了。本意是在請竈君吃了，粘住他的
牙，使他不能調嘴學舌，對玉帝說壞話。我們中國人意中的
神鬼，似乎比活人要老實些，所以對鬼神要用這樣的強硬手
段，而於活人卻只好請吃飯。❻

鄉野之民既以為神是這樣可欺侮或可奉承的，也就沒有加以反抗的
必要。精確地講，這裡所呈現的「神的形象」以及「待神之道」，
夾帶著他對「中國人」的評論，神界成了人間的翻版，失去了超越
性。他們不再是古代經典裡那種代表天理、至善、具主宰性、能夠
懲惡佑民的超級存在，而是人間官僚的天上版本而已。所謂「談鬼
物正像人間，用新典一如古典」❻，約莫如此。

　　因此，在所謂「迎神賽會」裡，實質上只有人及其變異體在
場，嚴格意義的「神」似乎是缺席的，或者說，祂的理性成份被暫
時遺漏了。❻禮法、秩序暫時崩解，世界進入一種「非常的」解放

---

❻　〈送灶日漫筆〉，《華蓋集續編》（臺北：風雲時代出版社，1989），頁
　　75。

❻　〈《何典》題記〉，《集外集拾遺》（臺北：風雲時代出版社，1990），頁
　　119。

❻　關於神之理性或非理性，奧托（Rudolf Otto）之論可供參考：所謂「神聖」
　　（the holy），在宗教學上，乃是一個包含神祕因素又包含道德因素的複雜範
　　疇。用比喻來說，「神聖」就是一塊以非理性的神祕感作緯線，以理性與倫
　　理作經線而織就的東西。神，尤其是基督教的上帝概念，經常被視為一種至
　　高的理性，含容精神、目的、善良意志、最高權能、統一、自性等性質。這

狀態。依照李豐楙的闡釋，中國傳統的農業社會，向來講究倫理規範，平和，尚儉，好禮，飲食作息多所節制。一旦進入特定的節日慶典或祭祀活動中，久經壓抑、束縛、扭曲的人性遂趁勢尋求紓解，甚至變本加屬，表現出癲狂而放肆的一面。從非常的穿著到非常的飲食，經由儀式化程序，人類得以打破陳規、常軌，迅捷地進入「怪力亂神」的世界：裝神弄鬼的遊行及祭祀，儀式性的打鬥、拚搏，肆無忌憚的狂歌極飲。這些原為官方支配性文化所禁制的，節慶祭典則提供一種暫時合法的、被允許的抗議方式與機會，踰越禮法、禮性，這種顛覆、反動、狂亂的表演正是民俗文化的特性。❻❸

　　然而官方與民間，文明與荒野，兩股力量「一張一弛」的態勢並非總是平穩的。由於民俗慶典蘊有侵犯禮法的性格，官方力量有時難以坐視，專以紹興地區中元慶典的目連戲而論，就曾屢遭飭禁，例如《乾隆紹興縣志》錄官府禁違害風俗禁令十條，其九曰：「禁演唱夜戲：每遇夏季演唱《目連》，婦女雜沓，自夜達旦，其戲更多悖誕。乾隆五十六年出示嚴禁在案。」❻❹這便可以看出目連

些性質都形成明確的概念，可以被理智把握，可為思考分析，甚至容許下定義，因此是「理性的」。除此之外，神，事實上也指稱某個非理性或超理性的主體（Subject），而前述那些所謂理性的概念，不過是這個非理性主體的屬性（predicates）而已。見其所著，成窮、周邦憲譯，《論神聖》（成都：四川人民出版社，1995），頁 1-3。大致看來，魯迅之瀆神兼有兩面：褻瀆理性，煩瀆非理性，有時兩者又彼此滲透。

❻❸　李豐楙，〈由常入非常——中國節日慶典中的狂文化〉，《中外文學》，22卷 3 期（1993.08），頁 145-146。

❻❹　引自徐宏圖、王秋桂編著，《浙江省目連戲資料匯編》（臺北：施合鄭基金會，1994），頁 27

戲對於體統的威脅，以及官方的恐慌。紹興師爺傳鈔祕本《示諭集鈔》裡所錄的〈禁目連戲示〉，尤其淋漓地保留這種心態與口吻：

> 為嚴飭查禁事。照得演唱《目連》，久奉例禁；蓋以裝神弄鬼，舞弄刀槍，以此酬神，未能邀福，以此辟邪，適致不祥。今聞該地演唱此戲，合亟出示嚴禁。為此示仰該地保甲里民人等知悉：爾等酬神演戲，不拘演唱何本，總不許扮演《目連》，倘敢故違，立拿保甲戲頭，責懲不恕。特示。❻⑤

官方之所以干涉及此，表面上是「傷風敗俗」，實質上是其中湧動著一股反抗的意志，因此每當民亂之後，干涉便愈緊。直至二十世紀，這種禁制依然時有所聞。魯迅就曾對目連戲中的〈小尼姑下凡〉、〈張蠻打爹〉被當時紹興的「正人君子」所禁止，深表憤慨，並謂：「我想在夏天回去抄錄，已有多年。」❻❻眷戀不捨，溢於言表。

---

❻⑤　引自王利器編，《元明清三代禁毀小說戲曲史料》（上海：上海古籍出版社，1981），頁 161。

❻❻　魯迅，〈致徐訏〉（1935.12.04），《魯迅全集》第 13 卷（北京：人民文學出版社，1982），頁 265-266。據北京魯迅博物館編刊《魯迅手跡和藏書目錄》第 2 輯（1959），魯迅藏有鄭之珍《目連救母勸善戲文》，清代種福堂翻印的富春堂刻本《新刻出相言注勸善目連救母行孝戲文》3 卷 102 折，上海馬啟新書局石印本《秘本目連救母全傳》6 冊。引自丸尾常喜，秦弓譯，《人與鬼的糾葛——魯迅小說論析》（北京：人民文學出版社，2006），頁34。

　　在啟蒙時代的氛圍裡，知識份子爭以「破迷信」為務，魯迅早年在〈破惡聲論〉（1908）一文中，卻對原始宗教理解獨深。「中國志士之所謂迷」，在他看來，卻是「向上之民，欲離是有限相對之現世，以趣無限絕對之至上者」。❻❼他同時將目光轉到當時「南方」的「報賽」之會，深刻地觀察到：

> 樸素之民，厥心純白，則勞作終歲，必求一揚其精神。故農則年答大戲於天，自亦蒙庥而大酺，稍息心體，備更服勞。今並此而止之，是使學軛下之牛馬也，人不能堪，必別有所以發泄者矣。況乎自慰之事，他人不當犯干，詩人朗詠以寫心，雖暴主不相犯也；舞人屈申以舒體，雖暴主不相犯也；農人之慰，而志士犯之；則志士之禍，烈於暴主遠矣。❻❽

魯迅對於那些以「開化民智」自期的「志士」，犯干小民舒解之權，十分反感，並比之為「暴主」。這裡指出，相對於「樸素」、「純白」、「勞作終歲」的日常，宗教慶典乃是「一揚其精神」的非常行為，具有調節身心的作用，這與當代學者的詮解頗相符合。魯迅甚至直接將「詩人朗詠」、「舞人屈申」與下民之「年答大戲於天」相互比擬。按上古以來，詩樂舞與祭祀相伴而生，此為近代學者所共知，不待申論。這裡所蘊藏的重大意義，在於魯迅其實已

---

❻❼　魯迅，〈破惡聲論〉，《魯迅雜文補編（一）》（臺北：風雲時代出版社，1990），頁 32。

❻❽　魯迅，《魯迅雜文補編（一）》，頁 35。

從臨場而貼身的民間信仰中（而非幽渺的遠古）發現「詩意」或「詩
力」。惟迎神賽會是下民之「非常」行為，不能也不敢日日放肆；
魯迅則經常處於這種亢動、脫軌、偏激、狂野的狀態，使其成為
「詩」之「常態」，開闢了更為自由放縱的書寫空間。

　　論者指出，魯迅非僅如某些傳統文人之迷戀幽冥而已，他甚至
直接襲取幽冥鬼物的眼光來看待身處的世界。這是一個沒有用公共
價值過濾而為正人君子所無緣目睹的世界，神人鬼界域幾乎泯滅，
悄然化為豐盈的主題或喻象，以不同的面貌，開展為小說、散文、
雜文、散文詩等諸多文類。❻❾以鬼為例，全集中到處是這類字眼：
拿著軟刀子的妖魔、鬼畫符、鬼道主義精神、崇鬼、鬼胎、鬼打
牆。❼❶這些語彙所內涵的，大多是「作為隱喻的鬼」，指向蒙昧而
橫暴的流俗，為他所深鄙，合於當時智識份子「打鬼」的風氣。❼❶
但魯迅筆下另有一種「民俗視域的鬼」，代表蠻荒的力量，為他所
私自喜愛。我們發現，這裡存在著一種關於鬼的「逆轉結構」：通
過譬喻，把被神聖化的大傳統（如四書五經）貶抑曰鬼，與人對立；
又通過體驗，把被妖魔化的小傳統（如報賽之會）還原為人，與之相
親。當然，這兩者之間有時也會相互混淆。

　　魯迅曾經多次述及：目連戲的演員，乃是臨時集合的
"amateur"（業餘者）——在紅紅綠綠的衣裳與魚鱗龍鱗的粉臉之下

---

❻❾　詳汪暉，《死火重溫》（北京：人民文學出版社，2000），頁 419。

❼❶　詳錢理群，《心靈的探索》（北京：北京大學出版社，1999），頁 240-241。

❼❶　有關五四時期打鬼書寫，詳丸尾常喜，《人與鬼的糾葛——魯迅小說論
　　　析》，頁 213-219；王德威，《歷史與怪獸》（臺北：麥田出版社，2004），
　　　頁 231-233。

的鬼王鬼卒，其實是粗人和鄉下人扮成的。❼❷魯迅童年時也曾在開場的「起殤」裡客串演出，他回憶道：

> 戲子扮好一個鬼王，藍面鱗紋，手執鋼叉，還得有十幾名鬼卒，則普通的孩子都可以應募。我在十餘歲時候，就曾經充過這樣的義勇鬼，爬上臺去，說明志願，他們就給在臉上塗上幾筆彩色，交付一柄鋼叉。❼❸

在這種扮裝行為中，人可以穿梭於「表演者」與「觀看者」之間，使「神聖空間」與「世俗空間」相互滲透。特別是「孩童」通過「面具」而取得「鬼怪」的權力，更具有「地位逆轉」的意義。❼❹加入鬼群，返視人群，這種身體經驗（physical experience）提供了一種自由穿梭的觀世角度。成長於紹興鄉野，魯迅對於目連戲，既有Emic（自觀的）的體驗，作為啟蒙知識份子，復能抽離其外，進行Etic（他觀的）的觀察。❼❺有趣的是，魯迅不忘強調「起殤」乃是專

---

❼❷　魯迅，〈無常〉，《朝華夕拾》，頁 48。

❼❸　魯迅，〈女吊〉，《且介亭雜文末編》，頁 201。

❼❹　特納（Victor W. Turner）著，黃劍波、柳博贇譯，《儀式過程》（北京：中國人民大學出版社），頁 174-179。

❼❺　這是派客（Kenneth Pike）從"phonemic"一字所創造出來的兩個新字：Emic 表示以切合於某一結構體系的單位及特點來描述該體系，以參與者認為中肯的單位及對比來描述某些連串的事件。Etic 係指獨立於結構體系之外的觀察者，採取客觀分析的具象名詞來描述其現象。見吉辛（Roger M. Keesing）著，陳恭啟、于嘉雲合譯，《當代文化人類學》（臺北：巨流出版公司，1980），頁 445-446。

對「橫死者」，不同於一般「召鬼」。換言之，這也顯現他對於脫軌離常（死無全屍、不得好死、被害而死）這一類「變鬼成因」的關懷，以及「殘破身體」的哀悼之意。——魯迅的寫作是一種「起殤」，不是廣泛「召魂」。

死因或死法，決定了鬼的形式、地位與能力，這是重要的民俗觀念。魯迅以「強」和「美」來形容女吊，而這種鬼物生前卻是最「弱」最「慘」的，只要帶著「怨」與「讎」往繩圈裡一套，被蹧蹋者竟可立即上昇為被敬畏者。其間自有一種「由弱變強」的能量轉換方法，以及「復讎為美」的價值判斷準則。魯迅顯然刻意地將這種幽冥邏輯，轉化為詩學技術。他之襲取鬼物的身姿、氣息、目光、聲調、心態，經常都能生產滂沛的能量。在魯迅的筆下，大致有兩種「人鬼組合」的模式：一種是自由切換於人鬼之間的技術，「內人而外鬼」，作者仍保有自主性，可稱之「扮鬼」。另一種則是「身不由己」地被「非理性狀態」所佔領，「外人而內鬼」，陰暗恐怖，難以自拔，幾近於「附魔」。

魯迅在為國族驅鬼的同時，卻也對於自己的附魔自憐。他說：「我自己總覺得我的靈魂裡有毒氣和鬼氣」❼⑥。「我的作品太黑暗了，因為我常常覺得惟『黑暗與虛無』乃是『實有』，卻偏要向這些作絕望的抗戰，所以很多著偏激的聲音。」❼⑦「自己卻正苦於背了這些古老的鬼魂，擺脫不開，時常感到一種使人氣悶的沈

---

❼⑥　魯迅，〈致李秉中〉（1924.09.24），《魯迅全集》第 11 卷（北京：人民文學出版社，1982），頁 431。

❼⑦　魯迅，〈兩地書‧四〉，《魯迅全集》第 11 卷，頁 21。

重。」❼在這些言論裡，魯迅對於源自舊壘的「鬼」、「毒」、「黑暗」，採取一種取自我批判的嚴厲態度。明明「資之深」卻不願「居之安」，這就展示了一個陷於分裂、交戰、糾纏的主體。實際上，深入幽黯並從中提煉能量，始終是魯迅獨詣所在，但他深知這不應成為普遍的、終極的、公共的價值。雖然，要想取得為國族驅鬼的能力，似乎也只好親身附魔。魯迅曾自比為進化歷程的「中間物」，❼他之陷於半人半鬼的狀態，也無非是期望「後來的青年」可以成為完整的人。換言之，「扮鬼／附魔」實為「立人」的手段。

(三)破獄救母

夏濟安在一篇極具開創性的論文裡，曾經指出：

> 我想提醒大家注意他所創造的小說世界和目連戲中的世界：
> 兩者同具有恐怖、幽默、和最後得救的希望。這樣說也許扯
> 得太遠了，但我確以為對於魯迅來說，中國是他那犯了罪的
> 可恥的母親，而他的兒子必須承擔和洗刷他的罪愆；不管他
> 在訪冥府時所扮演的是一個英勇的匪徒，或是尼采的「超

---

❼ 魯迅，〈寫在《墳》後面〉，《墳》，頁 327。

❼ 「中間物」出處，見魯迅，《墳》，頁 327。汪暉認為，這個概念「包涵著魯迅對自我與社會的傳統與現實之間的關係的深刻的認識」，詳《反抗絕望——魯迅及其文學世界》（石家莊：河北教育出版社，2000），頁 183。

人」。⑧

關於這裡點出的線索，丸尾常喜已有專著進行廣泛的考察，對人鬼之間的互滲著墨尤多。他並深入文本底層，發現〈阿 Q 正傳〉等多篇小說在情節、場景、結構上帶有「鬼戲」的痕跡。⑧我將進一步探討，魯迅如何把「目連戲因素」吸納到詩學體系。假使有一種「目連詩學」，那麼其間應當包含三個層次：首先是題材層次，即以目連戲本身及其相關的源流、風土、人情作為書寫對象或創作觸媒；其次為方法層次，也就是從中汲取獨特的觀物視角與表現技術，形成一種「目連戲般」的文體風格；最後則是精神層次，那也就是在自我定位與世界圖像上有一種獨立的「目連意識」。

　　目連戲作為一種宗教儀式劇，具有安魂慰民的意義。特別是罪人劉氏「犯罪－受刑－解厄」的歷程，實近於人類學家所謂「受難

⑧　夏濟安著，林以亮譯，〈魯迅作品的黑暗面〉，《夏濟安選集》（臺北：志文出版社，1971），頁 27。

⑧　丸尾常喜著，秦弓譯，《人與鬼的糾葛——魯迅小說論析》，特別是頁 150-158。對於相關議題再作探討者頗多，包含：胡輝杰，〈從目連戲看魯迅和他的文本世界〉，《魯迅研究月刊》，1999 年 7 期（1999.07），頁 30-36；胡輝杰，〈負罪、拯救與超越——再論從目連戲看魯迅和他的文本世界〉，《湖南大學學報：社會科學版》，18 卷 2 期（2004.02），頁 104-108；及劉家思，〈紹興目連戲原型與魯迅的主體意識〉，《中國現代文學研究叢刊》，2006 年 5 期 （2006.09），頁 48-68。劉家思，〈論紹興目連戲對魯迅藝術審美的影響〉，《文學評論》，2007 年 4 期（2007.04），頁 148-154。毛曉平，〈魯迅與目連戲〉，《晉陽學刊》，2001 年 3 期（2001.03），頁 71-77。本文異於前行研究之處，在於借鑑現代詩學與文化人類學的觀點，並著力掘發《玉歷寶鈔》與「目連戲」的互證關係。

儀式」（ritual of affliction）。依照 Victor Turner 的提法，這種儀式是為了消弭兩種災禍而舉行：一是肉身的苦難（physical affliction），一是社會的苦難（social affliction）。⑧其具體方式則是通過具有儀式意義的動作，扮演犯人，模擬災難的歷程，以收到虛實相替，祈福禳禍的效果。Piet van der Loon 也曾指出，目連戲中的目連不只是一個孝子而已，他同時具有巫師的身份，是人與神鬼溝通的中介（mediation）。⑧因此，當魯迅刻意建構這套目連詩學，便接契了「詩巫一體」的遠古傳統，使其筆墨能夠穿透陰陽、出入真幻、溝通人鬼。摩羅與目連都將詩人帶進非常狀態，但差異也頗大：前者彰顯不共戴天的復讎姿態，上則反抗天帝，下則睥睨庸眾，形象傲然不群；後者則展現了強烈的報恩情懷，上仰佛陀之加持，下憐眾生之愚頑，具有仁厚純良的形象。因此，與其說中年魯迅由前者轉為後者，毋寧說是融合了兩者：那是負疚的摩羅，酷烈的目連，一個充滿矛盾的變異體。

我們除了依照夏濟安的提議，建立「中國－罪母」的聯結，還可以更進一步，把魯迅作品整體地理解為一齣現代版的目連戲：他極力揭發傳統之罪、民族之惡，近於「殺狗齋僧」的案情；他著迷般細寫砍頭、剝皮、食人以及肉身種種的割殺刑戮，近於「十殿尋母」即目所見；他又惶急地扣求拔離病苦、療救瘖聾之道，則儼然為「破獄救母」之翻版。然而不僅於此，依照魯迅主體一貫的分裂

⑧　Victor W. Turner, *The Forest of Symbols* (Ithaca: Cornell UP, 1967), pp.9-10.

⑧　引自郝譽翔，《民間目連戲中庶民文化之探討》（臺北：文史哲出版社，1998），頁 176-177。

狀態以及辯證性格，我認為，魯迅所扮演的角色是雙重的：他既是救苦祓邪的目連尊者，也是負罪受難的母者本身。在許多文章裡，他表現出強烈而深刻的負罪感——他既是被吃者卻也曾經吃過人，這與五四慨然以聲討者自居的新青年們頗不相同。

　　楊澤曾經為文闡論，在西方攝影術下出現的近代中國人，如何凝結在砍頭示眾、婦女纏足、男子辮髮的畫面裡，成為「被傳觀的他人」。❽看到麻木地看殺頭的庸眾在幻燈片被人所看，這是魯迅一生最著名的個人神話。如若進一步追問，在外來照相或素描介入以前，本國之民如何留存他們目擊酷刑的記憶？則民俗物質或可提供一些線索。魯迅向來對於觀視體驗與圖像能量極為敏感，其中《玉歷鈔傳》更儼然是意象的淵藪、靈思的府庫，堪稱他一生的「原型之書」，與作為活化石的「原型之戲」，正好形成鬼物的「二重證據」。他自童蒙時期即迷戀於此，直到中晚年仍蒐羅玩賞不息。❽此書最晚自明代以來，即廣泛流傳於中國民間，尤以江浙一帶為盛。❽內容主要藉由對地獄十殿慘況的詳細描述，以警醒世

---

❽　楊澤，〈邊緣的抵抗——試論魯迅的現代性與否定性〉，收於胡曉真編，《民族國家論述》（臺北：中央研究院文哲所籌備處，1995），頁 179-180。

❽　魯迅曾自述手邊的《玉歷》，有「北京龍光齋本，又鑒光齋本；天津思過齋本，又石印局本；南京李光明莊本」與「杭州瑪瑙經房本，紹興許廣記本，最近石印本」以及「廣州寶經閣本，又翰元樓本。」見〈後記〉，《朝華夕拾》，頁 123。

❽　此書年代，較可取者約有二說：一主出於南宋建炎年間，詳澤田瑞穗，《地獄變——中國の入冥說》（東京：平河出版社，1991），頁 24-26。另一則主其出於明天啟年間，見吉岡義豐，《中國民間の地獄十王信仰について——玉歷至宝鈔を中心として》，收於《吉岡義豐著作集・第一卷》（東京：五

人棄惡行善。各種版本之間頗相差異，但多附有「圖像」，其核心便是一幅幅衍自地獄變傳統的「十王圖」刻畫。

各圖約可分成兩個部份：一是冥王審判的場面，判官、無常、牛首、鬼卒各司其職；一是刑戮罪人的慘況──挖眼、沸烹、割舌、倒吊、誅心、烙指、斷肢等等。**❽⁷**雖說這些是對死後世界的想像，實際上卻是現實經驗的反映。畫面上半幅的公堂空間，由其衣冠、布景、位置看來，明顯是中國衙門權力體制的翻版。畫面下半幅的刑場空間，雖然花招百出，卻沒有一樣稱得上是「幻想」。以第四殿的挖眼、抽腸、穿肋、倒吊等畫面為例，實際上也是歷史上實有的酷刑。而無論地獄或人間刑場的「凌遲」場面，出現在傳統圖像裡，罪人與圍觀者都是面無表情的，他們的喜怒哀樂，一律沉沒在平板、單純、無聲的油墨裡。即使通過現代攝影術，受難者殘缺的身體因較具血肉感而顯得益發恐怖，看客們的表情居然同樣麻木不仁。看客的麻木或支持，顯現了民族心靈因循苟且的一面。魯迅的許多書寫，無論是扮演目擊的「目連」或身驗的「罪母」，便在還身體以血肉，透過飽含痛感經驗的文字，使哀嚎與吶喊從紙面甦醒過來。

酷刑在人間常是邪暴，在地獄怎麼會是正義？民間地獄圖實際上以「惡有惡報」合理化了各式各樣別出新裁而違背人道的「法外酷刑」，陷入一種以暴易暴的循環。在小說〈祝福〉裡，質樸的鄉

月書房，1989），頁 345-346。

❽⁷ 臺灣民間目前流傳的版本，全係衍自臺中瑞成書局甲午年（1954）印本。惟此版正文竟有「弱肉強食」之語，圖中人物又多有薙髮狀，原版當不早於清末民初，近於魯迅所謂「最近石印本」。

野人物（祥林嫂）忽然問起靈魂的有無：

> 「也許有罷——我想。」我于是吞吞吐吐的說。
>
> 「那麼，也就有地獄了？」
>
> 「阿！地獄？」我很吃驚，只得支梧著，「地獄？——論理，
> 就該也有。——然而也未必，……誰來管這等事……。」**❽❽**

這裡的猶豫失措，更反映出地獄乃是一種難解的課題，即使對智識份子而言。魯迅認為，地獄是一種「神道設教」的手段，它一方面是印度小乘教「借著和尚，尼姑，念佛老嫗的嘴來宣揚，恐嚇異端，使心志不堅定者害怕。」**❽❾**另一方面，則是許多受苦的「下等人」期盼「公理」被維持，「不得不發生對陰間的神往」。**❾⓪**也就是說，地獄代表一種矯正的權力，不幸的是，這種權力經掌握在惡者的手上。看似幻想的異質空間，其實是對人生的歸納或預測。於是夢中入地獄，大堂上的閻王竟是「隔壁的大富豪朱朗翁」，擁有智識反成罪惡，要推入「油豆滑跤小地獄」**❾❶**，可見公理是如何被壟斷。

基本上，魯迅認為：地獄存在生前、地面，不在死後、地底；

---

❽❽　魯迅，〈祝福〉，《彷徨》（臺北：風雲時代出版社，1989），頁 4。

❽❾　魯迅，〈有趣的消息〉，《華蓋集續編》，頁 22。

❾⓪　魯迅，〈無常〉，《朝華夕拾》，頁 48。

❾❶　魯迅，〈智識即罪惡〉，《熱風》（臺北：風雲時代出版社，1989），頁
113。按「油豆滑跤小地獄」為第四殿之第十四小地獄，見於《玉歷至寶
鈔》，收入《藏外道書》第 12 冊（成都：巴蜀書社，1992），頁 790。

地獄充斥著暴力,而非理性、正義。於是,在他鞭撻現實的筆下,總是充斥著這樣的論調:

> 華夏大概並非地獄,然而「境由心造」,我眼前總充塞著重疊的黑雲,其中有故鬼,新鬼,遊魂,牛首阿旁,畜生,化生,大叫喚,無叫喚,使我不堪聞見。我裝作無所聞見模樣,以圖欺騙自己,總算已從地獄中出離。**❾❷**

魯迅善用辯證性思維,這裡其實襞積頗深:先說「境由心造」,亦即把「地獄視境」歸因於自身的「幽黯心境」,儼如提出了「我身即地獄」的第一命題。但依後文的推衍,教育家在杯酒間謀害學生、殺人者於微笑後屠戮百姓、死屍在糞土中舞蹈、汙穢灑滿了風籟琴,**❾❸**卻樣樣實存而非空幻,便又推出了「中國即地獄」的第二命題。合而論之,地獄係由根身與器界共同構造而成,既是一種時代處境,也是一種精神狀態,絕對難以「出離」。同時,通過地獄意象的縮結,我們也看到,魯迅暗暗使用「我身即中國」的論述策略:一起犯罪、傷殘、流血,一起掙扎、等待、絕望。

有關地獄狀態在人間的固著,魯迅曾在一篇雜感中概括說:「稱為神的和稱為魔的戰鬥了,並非爭奪天國,而在要得地獄的統治權。所以無論誰勝,地獄至今也還是照樣的地獄。」**❾❹**這個隱喻

---

❾❷ 魯迅,〈「碰壁」之後〉,《華蓋集》(臺北:風雲時代出版社,1989),頁 79-80。

❾❸ 魯迅,《華蓋集》,頁 85。

❾❹ 魯迅,〈雜語〉,《集外集》(臺北:風雲時代出版社,1990),頁 81。

系統的結構，可以圖示如下：

（天國）

「神」　　　人　　　「魔」

地獄

神與魔都僅是「號稱」，其實質仍然為人，故可加上引號。天國是
虛構的寶地，因此在爭奪戰中是缺席的，故須加上括號。只有人與
地獄是究竟真實，無論怎麼爭，也改變不了。魯迅還曾以詩的筆法
寫出〈失掉的好地獄〉：魔鬼戰勝天神，奪下地獄的統治權（魯迅
談地獄，總不忘著重於權力運作），祂治下的地獄是好的，再被「人」
竊奪而去，反而大壞。魯迅用「美麗，慈悲，遍身有大光輝」來形
容魔鬼，顯然頗感認同。又說：「朋友，你在猜疑我了。是的，你
是人！我且去尋野獸和惡鬼……。」❺這種立場不僅是對天道或神
的背離，似乎也是對人的質疑。❻「立人」理想雖然還在，只是得
到惡鬼與野獸中去尋求，這是絕望之後的希望。

　　目連之梭巡大小地獄以尋罪母的情節設計，就宗教儀式劇而
言，旨在布刑示眾，以駭耳目。觀眾在共犯重罪、同遭大戮的集體

---

❺　魯迅，〈失掉的好地獄〉，《野草》（臺北：風雲時代出版社，1989），頁
　　57-59。

❻　此詩經常被解讀為對中國政治現實的批判，神、魔、人分別對應於舊帝國、
　　軍閥、國民黨。見孫玉石《現實的與哲學的──魯迅「野草」重釋》（上
　　海：上海書店出版社，2001），頁 179-180；片山智行，《魯迅「野草」全
　　釋》（東京：平凡社，1991），頁 155。惟李歐梵擺落政治性解讀，指出：
　　「魔鬼的意思實際上是價值的對換，因為通常認為人比魔鬼、比野獸好，但
　　在這裏，人卻比魔鬼壞。」見《鐵屋中的吶喊》，頁 125。

經驗裡，約略可以得到悲劇式的洗滌效果。我們細考魯迅之下筆運思，確實是近於「目連」處境——以冷眼熱心迎接流轉不息的殘忍景象。不過，他是一個異化的目連，染上了層層的「魔鬼氣質」與「現代意識」。慈愛與仇恨糾葛，同情與鄙夷並生。他既有承擔、拯救的情懷，但也不免耽溺於懲罪用刑的快感。在不斷循環的「主客換位」的思維運作之下，魯迅逐漸把自己逼入幽黯的深淵。依照前文的分析，無論「人類－中國人－我」，都不僅是地獄裡的受虐者，更是地獄裡的施虐者。這便導向一個困境：如果「中國」等於「罪惡的母親」又等於「地獄」（而非受刑人），則「我」怎麼可能「破獄救母」？破獄不就等同於自殘，拯救也無異乎哀悼了。

四、群魔亂舞：憂狂主體與詩學突破

㈠罪與惡之為詩意

漢語之所謂「詩意」，可以包涵「意義」與「意境」兩義，這也正是傳統詩歌的主要內涵。「志」是詩意生產的主要動力，背後則預設了一個理想的「士」。魯迅作為一個「全盤性否定傳統的知識份子」，在自我定位上，很早便提出了以「摩羅」替代「文士」的現代方案。但所援以為證的西方文本，多為敘事詩、劇詩或論文（完全遺漏了拜倫的抒情詩），其所取式者實為反抗社會的詩人姿態，並非詩學方法或藝術質地。換言之，這是一種「公共立場」上的摩羅，實際上並未解決另一個問題：做為「個體存在」的詩人如何回應現代世界，表達現代感受？

　　魯迅原本熟稔於傳統的抒情體式，並能親作深刻精煉的古詩，但這種體裁顯然只能表現他精神上相對單純的面向，無力負載一種複雜而幽微的人格、思維與心理。至於當時剛萌芽的白話新詩，在魯迅看來，也顯得太過天真淺露，難以為用。進入成熟期之後，他甚至也不再提起拜倫、雪萊、普希金這些年輕時深深傾慕的詩人，浪漫派的昂揚激越，似乎已經不能與他陰悒深沈的中年心靈相應。從散文詩集《野草》看來，那種由負面開掘詩意的路數，仍深具「惡魔詩學」的性格，但其範式已從拜倫轉出，而接近於充滿現代質素的波特萊爾。❼換言之，「浪漫－惡魔」已經升級為「現代－惡魔」，詩意模式隨之產生重大的轉移。

　　魯迅雖然未曾「直接挪用」波特萊爾的作品，但就散文詩的體製、技法、意象、風格看來，兩者之間確有一種「親緣性」。❽他曾翻譯日本學者廚川白村的《苦悶的象徵》（1924），在討論文藝與道德的章節裡，廚川指出：

---

❼　古添洪曾討論《野草》中的「撒旦主義」，詳析「魯迅在英國浪漫主義詩人中獨賞拜倫，其義為何？」並指出《野草》一集「對自拜倫以來的撒旦精神，作了驚人的充實與改變」，又謂：「在我的觀察裡，這十幾年間，魯迅加入了尼采及佛洛依德，以深化、轉化其撒旦主義。」見〈論魯迅散文詩集《野草》中的撒旦主義──兼述接受過程中的日本「中介」〉，《中外文學》25卷3期（1996.8），頁234-253。對尼、佛二氏的強調甚具啟發性，惟全文並未實質討論到所謂「日本中介」的內容，同時也沒有提及波特萊爾，更未將民間因素與之聯結。本文於此，應有補充作用。

❽　說見李歐梵，《上海摩登：一種新都市文化在中國（1930-1945）》（香港：牛津大學出版社，2000），頁250-257。

> 文藝者，乃是生命這東西絕對自由的表現（……）。人類這
> 東西，具有神性，一起也具有獸性和惡魔性，因此就不能否
> 定在我們的生活上，有美的一面，而一起也有醜的一面的存
> 在。在文藝的世界裏，也如對于醜特使美增重，對于惡特將
> 善高呼的作家之貴重一樣，近代的文學上特見其多的惡魔主
> 義的詩人──例如波特來爾那樣的「惡之華」的讚美者，自
> 然派者流那樣的獸慾描寫的作家，也各有其十足的存在的意
> 義。**⑨⑨**

罪惡醜陋乃是「現代詩意」的重要範疇，對它的揭示與探尋係基於
對個體精神的自由。班雅明（Benjamin）曾指出：「藝術現代性本質
上是一種惡魔傾向」，並以波特萊爾為結合現代（the modern）與惡
魔（the demonic）兩種質素的重要典型。**⑩⑩**徐志摩在譯介波氏作品
時，太過稱揚其中神祕的音樂性，魯迅曾痛加針砭，並這樣追問：
「只要一叫而人們大抵震悚的怪鴟的真的惡聲在哪裏!?」**⑩⑩**由此看
來，他對於這種從陰暗面汲取詩意、蓄養能量的路向深有體悟，且
有自許之意。

---

⑨⑨ 廚川白村著，魯迅譯，《苦悶的象徵》（臺北：昭明出版社，2000），頁
96。

⑩⑩ 引自 Matei Calinescu, Modernity, Modernism, Modernization: Variations on Modern Themes, in C. Berg, F. Durieux & G. Lernout, *The Turn of the Century: Modernism and Modernity in Literature and the Arts*, (Berlin & New York: Walter de Gruyter, 1995), p.36.

⑩⑩ 魯迅，〈音樂？〉，《集外集》，頁71。

　　當然，「惡之華模式」之異於「野草模式」也極為明顯：前者
基於現代都市生活的「震驚」體驗，揭示了「現代性的殘酷的渣
滓」；而後者卻是在國族危殆、價值崩解的處境下，心靈高度緊
張、分裂、衝突的產物。實際上，兩者之間並無決定性的「影響」
作用，而僅存在著「類比」關係。關鍵在於，魯迅所經營出來的詩
質，並非現成範式的直接轉移，而是自行發現、提煉、鎔鑄了兩種
原料：其一、傳統的非詩意因素，如志怪小說與民俗信仰中的非理
性思維。其二、西方的非詩學資源，如尼采的的哲學箴言與佛洛依
德的精神分析學說。前者提供了豐富的意象與材料，後者則啟迪了
深刻的認識論與世界觀。這些成份既非現成之「詩」，有待轉化的
程序愈繁，可資變異的空間愈多，魯迅在此展現了過人的才力，能
夠超越形式樊籬，自鑄一種詩質。與西方現代主義詩學形塑歷程相
比，實具有同步性。

　　「詩意轉換」雖屬美學課題，卻與「價值重估」的倫理課題相
連鎖，因為兩者都涉及「志」的型態與內容。在古典系統裡，常把
美善混淆而把非美（醜）非善（惡）者逐入「非詩」的領域，自設一
種心理的禁制。青年魯迅即有「強以無邪，即非人志」的論斷，中
年以後對於舊倫理反省愈加全面。在佛洛伊德的論述中，父親是許
多禁忌的根源。⑩談論魯迅作品中的犯忌意念，不妨就從這裡開
始。魯迅自稱作了封建的「孝子」，惟其如此，對「孝」之為物所

---

⑩　Sigmund Freud, *Totem and Taboo: Some Points of Agreement between the Mental Lives of Savages and Neurotics*. trans. James Strachey (New York : Norton, 1952), p.73.

作的抨擊亦最激切。他直接揭露中國倫常的虛偽面目：「性交是常事，卻以為不淨；生育也是常事，卻以為天大的大功。」❿他認為，長者不應自以為有恩於幼者，中國文化專重前一代，甚至壓抑後一代，違反生物界以新生代為優先照顧對象的進化原則。❿獨有「愛」是可貴，出自天性的愛，而非社會規定的「恩」或「孝」，才是兩代之間相處的方式。這種揭露式的言論，直勁無迴旋，性質上是逆詩的。真愛，在傳統體系裡是污穢；自由，在傳統體系裡是罪惡。也就在這種「志」的轉移過程中，魯迅創造了新的詩質。

當然，不同於吳虞之言行相合，終其一生，魯迅都不遺餘力地守護大家庭制度，並力行犧牲式的孝道，與他激烈反孝反家庭言論，形成鮮明的對比。❿因此，當他轉換文體為抒情散文（而非雜文），涉及內在體驗，便展現了更微妙的緊張結構：

> 父親的喘氣頗長久，連我也聽得很吃力，然而誰也不能幫助他。我有時竟至于電光一閃似的想道：「還是快一點喘完了罷……。」立刻覺得這思想就不該，就是犯了罪；但同時又覺得這思想實在是正當的，我很愛我的父親。便是現在，也還是這樣想。❿

---

❿ 魯迅，〈我們現在怎樣做父親〉，《墳》，頁 142。

❿ 魯迅，《墳》，頁 144。

❿ 周昌龍，《新思潮與傳統：五四思想史論集》（臺北：時報文化公司，1995），頁 117。

❿ 魯迅，〈父親的病〉，《朝華夕拾》，頁 72。

這裡我們看到，魯迅心靈之繁複深邃，與波特萊爾式的耽惡並不相同。祈念父親斷氣的念頭，電光一閃，便萌生「罪」感，這是受到傳統習俗的制約。再從制約之外尋得正當性，這一勒一馳之間，實已展現了對於道德自主性（moral autonomy）的體驗與追求。假使我們延伸林毓生關於「思想的道德與政治的不道德」的思考框架，⑩則可發現：魯迅將革命、進化、解放視為道德的，即使其手段是驚世駭俗逆常違眾；⑩而凡阻礙此一趨向者即為罪惡的，無論它看來是多麼溫暖平和乾淨正直。

中國傳統向來崇尚「含蓄」，就美學而言是「含不盡之意，見於言外」，就知識而言是「見微以知萌，見端以知末」，就倫理而言則是「君子以思不出其位」。這種通過「有限」去把握「無限」的思維傾向，似乎使中國人容易直契本體。但「有限」既是被篩選、被詮釋、被規範過的，便不可能中立客觀，反而形成重重遮蔽的帷幕，壓抑了其他可能。例如在正統文化中，對於不堪的畫面，經常採取遠觀、漠視、拒看，甚或「視而不見」的態度。魯迅的路數恰恰相反，他經常剝開表面，進入底層去汲取力量、意義與美感。他認定「必須敢於正視，這才可望敢想，敢說，敢當。」⑩乃

---

⑩　Lin, Yu-sheng. "The Morality of Mind and Immortality of Politics: Reflections on Lu Xun, the Intellectual." in Leo Ou-fan Lee, ed. *Lu Xun and His Legacy*. (Berkeley : UCP, 1985), pp.116-128.

⑩　魯迅下面這一段話，即為有力的佐證：「我總要上下四方尋求，得到一種最黑，最黑，最黑的咒文，先來詛咒一切反對白話，妨害白話者。即使人死了真有靈魂，因這最惡的心，應該墮入地獄，也將決不改悔，總要先來詛咒一切反對白話，妨害白話者。」見〈二十四孝圖〉，《朝華夕拾》，頁 25。

⑩　魯迅，〈論睜了眼看〉，《墳》，頁 269。

提倡一種「真誠地，深入地，大膽地看取」的書寫方法。⑩這種與「非禮勿視」對衝的「正視」美學，遍見於他的文字：在屬於社會批評性質的雜文裡，無論「視，想，說，當」都顯得理直氣壯；但在處理自身經驗的詩文裡，「正視」世界的那個主體多半處於憂鬱徬徨的苦境，文學性也就特別突出。

　　能視未必能思，能思未必能寫。民間文化雖不如廟堂文化之遮掩，對於醜惡血腥恐怖的畫面，卻抱持著「看熱鬧」的麻木立場。觀看，本是體現主體意識的關鍵行動。但視而無感無思無知的「看客」，終不免淪為被看的對象。因此，魯迅所謂「正視」，必須包含著思考、體驗與描述的層次。例如這首〈復讎〉：

> 人的皮膚之厚，大概不到半分，鮮紅的熱血，就循著那後面，在比密密層層地爬在牆壁上的槐蠶更其密的血管裡奔流，散出溫熱。……但倘若用一柄尖銳的利刃，只一擊，穿透這桃紅色的，菲薄的皮膚，將見那鮮紅的熱血激箭似的以所有溫熱直接灌溉殺戮者；其次，則給以冰冷的呼吸，示以淡白的嘴唇，使之人性茫然，得到生命的飛揚的極致的大歡喜；而其自身，則永遠沉浸于生命的飛揚的極致的大歡喜中。⑪

魯迅刻意以一種冷靜客觀的語調，分解動作般，延緩了刀兵與血肉

---

⑩　　魯迅，《墳》，頁 273。
⑪　　魯迅，〈復讎〉，《野草》，頁 17。

接觸的發展歷程，「強迫」閱讀者凝視殺戮的剎那，使得震驚的體驗積久不散。人的身體原是具有穩定邊界的封閉系統，凡有傷殘破損扭曲變形，總令人不安，因為它打破了穩定的感覺，威脅著原來的系統。在中國詩學傳統裡，通常認為：這種血腥殺伐的畫面，有害於道，無益於藝，故為詩人所「不忍言」。⑪魯迅則常能從「被覆蓋面」去尋找情思與意象，在揭開的行動中，獲取言說的能量。

　　詩的操作原理，常在通過表面上種種隱藏的手段，達成實質上更好的揭露效果。有些因循的詩人所蔽多於所見，帷幕之下，淺陋荒蕪。魯迅的詩則充滿破除外殼、直趨核心的能耐。但「正視」並不等於平白說去，內核裸露出來以後，如其夠新夠強，很快便又形成新的外殼，累積新的蘊藏。以前引詩為例，對於身體構造精細的「透視」，實得力於學過人體解剖學的背景。⑬這裡我們看到：在現代生理知識的支援之下，事物的形象更精微了；倫理制約的解

---

⑪　蘇轍曾在〈詩事五病〉中指出：詩經中詠歌文武征伐之事，大多點到為止，以王師之盛涵蓋殺敵之烈。至於「韓退之作〈元和聖德詩〉，言劉闢之死曰：『宛宛弱子，赤立傴僂。牽頭曳足，先斷腰脊。次及其徒，體骸撐拄。末乃取闢，駭汗如寫。揮刀紛紜，爭刌膾脯。』此李斯頌秦所不忍言，而退之自謂無愧于雅頌，何其陋也！」見吳文治主編《宋詩話全編·第一冊》（江蘇古籍出版社，1998），頁 902。按韓愈的寫法在古詩已屬特例，但與魯迅筆法相比，仍顯得粗略。

⑬　魯迅早年任浙江兩級師範學堂教員時，曾自編生理學講義《人生象斅》（1909），其中論及「皮」一章有云：「革之構成，本于二者，曰結締織，曰彈力系。其與膚相接之處，多見隆陷，有如波濤，是名乳頭，神經及血脈杪耑皆藏于此。至于深部，則有紋、無紋肌系交互若網，毛根汗腺等在焉。」見劉運峰編，《魯迅全集補遺》（天津：天津人民出版社，2006），頁 107。

除,則又打開了美感創造的空間。魯迅借用摩羅的姿態,既為舊世界解咒,復為新藝術召魅,經由「非禮」的視與思與說,完成了一種自「罪－惡」中提煉詩意的方法。

㈡傷與狂之為詩語

五四時期,胡適率先嘗試以分行排列的白話,作為新時代的詩意載體。但由於他對白話的期許偏向於直截、明淨、淺白,也就離詩甚遠。大約同時,魯迅也以他小說體的〈狂人日記〉(1918)創造了另類的白話——跳躍、斷裂、破碎的構句,躁鬱、狐疑、顛狂的語調以及陰森而尖銳的意象。這些都來自一個憂狂的主體,以精神分裂的症狀,顯示了多層次的內在矛盾。如果超越形式化的執泥,從表義過程來看,這毋寧已是深具現代質素的「詩語」。⓫

實際上,魯迅一生所寫的白話文,即便是殺伐斬截的雜文集,或多或少皆隱藏著這種狂譫式的詩語成份。《野草》號稱散文詩,自然更為集中而凸顯。試從其中摘舉片段:

> 這上面的夜的天空,奇怪而高,我生平沒有見過這樣奇怪而高的天空。他仿佛要離開人間而去,使人們仰面不再看見。然而現在卻非常之藍閃閃地映著幾十個星星的眼,冷眼。⓬

⓫ 略過胡適,而直接從〈狂人日記〉談論現代「詩語」,想法來自楊澤,〈現代詩與典範的變遷〉,封德屏主編《臺灣現代詩史論》(臺北:文訊雜誌社,1996),頁 619-622。

⓬ 魯迅,〈秋夜〉,《野草》,頁 1。

這裡反覆運用補綴式的句法，「天空」與「奇怪而高」之間拆而復合。以詰屈聱牙的長句帶出「眼」字，後頭又補以「冷眼」。這樣一點一滴構築語意，便有力地再現了感知過程的阻抑感。再如：

> 他在手足的痛楚中，玩味著可憫的人們的釘殺神之子的悲哀和可咒詛的人們要釘殺神之子，而神之子就要被釘殺了的歡喜。⑯

第二個小句，用了四個「的」字，同時語意未完，須與第三小句合看，乃能了結。全句主幹原是「他－玩味著－悲哀與歡喜」，但卻以一個比一個長的短語來修飾賓語，使句子尾大不掉，失去了簡潔勻稱之感。「人們要釘殺神之子」與「神之子就要被釘殺」，這樣同時覆誦主動與被動的句式，又顯得十分冗贅而緜長。再如：

> 我只得由我來肉薄這空虛中的暗夜了，縱使尋不到身外的青春，也總得自己來一擲我身中的遲暮。但暗夜又在那裏呢？現在沒有星，沒有月光以至沒有笑的渺茫和愛的翔舞；青年們很平安，而我的面前又竟至於並且沒有真的暗夜。⑰

「肉薄」即是「肉搏」，魯迅在用字上刻意存古，反有一種「去熟

---

⑯　魯迅，〈復讎（其二）〉，《野草》，頁22。
⑰　魯迅，〈希望〉，《野草》，頁27。

悉化」（defamiliarization）的效果；⑱至於「笑的渺茫」和「愛的翔舞」不符中文的舊習慣，最後一小句的「又竟至於並且」幾乎「可刪」。「我只得由我來……」這種句型在中文裡算是囉唆，至於「一擲我身中的遲暮」差不多就是李金髮式的病態語言了。

這些詩例的共同特色是「脫軌離常」、「混雜不純」，說話主體強力介入語詞的重組與布置，客觀語法的權威被弱化了。有些論者強調，與散文相比，詩的語言應該定義為對規範的一種偏移。現代詩歌便藉由強化這種偏移，而使其越來越接近詩的本質。但熱奈特（Gérard Genette）反對這種說法，他指出：能指（signifier）與所指（signified）之間存在著「任意性」，既是語言符號的先天缺陷。詩的任務便在於彌補這種缺陷：或改變意義使所指貼合能指，或改變表達形式使能指符應所指。⑲假如我們把這種原理擴大到「主體心靈／客體世界」的對照，可以說：魯迅已經生動地調整他的意念情感去對應那個變異扭曲瘋狂的超級符號——現代中國，因而生產出看似變態的詩意模式；為了緊扣這種新內容，他同時創造了別人以為偏移而實極精準地貼近意旨的語言型態。從這種觀點看來，不是這種詩語違犯了文法，而是「糾彈」了那些看似理所當然的表述。

現代中國文人為了啟蒙與救亡的需要，丟棄了漢語固有的詩性

---

⑱ 我查考了幾個較早的版本，發現凡 1949 年以前皆作「肉薄」，參見初刊本（北京：北新書局，1927），頁 22；最早全集本（上海：魯迅全集出版社，1947），頁 25。以此推估，應是晚出的簡體字版全集編者，將它改為「肉搏」。

⑲ Gérard Genette, *Figures of literary discourse.* trans. Alan Sheridan (New York: Columbia UP, 1982), pp.92-97.

特質，轉而以白話語法追逐精密、清晰、單一的傳達效果。這也許有利於知識傳播和民眾教育，卻也衍生了如何以新工具呈顯美感的課題。魯迅很早便洞察到這個現象，對於由胡適到徐志摩的新詩創作，向來頗不欣賞。《野草》作為「另類」的白話詩，正顯現他自覺地選擇一條不同的語言策略。例如：

> 於一剎那間照見過往的一切：飢餓，苦痛，驚異，羞辱，歡欣，於是發抖；害苦，委屈，帶累，於是痙攣；殺，於是平靜。……又於一剎那間將一切併合：眷念與決絕，愛撫與復讎，養育與殲除，祝福與咒詛。……她於是舉兩手盡量向天，口唇間漏出人與獸的，非人間所有，所以無詞的言語。⑩

用的雖是白話，卻與傳情曉暢、解理精細、敘事分明等特質相逆而行。詩人刻意省略掉許多可能的連結媒介，雖再三使用「於是」一詞，但這應是一個非真值（truth condition）語義表達功能的連詞，主要作用係在連貫篇章、黏合碎片，而非闡明事理。⑫這段引文幾乎沒什麼修飾語，只是以時空壓縮的手法，將許多「動作」拼湊成一體，卻因斷裂而形成諸多空隙。最後一個複句，在「言語」之前安置了三個相互連鎖的形容性短語，彷彿模擬了支吾其詞的情態。整個來看，這段引文展現了「狀態或動作的並置與併發」，固然可說

---

⑩　魯迅，〈頹敗線的顫動〉，《野草》，頁 65。

⑫　參考方梅，〈自然口語中弱化連詞的話語標記功能〉，《中國語文》，2000 年 5 期（2000.5），頁 459-470。關於這一份理論資料，感謝我的同事劉承慧教授的引介。

是以象徵主義的詩學方法，達成了「文言般」的稠密效果。但似乎也可說是將漢語傳統的非理性因素，注入白話文的書寫。⑫

　　魯迅以其精采的語言表演，說明了一個事實：白話不一定保證新穎，文言也可能現代。著名〈墓碣文〉即為例證：

> 我繞到碣后，才見孤墳，上無草木，且已頹壞。即從大闕口中，窺見死屍，胸腹俱破，中無心肝。而臉上卻絕不顯哀樂之狀，但濛濛如煙然。
>
> 我在疑懼中不及迴身，然而已看見墓碣陰面的殘存的文句！
>
> 「……抉心自食，欲知本味。創痛酷烈，本味何能知？……
>
> 「……痛定之后，徐徐食之。然其心已陳舊，本味又何由知？……
>
> 「……答我。否則，離開！……」⑬

不僅就畫面而言，使人想起魯迅從小熟讀的《玉歷鈔傳》中的地獄圖象。即使就文字而言，似乎也刻意模擬了傳統地藏典籍的風格。從〈狂人日記〉的「被食」妄想，到此文的「自食」意象，我們看到「體」的破壞與撕裂。傷殘體對於完整體而言，是一種撩撥或冒

---

⑫　柯慶明在論及傳統因素與現代主義的辯證時，提出一個質問，值得參考：「對一個充斥著詩話與筆記的寫作傳統，所謂：即興、片斷、以至詭異、怪誕等等的文體與表現，真的足使我們驚異或震恐？還是習以為常而已？」見氏著，〈六十年代現代主義文學？〉，《中國文學的美感》（臺北：麥田出版社，2000），頁390。

⑬　魯迅，〈墓碣文〉，《野草》，頁61-62。

犯，作用之一在於打破那穩定至於麻木的世界。⓬而這裡的傷殘是有雙重性的——以傷殘文體乘載了傷殘身體，再現了言意俱碎的狀態。魯迅曾有一段時期，沈迷於蒐求鈔錄「殘碣」之「殘文」。⓬這種嗜癖，不妨解釋為對於遍體鱗傷的「舊文」的物質性甚或是身體性的召喚。所謂「殘」，不僅是指以「刪節號」（……）所模擬的碑文「去頭截尾」的剝落、磨蝕和掩蔽。相對於著力完整再現話語的那一種「白話文」，滿布裂痕與缺口的「文言文」（及其模擬物）永遠像是肢離傷殘之體。魯迅把「身體感」融入這種「語法／修辭」裡，享受著（對文字）鞭打撕裂縫合，近乎「施虐／受虐」狂態的，一種「痛感中的快感」（pleasure in pain）。

　　就表層的「趕鬼－說法」而言，魯迅在公共立場上是「反文」（古書、文言、漢字）的；但就底層的「召魅－詩法」而言，其私人偏好卻是「仿文」的。無論如何，他的語言實踐總是充滿造反精神，不甚循法作文。這種傾向，同樣體現在他有名的「硬譯」之爭。在轉譯一本俄國的文藝理論時，他說：「譯完一看，晦澀，甚而至於難解之處也真多；倘將仂句折下來呢，又失了原來的精悍的語氣」。⓬他在這裡做了選擇：寧取「原來的語氣」，不惜「晦

⓬　有關魯迅筆下對於醜惡身體的「示眾」，及其深層意義，詳見顏健富〈「易屍還魂」的變調——論魯迅小說人物的體格、精神與民族身分〉，《臺大文史哲學報》第 65 期（2006.11），特別是頁 134-141。

⓬　許壽裳，〈整理古籍與古碑〉，《七友魯迅印象記》，頁 42-45。

⓬　魯迅，〈《文藝與批評》譯者後記〉，《譯文序跋集》（臺北：風雲時代出版社，1991），頁 245。

澀」與「彆扭」。當時崇尚純正中文的論者，如梁實秋，則稱之為死譯而痛加批評。**❿**魯迅駁文仍堅持，使用「有缺陷的中國文」對譯外文，為了精準傳達，必須在「文法句法詞法」上有所「新造」或「硬造」。**❿**他認為，真正觸怒人的，乃是譯文所夾帶的意識型態，而非語言的純雜（其實，魯迅雖未明說但似暗示著：語法本身即是認知模式，也即是意識型態）。他還作了這樣奇怪的比擬：

> 人往往以神話中的 Prometheus 比革命者，以為竊火給人，雖遭天帝之虐待不悔，其博大堅忍正相同。但我從別國裏竊得火來，本意卻在煮自己的肉的，以為倘能味道較好，庶幾在咬嚼者那一面也得到較多的好處，我也不枉費了身軀：出發點全是個人主義，並且還夾雜著小市民性的奢華，以及慢慢地摸出解剖刀來，反而刺進解剖者的心臟裏去的「報復」。**❿**

這一段寓言式話語的原旨，可以被理解為革命者的「犧牲」主題。**❿**但令人驚異之處，殆在於它居然可以跟「翻譯」聯結起來，表述

---

❿ 梁實秋，〈論魯迅先生的「硬譯」〉，《偏見集》（臺北：文星書店，1964），頁 51-54。

❿ 魯迅，〈「硬譯」與「文學階級性」〉，《二心集》（臺北：風雲時代出版社，1989），頁 9。

❿ 魯迅，《二心集》，頁 20。

❿ 參見李歐梵，《鐵屋中的吶喊》，頁 256-257。

了一種甚具社會實踐意義的語言觀。這個被改造過的神話，比原版增添了更多的暴力結構，重點也已由「竊火」轉到「煮肉」與「被食」。（依照我的體會，魯迅其實是暗地將希臘神話與「頭目髓腦以施於人」、「剜身出肉作千燈炷」、「剜眼施鷲以救鴿」之類的佛經故事相互融合。）在魯迅而言，書寫即是盜火，違犯了語言的、政治的、道德的律法，故須遭受當權者的懲戒。但他想送給人的，並不是外在的「火」，而是火烤過的自己的「肉」。通過自烹的行動，舊有的「體」是被徹底扭曲分解改造了，但「生命－語言」（肉）卻得以與「新思想」（火）結合而為新的祭品，分饗眾人。生食／熟食常被視為蠻荒／文明的分界線，魯迅或許有意藉「自煮」的示範，達到重組／煮國族的慾望。其目的在求進步，其手段則頗張狂。

　　「硬譯」作為一種翻譯方法，或許頗有缺陷。但其中所體現的充滿暴力色彩（割裂、燒煮、扭曲、重組）的文字技術，挪用到創作上，卻成了魯迅對漢語的一種發明。特別是《野草》裡的散文詩，在深刻思維與警策結構的支撐下，那種將感知過程「硬譯」出來的文字，反而展現了頗為強悍的魅惑之力。[131]實際上，通過「暴力」而使「身體／文體」取得「神聖」的地位，這正是「犧牲」（victim）的深層意義。[132]魯迅這段寓言的操作程序，約略如此：先

---

[131]　它們也部份地潛入小說，甚至雜文之中（他上好的雜文每每蘊含著詩意與詩語），這即是說，「野草成份」其實是可以再擴大來談的質素，鬼氣與毒氣時時充盈著筆墨，從未止息。

[132]　René Girard, *Violence and the Sacred* (Baltimore: The Johns Hopkins UP, 1977), p.276.

是以「身」入「文」，融為一「體」，⓭然後引逆神犯忌之「火」燃之。正因先有這主客融合的結構，使得暴力的發生，並非主體意志（作者）對客體秩序（語法）的傷害，而是物與我的同傷共毀。從〈狂人日記〉的「被食妄想」，到〈墓碣文〉的「抉心自食」，再到這裡的「以身饗人」，魯迅終於完成了兼具「自殘以遣憤」與「捨身以布施」兩種意義的書寫表演。

魯迅實際上已創造了一種「廟會式」的書寫方法，⓮無論就修辭、意象、結構、情節、風格而言，無不「模仿」了童年經驗中的地獄圖象、迎神遊行、目連戲等民俗成份。其間充斥著「變神聖為魔怪」的褻瀆行動，「化禁忌為常態」的破壞手段，「從蠻荒得新力」的創造精神。⓯魯迅在語言的廟會中，割身煮軀，自以為犧牲，連接了人間與鬼物。對於這種「受難」行為，他自我解嘲似地說，乃是出於：「奢華」和「報復」。前者顯現他沈迷於痛感與快感雜糅的體驗，通過割炙文字而達致足以炫耀的奇異、繁飾、精

⓭ 此處可與干將莫邪之類「爍身以成物」的殉劍故事相類比，前文提過的〈鑄劍〉一篇（見《故事新篇》），曾經加以衍化。其中「三頭互咬」的畫面，則很能演示歐化、文言、白話在互逐互噬的混戰之後，敵友不分，邪正一體的情境。

⓮ 這裡自然脫胎於巴赫汀（Mikhail Mikhailovich Bakhtin）著名的術語：「狂觀節」（carnival）與「狂歡化」（carnivalization），此處權稱為「廟會式」，蓋有意突顯其「本土」創生的意義以及褻瀆「鬼神」的成份，又可與夏濟安所謂「鬧劇式的誇張修辭法」相互對照。見《夏濟安選集》，頁16。

⓯ 青年魯迅有言：「尼佉（Fr. Nietzsche）不惡野人，謂中有新力，言亦確鑿不可移。蓋文明之朕，固孕於蠻荒，野人狉獉其形，而隱曜即伏於內。文明如華，蠻野如蕾，文明如實，蠻野如華，上征在是，希望亦在是。」見《墳》，頁65。

采。後者則是作為犧牲者，回應加害者、旁觀者、享用者的「反作用（暴）力」。犧牲是祭品，也是食品和藥品，它藉由進入咬嚼者的口舌眼鼻，刺激其感官，震撼其思維，鞭撻其靈魂。因此，這一種如墳如屍如毒藥的「犧牲－文字」，背後常常躲著含冤的惡意的出沒無常的「鬼魂」──就像揮之不去的「詩意」在恐怖扭曲的「詩語」的隙縫裡進進出出。

五、結　語

中國向來也有「非聖無法」的異端精神，常被五四新人物引為前驅。但像魯迅這樣，斷然以「魔」詮釋自我主體的位置與內涵，即便是在「反傳統」之風盛行的年代，仍屬一大變態。他不僅以魔為思想立場，更以魔為抒情境地，那是一種源自舊壘（神聖、傳統、古典）卻反過來意欲推翻舊壘的願望與行動，奔突嘶嗥，出入於人天之邊緣。在其間，魔與詩起著相互定義的作用：將抗神、敗德、尚力的魔，視為詩的核心元素，實已偏離了溫柔敦厚風雅無邪云云作為詩質的路向，並跳出了神韻、性靈乃至言志等樣式的侷促。至於把斷裂、壓縮、飛躍的詩，視為魔的重要性能，則又賦予性情與靈思，使其成為一種強而有力的抒情主體，而「魔的境地」也就與「詩之體格」達成奇妙的契合。

惟魔之為物，終究帶有西方悲劇英雄的色彩，崇高壯烈而遠於常俗，不免有些幽渺。因此，中年魯迅把青年時期的西方影響與童年時期的民俗體驗結合起來，以「復讎」的「厲鬼」形象來轉化「抗神」的「摩羅」概念，便成了極富創造性的行動。相對於許多

積極倡導強化「身體／國體」的五四新人物，魯迅對鬼魂的召喚，使他能夠超越「凡軀」，跨過「體」的邊界，打開了深刻而充滿可能性的視域。⑱雖然，這似乎背逆了「啟蒙－理性－科學」的時代主潮。但從今天的角度來看，那個太過樂觀而略顯浮淺的時代，未必有利於詩，魯迅也正是逆著當時的潮流乃能獨造一種深刻而現代的詩境。鬼及周邊的物事，作為非理性世界最有力的表徵，不僅是富足滿溢的意象倉庫，更是墾掘不盡的思想礦脈，有著神話一般的能量。

　　魯迅的創意，還在於發現或者賦予「志怪」傳統一種現代性。並使那些被書面化了的古老遼遠的非理性經驗，奇妙地「還原」為活生生的鄉土常民文化。他甚至能夠從所謂「經典」之中讀出豐富的志怪成份，或者說，他總是興致盎然地從那些堂皇合理的文字敘述裡，看到鬼魂、妖孽、腐體殘軀、毒蠱病菌。他極熟悉中國讀書人所慣於操作的「我思」，但更好奇於濟濟之士乃至自己所「不思」之處──夢的底層、病與死的背面、瘋癲與殘暴的核心。如果說狂、夢、病、死、魔、鬼，這幾個關鍵字，足以描述內外交迫、自我分裂、多層焦慮的說話主體，那麼，「狂譫」、「夢囈」、「鬼話」便成了一種說話的方式。魯迅就這樣把白話帶到一種前所未有的繁複與深刻，追根究底，不得不歸功於非理性因素的運用。

---

⑱　魯迅的思維正可與傅柯（Michel Foucault）所謂「鬼影」（phantom）相印證。鬼影既附著身體，卻又游走於其邊界範疇之外，通過繁複的變化，破壞其完整性。相關理論的闡述，參見王德威，《後遺民寫作》（臺北：麥田出版社，2007），頁 130-131。

第二章　墳墓·屍體·毒藥
——新月詩人的魔怪意象

一、前　言

　　現代漢詩在二十世紀前葉（1917-1949）的生成發展，受到西方詩學影響頗多，但也與五四以來對傳統思想／詩學的檢討，對本國政治／社會的反應，有極為密切的關聯。有關「中國現代詩史」的一般著作，經常依照西方詩潮劃出浪漫派、前期象徵派、後期象徵派、現代派，再把詩人逐一歸入某派。這種分法雖然便利，但也有削足適履之嫌。就社會現代化的歷程而言，中國與西方之間長久存在著顯著的時差。因此，中國現代文學的發展規律不可能完全比照西方的歷史經驗。「古典－浪漫－象徵－現代－現實」（主義或流派）這套框架移植到中土，經常以混雜交錯之姿出現。它們在許多漢語詩人的創作實踐中，甚至構成一種「共時性結構」，而非一種「歷時性發展」。而這個共時結構的任一部份，都可能交互滲透，展現繁複的變貌。以本章所關注的「新月詩人」而言，經常被派入浪漫主義的樊籬之中，得出詩形保守、詩意陳舊的印象。其實，認定「現代派」必定比「新月派」更現代、豐富、進步，極可能是一

種迷思——誤將西方詩潮的「演變歷程」，當作漢語詩歌「價值評斷」的準據。

基於上述認知，我將嘗試以「魔怪意象」（demonic imagery）為討論起點，重新梳理三位新月詩人較常被忽略，但蘊含著深厚的現代潛能的一個面向。所謂魔怪意象，依照弗萊（Northrop Frye）的界定，係指：

> 人的願望徹底被否定的世界之表現：這是夢魘和替罪羔羊的世界，痛苦、迷惘和奴役的世界；它是處於人的想像還未對之產生任何影響的世界，諸如城市、花園等人的願望的意象還未牢固地確定起來的世界；這裏到處都有摧殘人的刑具，愚昧的標記、廢墟和墳墓、徒勞的和墮落的世界……魔怪意象的中心主題之一是嘲仿（parody）；即藉由含蓄地指出其對「真實生活」的模仿來諷嘲的藝術。❶

在漢語詩史上，率先大舉運用這類意象的，即為新月詩人。這不僅是題材的問題，更涉及詩意模式的轉換。蓋詩之所以為現代，固然與技巧或語言有關，但更根本地，乃是詩人觀物態度與審美取向的新變。傳統詩人通常傾向於追求和諧的境界，壓抑屬其聲色的寫法。即便是以刺世疾邪為要務的社會詩人，亦自多所節制。新月詩人則在國族危機與現代觀念的刺激之下，通過詩篇，對宇宙與人生

---

❶　弗萊（Northrop Frye）著，陳慧、袁憲軍、吳偉仁譯，《批評的解剖》（天津：百花文藝出版社，1998），頁 167。

種種負面因素多所逼視，甚至表現。換言之，魔怪意象經常是幽黯意識（gloomy consciousness）的文學性外顯。❷探討這種外面喻象與內在精神的對應或參差，應當有助於抉發其詩學底蘊與文化意義。

在研究對象方面，本章以「新月詩人」的名義，總括徐志摩（1897-1931）、聞一多（1899-1946）、朱湘（1904-1933）的共同屬性。這固然沿用了現代文學史的一般用法，但關懷重心並非文學社團或流派的課題。❸平心而論，這三位詩人已經取得那個時代所能到達的最高成就，其意義遠非「新月」（社或派）所可覆蓋，何況彼此間的差異有時更甚於通同。這裡將他們置於同一議題之下合論，即在通過交詰與互證的關係，呈現魔怪意象介入思維、支配風格的多種可能。同時希望經由這種分析，對此一時代、此一群體的詩學特質，提出具有補充意義的闡釋。經由初步的文本分析，我歸納出墳墓、屍體、毒藥等三個相互連鎖的魔怪意象，作為觀察焦點，以下各節即順此展開討論。

---

❷ 所謂幽黯意識，「發自對人性中或宇宙中與始俱來的種種黑暗勢力的正視和省悟：因為這些黑暗勢力根深柢固，這個世界才有缺陷，才不能圓滿，而人的生命才有種種的醜惡，種種的缺憾。這種正視不代表價值上的認可。實際上，幽黯意識是以強烈的道德感為出發點的，惟其從道德感出發，才能反映出黑暗勢力之為『黑暗』，之為『缺陷』。因此它對現實人生，現實社會常常含有批判和反省的精神。」詳張灝，《幽黯意識與民主傳統》（臺北：聯經出版社，1989），頁4。

❸ 無論文學史或批評史上的「新月社」與「新月派」，在年代起迄、成員組合、流派特徵等方面，都還有許多爭議，特別是聞一多與朱湘是否對「新月」有認同感。較具概括性的回顧，參見邱文治，《現代文學流派研究鳥瞰》（天津：天津教育出版社，1992），頁205-217。

二、魔怪家園：
「墓穴／子宮」異質共構的空間

> 大地是萬物之母，亦是萬物的墳墓；
> 葬身之所同時亦是生身之處，
> 她生出形形色色的小孩，
> 都伏在自然的懷中吸奶。❹

　　莎士比亞的名句，蘊含著人類社會普遍存在的一種神話思維。大地母親乃是孕養草木生命的子宮，也是埋葬生機的墓穴。❺因此，在許多原始宗教裡，「象徵性的埋葬」通常具有「法術－宗教性」的儀式意義，可以抹拭罪惡或治療疾病，使各種殘缺者得以重生。❻而子宮（womb）與墓穴（tomb），無論從英文字根或中文構詞來看，都指涉一種特定空間（room）。因此，關於「子宮－大地－墓穴」的多重觀想，實即體現吾人對於當下空間的存在感受。

　　自然意義的「大地」可以被發展為社會意義的「國土」，特別是 1920、1930 年代的中國，面臨內外雙重的巨大危機，對於自我

---

❹ William Shakespeare, *Romeo & Juliet*. edited by Brian Gibbons (New York: Routledge, 1980), p.34. 譯文引自梁實秋譯，《羅蜜歐與茱麗葉》（臺北：遠東圖書公司，1967），頁 76。

❺ 有關「生命之母同時也是死亡之母」的神話闡釋，參見坎伯（Joseph Campbell）著，朱侃如譯，《千面英雄》（臺北：立緒文化公司，1997），頁 331。

❻ 伊利亞德（Mircea Eliade）著，楊素娥譯，《聖與俗》（臺北：桂冠出版社，2000），頁 186-187。。

與世界的覺知格外尖銳。「國族意識」與「地母思維」相互交融滲透，呈現嶄新的面貌。漢語新詩在這樣特異的土地上萌芽、茁壯、變異，無可避免地，要跟隨現實一起扭曲發展。詩人置身可戀復可厭的雙重處境，猶如面對「重病的母親」：一方面，「祖國／故鄉／家園」作為生命的源泉，具有「子宮」的神聖地位；另一方面，天地日流血，江海漂餓殍，則又引人墜入「如墓」的絕望景象。這種「子宮／墓穴」（womb/tomb）異質共構的矛盾空間，神魔一體，愛恨同籠，本身即充滿詩的張力。

　　徐志摩既結束在康橋兩年「聖潔歡樂的光陰」，乃寫下：「如慈母之於睡兒，暖抱軟吻；康橋！汝永為我精神依戀之鄉！」❼直是把康橋視為精神的母體，正因如此，在著名的〈再別康橋〉裡，既有久別重逢的亢奮，又有乍見將別的苦惱。明明是重遊異國，竟然有了回到母土的心情：

　　　軟泥上的青荇，
　　　　油油的在水底招搖；
　　　在康河的柔波裏，
　　　　我甘心做一條水草！❽

「康橋」等於「水」，等於「女性」，等於美麗、嫵媚、流動，這

---

❼　徐志摩，〈康橋再會罷〉（1922），楊牧編校，《徐志摩詩選》（臺北：洪範書店，1987），頁 41。

❽　徐志摩，〈再別康橋〉（1928），《猛虎集》（上海，新月書店，1931），頁 37。

是志摩諸多描寫康橋的詩文裡，慣用的詩意公式。在前文「新娘」、「豔影」等意象的烘托下，這裡的「水」，隱約被導向女性身體的聯想。詩人自比水草，常願「在水底招搖」，便流露了對於「精神的母親／溫暖的子宮／永恆的田園」的依戀。但那裏，畢竟是異國。

　　差不多同時，詩人用這樣的詩句描述當下生活：「陰沈，黑暗，毒蛇似的蜿蜒，／生活逼成了一條甬道」；「在妖魔的臟腑內掙扎，／頭頂不見一線的天光」❾。而這裏，偏偏是「祖國」。合起來看，「異國－母親－子宮」對比於「祖國－妖魔－臟腑」，顯得弔詭而悲哀。但若進一步考察，則中國當然也是母親，血肉的母親。他曾細膩地描寫一個母親生產的痛苦：

> 我們要盼望一個偉大的事實出現，我們要守候一個馨香的嬰
> 　兒出世——
> 你看他那母親在她生產的床上受罪！
> 她那少婦的安詳、柔和、端麗，現在劇烈的陣痛裏變形成不
> 　可信的醜惡：看她那遍體的筋絡都在她薄嫩的皮膚底裏暴
> 　漲著，可怕的青色與紫色，像受驚的水青蛇，在田溝裏急
> 　泅似的，（……）
> 因此她忍耐着，抵抗着，奮鬥着……抵拚繃斷她統體的纖
> 　維，她要贖出在她那胎宮裏動盪著的生命，在她一個完全
> 　美麗的嬰兒出世的盼望中，最銳利，最沉酣的痛感逼成了

---

❾　徐志摩，〈生活〉（1928），《猛虎集》，頁90。

最銳利最沉酣的快感……❿

守候一個「寧馨兒」，乃是那個時代知識份子共構的國族寓言。⓫
因此，這裡的母親可以看做古老的中國（以及相應的古典詩學），他本
來是安詳、柔和、端麗，但在生產的陣痛期，卻變形為醜惡，詩裏
把青筋暴張的形象寫成「像受驚的水青蛇，在田溝裏急泅似的」，
也就引進了本不相干的陰冷的動物意象。這種痛苦是為了胎宮裏的
嬰兒，而嬰兒，可以視為眾所期待的萌芽中的美好新中國（以及相
應的現代詩學）。但在那個時代，詩人其實只看到疼痛變形的母親，
寧馨兒未必就能出世。因為，產褥之外有個更龐大可怕的墓園──
那是現實的中國。

志摩嘗遊歷日本，豔羨之餘，不得不為中國的「痿痺」、「懵
懂」、「淤塞」、「臃腫」感到慚愧。⓬也正是這種心境，使他創
造大量的墳墓意象。〈冢中的歲月〉一詩，揣摹死者的處境與語
氣：

---

❿　徐志摩，〈嬰兒〉（1924），《志摩的詩》（上海：新月書店，1928），頁
　　132-134。

⓫　以「寧馨兒」來隱喻未來的「新中國」，已見於梁啟超的論述。參見劉人
　　鵬，《近代中國女權論述──國族、翻譯與性別政治》（臺北：臺灣學生書
　　局，2000），頁 141-142。另關於此詩，茅盾即已指出徐志摩所痛苦地期待著
　　的「未來的嬰兒」乃是「英美式的資產階級的德謨克拉西」，見〈徐志摩
　　論〉（1931），在方仁念選編，《新月派評論資料選》（上海：華東師範大
　　學出版社，1993），頁 145-146。我贊同「嬰兒」有所隱喻的解釋路向，但其
　　指涉範圍應當沒有茅盾所說那樣狹窄而著實。

⓬　徐志摩，〈留別日本〉（1924），《徐志摩詩選》，頁 142-143。

> 埋葬了也不得安逸，
> 髑髏在墳底喘息；
> 舍手了也不得靜謐，
> 髑髏在墳底飲泣。
>
> 破碎的願望梗塞我的呼吸，
> 傷禽似的震悸著他的羽翼；
> 白骨放射著赤色的火焰———
> 卻燒不盡生前的戀與怨。⓭

此詩機杼類似陶淵明的〈挽歌詩〉，但陶詩止於下葬，志摩則細寫墓內的感知。其作意顯然不同於「託體同山阿」的曠達⓮，反而增添了恐怖與哀戚。墳墓並非實寫，而是設喻以抒情。詩人在此，暗示了身心如死、天地如墓的迫促與蒼涼。當時整個中國長久處於軍閥混戰的局面。特別是一九二四年秋的「第二次奉直戰爭」，北方京華陷入騷亂。幾乎同一時間，南方故鄉也不平靜，江蘇督軍齊燮元與浙江督軍盧永祥開戰，志摩全家遷至上海避難。如此時局，使詩人極感悲憤。因此，這首詩所描寫的既是個人心境，同時也是國家民族的處境。

詩人的泛墳墓觀，亦見於他對個體自由失落的描述：

⓭　徐志摩，〈冢中的歲月〉（1924），《徐志摩詩選》，頁 163。
⓮　陶淵明著，王叔岷箋證，〈挽歌詩三首〉，《陶淵明詩箋證稿》（臺北：藝文印書館，1975），頁 504。

新娘，把鉤銷的墓門壓在你的心上：

（這禮堂是你的墳場，

你的生命從此埋葬！）

讓傷心的熱血添濃你頰上的紅光。❶

這首詩描寫一個非自願而必將不幸的婚禮，故再三將新娘「看似大喜之妝」與「其實極悲之心」進行對比，並將「禮堂」等同於「墳場」。如果把詩裡的意思加以引申，對照詩人的傳記資料，則即使自願地走入愛情的禮堂，有時也無異跌落生活的墳場。

新月派另一位主將聞一多，也常在他的詩裏用力地呼喊「我們的中國」，至於像「國家」、「民族」這些崇高的字眼，更是屢見不鮮。但他對於世界詛咒之重，有時也趨於極端。同時基於強烈的身體思維傾向，他的感官描述特別逼真具體。因此，即便他採用了看似保守的格律體，仍能產生一種強烈的現代效果。他曾把國家比喻成大海：

我知道海洋不騙他的浪花。

既然是節奏，就不該抱怨歌。

啊，橫暴的威靈，你降伏了我，❷

---

❶　徐志摩，〈新催妝曲〉（1926），《翡冷翠的一夜》（上海：新月書店，1927），頁123。

❷　聞一多，〈一個觀念〉，《死水》（上海：新月書店，1933），頁56-57。

這幾句寫得頗為深情，個人無法脫離國家，正如浪花必須信任海洋，節奏必須配合整首歌，似乎沒有爭辯的空間。但這裡還是暗暗「抱怨」了，國家所賴以降伏個人者，常是「美麗的謊」。一旦連這謊也說得不美麗的時候，詩人便不得不起而質疑：

> 這是一溝絕望的死水，
> 清風吹不起半點漪淪。
> 不如多扔些破銅爛鐵，
> 爽性潑你的剩菜殘羹。**⑰**

中國變成一溝絕望的死水，不再是澎湃的海洋。局部的「節奏」都泯滅無存了，當然也就無「歌」可言。面對著快要停止心跳的祖國，只能施以電擊。用更醜惡的藝術來叫醒麻木的世界了。

不僅個體與國家愛恨糾葛，有時還要加入「家庭」的因素，例如〈靜夜〉：

> 受哺的小兒接呷在母親懷裏，
> 鼾聲報導我大兒康健的消息……
> 這神秘的靜夜，這渾圓的和平，
> 我喉嚨裏顫動著感謝的歌聲。
> 但是歌聲馬上又變成了詛咒，
> 靜夜！我不能，不能受你的賄賂。

---

⑰ 聞一多，〈死水〉，《死水》，頁 39。

誰希罕你這牆內尺方的和平！
我的世界還有遼闊的邊境。
這四牆既隔不斷戰爭的喧囂，
你有什麼方法禁止我的心跳？
最好是讓這口裏塞滿了沙泥，
如其它只會唱著個人的休戚！
最好是讓這頭顱給田鼠掘洞，
讓這一團血肉也去喂著屍蟲，
如果只是為了一杯酒，一本詩
靜夜裏鐘擺搖來的一片閒適，
就聽不見了你們四鄰的呻吟，
看不見寡婦孤兒抖顫的身影，
戰壕裏的痙攣，瘋人咬著病褥，
和各種慘劇在生活的磨子下。**⓲**

小兒在妻子的懷裏吸奶，大兒在打鼾，家屋像子宮一樣安全、溫暖
而美好。但家門以外，整個中國像是墳場一樣淒慘：「戰壕裏的痙
攣，瘋人咬著病褥」。詩人本來要讚美子宮內的光明，終於詛咒子
宮外的黑暗。「靜夜」成了賄賂者、欺騙者，動亂才是真正的現
實。小小的子宮被巨大的墓室包籠起來，兩者自成悖論。因為子宮

⓲　聞一多，《死水》，頁 52-54。按此詩在原版詩集中，題作〈心跳〉，後來作
　　者改題為〈靜夜〉，見朱自清等編，《聞一多全集》丁集（上海：開明書
　　店，1948）之「編者注」，頁 21。

裡的和平是虛假的、暫時的、局部的，所以不能提供真正的溫暖，而只能誘使心跳麻痺。詩人在此演練了一個死的假想：頭顱給田鼠掘洞，血肉餵著屍蟲，於是身體與土地又有了巧妙的聯結。

更進一步來看，則家庭子宮裡另還有一座墳墓，那便是與國家同災共難的自我。因此，精確地說，這首詩的內部有著三層的同心圓：大墓室（中國）包著子宮（家庭），子宮裏又包著小墓室（身體）。繁複的空間結構，有力地呈現了讚美與詛咒的衝突，和諧與騷動的衝突，家庭與國族的衝突。余光中 1960 年代膾炙人口的〈雙人床〉、〈如果遠方有戰爭〉、〈母親的墓〉、〈有一個孕婦〉等詩，相當程度上便是繼承並發展了此種結構，只是以更精微的語言技術，強化了關於「中國－母親－墳墓」的主題。

不過，聞一多的國族書寫經常帶出一個「黑暗自我」，這與余光中不盡相同。例如在〈口供〉一詩，世界（中國）是美好的子宮，但詩人卻儼如一座可怕的墳墓。詩人歷數自己愛英雄，愛高山，愛國旗、菊花和苦茶，然後忽然來了一個宣告：

> 還有一個我，你怕不怕？
> 蒼蠅似的思想，垃圾桶裏爬。❶⑨

詩題「口供」，則詩人顯然有意自擬於「罪人」。垃圾桶收集廢物殘渣，引來蒼蠅，那是令人嫌惡之物，卻也自有製造波瀾、擾動秩序、腐蝕與生產的能量。

---

⑲　聞一多，〈口供〉，《死水》，頁 2。

　　朱湘的世界，則是另一類型的墳墓空間。儘管他的詛咒聲調，與他高度神經質的性情以及隨之而來的悲慘際遇有關，但他實際上也以小我的病癲憂狂反映了時代的劇變。墳墓在其詩中始終是一個核心意象，例如：「有一點螢火／黑暗從四面包圍，／有一點螢火／映着如豆的光輝。」❷⓿陰森之中，透露出一種冷靜的品賞，可以看出他對墳墓意象有一種近乎病態的迷戀。然而一旦墳墓擴大為隱喻，並與眼前的世界相互疊合，卻是恐怖而絕望的。在〈禱日〉一詩裡：

　　　望蝙蝠作無聲之舞；青磷
　　　光內，墳墓張開了它們的
　　　含藏著腐朽的口吻，哇出
　　　行動的白骨；鬼影，不沾地，
　　　遮藏的漂浮著；以及僵尸，
　　　森森的柏影般，跨步荒原，❷①

墳墓一般被視為生者的終點，幽冥的入口；但在這首詩裡，它卻被直接賦以「妖魔」的形象，寫到墳墓張開口，吐出可怕的白骨、鬼影、僵屍。世界有如荒原，絕無希望可言，彷彿與自我的心境「同化」了。這首詩後半部，則又出現了標準的國族意象：

---

❷⓿　朱湘，〈有一座墳墓〉（1925），《草莽集》（上海：開明書店，1927），
　　頁 50。

❷①　朱湘，《石門集》（上海：商務印書館，1934），頁 32。

> 但燧人氏是我們的父親，
> 女媧是母，她曾經拏採石
> 補過天，共工所撞破的天。❷❷

在死一般的絕望裡，詩人呼喊了漢民族的共同父母——燧人氏與女媧，前者代表火，後者代表土——這實際上，便是一種渴望「重新生產」的呼求。

但皇天后土沒有應答，詩人只能藉由「自我埋葬」來尋求回到母體的可能。在著名的〈葬我〉（1925）一詩裡，「墳墓／子宮」再度被無限放大：

> 葬我在荷花池內，
> 耳邊有水蚓拖聲，
> 在綠荷葉的燈上
> 螢火蟲時暗時明
>
> 葬我在馬櫻花下，
> 永作著芬芳的夢——
> 葬我在泰山之巔，
> 風聲嗚咽過孤松——❷❸

---

❷❷　朱湘，《石門集》，頁 33。
❷❸　朱湘，《草莽集》，頁 13。

這裡有一股強烈的死亡欲望（death wish），彷彿死是身體與國土融合的最佳途徑。因此絕無滅絕的哀戚，反而流露一種欣悅，回歸家園的欣悅。不同於一般墳墓書寫常見的蔓草紙灰，這裡動用了水蚓拖聲、螢火蟲、馬櫻花、風與松等等意象，都具鮮活純淨的性質。於是死活逆轉，悲歡互換，「葬」的行動，居然有了「返回子宮」那樣的神話效能。他另有詩句云：

> 或者要汙泥才開得出花；
> 或者要糞土才種得出菜；❷

汙泥和糞土都屬於墳墓意象，開花與種菜則代表它們仍具有生產的功能，這一類寫法，屢見於他的數十首十四行詩裏。不過，詩人在此再三使用推測之辭，可見這種死極復生的循環觀只是心中的一種「祈嚮」，而非「確信」。中國像一個高齡的子宮，誰也不知她是否還能生出寧馨兒，但由如墓之境激發出一種現代詩意，也算是一種生產了。

三、憂鬱身體：
「衣服／腐屍」相詰的存在感受

> 大羣的蠅蚋在爛肉間喧鬧，

---

❷　朱湘，〈十四行：英體〉第 2 首，《石門集》，頁 101。

　　　醞釀著細蛆，黑水似的洶湧，

　　他們吞噬著生命的遺蛻，

　　阿，報仇似的凶猛。——波特萊爾〈死屍〉㉕

　　時代的巨變，使得現代中國的身體與文體，都遭受到一種暴力的衝擊。在溫柔敦厚的詩學傳統中，傾向於迴避暴力、血腥、醜惡的描寫。但在二十世紀前葉的文體變革中，這些被抹除的因素反而成了新的詩意來源。這並不是說所謂「現代詩意」必得通過負面書寫而後呈現，但這確是現代詩與古典詩的差異之一，可以作為觀察「詩意轉換」的切入點。

　　我是什麼？我在哪裡？我將如何？這是新一代詩人重新面臨的重大課題。古代詩人比較強調「心靈是我」，現代詩人則更注意到「身體是我」的部份。㉖所謂「世衰多鬼，體弱多病」，每一個自我既成了國族血祭中的「犧牲」，於是身體的腐爛、傷殘、病癲，乃至死亡，便成了詩篇關注的焦點。這種新的文學內容必然「要求」新的文學形式。因此，漢語新詩「不得不」脫離胡適式白話詩的稚嫩與渙散，逐漸取得更為新穎的語言和表現方式。

　　面對僵固的世界，徐志摩曾經這樣陳述自己的願望：

㉕　波特萊爾（Charles Baudelaire）作，徐志摩譯，〈死屍〉，見《語絲》第 3
　　期（1924.12.1），第 6 版。

㉖　這種自我觀念接近弗洛依德所謂：「自我首要地是軀體的自我」。參見〈自
　　我與本我〉，《弗洛伊德後期著作選》（上海：上海譯文出版社，1997），
　　頁 174。

我想——我想開放我的寬闊的粗暴的嗓音，唱一支野蠻的大
膽的駭人的新歌；
我想拉破我的袍服，我的整齊的袍服，露出我的胸膛，肚
腹，肋骨與筋絡；
我想放散我一頭的長髮，像一個游方僧似的散披著一頭的亂
髮；
我也想跣我的腳，跣我的腳，在巉牙似的道上，快活地，無
畏地走著。❷

衣服與身體在此形成強烈的對比，「整齊的袍服」所代表的正是社
會成規、世俗身份與公共價值，它是虛假的、附加的，但卻常常反
客為主，封鎖了吾人的血氣生命。因此，詩人大膽宣示「拉破」袍
服，實際上也就是拉破禮教的框限；至於露身、散髮、跣足等行
動，則代表盡情地釋放自我。在詩人看來，衣服不僅對內封鎖血
氣，同時對外隔開人與世界的接觸。因此，這首詩的後半部即反覆
表述身體投入苦難大地的祈嚮：

來，我邀你們到密室裏去，聽殘廢的，寂寞的靈魂的呻吟；
來，我邀你們到雲霄外去，聽古怪的大鳥孤獨的悲鳴；
來，我邀你們到民間去，聽衰老的，病痛的，貧苦的，殘毀
的，罪惡的，
自殺的——和著深秋的風聲與雨聲——合唱「灰色的人

---

❷　徐志摩，〈灰色的人生〉（1923），《徐志摩詩選》，頁101。

生」！❷⑧

這個世界充滿衰老殘毀的景象，透過各種聲音感染了我，於是我的身體也發出了相對應的「野蠻的大膽的駭人的」的歌聲（在此即指詩歌）。這裡還流露出一種「以聲音為象徵」的思維傾向，聲音是外部世界的壓縮，內在心靈的提鍊，是天人交通的媒材。總之，「世界－聲音－身體」形成一種共同受難的結構，身體與世界之間具有互為隱喻的關係，聲音則具有消弭界限的效果。

　　吾人對於「體」的認識，常常是從自我的身體存在出發的。正因如此，身體觀與文體觀便有了相互類比的可能。徐志摩就曾經這樣以「身」論「詩」：

> 明白了詩的生命是在它的內在的音節（internal rhythm）的道理，我們才能領會到詩的真的趣味；不論思想怎樣高尚，情緒怎樣熱烈，你得拿來徹底「音節化」（那就是詩化）才可以取得詩的認識，要不然思想自思想，情緒自情緒，卻不能說是詩。（……）正如字句的排列有恃於全詩的音節，音節的本身還得原於真誠的「詩感」。再拿人身作比，一首詩的字句是身體的外形，音節是血脈，「詩感」或原動的詩意是心臟的跳動，有它才有血脈的流轉。（……）我不憚煩的疏說這一點，就為我們，說也慚愧，已經發現了我們所標榜的

---

❷⑧　徐志摩，〈灰色的人生〉，《徐志摩詩選》，頁102。

「格律」的可怕的流弊！㉙

　　這一段話可以區分為三點來看：首先，他把取得節奏感視為詩的最大特徵，就顯現了一種對於聲音的執迷。這裡隱然把「思想」與「情緒」視為虛空無形的靈魂，必須寓居於文字聲響所構成的身體。其次，他沿用了傳統對於身體的階序定位：心臟優先於血脈，血脈優先於外形。經由類比程序，呈現一種規則：「詩感」生出「音節」，音節滋養「字句」。最後，在「情思－音節－格律」這個由內而外的系列結構中，藉由對前半截的強調，來淡化後半截的重要性。由此看來，徐志摩「似乎」質疑了格律的必要性，而提高了詩感的重要性。

　　但細讀這段文獻，可以發現，徐志摩對於內外兩種音節的區分標準，其實與時人有些不同。在詩學裡，一般談論「內在節奏」（internal rhythm）常指由情緒、思維、意象、氣氛等「非語音因素」構成的律動感，至於「外在節奏」（external rhythm）則指藉由叶聲、用韻、字句的重覆與增減、形式的勻稱與呼應，反映於語音的律動感。㉚但志摩所講的「音節」，卻顯然仍是聽之以耳的聲音，只是

㉙　徐志摩，〈詩刊放假〉，原載於《晨報副刊 · 詩鐫》第 11 號（1926.6.10），收入楊匡漢、劉福春編，《中國現代詩論》（廣州：花城出版社，1991），頁 133。

㉚　例如郭沫若說：「詩的精神在其內在的韻律（Interinsic Rhythm），內在的韻律（或曰無形律）並不是甚麼平上去入，高下抑揚，強弱長短，宮商徵羽，也並不是什麼雙聲疊韻，什麼押在句中的韻文化！這些都是外在的韻律或有形律（Extraneous Rhythm）。內在的韻律便是『情緒的自然消長』。」見〈論詩三札〉（1920），在《中國現代詩論》，頁 51。又如戴望舒說：「詩

強調了「聲由心出」的道理。換言之,在他的脈絡裡,「音節化」是內發的、隨機的,而「格律化」則是外爍的、規律的。在一般詩人那裡,「內在節奏說」削減了聲音的重要性,同時標舉出「意義優位於聲音,內質優位於外形」的道理。但在志摩這裡,「內在節奏說」其實是把聲音「身體化」、「本質化」、「意義化」(透過「血脉」之喻),從而提高其地位。

　　接下來,便可回到「衣服／身體」這組概念,來考察中國現代詩學的流變問題。聞一多的觀念可稱之為「體不離衣」,他對衣飾的看重,主要對比於赤裸:

> 顧影自憐的青年們一個個都以為自身的人格便是再美沒有的,只要把這個赤裸裸的和盤托出,便是藝術的大成功了。你沒有聽見他們天天唱道「自我表現」嗎?**③**

衣不蔽體的「自我表現」,開口見喉,無所蘊藉,可能不易觸及藝術的境地。衣服可以修飾、保護、提昇身體,問題是:詩裡的什麼成份稱得上是衣服?聞一多主張,「格律就是 form」、「格律就是節奏」,乃是詩的藝術得以成立的必要條件。格律作為衣服,並不妨礙身體,他認為:相對於律詩之「一套」通用,「新詩的格式

的韻律不在字的抑揚頓挫上,而在情緒的抑揚頓挫上,即在詩情的程度上。」〈望舒詩論〉(1932),《戴望舒全集:散文卷》(北京:中國青年出版社,1999),頁 127。郭與戴的論述,都有利於建構「自由詩」;而徐的論述,最終仍然導向格律詩。

③ 聞一多,〈詩的格律〉(1926),《中國現代詩論》,頁 123。

是相體裁衣」。律詩的格律是別人訂的，與內容不發生關聯，「新詩的格式是根據內容的精神制造成的。」❸這裡儼然提出了「衣服是身體的延伸」之命題，再加上他把節奏視為「詩的內在精神」，則又儼然提出了「衣服是精神的外顯」之命題。

惟「相體裁衣」之說，其實不無問題。首先在於，「衣」是否必然代表正面價值，我們其實可以找到許多反面意見。例如穆木天曾批評胡適說：「他給散文的思想穿上韻文的衣裳。」❸戴望舒則批評林庚：「尋撦一些古已有之的境界，衣之以有韻律的現代語。」❹在這些例證裡，同樣以「衣」指涉韻律、辭藻、外形，卻暗示其為虛飾性質，貶意甚顯。戴望舒甚至直截地論斷：「詩不能借重音樂，它應該去了音樂的成分。」「詩不能借重繪畫的長處。」「單是美的字眼的組合不是詩的特點。」❸聞一多之極力穿戴，恰為戴望舒所極力脫除，那牽涉到詩的本體論的差異。新月詩人「無聲則非詩」的觀念，彷彿呼應了西方文化傳統中的「語音中心論」（phonocentrism）。❸聞一多稱「格律就是形式」，徐志摩謂

---

❸　聞一多，〈詩的格律〉，頁123。

❸　穆木天，〈譚詩〉（1926），在《中國現代詩論》，頁99。

❹　戴望舒，〈談林庚的詩見和『四行詩』〉（1936），《戴望舒全集：散文卷》，頁168。

❸　戴望舒，〈望舒詩論〉（1932），《戴望舒全集：散文卷》，頁127。

❸　依據德希達的看法，從柏拉圖、亞里斯多德至盧梭、索緒爾、雅各布遜，總是認為語音更真實地傳達意義，而再現語音的文字則淪為第二序的能指。於是，邏格斯（logos）、言說語（speech）、書寫文（writing）形成一個逐步遠離自然的階序關係。非拼音的中國文字，恰好能夠反證這套邏輯的虛妄。見 Jacques Derrida, *Of grammatology.* translated by Gayatri Chakravorty Spivak.

「音節化即是詩化」，其實都已作了價值的抉擇。試問：為什麼不說「隱喻就是形式」、「意象化等於詩化」？聞一多反對「赤裸裸」的自我表現，雖言之有理，但他所批評的那種自我既是虛弱而蒼白，則「穿衣」也只能掩其醜態而不能益其體質。何況格律是不是唯一或最好的衣裳，也還大有疑慮。依照戴望舒的理路，只要能改善、強化或轉換體質（詩情），則把體質如實展示出來，即是好的。不必要的外衣（美麗的辭藻，鏗鏘的音韻），徒然妨礙身體而已。

　　這彷彿是詩史上的舊議題（格律與自由之爭），但實有重新「闡釋」的必要。底下我將嘗試結合詩的意象、主題、風格，探討「衣／體」議題如何反映了創作主體的精神危機其及自我療救之道。郭沫若可以算是早期「赤裸裸詩學」的代表，他在詩裡展示了一個不斷膨脹的癲狂主體：「我剝我的皮，／我食我的肉，／我嚼我的血，／……／我的我要爆了！」❸❼物質日夕更新，世界急遽脫序，國族瀕臨崩潰，自我也被帶入強烈的震盪體驗裡。這種處境是現代中國詩人所同然的，但卻有不同的因應之道。郭沫若放任身體感受不斷漫衍，直欲解「體」而出。至於聞一多，由前舉許多充斥著魔怪意象的篇章看來，他所面臨的精神危機同樣是鉅大的。只是他堅持透過衣服的秩序、合宜、美觀，來保持體的完整性。於是濃烈的衰敗感，常被包裹在侷促的格式裡，形成極大的悖論。以〈死水〉為例，節奏固然鏗鏘而美好，卻也顯示了格律的不相稱性——詩人

(Baltimore: Johns Hopkins University Press, 1976), pp.6-10.

❸❼　郭沫若，〈天狗〉，《女神》（上海：泰東圖書局，1921），頁 82。

「相察」這樣激昂的體格，如何「裁出」那樣平整的外衣？**❸**

　　這一種內放肆而外節制的文體觀念，與他詩裡蘊藏的身體圖像，可以構成一種類比關係（但不必然有因果關係）。置身於恐怖而苦難的現代中國，新詩人的身心體驗，不再為「心痛」、「銷魂」、「斷腸」、「摧心肝」、「五內俱焚」這類舊語碼所能表盡。郭沫若忽忽如狂的「身體爆炸」，即為一種比較外放式的典型。而聞一多所從事的，則是以自己的身體模仿世界，與之俱腐共爛而行其「屍體」想像：

　　　　我的肉早被黑蟲子齩爛了。
　　　　我睡在冷辣的青苔上，
　　　　索性讓爛的越加爛了，
　　　　只等爛穿了我的核甲，
　　　　爛破了我的監牢，
　　　　我的幽閉的靈魂
　　　　便穿著豆綠的背心，
　　　　笑迷迷地要跳出來了！**❸**

---

❸　陳芳明談到聞一多時，指出：「他的『相體裁衣』的詩論，並不是一個很好的引導。他的『內容與形式一致』的觀念，原則上是不錯的，不過，形式與內容一致並不意味視覺上或建範上的整齊。」此說頗可與本文相互印證。參見〈盛放的花朵：聞一多的詩與詩論〉，《典範的追求》（臺北：聯合文學出版社，1994），頁190。

❸　聞一多，〈爛果〉，《紅燭》（上海：泰東圖書局，1923），頁224。

這首詩可以視為〈死水〉的芻形，兩者皆有一個基本結構：「病重－死滅－新生」。所不同者，「死水」乃是客體對象，「爛果」則直指主體自身。合起來看，「爛果－自我」與「死水－中國」之間，便具有互為隱喻的關係：爛果像我的身體，我的身體像中國，中國像一灘死水，死水像爛果。無論就腐敗形象的強烈凸顯、詛咒語調的主導態勢而言，兩首詩都存在著一致性。但〈死水〉像是〈爛果〉穿上華服以後的版本，形式更精美，聲調更鏗鏘，辭藻更細緻──然而這到底是詩語的純化，還是詩質的雜化？

朱湘的處女詩集《夏天》，即以〈死〉為嚆矢，他把離體之魂比做「蜿蜒一線白煙／從黑暗中騰上」，**❹**透露一種靜默之美。以屍為喻依，似乎成了他的習慣，例如：「雪的尸布將過去掩藏」，**❹**「落下尸骨，／羽化了靈魂。」**❷**值得注意的是，他自早期以來，便特別喜歡操作「溺死」的想像，例如這首四行小詩：

> 像飄上岸的覆舟人
>
>   腳下的平坡
>
>   猶疑作動盪之波：
>
> 不安呵，乍得新伴的靈魂。**❸**

這仍是一個失體之魂，可以讀作主體情狀的喻象。平坦的土地與動

---

❹　朱湘，〈死〉，《夏天》（上海：商務印書館，1925），頁 1。
❹　朱湘，〈霽雪春陽頌〉，《夏天》，頁 56。
❷　朱湘，〈爆竹〉，《夏天》，頁 57。
❸　朱湘，〈覆舟人〉，《夏天》，頁 55。

盪的水波被混淆如一，正如「死」的想像總是不斷滲透「生」的現實。基於魂與體二元對立的觀念，關於死後狀態的描寫可以區分兩途：或偏向「亡魂」，或偏向「屍體」，前者抽象，後者具體。此詩屬於前者，二十歲的年輕詩人想像自己彷彿亡魂一般飄浮於塵世。另有〈殘詩〉一首，屬於後者，而且同樣具有「溺死」的想像或預告，摘錄如下：

> 吞，讓湖水吞起我的船，
> 從此不須再喫苦擔憂！
> （缺）················
> ························
> 　雖然綠水同紫泥
> 　是我僅有的殮衣，❹

題作「殘詩」，似在模擬垂死者沒寫完的或殘留的詩篇。滅頂的剎那是令人恐慌的，但在詩人這裡卻是不得不然的袚除苦難的儀式：水裡是死者自由之域，陸上是活者受難之所。「綠水紫泥」與「殮衣」的譬喻，固然帶有濃厚的自憐之意（無人殯殮），但也有「美化」死亡的效果——「紫衣」在傳統中是高貴的。

　　事實上，朱湘好寫死，但對於屍體本身著墨無多；正如他性格乖僻，下筆卻出奇的冷靜。沈從文認為朱湘的成就在於「形式的完

---

❹　朱湘著，趙景深編，《永言集》（上海：時代圖書公司，1936），頁 5-6。括弧內的「缺」字及刪節號，皆原版詩集所有。

整」與「文學的典則」，而又指出：

> 但《草莽集》中卻缺少那種靈魂與官能的煩惱，沒有昏瞀，
> 沒有粗暴。生活使作者性情乖僻，卻並不使詩人在作品上顯
> 示紛亂。作者那種安詳與細膩，因此使作者的詩，乃在一個
> 帶着古典與奢華而成就的地位上存在，去整個的文學興趣離
> 遠了。㊺

這也就是說，朱湘其人與其詩形成一種悖論，他內在種種不安的
（慾望、苦惱），甚至非理性的（昏瞀、粗暴）因素，似乎並沒有充份
表現為詩篇的風格。從傳記資料看來，他人生中的每一個階段，幾
乎都可以找到許多「性情乖僻」的例證。㊻聞一多說他：「確有神
經病」，「同瘋狗一般」，㊼蘇雪林也說他：「有點神經變態」。
㊽這樣躁鬱的人寫出那樣寧靜的詩，既可以說是一種「分裂」，但

㊺ 沈從文，〈論朱湘的詩〉，《沈從文文集》第 11 卷（廣州：花城出版社，1992），頁 123。

㊻ 例如：清華就學時期，因曠課逾章被開除（1922）。因為覺得徐志摩專斷、油滑，退出「詩鐫」活動（1926）。在勞倫斯大學及芝加哥大學就讀期間，皆因自尊受損而轉學（1928-1929）。因校方將英文文學系改為「英文學系」，憤而辭去安徽大學教職，從此失業（1932）。相關資料，詳王宏志〈朱湘年表〉，在秦賢次、王宏志合編，《詩人朱湘懷念集》（臺北：志文出版社，1990），頁 211-219。

㊼ 聞一多致梁實秋信（1926.4.27），引自梁實秋，《談聞一多》（臺北：傳記文學出版社，1967），頁 72。

㊽ 蘇雪林，〈我所見於詩人朱湘者〉，《青鳥集》（長沙：商務印書館，1938），頁 242。

也可以這樣解釋：所謂「安詳與細膩」，正來自詩人精神上的潔癖，對於形式、辭藻、聲音近乎吹毛求疵的苛求，以及極力驅除渣滓的傾向。

他臧否名家總像是批閱學童作文一般嚴苛細碎，譬如說徐志摩在藝術上有六個缺點：土音入韻、駢句韻不講究、用韻有時不妥、用字有時欠當、詩行有時站不住、歐化得太生硬了。❹同時又批評聞一多的詩毫無「音樂性」：

> 在聞君的詩集中，只有〈太陽吟〉一篇比較的還算是有音
> 節，其餘的一概談不上。（……）因為音節是指着詩歌中那
> 種內在的與意境融合而分不開的節奏而言的。正因為他缺乏
> 音樂性的原故，我們才會一直只瞧見他吃力的寫，再也沒有
> 聽得他自在的唱過的。❺

儘管上述評論，並非針對〈死水〉以後的作品，仍屬過苛之論。這裡我們看到一個有趣的現象：徐、聞、朱三位詩人都絕對相信音節是詩的主要元素，並大致肯定格律的扶持作用，但這個「共同信念」居然成了「爭議焦點」——理想的音節如何拿捏，近乎憑心自斷，難以形成準繩。聞一多強調每一首詩都要依照內容需要來「自鑄格律」，因此看來像是「吃力的寫」，也正體現千錘百鍊的過程。而此一時期的朱湘，正在寫作《草莽集》裡那些取法民歌的作

---

❹　朱湘，〈評徐君志摩的詩〉（1926），《中書集》，頁 321-325。
❺　朱湘，〈評聞君一多的詩〉（1926），同前註，頁 353-353。

品，追求「如歌」的流暢感，這便是所謂「自在的唱」。

其實，就內容而言，朱湘的詩並非始終「平靜」、「自在」，特別是《石門集》裡的十四行詩（sonnet），大多作於死前數年。那些騷動不安的情緒，都被納入這種流麗、勻稱而又不失變化的詩體：

> 上燈時候的都市！通衢大道。
> 假寐於晌午的，都醒了過來；
> 鉅大的螢放射，流動着五采；
> 車輛擠著車輛，在瘋狂，喊叫；
> 鑼鼓聲中的廟會，兩旁紛擾
> 在行道上有無量數的腦袋，
> 給光華迷眩了，醉了……那樓臺
> 上面的夜在深，深；有誰去瞧！
> 好像是崖旁，在炎熱的地帶，
> 嘶鳴着的斑馬馳回過茂草。
> 又像是大樹，頭上頂着雲霾，
> 在踊躍的炬光；刀槍，珠寶
> 與血液在瘋癲，鐃鈸在震駭，
> 鼓在湏洞……蠻荒的一夜舞蹈！**⑤**

按商籟體之音節規律本來就隨各國語言特色而有所轉換，因此這制

---

⑤ 朱湘，〈十四行·意體〉第 46 首，《石門集》，頁 163。

服其實也不算現成的。詩人「以漢語作意體」，也必須有因時制宜的措施。首先，他充份利用漢字磚頭般的建築性能，使其詩形趨於極端整齊。但也因為漢語一字一音節的特質，字音的彈性有限，無法利用顯著的長短音來造成節奏跌宕的效果。因此，如何變化句法，使詞的組合模式趨於多元，便成了重要的挑戰。以此詩來說，朱湘便借鑑了西洋詩的形式，通過「迴行」與「斷句」的技術，積極介入文字聲響的脈絡，造成行與句相互參差的效果。於是我們看到，雖然「行」極嚴整，❺❷都是十一字（恰好追步意體商籟的十一音節），但每一行的音段布置皆有所變化。也正為了這種變化，「句」被切碎了。上句未完，下句便起，句與句間又欠缺過渡語的聯結，意象併發猶如「亂針刺繡」。就內容而言，這首詩係在寫都市入夜以後的聲光衝擊，從而反襯出一種瀕臨崩潰的主體狀態。文字與情緒都充滿「瘋癲」與「驚駭」的氣息，形成「憂狂心靈／美麗制服」的悖論結構。

　　至於徐志摩，面對「灰色的人生」，曾經宣告要脫除種種繁文縟節的衣物，裸現真實的身體與聲音，直契世界，正如他常自稱是「一隻沒籠頭的馬」。❺❸但在詩的創作上，志摩其實相當看重形式的扶持作用，故曾多方試驗各種英詩體裁，但不主於一格，也不過份拘於格律。這些詩儘管寫得精美可觀，但大部份顯然不能算是「野蠻的大膽的駭人的新歌」。較能直接以尖銳的意象去揭示問題

---

❺❷　按在原版詩集裡，標點符號皆仿古書之例「夾行旁標」，因此排列起來每一行皆齊頭齊尾。

❺❸　徐志摩，〈戀愛到底是什麼一回事〉（1923），《志摩的詩》，頁 131。類似的說法亦常見於其散文。

的，反而是〈毒藥〉、〈嬰兒〉、〈白旗〉這類散文詩。但這裡面又有新的問題：當他放棄格律的扶持時，意念雖比較猛，語言卻比較鬆散而冗贅（散文詩的語言並不必然如此），試舉一例：

> 看你的信，像是古代的殘碑，表面是模糊的，意致卻是深微的。
> 又像是在尼羅河旁邊幕夜，在月夜照著金字塔的時候，夢見一個穿黃金袍的帝王，對著我作謎語，我知道他的意思，他說：「我無非是一個體面的木乃伊。」❸

除了語言的問題之外，這首詩所呈現的表裡差異，也很值得申說：外表是「黃金袍」，實質是「木乃伊」，華美的衣物包裹著失魂的屍體，這幾乎就是初期新月詩人最典型的憂鬱模式（詩體與身體）。

徐志摩之急欲脫去外衣，是因為相信：勃勃血氣才足以回應灰色人生。他的某些詩篇，確實也展現了熱騰騰的肉身的力量。但長久處於天地如墓的氛圍中，血肉之軀逐漸「屍體化」，便再也沒有掙脫衣服的能力。聞一多則始終對於新時代的文明法度懷抱篤厚的信仰，他相信掙脫古典制式的舊衣之後，新文人有責任另為自己製作合身、合時、合度的新衣（即使它沈重如「鐐銬」，詩人也應戴之「跳舞」）。兩者的情況雖有些不同，但所展示的形象卻屬同一類型——外部華麗，內部腐爛。把他們一起拿來跟其他群體作比較，則

---

❸ 徐志摩，〈一封信——給抱怨生活乾燥的朋友〉（1924），《徐志摩詩選》，頁117。

其特徵愈顯：創造社詩人所面對的世界恍如神話與工廠的合體，其自我展現為亢奮的主動地介入的身體。至於新月派詩人，躺在如墓的子宮，沈痾難起的母國，其自我則只能是死寂的被動地承受的「屍體」。

把「腐爛的身體感」與抒情主體連繫起來，可說是新月詩人常見的一種寫法。其基本模式來自波特萊爾的〈腐屍〉（Une charogne），而最先將它譯成中文的，正是徐志摩。在波特萊爾的原詩裡，先將腐屍給「女體化」，作為慾望投射的對象；又將女體給「腐屍化」，揭示了華美與腐爛的一體性。在這首詩裡，屍體看似作為「客體」而出現；但我們參照《惡之華》中其他許多篇章，如〈死的喜悅〉（Le mort joyeux）、〈裂鐘〉（La cloche fêlée）等，則可發現他確實也以「屍體」來象喻「主體」的狀態。❺❺他在詩裡再三召喚屍體意象，具有凝視賤斥物（abjection）以反擊社會成規的作用。❺❻腐屍般的主體，寄寓著一種頹廢而驕傲的現代性體驗。

至於新月詩人屍體意象的正視，首先來自現實中國的經驗：

> 你不見李二哥回來，爛了半個臉，全青？
> 他說前邊稻田裏的屍體，簡直像牛糞，

---

❺❺　這兩首詩較早的中譯，見戴望舒，《惡之華掇英》（上海：懷正文化社，1947），頁 62-65。

❺❻　在基督教傳統中，「屍體除了是殘渣、過渡物質、混淆物之外，它更是精神界、象徵界、神聖律法的反面。」反之，召喚屍體則具衝擊道德規範的意義。見克莉斯蒂娃（Julia Kristeva）著，彭仁郁譯，《恐怖的力量》（臺北：桂冠圖書公司，2003），頁 137。

> 全的、殘的；死透的，半死的；爛臭、難聞。❺

這首詩係因故鄉軍閥混戰，全家逃戰途中，目睹喪亂而作。聞一多的〈荒村〉和朱湘的〈哭城〉，也屬類似的作品。偌大中國成了遍布屍體的墳場，把殘破腐爛的屍體比作「牛糞」，寄寓著人命不值的感慨。其間反映的「屍體觀」，既非道家之鼓盆而歌，三號而出，以形軀為外物，視喪足如遺土；亦非如佛家之九想腐屍種種惡狀，以起捨離之心；而更近於傳統儒家之主於踐形全身，嚴於殯殮服守，以及隨之而起的，對於曝屍、非命、無禮的不忍。——也就在這些關頭，蘊含著「死生亦大矣」的抒情體驗。

在這樣的觀念裡，身體變成屍體之後，雖然失去動作、表情、言說的能力，並不因此淪為無知無覺的物體。他仍具有一部份的生命特徵與自我屬性，直至腐壞漸盡泯滅而止。新月詩人以腐屍自喻，正是利用上述觀念，指向一種特殊的主體狀態：能視能聽能思能感，卻無法對世界施加任何意志，產生任何影響，只能坐任肉體逐漸衰敗。另一方面，他們也還相信「藝術的神技應能使『恐怖』穿上『美』底一切的精緻，同時又不失其要質」的觀念。❺傾向於以衣服來節制或掩飾肉體的不堪，這就造成一種強烈的反差。這種思維體現於詩學，便是講律度、重藻飾、求音聲的美感偏嗜。因此，他們的作品中雖時時閃現幽黯意識或魔怪意象，但並沒有達到支配形式的決定性作用，以致未能朝向形質一致的表現。

---

❺　徐志摩，〈太平景象〉（1924），《志摩的詩》，頁 109。
❺　聞一多，〈《冬夜》評論〉，《聞一多全集》丁集，頁 174。

四、怨刺之聲：主體，「毒／藥」與變形

　　漢語新詩在創始時期，彷彿反映了世紀初「新青年們」的樂觀與單純，主要顯現出柔美、清暢、熱誠的風格。但隨著現實情境日趨緊張，因應表現上新的需要，詩人通常無法安居在那種純粹的文字世界裡，變異扭曲的聲調乃逐漸浮現於篇章。❺此種變遷軌跡，在 1920 年代較有成就的詩人之中，乃是很值得注意的一種現象。以徐志摩來說，雖以婀娜旖旎的詩篇著稱於世，但細讀其全集，當可發現怨刺之聲實在遠多於頌讚。

　　例如這首〈毒藥〉，就彷彿是鬼一樣的聲音，從墳墓堆裏傳出來：

　　　　想信我，我的思想是惡毒的，我的靈魂是黑暗的因為太陽已
　　　　經滅絕了光彩，我的聲調是像墳堆裏的夜鴉因為人間已經
　　　　盡了一切的和諧，我的口音像是冤鬼責問他的仇人因為一
　　　　切的恩已經讓路給一切的怨；

　　　　但是相信我，真理是在我的話裏雖則我的話像是毒藥，真理
　　　　是永遠不含糊的雖則我的話裏彷彿有兩頭蛇的舌，蠍子的
　　　　尾尖，蜈蚣的觸鬚；只因為我的心裏充滿著比毒藥更強

---

❺　以新月詩人來說，最初的詩學傾向於象牙塔式的雕鏤與裝飾，追求無關乎「外在世界」的「內在靈視」，但這種信念隨著時局惡化而有所改變。參見 Kai-yu Hsu（許芥昱）, "Introduction" in *Twentieth century Chinese poetry: an anthology.* (Garden City, N.Y.: Doubleday, 1963), pp.xxvi-xxviii.

> 烈，比咒詛更狠毒，比火焰更倡狂，比死更深奧的不忍心
> 與憐憫心與愛心，所以我說的話是毒性的，咒詛的，燎灼
> 的，虛無的；

> 相信我，我們一切的準繩已經埋沒在珊瑚土打緊的墓宮裏，
> 最勁冽的祭肴的香味也穿不透這嚴封的地層：一切的準則
> 是死了的；❻

因為世界已經失去了光明，充斥著暴力、罪惡、血腥。後面兩行
說：一切的準繩已經埋葬在地底，再強的香味也穿不透。前文提過
的那個具有生產力的「胎宮」不見了，取而代之的是一片死寂的
「墓宮」，既然連「最勁冽」的古典的香味都無法穿透，只好祭出
現代的毒藥，看看能不能讓陷入昏迷的老母親蘇醒過來。詩人自覺
地採用一種夜鴞冤鬼般的「聲調」，故語言顯得糾纏雜遝，當斷不
斷，如狂譫，如病囈，展現了擾亂常規、刺痛人心的力量。咒詛出
於憐憫，熱愛因而痛恨，使得整首詩充滿種種悖論。

這首詩也可視為論詩之詩，「我的話」完全可以「我的詩」相
替代。它所揭示的，乃是詩的「毒／藥」二重性❻：字裏行間的邪

---

❻　徐志摩，〈毒藥〉（1924），《志摩的詩》，頁138-139。
❻　按漢語的「毒藥」原即具備這種雙重性，《周禮·天官》：「醫師掌匠之政
　令，聚毒藥以共醫事。」鄭玄注：「藥之物恆多毒」。根據德希達（Jacques
　Derrida）的闡釋，毒與藥的內在二元性，在希臘文的 *pharmakon* 這個詞裡也
　表現得很明確：「這個 *pharmakon*，這個『藥』字，既是藥又是毒藥這一劑
　藥，已經帶著它所有模棱兩可的含混，進入話語的軀體之中」。譯文及闡

惡與怨恨（詩人動用了四種陰森的動物來表現）是對世界「以暴易暴」式的模仿，此為毒性；通過這種行動表達「詩的糾正」（the redress of poetry），此為藥性。㉒正如莎翁名劇所云：「這一朵小花的嬰嫩之苞／蘊藏毒性卻有藥療之效。」㉓結合前文的論述，我們可以把這種內在二元性表列如下：

魔性	墓穴	屍體	詛咒	虛無	毒
神性	子宮	血氣	孺慕	希望	藥

志摩詩學的底蘊，來自十九世紀前葉英國浪漫主義的系譜：華茨華斯（Willian Wardsworth, 1770-1850）、拜倫（George Gordon Byron, 1788-1824）、濟慈（John Keats, 1795-1821）等。特別是最前者，依照楊牧的判斷，幾乎提供志摩所試驗的各種詩形的基本模式。㉔但這些浪漫主義範式，距離他立身的時代已有一世紀之遙（志摩在英所親密交游

釋，皆引自張隆溪，〈「這柔弱的一朵小花細皮嬌嫩」：藥與毒的變化之理〉，《同工異曲：跨文閱讀的啟示》（南京：江蘇教育出版社，2006），頁 56-59。

㉒ 聞一多下列一段話，可以作為「藥性」的注腳：「我在『溫柔敦厚，詩之教也』這句古訓裏嗅到了數千年的血腥。誠之的詩有詩的好處，沒有它的罪惡，因為我說過，這裏有的是藥石和鞭策，不過我希望他還要加強他的藥石性的猛和鞭策性的力。」見〈《三盤谷》序〉，《聞一多全集》丁集，頁231。

㉓ 原文為"Within the infant rind of this small flower / Poison hath residence and medicine power". 在 *Romeo & Juliet.* edited by Brian Gibbons (New York: Routledge, 1980), p.34.

㉔ 楊牧，〈導論〉，《徐志摩詩選》，頁 5。

者，如哈代，也多屬舊範式的延續者），以今觀之，似有「年代錯誤」
（anachronism）之嫌。這類詩人所樹立的形式、風格、技法是否足可
負荷世紀末以降現代世界紛然雜沓的嶄新體驗？在當時的西方詩壇
已頗有質疑，並湧現極為精采的新聲。然志摩之所以仍值得重新考
察，也正在於他並非照單全收浪漫主義既有的規模，而是能夠將個
體的、現時的、本地的成份融入舊範式，變出新的詩質。

　　總括志摩詩歌創作的進程，可以說是：在華茨華斯的詩藝基礎
上，加入從拜倫到波特萊爾的撒旦詩人精神。他對惡之華模式的體
會究竟如何，是一個值得再探的問題。作為〈死屍〉的譯介者，下
面一段引言頗可玩味：

> 　詩的真妙處不在他的字義裏，卻在他的不可捉摸的音節裏。
> 他刺戟著也不是你的皮膚（那本來就太粗太厚！）卻是你自己一
> 樣不可捉摸的魂靈（……）區區的猖狂還不止此哪：我不僅
> 會聽有音的樂，我也會聽無音的樂（其實也有音就是你聽不
> 見。）我直認我是一個甘脆的 mystic。為什麼不？我深信宇
> 宙的底質，人生的底質，一切有形的事物與無形的思想的底
> 質──只是音樂，絕妙的音樂。天上的星，水裏泅的乳白
> 鴨，樹林裏冒的煙，朋友的信，戰場上的炮，墳堆裏的鬼
> 燐，巷口那隻石獅子，我昨夜的夢……無一不是音樂做成
> 的，無一不是音樂。你就把我送進瘋人院去，我還是咬定牙
> 齦認賬的。是的，都是音樂──莊周說的天籟地籟人籟；全
> 是的。你聽不著就該怨你自己的耳輪太笨，或是皮粗，別怨

我。❻

這一段話真是說得玄祕、激動、「猖狂」，因此也惹來許多批評。魯迅諷刺這是「發熱發昏而聽到的音樂」，暗譏他像小雀兒，然後追問：「只要一叫而人們大抵震悚的怪鴟的真的惡聲在那裏!?」❻劉半農則嘲諷此說違離物理與生理的現代知識，甚至把他比作「鄉下的看鬼婆婆（或稱作看香頭的），自說能看見鬼，而且說得有聲有色」。❻其實，對五四文人而言，聲音從來不是一種單純的物理現象。面對魯迅所謂「無聲的中國」，他們有一種集體的「發聲衝動」——聲音同時具有思想、感覺、情志、創意、人性與血氣等多重涵義。因此，劉半農懸以為準的乃是科學進步的啟蒙之聲，魯迅則更期待著使庸庸國民怵惕警醒的革命之聲。志摩這段話，卻是聯結了聲音與性靈，極力渲染「非理性」的自然魅惑與心靈奧祕。這顯然不是那個時代的當急之務，但在他看來，卻是高貴靈魂所必有的詩的精粹。問題在於：這是天機超軼者所獨得獨享的至深至美的聲音，既不合於民主精神，又經不起科學分析。再加上，他言談中充滿「泛音樂化」的傾向，把詩的力量都歸功於音樂，形成「音優於義」的印象，當然也背離時人對詩的期待。

---

❻　《語絲》第 3 期（1924.12.1），6 版。按這首譯詩曾收入《猛虎集》，頁123-129，但並不包含譯者前言。

❻　魯迅，〈音樂？〉，《語絲》第 5 期（1924.12.15），4-5 版。亦見《集外集》（臺北：風雲時代出版社，1990），頁 71。

❻　劉半農，〈徐志摩先生的耳朵〉，《語絲》第 16 期（1925.3.2），7 版。亦見瘂弦編，《劉半農文選》（臺北：洪範書店，1977），頁 75。

實際上，不管志摩自覺與否，他的言談焦點根本就不是音樂，而是：以「音樂」作為隱喻的「來源域」（source domain），以詩的本質作為其「目標域」（target domain），從而借用前者的特質來照亮（認知、瞭解、強化）後者。當他在後文將〈死屍〉一詩描述為「最惡亦最奇豔的一朵不朽的花」、具有「異樣的香與毒」，❻❽可能只是抽換了來源域，而仍指向相同的目標域。換言之，他對波特萊爾「像音樂般的神祕詩質」的體認，總是具有雙面性：「惡／豔」，「香／毒」。由前舉〈嬰兒〉、〈毒藥〉等散文詩看來，他確實也多次嘗試追步「死屍似的」詩境，志摩曾經提到寫作這些「毒」詩的意義：

> 愛和平是我的生性。在怨毒，猜忌，殘殺的空氣中，我的神經每每感受一種不可名狀的壓迫。記得前年直奉戰爭時我過的那種日子簡直一團黑漆，每晚更深時，獨自抱著腦殼伏在書桌上受罪，彷彿整個時代的沈悶蓋在我的頭頂──直到寫下了〈毒藥〉那幾首不成形的咒詛詩以後，我心頭的緊張才漸漸的緩和了下去。❻❾

這裡我們看到的是一位詩人身心上的病狀，他被時代與家國的暴行逼入「非常」的境地裡，使其精神官能感到壓迫。志摩曾經自稱：

---

❻❽　《語絲》第 3 期，6 版。

❻❾　徐志摩，〈自剖〉（1928），《自剖》（上海：新月書店，1928），頁 8。

「我的心靈的活動是衝動性的，簡直可以說是痙攣性的。」❼一般被描述為純真、熱情、飄逸的這位詩人，實際上常在字裡行間，流露出病癲式的、亢躁不安的、或者就是「痙攣的」一種精神狀態。世界病癲，所以身體病癲；身體病癲，所以文字病癲。這種「毒」文字，最後雖不能直接改善母國的病灶，但卻可以暫時緩和自己的身心緊張，這便是詩是洗滌效果。

應該指出：「毒」已經成為徐志摩中期以後，最重要的關鍵字。「中國－母親」已經病入膏肓了，志摩曾經這樣斷定：

> 「怨毒」已經彌漫在空中，長出來時是小疽是大癩說不定，開刀總躲不了，淤著的一大包膿，總得有個出路。別國我不敢說，我最親愛的母國，其實是墮落得太不成話了；血液裡有毒，細胞裡有菌，皮膚上有麻瘋。血污池裏洗澡或許是一個對症的治法。❼

按「血污池」係民間信仰中位於地獄第十殿的一個刑罰場所，主要在懲戒污穢褻瀆之罪。❼據澤田瑞穗推測：「恐怕是民俗上對於月經及生產時的污穢之血的禁忌，與女人不淨觀合併，而形成這樣的

---

❼ 徐志摩，〈落葉〉（1924），《落葉》（上海：北新書店，1926），頁 3。

❼ 徐志摩，〈血——謁列甯遺體回想〉（1925），《自剖》，頁 206。

❼ 「血污池」出處，在《玉歷至寶鈔》，收入《藏外道書》第 12 冊（成都：巴蜀書社，1992），頁 804。相關介紹，見吉岡義豐，《中國民間の地獄十王信仰について——玉歷至宝鈔を中心として》，收入《吉岡義豐著作集》第 1 卷（東京：五月書房，1989），頁 336-337。

地獄吧。」❻因此，這個意象在民間文學中常與女性罪人相關。以盛行於浙江的目連戲來說，目連巡行地獄以尋母，便是在這裡目擊他的罪母劉氏受刑：「十八重地獄血湖池，血湖池中浸女人；惡女浸在血湖裡，永生永世難超生。」❼這個女人對於觀者而言，同時帶著生產之恩與滔天之罪。由此看來，志摩並非僅將「中國－母親」視為受難者，更將「她」視為犯罪者。憂憤而生詩，如疽癰之化膿。極慘烈之刑罰、極惡毒之醫療，成了攘災除罪的一種儀式。因此，儘管他天生是一個熱情奔放的抒情詩人，也不得不迅速走到（在文字上）「以毒攻毒，以血洗血」之路。頌歌失效而潰散，怨聲坐大而浮出，這是出於勢所不得已，本質上仍與「惡之華模式」之嗜腥逐腐不同。

如果說徐志摩的怨毒是血熱的，那麼，聞一多則更傾向於斂攝情緒。沈從文曾說聞一多的詩集《死水》：「以清明的眼，對一切人生景物凝眸，不為愛欲所眩目，不為污穢所惡心，同時，也不為塵俗卑猥的一片生活而所逃遁」；表現出「老成懂事」的風度。❽這段評論指出了詩人聞一多的雙面性：在人生態度上，能夠勇猛地看取萬象，無論愛欲與污穢；在藝術表現上，能夠保持超然的眼光，冷靜地書寫紛繁的細節。所謂「老成持重」，主要相對於郭沫

---

❻　澤田瑞穗，《地獄變——中國の冥界說》（東京：平河出版社，1991），頁31。

❼　朱福雨口述，馬佐華紀錄整理，〈目連救母〉（劇本），引自徐宏圖，《浙江省東陽市馬宅鎮孔村漢人的目連戲》（臺北：施合鄭基金會，1995），頁94。

❽　沈從文，〈論聞一多的《死水》〉，《沈從文文集》第11卷，頁146。

若的狂躁與徐志摩的熱烈。（實際上，聞比徐年輕了三歲，比郭年輕了七歲，《死水》出版時，他才滿三十歲）在漢語新詩萌芽的最初二十年，充盈著「年輕人」的精神、情感和語調，其勝處在銳利奮發，流弊則在於浮淺。因此，聞所選擇或創造的風格便顯得成熟而禁得起咀嚼，奇文麗采之勝，並不為保守的形式所遮蔽。

　　《死水》共收二十八首詩，在編次上明顯以類相聚，而集中於幾個書寫對象：「女人」、「死亡」、「中國」。一般的理解是，分別把這幾個主題對應於：情詩、悼詩、愛國詩。惟細究其實，則這些子題乃是密切關涉、互為隱喻的，可以被統合為一種敘述：「偉大的中國／神祕的女性」提供了靈感、慾望、能量，蘊藏著了死亡、虛妄與怨毒，而「我」便在這矛盾情境中熱烈地愛、逐漸地死。換言之，我們不妨把整本《死水》讀為一首長詩，則整體性的認識，將有助於我們對許多片段進行創造性的詮釋。例如下面的摘段：

　　　月光底下坐着個婦人，
　　　婦人面容貌好似青春，
　　　腥紅衫子血樣的猙獰，
　　　鬅鬆的散髮披了一身。❼

乍看之下，這首詩就只是個聊齋式的「鬼」詩。然而「趕鬼」以啟蒙，「召魂」以抒情，這種左右兩岐的矛盾情境，正是部份中國現

---

❼　聞一多，〈夜歌〉，《死水》，頁 50。

代文人一種迷人的特質，不宜輕易略過。**⑰**以此詩的婦人形象來說，與其他詩篇相互聯結起來，即可看作同系列的物象：原本被愛戀的「少女」，發展為被孺慕的「母親」，如今已變成被哀悼的「女鬼」。在那個苦難而恐怖的年代，這幾乎是唯一而必然的演變歷程。詩人有時分別地寫這三種狀態，有時又將那三種狀態合為一體，而更多地把眼光停在最後的這個階段。作為精研神話的現代詩人，他似乎願意相信一種「循環時間觀」：死亡之後是重生。例如前引〈死水〉一詩，便彷彿是在催促死亡趕快趨向極點，因為只有惡貫滿盈，才有可能否極泰來，迎向嶄新的生命。問題是，「客體世界」並不聽候「主體心靈」的吩咐，醜惡居然遲遲其行，不肯朝下一步演變。於是，我們看到他那些呼喊文化中國的詩篇，固然深情無悔：「如今我只問怎樣抱得緊你？／你是那樣的橫蠻，那樣美麗！」**⑱**但那些面向社會現實的作品，卻又總是凝結在死亡狀態裡：「趕明兒北京滿城都是鬼」，**⑲**「河裡飄著飛毛腿的屍首」。**⑳**所謂「死水」，便是「流動狀態」的終止，仔細想來，扔進「破銅爛鐵」、「膰菜殘羹」，其實只能激起暫時的波浪，而無法使它重新流動。

　　由此看來，「清明的眼」、「老成之聲」只是表層的修飾成份，「悲慘的世界」、「怨毒的心」才是被修飾的主語：

---

⑰　相關討論，參見王德威，〈魂兮歸來〉，《歷史與怪獸》（臺北：麥田出版社，2004），頁 246。

⑱　聞一多，〈一個觀念〉，《死水》，頁 57。

⑲　聞一多，〈天安門〉，《死水》，頁 79。

⑳　聞一多，〈飛毛腿〉，《死水》，頁 81。

青松和大海，鴉背馱著夕陽，
黃昏裡織滿了蝙蝠的翅膀。❽

我用蛛絲鼠矢餵火盆，
我又用花蛇的鱗甲代劈材。❽

他們都上那裏去了？怎麼
蝦蟆蹲在甑上，水瓢裏開白蓮；❽

　　這些詩例可以析理為兩組意象：一組是即將消逝的、暫時的、微弱
的光亮火熱：「夕陽」、「火盆」，另一組則是「鴉背」、「蝙
蝠」、「蛛絲鼠矢」、「花蛇的鱗甲」、「蝦蟆」這類陰森冷肅的
動物意象。（「白蓮」則似乎介於兩者之間）這兩股性質不同的質素，
並非旗鼓相當，「毒」的力量很明顯地強過了「香」。詩人在此做
了有機的接合，形成一種悖論式的語言（language of paradox）。悖論
本身未必可貴，聞一多的詩人才份，展現在他神奇的接合技術。同
樣是以動詞作為接觸點，通過精準的語言操作，對於物與物的關係
作出了各成異趣的「解釋」：

---

❽　聞一多，〈口供〉，《死水》，頁 1。
❽　聞一多，〈末日〉，《死水》，頁 38。
❽　聞一多，〈荒村〉，《死水》，頁 67。

	A.負極	B.接觸	C.正極
1	鴉背	馱著	夕陽
2	蝙蝠的翅膀	織滿	黃昏
3	蛛絲鼠矢	餵養	火盆
4	花蛇的鱗甲	代替	劈材
5	蝦蟆	蹲在	甑
6	（白蓮）	開在	水瓢

夕照－歸鳥，在日常裡原是和諧的畫面，但例1裡的「馱著」有效凸顯了其內在的抗衡關係：夕陽「下沈」，鴉飛「上昇」，表現了有所擔負的身體感。黃昏－蝙蝠，本使人感到有些恐怖，例2裡的「織滿」卻通過隱喻，發揮了美化的功能。相對之下，3與4將負極投入正極，藉由事物的錯位，展示了昔熱今冷的氛圍。5與6可以說是「甑中生塵」、「釜中生魚」的白話表述，利用事物的「錯置」，彰揚了時空的「失序」——野生之物在廚具之中自在自如，反襯了人之不得安居於家。「白蓮」本是正向之物，在此卻具反面功能。因此，5與6又可相互對照，「蝦蟆－白蓮」構成一種殘酷的和諧。

朱湘曾經批評聞一多的許多詩：「是下列的成份所拼成：㈠不近理的字眼，㈡扭起來的詩行，㈢感覺的紊亂，㈣浮誇的緊張。」[84]但以今天的觀點來看，這些被挑揀出來的「負面因素」，或許也正顯現出「現代特質」。根據弗弗里德里希（Hugo Friedrich）的講法，現代抒情詩既與傳統詩學規範決裂，乃展現為一種充滿「否定

---

[84]　朱湘，〈評聞君一多的詩〉（1926），《中書集》，頁346。

性」意向的詩質，而「不協調」（dissonance）與「離常變異」
（abnormality）正是其重要特徵。⑧如眾所知，聞一多向來十分看重
文學的紀律，並不以鹵莽章法、滅裂字句為尚。但要將天性鬆軟的
白話鍛鍊成「古詩般」的堅實，則有必要讓主觀的認知與情緒強力
介入現成的句法，支配語字構成。而在這個特定時空下備受衝擊的
中國知識份子，正有一種心境，近乎「悖理、扭曲、紊亂、緊
張」。只有少數秀異的詩人，能夠以「相應的」文字精準地再現這
種心境。所以，徐志摩也有這樣的句子：

　　鳥雀們典去了他們的啁啾，
　　沉默是這一致穿孝的宇宙。⑧

楊牧稱它「置之於六十年代以超現實想像為標桿的現代詩人作品
中，也是令人欣然喫驚的！」⑧特別是後面這個歐化句，「穿孝」
二字不僅迅捷地喚起令人不快的色調、質感與情緒，安置在「宇
宙」之上，更有設範以囚之的侷促感，蘊蓄著極強的張力。這裡的
修飾語與主語之間有被強加接合的痕跡，顯示詩人欲以主觀文字重
新規定客觀世界的意圖。

　　其實，朱湘本人的文學創作與生活實踐（這兩者在他身上連鎖為一

---

⑧　Hugo Friedrich, *The Structure of the Modern Lyric: from the mid-nineteenth to the mid-twentieth century.* Trans. Joachim Neugroschel. (Evanston, Ill.: Northwestern UP. 1974). pp.1-7.

⑧　徐志摩，〈我等候你〉（1929），《猛虎集》，頁 8。

⑧　楊牧，〈導論〉，《徐志摩詩選》，頁 7。

體），也充滿「生－死」、「美－醜」、「善－惡」、「神－魔」相互拉扯的痕跡。細讀《石門集》，我們將會發現：朱湘實為現代中國「自殺詩學」的鼻祖，[88]樹立了以下幾個可以被再現的特徵：一、求死欲望：他不斷地在詩裡追求死亡，並預告著自己將要主動爭取死亡。二、詩歌崇拜：為了向詩致敬，他艱苦地在「忍死須臾」的情境裡發言。三、悖論關係：死「發動／終結」詩，詩「抵抗／崇拜」死。特別是這最後一條，頗具衝擊性，經常塑造很大的魅惑之力。例如前文討論過朱湘詩裡的「溺死」想像，因為有了實際的投江行動，所謂「想像之辭」忽然變成「履行性言語」（performative utterances），生命終於須隨文字而完成。徐志摩先前曾為自殺者辯，並加但書：「自殺不僅必得是有意識的，而且在自殺者必定得在他的思想上達到一個『不得不』的境界，然後這自殺才值得我們同情的考量。」[89]假使除了生活現實的理由之外，朱湘是有意識地凸顯詩人在現代時空的窘困，從而形塑一種「殉於詩」的形象，並以之「重寫」自己詩裡的求死衝動，證明那不是空想。那麼，也算是臻及「不得不」的境界了。

「詩／死」的合體也構成「毒／藥」的結構，實際上，朱湘本身即有詩直接觸及此一概念：「殺得人的鴉片，醫士取來／製成

---

[88] 詩人的「自殺寫作」在當代中國詩壇，乃是頗受矚目的一種現象，其著名的案例有顧城（1956-1993），海子（1964-1989），戈麥（1967-1991）等。有關「自殺、寫作與（後）現代性」的課題，以及現當代文學史若干著名案例的討論，參見王德威，〈詩人之死〉，收在《歷史與怪獸》，頁155-225。

[89] 徐志摩，〈再論自殺〉（1925），《落葉》（上海：北新書店，1926），頁152。

藥，救濟了許多人」。**⑩**接下來所舉的例證恰恰便是，文士因之而得「詩」，凡夫因之而得「死」。這是一體之兩面，一物之兩性，時時在內部相互扦格。有如自囓其尾的蛇，陷在無救的循環裡。朱湘曾藉「圝兜兒」（rondel）的體式，說出這種情境。過錄首尾兩段如下：

> 腳踏汙泥我眼睛望天……
> 明明也知道它是大氣，
> 並沒有泥鰍在裏邊，
> 　沒有荸薺。
>
> （中略）
>
> 眼睛望天，
> 我設想有星躲在雲裡……
> 雖說它黑得好比汙泥。**⑪**

「汙泥」是他慣用的一個語碼，經常表示由水與土所構成的「塵世－肉身」，它既陷溺靈魂，卻也滋養生命。而在這裡，其負面作用是確定的，正面作用則僅可想像或期待。「腳踏」是現實，「眼望」是願望，泥鰍、荸薺、星皆為生機之表徵──詩人上下求索，

---

⑩　朱湘，〈十四行：英體〉第 11 首，《石門集》，頁 110。
⑪　朱湘，〈圝兜兒〉第 2 首，《石門集》，頁 86。

詩植根於塵世卻又想要掙脫塵世。此端既無生機，乃期之於彼端，問題是「天空」居然可能與「大地」同樣具有（只陷溺而不滋養的）「汙泥」。詩人既已「明知」，而仍「設想」；正如他認識自己身為「必死者」（sterblichen），而仍偈偊於「言說」與「命名」。

假如將「文體」與「身體」類比，則在迎向未來的光明的藥性之途中，過去的幽黯的毒素卻也時時發作。朱湘曾經在詩裡描述，「我」想將「過去」摔回「泥沼」裏，但它卻「作癩蝦蟆的叫聲」、「如蛇釘住我」。儘管咬牙抵抗，卻是更加心驚：

> 因為這個醜物已經變作
> 我的模樣，正在一套，一套，
> 變着各種的形……這時，遍身
> 我出汗，怒抖。整顆心像割；
> 我暈了……它又鑽進了心竅……❿

這是一種具有超現實視域的敘述：「主體」被「毒物」襲奪而「變形」。我們不妨將它闡釋為「寓言」，則這裡「變着各種的形」的體驗，便含帶著重要的訊息：完整、單純、固定的主體已經破裂，種種突變的狀態正在發生。可能的癥候包括：「迷失方向、熟悉物的解體、喪失秩序、語無倫次、碎片化、可逆返性、畫蛇添足、去詩化之詩、毀滅的閃光、刺目的意象、粗暴的突變、錯位、視角散

---

❿　朱湘，〈十四行：意體〉第3首，《石門集》，頁120。

亂、異化。」❽這些病變乃是從「古典抒情詩」向「現代抒情詩」轉化的途徑之一。就漢語現代詩的變化歷程而言，前面討論的三位新月詩人，都體現了「中毒－變形－現代」的結構，實為跳脫傳統抒情模式的重要「開端」（而非完成）。他們當然沒有全面具備上述癥候，但如早秋霜露，已然預告了滿山落葉。

五、結　語

文學研究不能輕易迴避評價的問題，在當代評論新月詩人的諸多文章中，可以歸納為兩種觀點：其一是從文化精神上理解「紳士詩人的風範」，讚揚其提倡「思想自由，情感節制」的立場，體認和諧、均齊、理性的美感。❾另一則是採取左翼陣營現實主義的立場，批判新月的詩境過於狹隘，脫離時代、人民與革命，是「精神貴族的孤芳自賞」。❺這種對立或區隔，大致上延續了 1920 年代前後「新月派」與「反新月派」論爭的格局，只是當代論者不再執泥於一端，經常優劣並舉，並多嘗試加以調合而已。

雖然梁實秋否認新月諸子有什麼共性，❻論者也指出「新月派

---

❽　這是 Hugo Friedrich 歸納自十九世紀後葉以來德、法、西、英等各種語系的「關鍵術語」，用以說明現代詩學的「否定類型」（negative categories）。不過，他並未解釋或界定這些術語。見 Friedrich 前揭書，頁 8-9。

❾　朱壽桐，《新月派的紳士風情》（南京：江蘇文藝出版社，1995），頁 347-351。

❺　藍棣之，《新月派詩選・前言》（北京：人民文學出版社，2002），頁 14。

❻　梁實秋，〈憶新月〉，《秋室雜憶》（臺北：傳記文學社，1971），頁 69。

的稱謂」是論敵所加。**❾**惟追溯其源，則由徐志摩執筆的一篇具有「發刊辭」意義的文章〈新月的態度〉，便已聲明了基本立場。此文列舉了十三種派——感傷派、頹廢派、唯美派、功利派、訓世派、攻擊派、偏激派、纖巧派、淫穢派、熱狂派、稗販派、標語派、主義派，並逐一加以批判。這實際上即是採用「排除法」，進行了自我定義。他甚至把這些門類比做「鴉片、毒藥、淫業」，從而指出「這裡面有很多是與我們所標舉的兩大原則——健康與尊嚴——不相容的。」**❾**反對者則以為：所謂「健康與尊嚴」其實經過選擇，是戴上特定意識型態的「著色眼鏡」，進行「審查和整理的工作」。**❾**

　　我的研究，既不是在為「新月的態度」辯護，也不是對之進行針砭。而是嘗試揭示：在「新月的態度」的遮蔽下，另有一種「新月的血肉」存在。就顯意識的層面而言，他們確實傾向於提倡一種可簡稱為「以理性清濾情感，以法度保障自由」的論調。但就其詩篇所蘊含的深層意識來看，卻又充斥著種種「不健康」的成份——聞一多自承是「蒼蠅似的思想，垃圾桶裏爬。」朱湘寫了許多神經痙攣般的詩句，徐志摩自己也曾以文字製作毒藥、召喚屍體、渲染慾望。在我看來，這反而是新月詩人創作突破的重要資源。作為啟

---

❾　藍棣之，《新月派詩選·前言》，頁 1。

❾　〈「新月」的態度〉（原文未標撰者），《新月月刊》創刊號（1928.3），頁 4-6。

❾　彭康，〈什麼是「健康」與「尊嚴」？——新月的態度底批評〉，原載《創造月刊》1 卷 12 期（1928.7），引自方仁念選編，《新月派評論資料選》，頁 4。

蒙時代的知識份子，其公共言論很難自外於「科學、理性、進步」
的洪流。但詩，畢竟不必是社會意志的再現，通過壓縮、跳躍、斷
裂的語言，它容納了更多私祕的潛流。

　　即以「頹廢」（decadence）來說，那正是與「進步」對蹠的一種
時間觀念。它似乎逆著革命的、演化的、救亡圖存的時代巨輪，但
依歐洲文藝史的經驗，卻可以通向藝術現代性。且在更深層結構
裡，「頹廢」與「進步」居然融洽如一。卡林內斯庫（Matei
Calinescu）指出，在原始意義上：

> 頹廢通常與沒落、黃昏、秋天、衰老和耗竭這類概念相聯
> 繫，在更深的階段裡，則涉及有機物分解和腐敗。——連同
> 它們慣用的反義詞：上升、黎明、春天、年輕、萌芽等等。於
> 是從自然循環和生物隱喻的觀點來思考它，便成了必然。⑩

科學與技術的變革，帶來新的視野。比較而言，創造社詩人（特別
是郭沫若）的進步觀更接近於「機械學」，他們藉由爆炸、推翻、
嚎叫等行動，迎接工廠、煙囪、火車與輪船等具有技術革新意義的
現代事物的到來。新月詩人的進步則仍與「生物學」隱喻有更多的
關聯，常常期之於腐壞死滅之後的「再生」。——這種想法在「日
新月異」的年代裡，不易相容於「科學與民主」之論述，而只能見
諸「詩與神話」之書寫了。

---

⑩　Matei Calinescu, *Five faces of modernity: modernism, avant-garde, decadence, kitsch, postmodernism.* (Durham: Duke University Press, 1987), pp.155-156.

　　彷彿為了完成一組神話般，那些充滿了「墳墓－腐屍－毒藥」的字辭，居然帶出了死亡的事實——徐志摩飛機失事（1931），朱湘投江自盡（1933），聞一多在壯盛之年放棄新詩創作（1931），終因積極參予政治運動而遭特務暗殺（1946）。這些電光石火般的「橫死」，如同戲劇表演般，使「死－我－詩」在新月詩人的身上合成一體。航空機器與山河大地的劇烈碰撞，演講、記者會之後是街頭閃現的衝鋒槍，這類死法乃是道道地地的「現代（技術、器物與體制之下的）產物」。相對之下，從輪船上一躍而下，則呼應了一種詩人傳統，顯得有些古典。但我們想到，那「年輕的屍體」一夕間重寫了既有詩行裡的「我」，成為揮之不去的意象，則其間似乎也蘊含著現代抒情的端倪。

　　「橫死」無情而有力地嘲諷了「健康與尊嚴」，看似偶然的沒有被控制住的怨毒與病狂，顛覆了「標準，紀律，規範」。在量上不佔多數、在質上卻居於關鍵的魔怪意象，則提供了變形的法術、風格突破的契機。設計完好的工具理性，不能阻止「非理性」力量的介入或發作。在節制均衡的原則之下，新月詩人的論述裡，本就含容了崇尚神秘的直覺、創造和想像的浪漫精神——經常被譬喻為閃現的星、風、泉，這在實際創作中，本就可能變形為狂暴、倔強、奔突的現代感受。就「志願」而言，他們極力想使「清泉」突破「污潦」；在實踐之間，他們卻也發現了腐爛與創造的一體性。漢語詩人大多經歷「惡化」或「魔化」的程序，而後擺脫初期白話詩的稚嫩，取得生產「現代詩意」的能力，新月詩人是極好的例證。

第三章　藝術自主與民族大義
——「紀弦為文化漢奸說」新探

一、前　言

　　紀弦本名路逾，1945 年之前筆名為「路易士」。其創作活動橫跨漢語現代文學的兩個系統——從現代中國（1949 年以前）到當代臺灣（1949 年以後），分別扮演了重要角色：他一方面是上海現代派詩人群的一員，參與了 1930、1940 年代都會文學的建構；另一方面又是臺北現代派的領導人，推動了 1950、1960 年代的現代主義文學風潮。

　　惟目前國內有關紀弦的研究，大多置於「臺灣現代派運動」或「現代詩季刊」的框架下觀察，對於他大陸時期的文學活動與創作表現頗為陌生，以致在歷史脈絡的理解上未能十分精準。另一方面，彼岸的研究者，對於青年路易士的探討稍多些，但或受限於特定的政治觀點，或因對跨系統的現代派運動稍乏掌握，以致不能由較宏觀的當代視野重新處理問題。更重要的是，許多關鍵文獻尚未被充份運用，某些疑結也還沒被打開。紀弦本人在前幾年推出了回憶錄，但延續了他一貫的夸飾修辭法，交待了一些細節，卻也製造

了不少有待釐清的迷障。

特別是抗戰時期，關於他在淪陷區裡的文學活動，迄今仍頗富爭議。並非現有研究懸而未決，而是在文獻不足的情況下斷之太果。本章即擬針對「紀弦為文化漢奸」之說，掘發較為充份的證據，提出較為細膩的省思。我的目的並不在「伸張正義」，反而是嘗試演示「伸張」行動以及「正義」內涵的複雜構造。此外，我還將延伸出與之相詰的「藝術自主」課題。基於同樣理路，我將解析這一位崇尚「自主性」的「藝術家」，如何在爭取創作空間的「正當」理據下，悄悄遮蔽了個體尊嚴。

二、「正義」如何追究「歷史」

(一)「文化漢奸」的概念

「漢奸」之凝為詞彙，始於清朝康雍之世，原係指在平苗戰事中妨害滿清王朝利益的漢人。鴉片戰爭前後，則指稱勾串英國人的無賴之徒，其所背離的對象是天朝、君父、國人，仍非限指漢民族之利益。❶到了晚清革命黨人那裡，漢奸才取得新義，用指那些效忠清室或與滿人合作的漢人。❷依照這種漢族本位的思路，勾結英國人固為漢奸，忠於滿洲人又何嘗不是漢奸？滿清兩百年的統治，

---

❶　張銓津，《鴉片戰爭時期的漢奸問題之研究》（臺灣師大歷史所碩士論文，1996），頁 15-20。

❷　王柯，〈「漢奸」：想像中的單一民族國家話語〉，《二十一世紀》第 83 期（2004.6），頁 63-73。

確實使漢人的民族意識有所斲損。民國以後，革命家創造了「中華民族」這個新概念來對應於「中華民國」的國體，以坐實「國／族」一體的想像。在這種情況下，不以「華奸」，而仍以漢奸來稱呼那些背叛國家民族而與日本人合作者。似乎暴露了所謂「中華民族」可能只是「漢族」的一種改換包裝。

　　抗戰以後，漢奸成為正式的法律用語，雖然歷史因素與政治考量經常干擾了審判的客觀性。至於所謂「文化漢奸」的概念，則顯得更為複雜些。〈處理漢奸案件條例〉（1945 年 11 月 23 日）第二條規定「應勵行檢舉」的項目之中，包含「曾在偽組織管轄範內，任報館、通訊社、雜誌社、書局、出版社社長、編輯、主筆或經理，為敵偽宣傳者。」❸職位較易認定，但是否涉及為敵宣傳的行為則不易遽斷，何況檢舉之後如何處置，也還是問題。實質上，除了柳雨生等極少數人（周作人已非屬這個層級）被以「漢奸文人」通令逮捕之外，❹以此獲罪者並不多見。因此，文化漢奸這個稱號，更像是文化界內部以文字來主持正義、淨化自身的工具。

　　戰時出版的《漢奸醜史》一書，已用「文化漢奸」指稱附汪的教授、記者、作家。❺到了戰後，在一片討伐漢奸的聲浪中，《文

---

❸　附在南京市檔案館編，《審訊汪偽漢奸筆錄》（南京：江蘇古籍出版社，1992），頁 1490。

❹　參見封世輝編著，《中國淪陷區文學大系：史料卷》（南寧：廣西教育出版社，2000），頁 396。戰後文化人被以「漢奸」罪名審判的情況，另詳益井康一，《漢奸裁判史（1946-1948）》（東京：みすず書房，1977），頁 151-165。

❺　鄭辰之編，〈記幾個「文化漢奸」〉，《漢奸醜史》（出版地不詳：抗戰建國社，1940），頁 40-42。

化漢奸罪惡史》的專書應運而生。除了「三年來上海文化界怪現狀」等數篇概覽綜論的文章之外，另針對十七位「文化界的漢奸」進行了個別的特寫。其篇目如：「『桂花編輯』楊之華揩油稿費是他的拿手傑作」、「『偽政論家』胡蘭成是張愛玲的『文藝姘夫』」、「『女張競生』蘇青陳公博的露水妃子」等等，已可見出筆調之尖刻。編著者在前言中指出：

> 在那抗戰時期想不到竟有這許多文化漢奸的存在，而謹防他
> 們在這建國的階頭上，又搖身一變，活現起來，因之這部
> 「文化漢奸」，等於一面文壇照妖鏡，倒是件小小的法寶，
> 使他們無從遁形。聽說中華全國文藝界協會，對於文化漢奸
> 有所處置，同時也進行調查文奸的工作，這本書但願於他們
> 有些幫助。[6]

也就是說，此書作意在於：暴露其醜事，阻斷其前景，並為即將展開的「處置」行動提供線索。問題是全書標榜「一片醜帳，暴露無遺」，雖然有些敘述具有史料價值，但也常見格調不高的街談巷議、譏嘲謾罵。例如說：「張愛玲這三個字，不像女作家，而是十足的『舞女氣』」，還說她的劇本「編得活像垃圾桶貨色」，[7]卻不能列舉她作為漢奸的事證。

---

[6] 　司馬文偵，〈幾句閒話〉，《文化漢奸罪惡史》（上海：曙光書局，1945），頁 1。按此書封面在「文化漢奸」四大字後有「罪惡史」三小字，但版權頁僅作「文化漢奸」。

[7] 　司馬文偵，《文化漢奸罪惡史》，頁 49-50。

　　國共內戰日熾，「共匪」被視為比「舊漢奸」更可怕的「新漢奸」，反新漢奸經常成了舊漢奸除罪的方法。政府不積極「處置」漢奸，文化界「愕愕」之士則始終耿耿於懷，試舉兩個著名的案例：1967 年，梁容若以《文學十家傳》獲得中山學術文化基金會的文學史獎，獎金五萬元。署名為「張義軍」的文章〈中國文化與漢奸〉便出而揭發梁氏昔日在淪陷區以媚日文章獲獎的往事，並得到徐復觀、胡秋原等人的響應，最後中山學術獎雖未被追回，梁卻也被迫提早從教職上退休，遠走國外。❽又如戰後因漢奸罪遭通緝而逃匿日本的胡蘭成，在 1974 年受文化學院之聘，來臺講學。隔年趙滋蕃、胡秋原等人即撰文重提胡蘭成作為文化漢奸的舊案底，並指責其在臺新出版著作充滿了漢奸思維。終於逼得警總出面禁止其書，胡只好離職返回日本。❾

　　上述兩個案例，顯現訴諸輿論的攻訐有一定效果，這也助長了類似行動的持續開展。在這當中，抗戰時期從事「戰地文化工作」、戰後長期擔任國大代表的劉心皇，始終扮演重要的角色。所著《抗戰時期淪陷區文學史》，固然運用了不少 1930、1940 年代的史料，但也頗多臆測之辭，同時在判斷上使用了極為嚴苛的標準。他以「落水作家」總稱「投降敵人依附漢奸政權的作家」，其

---

❽　相關文件及論辯過程，見劉心皇編《文化漢奸得獎案》（臺北：陽明雜誌社，1968）。

❾　有關胡之所以能夠返臺，有一種說法是：胡曾透過何應欽，向蔣介石上呈關於韓戰的意見書，又曾運用其在日本的關係，使《蔣總統祕錄》得在日本《產經新聞》以連載方式發表，歷時長達四年，從而獲得當局的諒解。參見于文編，《大漢奸傳奇》（北京：團結出版社，1994），頁 140。

中包含：

　　㈠曾經擔任敵人的職務者；
　　㈡曾經擔任漢奸政權的職務者；
　　㈢曾經擔任敵人的報章雜誌、書店經理、編輯等職務者；
　　㈣曾經擔任漢奸政權的報章、雜誌、書店經理、編輯等職務
　　　者；
　　㈤曾經在敵偽的報章、雜誌、書店等處發表文章及出版書籍
　　　者；
　　㈥曾經在敵偽保障之下出版報章、雜誌、書籍者；
　　㈦曾參與敵偽文藝活動者。❿

分析起來，前四種屬於「職位」問題，依劉的理路，只要居於「偽
職」即是「惡行」，遑論其實際內容。後三種涉及「行為」問題，
但都為文藝層面，而非政治性活動。在淪陷區裡，一切事物很難不
是「敵偽的」，舉凡教育、商業、醫療若非在「敵偽保障之下」，
如何能夠遂行。因此，劉心皇所設的基準，也許符合極端的「愛國
主義」，卻未嘗考量到人道立場。就這裡而言，還看不出對於具體
的叛國行為有所討論。

　　大陸學者陳青生則區分出「漢奸作家」與「大節有虧的作
家」，前者指具有明確漢奸行為的作家，屬於違法犯罪行為。後者
則僅出現「民族立場的歪斜」，還沒有到國法追究的地步，主要承

---

❿　劉心皇，《抗戰時期淪陷區文學史》（臺北：成文出版社，1980），頁 1-2。

受的是道德的譴責。至於判斷是否「漢奸文學作品」，主要應依據
兩條標準：

> 一、作者在抗戰時期屬於漢奸，或尚未墮落為漢奸，但親近
> 日偽，積極參加漢奸文學運動的大節有虧的作家。
> 二、作品遵奉或呼應漢奸文學理論指導與要求，具有直接服
> 務於日本帝國主義擴張侵略運戰爭和漢奸偽政權統治需要的
> 內容。⓫

前一條是不論作品，先就作者的「民族立場」與「政治表現」進行
檢查，以區分其忠奸。即使並無明確的賣國行為，但在活動上與
「日偽」發生密切關聯，也算在內。至於後一條，專就作品而言，
相對較為客觀，涵蓋面也不致太過寬泛。但何謂「遵奉或呼應」，
也頗有些模糊空間。

　　即使寫過符合「漢奸文學」條件的作品，甚至積極參與「漢奸
文學運動」，也未必就能被輕易判定為「漢奸」。關露即是一個著
名的案例，她與汪政府特務頭子李士群過從甚密，又追隨佐藤俊子
編輯日本海軍部主導的《女聲》雜誌，出席過在日本舉行的「大東
亞文學者大會」。因此，《文化漢奸罪惡史》曾痛責她為「無恥文
雌」，⓬劉心皇照例也把她派入「落水作家」。但她其實是中共的

⓫　陳青生，《抗戰時期的上海文學》（上海：上海人民出版社，1995），頁
　　378-382。
⓬　司馬文偵，《文化漢奸罪惡史》，頁 41-42。。

地下黨人，雖然進入人民共和國時代，硬是被從「假漢奸」鬥成「真漢奸」，死前才獲平反。陳青生將她視為「抗日愛國作家」，並指出劉著對這類案例「妄做論斷，混淆忠奸，歪曲歷史」。**⓭**其實以當時國民黨政府的立場，就算釐清「真相」，亦難視之為「忠貞」。由此可知，區判文人的忠奸，常決定於觀察的位置。

㈡對紀弦的具體指控

劉心皇的著作，率先援引了多份史料，經由「路易士在此時，不但與大漢奸胡蘭成交往密切，還交結了其他的文化漢奸」，推論出他是為汪政府「作文藝運動的」。**⓮**這一部分是劉書文獻較有據的地方，問題是深獲胡蘭成的賞識、催促楊之華出書、幫吳易生看稿子，並得意於相關刊物，嚴格來講，只算展示了人際關係及活動場域，尚難等同於「漢奸行徑」。

劉心皇最直接的指控，係立基於下列兩段材料。首先，隱名者「鍾國仁」說：

> 大節有虧的人，不可以派到韓國出席國際筆會，頃悉此次出席國際筆會的代表中，有紀弦其人者，此人名叫路逾，平時以詩人自命，到處吹噓。在抗戰前，以路易士之名，撰寫新詩。在抗戰期間，竟背棄祖國，腼顏投敵，落水為漢奸，出席日本召集的大東亞文化更生會，大放厥詞，賣身求榮。當

⓭　陳青生，《抗戰時期的上海文學》，頁 202。
⓮　劉心皇，《抗戰時期淪陷區文學史》，頁 186。

中國抗戰時期的陪都重慶被炸，傷亡慘重之時，他在上海撰
詩歌頌，其辭有曰：「炸吧，炸吧，把這個古老的中國毀滅
吧⋯⋯」這是盡人皆知的事實，且有上海淪陷期間出版物為
證。**⑮**

這裡提出兩項指控，都有進一步釐清的空間：首先是關於出席「日
本召集」的「大東亞文化更生會」的問題，紀弦的回應是「沒有到
日本去出席過任何會議」。**⑯**按「日本文學報國會」在戰時共召開
過三次「大東亞文學者大會」，其中第一次及第二次皆在東京舉
行，第三次則在南京舉行。依照目前學界的相關研究，應已可確定
紀弦在淪陷期並無東渡日本之舉。**⑰**但沒到日本開會，並不等於沒
有參予「日本召集」的會議。「第三次大東亞文學者大會」（1944
年 11 月 12 日至 14 日），路易士確實與會了，並曾提出「保障作家生
活案」。**⑱**以致日方代表高見順認為中國作家：「順應日本國策的

---

⑮　1970.5.23《大眾日報》「鍾國仁」的投書，引自劉心皇，《抗戰時期淪陷區
　　文學史》，頁 199。

⑯　紀弦，《紀弦回憶錄第一部：二分明月下》（臺北：聯合文學出版社，
　　2001），頁 153。

⑰　這部份劉心皇已有所遲疑：「究竟路易士有無出席？尚待考」。近年來中國
　　及日本學界對於三次大會的相關文獻考索甚詳，皆未見路易士在「日本」出
　　席會議的紀錄。比較早而詳盡的敘述，見尾崎秀樹，〈大東文學者大会につ
　　いて〉，《近代文學の傷痕：大東亞文學者大會・その他》（東京：普通社，
　　1963），頁 5-54。

⑱　路易士的出席及提案，參見張泉，〈關於「大東亞文學者大會」〉，《新文
　　學史料》1994 年 2 期，頁 221。

發言一個也沒有，只說怎麼保障文學者的生活，從頭到尾不管生計之憂以外的事情。」❶如果所謂「厥辭」指此，似乎也還難以說是「賣身求榮」，反倒是以「生計之憂」逸離了「文學報國」的口號。另一項指控是撰詩稱頌日人轟炸重慶，實情如何，我將在下文詳考。

　　劉心皇又引用「另外一位」匿名者「史方平」的證詞：

> 路易士在蘇北，兼職務頗多，主要職務是偽「軍事委員會委
> 員長蘇北行營上校聯絡科科長」（對日交涉交際）所兼任宣撫
> 工作，代表敵偽對蘇北作「文化宣撫」。曾有大規模的兩次
> 對青年的演講，一次是在泰興縣，講「和平文學與和平運
> 動」；另一次是在泰縣，講「大東亞共榮圈與和平文學」。
> 聽他演講的人，還有人在臺灣。❷

這段材料涉及擔任軍職與執行文化宣撫兩項嚴厲指控，但都未舉證。紀弦早年曾自述：「一九四三年四月二十七日，我的滿三十歲生日是在蘇北泰縣過了的。」❸劉心皇即以此印證史方平的指控，

---

❶　見澤地久枝，〈日中の懸橋──郭をとみと陶みさを〉，《文藝春秋》59 號
　　（1981.05），頁 401。

❷　史方平，〈紀弦、路逾和路易士的漢奸活動〉，引自劉心皇，《抗戰時期淪
　　陷區文學史》，頁 188-189。劉心皇宣稱：「該文係打字的，曾從『文化旗』
　　雜誌社取得一份，該文作於五十九年八月十日。」見前揭書，頁 198-199。

❸　路易士，〈三十自述〉，在《三十前集》（上海：詩領土社，1945），附
　　錄，頁 16。

質問他為何無故跑到蘇北？不過，紀弦在回憶錄裡的說法是：「陪黃特前往蘇北訪友，大家交換『中產階級革命運動』的意見」。㉒即便他曾公開宣揚「和平文學」，是否就等於代表官方進行「文化宣撫」，也還難成定論。

　　至於以文人背景出任上校軍職，不甚合理。倒是「法制局長」胡蘭成似曾為他安排位置，但紀弦最先的說法是：自認拙於文書，「在他那邊『混』了沒多久之後，就又回到了上海。」又說：「雖然我已離京返滬不拿他的薪水了，他還是經常地用其他的方式給我以經濟上的支援」。㉓古遠清即據此推定，他是曾經短暫任職於法制局的。㉔惟相對應的段落，在回憶錄定稿中，都已刪除。並添增了：「千金之子不死於盜賊，良有以也；生當亂世，保持我的清白，這比一切重要」之類的堂皇理由，然後明確說：「所以我就婉言謝絕，沒有成為他的『屬下』，不拿他的薪水了。」㉕前後兩個版本，在語氣上的細微差異，確有耐人尋味之處。

　　除此之外，陳青生的書較全面地考察了 1930、1940 年代的報刊，一則肯定路易士使淪陷期上海詩壇「由蕭條轉而活躍」，創作

㉒　紀弦，《紀弦回憶錄第一部》，頁 126。

㉓　紀弦，〈從 1937 年說起——紀弦回憶錄之一片斷〉，《文訊》第 7 期、第 8 期合刊（1984.2），頁 80-81。

㉔　古遠清，〈紀弦抗戰前後的「歷史問題」〉，《文藝理論與批評》2002 年第 4 期，頁 100。按此文略經修改後，成為古著《臺灣當代新詩史》（臺北：文津出版社，2008）之章節。

㉕　紀弦，《紀弦回憶錄第一部》，頁 122。按：「千金之子不死於盜賊」出自蘇軾〈留侯論〉，本意應是「珍惜生命」，而非「維護清白」。紀弦的偏移式用法，造成一種意想不到的趣味。

具有獨特的藝術風采，一則指出其所以能夠名聲聽響，得利於積極
參與「日偽卵翼的漢奸文學活動」，而其具體罪行如下：

> 僅就詩歌寫作而言，為悼念一名被抗日特工用斧頭劈死的漢
> 奸，路易士作有〈巨人之死〉一詩。還寫作了一些攻擊共產
> 主義和中國革命的詩作，如〈Poétercaus〉、〈被謀害的名
> 字〉、〈失眠的世紀〉、〈文化的雨季〉等；1944 年秋
> 冬，支援中國抗戰的美國軍隊，出動飛機轟炸上海日軍，路
> 易士又寫了「政治抒情朗誦詩」〈炸吧，炸吧〉，譴責美軍
> 的轟炸，嘲諷中國政府「長期抗戰，最後勝利」的虛妄，奚
> 落「蔣介石」「永遠」不能收復失地，只能「陪著宋美齡，
> 老死在重慶了」。這些詩作的內容和情緒，都順應了當時日
> 偽炮製、扶植的「大東亞文學」的要求，它們是明顯的漢奸
> 文學作品。㉖

列舉具體詩篇以為論斷基礎，似乎較為合理。不過，這段敘述把
「反共」與「媚日」混在一起，恐無助於釐清漢奸文學問題。陳書
引詩雖未標明出處，除了〈炸吧，炸吧〉之外，都可以在上海版的
《三十前集》裡找到，全為反共詩。〈Poétereaus〉一詩批評庸俗
的噪音是「為了取悅克列姆林宮」而傷害了詩。㉗〈被謀害的名
字〉說：「這裡，那裡，大批蠢材，狗，啦啦隊，CP 外圍份子，

㉖　陳青生，《抗戰時期的上海文學》，頁 273-274。
㉗　路易士，〈Poétereaus〉（1939），《三十前集》，頁 194。

假正義」。❷ CP 即指共產黨。〈文化的雨季〉提到：「克列姆林宮舉著獵槍。延安舉著獵槍。不要臉的投機份子舉著獵槍。善妒的低能兒舉著獵槍。」❷其中的獵槍意象，可以和〈巨人之死〉合看：

　　　你是至善的光。
　　　你是全人類的太陽。
　　　但你砰然殞滅了，
　　　繼你的英勇的兒子後。

　　　我慟哭，
　　　朋友們慟哭，
　　　世界慟哭，
　　　遠遠的火星上的人們也落淚了：
　　　你竟死於那鑿冰斧的一擊下！
　　　……
　　　黑暗！黑暗！黑暗！
　　　二十世紀的沙皇恐怖地獰笑着。❸

其中的「鑿冰斧」，再次出現於〈失眠的世紀〉一詩：

---

❷　路易士，〈被謀害的名字〉（1940），《三十前集》，頁 212-213。
❷　路易士，〈文化的雨季〉（1941），《三十前集》，頁 221-222。
❸　路易士，〈巨人之死〉（1942），《三十前集》，頁 233-234。

我聽見一個自稱來自加拿大的遊客

用鑿冰斧

鑿一個人的腦袋，

然後是克列姆林的二十九個字的尖銳的獰笑，

和色盲們，

投機份子們，

沒有文化的豬玀們的

一致的喝采。 ㉛

依照陳青生說法，在這個案子裡，凶手是「抗日特工」，而死者則是「漢奸」，未免斷之太果。我認為，受害的「巨人」其實是指托洛斯基（Leon Trotsky），無論人們對他評價如何，至少算是大人物，才能對應於「至善的光」、「全人類的太陽」。他被以「鑿冰斧」襲擊後腦而身亡，時為 1940 年 8 月 21 日。更重要的是，他的兩個「兒子」——列夫和謝爾蓋都先此而亡，一般咸信與蘇聯國家政治保安總局有關。因此，「二十世紀的沙皇」就是指史達林。依照我的解釋，它們與「悼念漢奸」並無任何的關聯。

(三)關於〈炸吧，炸吧〉

劉心皇與陳青生的指控，都提到〈炸吧，炸吧〉這首詩，並引述了少數片段。這項材料對於是非曲直的判斷，顯然是很關鍵的。按劉著、陳著對於引用資料，有時標出刊物名稱、日期、卷號，而

㉛　路易士，〈失眠的世紀〉（1941），《三十前集》，頁 214-216。

不標頁碼。偏偏對於這項重要材料卻一致沒有交待任何出處線索
（包括刊物名稱），不免啟人疑竇，也留給紀弦否認的空間：

> 但我從未寫過「讚美敵機轟炸重慶」的詩。我也從未寫過對
> 於蔣公大不敬的一字一句。那些文丑文渣，如果他們所假造
> 的「詩句」，真的曾在淪陷區的報刊發表過，那就請他們拿
> 出白紙上印的黑字做證據吧！可是他們有嗎？屁都沒有。❸❷

事實真相究竟如何？我們翻檢了大量原始文獻，終於找到了原詩。
這項發現宜有重大價值，特不憚其辭煩，引述全文如下：

> 一個中國人說：
> 「我們的飛機來了。」
> 另一個中國人說：
> 「那是美國的。」
>
> 嘿嘿你們飛得多高！
> 請問那是同溫層吧？
> 好像害什麼羞似的。
> 幹嘛瞧都瞧不見啊？
> 只聽得飛機滿天響，
> 炸彈一個一個落下。

---

❸❷　紀弦，《紀弦回憶錄第三部：半島春秋》（臺北：聯合文學出版社，
　　2001），頁 153。

你們太英雄了！

　太英雄了！

你們的飛機 B29（Made in America）

你們的思想也是「阿美利加製造」

可是哪裡有什麼思想，

你們這批奴才走狗！

如果畢竟有點思想，

你們就該捫心自問。——

　你們盲目投彈，

　命中民房，

　任務完成，

　安返原防，

　知否這裡，

　哭哭啼啼，

　炸死了的，

　都是中國的老百姓，

　自己的同胞？

　沒有一個惡人，

　沒有一個壞蛋，

　個個是無辜的，貧窮的，

　吃苦耐勞的，

　善良的，

　愛國的（比你們愛國的）

民眾，民眾，民眾——
雖然他們腦筋簡單，
知識有限，
文盲佔了大半。
他們覺得死了也情願的，
如果死在祖國的空軍下。
但那分明是外國的飛機，
你們不過是人家的工具。

炸南京是政治的意義，
炸上海是經濟的目的。
乒琳乒瑯一陣炸，
羅斯福拍手笑哈哈。
對啦，對啦！
炸吧，炸吧！
物價愈抬愈高了。
人心愈離愈遠了。
而且打仗愈打愈糟了。
失地愈失愈多了。
——何苦來啊？

你們口口聲聲
長期抗戰，
最後勝利，

教老百姓等著。
可是要到什麼時候
蔣介石
纔騎著馬回來？
也許要到
這裡的中國人
　炸死的炸死了
　餓死的餓死了
連一個也不剩著時
他纔從天而降
灑幾滴憑吊之淚
在這個
極目荒涼一片瓦礫的
廢墟上吧？
然而怕只怕的是他
永遠不回來了。

怕只怕的是他
即使打了勝仗
榮歸他的故鄉
也沒有廣大的神通
收拾殘破局面。
唉唉怕只怕的是他
為了一己之政權之貪戀，

寧可背棄了全民之祈願，

從此就

陪著宋美齡，

老死在重慶了。……**㉝**

此詩把盟軍的轟炸機視為敵方，外國勢力的工具，並嘲弄抗戰國軍為「奴才走狗」。就立場而言，看似從人權著眼，為淪陷區的無辜百姓抱不平。惟細究起來，它又充滿政治性的判斷，在論調上頗有為日本人或汪政府宣傳之嫌。

　　驗諸文獻，「劉心皇們」（劉心皇＋鍾國仁＋史方平）當年應曾親見或耳聞過這首詩，尚非憑空捏造。惟或因手邊無書、印象有誤，或出於刻意渲染、擴大罪證，以致引述與實際有些出入（盟軍炸上海，說成日軍炸重慶）。而陳青生則確實見過第一手材料，只是引述未詳而已。事實上，紀弦為了反駁指控，也曾經在回憶錄裡提到：

　　　　那是一九四四年的事情。有一次，陳納德飛虎隊誤炸上海市
　　　　中心區，毀屋傷人，我曾以詩抗議之。詩的末節是這樣的：
　　　　有一天，蔣介石
　　　　騎馬回來看看，
　　　　對著那些斷壁殘垣，
　　　　也會傷心落淚的吧？**㉞**

㉝　路易士，〈炸吧，炸吧〉，《文友》4 卷 4 期（1945.01.01），頁 11。

㉞　紀弦，《紀弦回憶錄第一部》，頁 140。

相對於劉心皇們的加油添醋，紀弦的回憶顯然避重就輕。原詩措辭之尖酸，恐怕並不下於他所批判的黃黑小報。最後一段對於蔣介石大肆嘲弄，遠超過他選擇性的回憶，證明所謂「從未寫過對於蔣公大不敬的一字一句」並不精確。此詩其實反映了淪陷區部分人民的一種心態，至少真誠地表達了自己的感受。但似乎對於國族情勢缺乏深刻的認識，在投入抗戰的這一方讀來，不免感到痛惡。所謂「文化漢奸」的指控，便是在那樣的歷史情境之下產生的。

最近出版的一本詩史，主要運用了劉、陳二書提出的文獻，對紀弦作出總結性的評論：「他屬於民族立場歪斜、民族氣節虧敗、正義觀念淪喪的大節有虧的作家。」㉟其證據雖有待補強（例如採信了劉心皇們諸如「曾任科長」的指控），其思路與情緒卻是可理解的，大抵延續了抗戰情境下民族大義的立場。我在這裡以及下文，掘發了若干關鍵史料，但並無意強化類似的道德審判，或就此提出簡化的結論。相反的，我將進而探討「文化漢奸」的帽子之下，有著怎樣的歷史刻痕與心靈皺褶。

三、「藝術」怎樣聲明「自主」

㈠青年藝術家的畫像

1930 年代的文學論爭，經常出於左與右的意識型態衝突。當時，國民黨文藝機構發起「民族主義文藝運動」，主張「鏟除多型

㉟　古遠清，《臺灣當代新詩史》，頁89。

的文藝意識」，「文藝的最高意義就是民族主義」。左聯則積極提倡「社會主義現實主義」，為無產階級革命作前鋒。❸這時另有一批信奉自由主義的文化人，提出不同的主張。胡秋原認為：「文學與藝術，至死是自由的，民主的。因此，所謂民族文藝，是應該使一切真正愛護文藝的人賤視的。」❸蘇汶也起而向革命爭取自由：「『第三種人』的唯一出路並不是為美而出賣自己，而是，與其欺騙，與其做冒牌貨，倒還不如努力去創造一些屬於將來的東西吧。」❸於是引發了所謂「第三種人」與左聯的激烈論爭。可見在那種緊張對峙的時代氛圍裡，文人爭取自由的意志始終未曾斷絕。

　　青年路易士踏入上海文壇的年代，「上海現代派」與「第三種人集團」正逐漸形成，並成為那個時代的重要流派，無論當初或事後，紀弦都以身為其中一員而自豪。前者陶冶了他的文藝技術，後者則影響了他的政治思維。1934 年 5 月，路易士第一次有詩登於上海著名的文藝刊物《現代》，漸與主編施蟄存、戴望舒、杜衡（即蘇汶）熟識，他們都是現代文藝的中堅。其後自辦詩刊《火山》，並活躍於廣義的現代派刊物《今代文藝》、《星火》、《現代詩風》等。1935 年 12 月，個人詩集《行過之生命》出版，有杜

---

❸　關於這段歷史的介紹，參見錢理群、溫儒敏、吳福輝，《中國現代文學三十年》（北京：北京大學出版社，1998），頁 191-201。

❸　胡秋原，〈藝術非至下〉，收在蘇汶編，《文藝自由論辯集》（上海：現代書局，1933），頁 7。

❸　蘇汶，〈「第三種人」的出路〉，蘇汶編，《文藝自由論辯集》，頁 132。

與施的序跋，稍稍奠立詩名，但還不能說是「紅得發紫」。❸
1936 年 4 月，抵達日本，預備進修，但因病思家，旋於 6 月返
滬。同年 10 月，戴望舒主導的《新詩》創刊，路易士也自辦《詩
誌》一種，往後兩年之間，藉由這兩種刊物，他發表了許多較佳的
作品，逐漸像是重要的詩人。

八一三滬戰烽火，毀壞了路易士的上海文藝夢。乃於 1937 年
秋，攜眷溯江而上，輾轉到達昆明。他回憶道：「施蟄存正在『西
南聯大』教書。如果他能替我找到一份工作的話，我就留下來不走
了也說不定。」❹遂經雲南於 1938 年秋到香港，昔日上海文藝界
的提攜者杜衡、戴望舒都在這裡，經他們的協助，路易士終於獲得
報館職務，恢復有限的文藝活動。1939 年辭職，他說：「閒著沒
事，我就回上海去看看。」但還能在此「自費印行了三部詩集」，
其間行止，交待未清。以今觀之，這趟行程似有試探回滬發展的可
能。1940 年折返香港，隔年太平洋戰事起，駐港英軍投降。杜衡
轉入重慶，戴望舒則因反日活動被拘囚數月，後仍續留香港。路易
士自稱很想隨杜衡同去，因一家旅費無著，「放聲大哭一場」，只
好離港返滬。實情如何，或者有些可疑。

1942 年夏，路易士返回上海。經由二弟路邁引介，認識了汪
政府機關報《中華日報》副刊主編楊之華，終於找回了寬廣的文藝
活動空間。他指出：「楊之華對文藝的看法和主張，大體上和我相

---

❸　紀弦回顧他在 1934、1935 這兩年忙碌的文壇活動，得出結論：「除路易士
　　外，其他『現代派詩人群』，就從來沒有第二個人是像他這樣紅得發紫的，
　　在當年。」見《紀弦回憶錄第一部》，頁 93。

❹　紀弦，《紀弦回憶錄第一部》，頁 115。

同：尊重文藝作家創作自由，反對政治干預文藝。」❹似乎對於楊在汪政府中執行「和平文學」的角色欠缺精確認識，或者刻意迴避。1942 年秋，路易士到南京見胡蘭成，早在香港時期，兩人便經杜衡介紹認識，並曾鄰居半年。這時胡幾經浮沈，已位居汪政府「行政院法制局局長」之職，數十年後，路易士回顧胡的知遇，感佩之情仍然溢於言表：「他知道我窮，家累又重，離港返滬，已身無分文了，於是經常使用適當方法，給我以經濟上的支援，而且，盡可能地不使我丟面子——例如暗中通知各報刊給我以特高的稿費。」❷僅就這一項而言，已是莫大的榮寵，也是他素所在乎的。

胡蘭成曾有敏銳獨到的觀察，可以作為我們認識青年路易士人格特徵的基礎，繁引如下：

> 所有正義的與非正義的觀念，責任或道德，理論或事實，他全不管。只是他認為對，他覺得有贊成或反對的需要，他就這麼肯定了。但也並不固執到底，他倘然改變原來的主張，往往不是因為何種經過深思熟慮的理由，而且並不後悔。
>
> 這種派頭，說他淺薄，是太簡單的解釋。說他是虛無主義者，也不是。像路易士那樣的人，生在今世界上，孤獨，受難，諸般的不宜。社會不理會他，不對他負一點責任，沒有注意到他的存在。所以，要他對社會負責任，也是不

---

❹　紀弦，《紀弦回憶錄第一部》，頁 121。
❷　紀弦，《紀弦回憶錄第一部》，頁 122。

可想像的。如同一隻在曠野裡的狼，天地之大，只有他自己的呼吸使他感覺溫暖。孤獨使他悲涼，也使他意識到自己的偉大，不是他存在世界上、而是世界為他而存在。他很少幫助朋友，也很少想到要幫助朋友。他連孩子都不喜歡。**隨著社會的責任與他無關，配合於社會的生活技術在他也成為隔膜的東西。**他的很少注意理論與事實，除寫詩外沒有學到什麼東西，只是因為他驚嚇於自己的影子。他的狹隘是無法挽救的。他分明是時代的碎片，但他竭力要使自己完整，這就只有蔑視一切。

為了證明自己的存在，他需要發出聲音，就是只給自己聽聽也好。**聽他談論你會感覺他是在發洩自己，主要還是說給自己聽的。**雖然似乎淡薄，然而是從他的靈魂的最深處發出來的生命的顫動，是熱鬧的，但仍然是荒涼的。**❹❸**

這正是一幅「青年藝術家的畫像」，胡蘭成的話雖講得漂亮，但實不無為人（也兼為己）開脫之意。首先，胡所勾勒出來的路易士，如用「世俗」的眼光，恐怕要被說成不負責任、無是非心、我行我素。但胡認為，我們不能稱之為「淺薄」、「虛無」。為什麼他可以不對社會負責任呢？胡的解釋是：「社會不理會他，不對他負一點責任，沒有注意到他的存在。」這裡並不把個體貢獻於群體視為當然，而是反過來抱怨群體之漠視個體。看來似乎是把兩者（大我

---

❹❸ 胡蘭成，〈路易士〉，收在楊一鳴（楊之華）編，《文壇史料》（大連：大連書店，1944），頁 272-273。粗體為引者加重強調。

與小我）放在相對待的平等位置，但實質上，卻是高揚了自我存在的價值，並質疑了公共倫理的當然性與優位性。其中傳達了從社會制約中解放出來的私願，似乎蘊含著一些現代消息。相對於胡自己日後的崇高論調以及紀弦自述裡的美好品格，這段描述，便顯得血肉生動，甚至可親可信了。

　　於是，發出自己的聲音，選擇自己的行動，成了他們報復社會的方法。在另外一篇文章裡，胡蘭成又做了這樣的辯護：「路易士的個人主義是病態的，然而是時代的病態。」❹因為當時頗有些人攻擊路的詩太「頹廢」，而胡則似乎敏銳地嗅到一種現代性體驗。紀弦回憶起這些評論，是這樣說的：「胡蘭成對於我的批評，我總是感激的。他不但指出我的『詩』的精神所在，而且指出我的『人』的性格之不凡。」❺我們檢視他後來的創作，似乎頗有些是在回應胡的評論。例如，胡這樣說：「為了證明自己的存在，他需要發出聲音」，紀弦這樣寫：「我必須發出聲音。因為只有我自己的聲音纔能證實我的存在。」❻胡有關「曠野裡的狼」的比喻及其解說，則在二十年後，被整個地融入紀弦那首著名的〈狼之獨步〉：「我乃曠野裡獨來獨往的一匹狼。／……／這就是一種過癮。」❼由此看來，兩人在氣息上確有相通之處。

---

❹　胡蘭成，〈周作人與路易士〉，楊一鳴編，《文壇史料》，頁 114。

❺　紀弦，《紀弦回憶錄第一部》，頁 128。

❻　紀弦，〈我的聲音和我的存在〉（1945），《飲者詩鈔》（臺北：現代詩社，1963），頁 89。

❼　紀弦，〈狼之獨步〉（1964），《檳榔樹丁集》（臺北：現代詩社，1969），頁 30。

(二)詩領土社活動與爭議

1944 年 3 月，路易士籌辦的《詩領土》第一號出版，其後陸續匯聚同仁 83 名，並發表了一份頗不通順的「同人信條」，**❹**儼然成為詩壇最活躍的人士。在這個刊物裡，路易士寫了不少議論文字，但個人色彩濃厚，理論層次不高，多做無謂的爭辯。例如第一期的社論，便表達了「反感與抗議」：

> 有些文藝雜誌，在目次上，把詩題與詩人的署名排得字體比小說題與小說家的署名小，這一點，每常引起吾人反感。（……）還有把詩用於補白地位了的，其一種蔑視心理不言而喻。**❹**

文藝雜誌的商業考量，傷了詩人的自尊。但與其說這是文類之爭，或通俗與純粹之爭，毋寧說是在爭取「我的存在」。這一段話，似乎引起了小報的嘲笑，但也有些編者給了他正面的回應。柳雨生主編的大型刊物《風雨談》曾經轉載了《詩領土》作品數篇，被路易士視為「本刊的一種光榮」。**❺**楊之華主編的《中華副刊》也曾經提供篇幅，讓詩領土社同人出了兩期詩專號，並將稿費「歸屬於社

---

❹ 例如其中第一條稱：「在格律反對自由詩擁護的大前提下之各異的個性尊重風格尊重全新的節奏與旋律之不斷追求不斷創造。」見《詩領土》第 3 期（1944.6），頁 1（按原期刊皆未標頁碼，此處所標，係我自封面起算而得，下同）。最後的「同人名單」見《詩領土》第 5 期（1944.12），頁 23。

❹ 〈反感與抗議〉，《詩領土》第 1 期（1944.03），頁 1。

❺ 〈消息·紀事〉，《詩領土》第 4 期（1944.09），頁 4。

而不歸於個人」，因而造成新的爭議，路易士是這樣回應的：

> 難道你的頭腦發昏，你的眼睛發花，沒有看清楚嗎？除非你
> 曾經向「中華副刊」或「詩領土」投稿未遂，懷恨在心，蓄
> 意報復，除非你甘受駕鴦蝴蝶派利用，以做彼等之走狗，供
> 彼等之驅使為一種殊榮。（……）而且，請我寫稿的編者多
> 着呢。這豈不是叫你氣死了嗎？告訴你，不要嫉妒吧，不要
> 埋怨吧，我是憑了我的十多年的努力，幾百首的作品而存
> 的。**51**

當他失意時，便憤恨地罵；當他得意時，則又傲慢地罵。勇於
把別人歸為某派走狗，並且昂然炫耀自己的通達，坦率得令人驚
訝。但我們從他與胡蘭成、楊之華、柳雨生等當令人士的交遊，便
知所謂憑自己的努力，也未必盡然。《詩領土》雖號稱「純詩與詩
論月刊」，但也明確動用到紀弦在淪陷區的各種人際網絡。自這一
期起，「社論」一欄直接改稱「路易士的手杖」，絕不避諱個人色
彩。他說：「在這裡，真理，正義感，寬大，光，熱，愛，恆與路
易士的手杖同在。」**52**這句話用許多正面價值裝飾自己的「手
杖」，雖然那手杖可能用於負面行動。

由上可知，路易士在淪陷區的文壇，並非沈潛於創作的純粹詩
人，而算是爭名、爭勢、爭地盤的文壇活動家。高姿態與高聲調使

51　〈這是你的不幸〉，《詩領土》第 4 期，頁 5。
52　〈關於路易士的手杖〉，《詩領土》第 4 期，頁 5。

他出名，也使他飽受嘲諷。因為站在相對有利的位置，故他也常常主動出擊：

> 如果他們敢於探頭出來看看，我必以手杖重重打之。他們以為「革命的詩」就是「詩的革命」，豈不可笑之至！什麼「普羅詩歌」啦，「國防詩歌」啦，「大眾詩歌」啦，「抗戰詩歌」啦，還有什麼「詩歌大眾化」啦，「新詩歌斯太哈諾夫運動」啦，諸如此類，全是胡說八道，文學以下！全部應該打了嘴巴之後充軍到革命的西伯利亞去！❸

> 那些無聊的文氓，鴛鴦蝴蝶派和準鴛鴦蝴蝶派的反對，比起前者的冬烘老頭子來，是更其不足輕重的了，彼等只不過是蚊子似的嗡嗡營營極微藐的存在而已，算什麼。那些專以老闆小開姨太太少奶奶之類為其主顧，隨着上海市儈階級暴發戶的抬頭而泛起的沈渣，就連如像前者的冬烘老頭子的舊詩舊文學那樣的具體些的據點都沒有的。❹

前一段是反左翼文學，後一段在反鴛鴦蝴蝶派，而其共同點則是譏嘲謾罵蓋過說理，有些話並不比小報文體高明，似乎只能顯示其意氣盛滿而性情躁動。這類爭辯的痕跡，雖然不登大雅之堂，卻可以

---

❸　〈偽自由詩及其他反動份子之放逐〉，《詩領土》第 5 期（1944.12），頁 4。

❹　〈新詩的反對者及擁護者〉，《詩領土》第 5 期，頁 7。

部分解釋他在戰後飽受責難（包含「文化漢奸」）的原因。

路易士與日本人的親密關係，也是有所爭議之處。《詩領土》
之中，有一位日本詩人矢原禮三郎，他可能是在上海從事電影相關
工作。❺作為社員，應屬贊助性質。此外，《詩領土》又曾刊登另
一位日本人朝島雨之助的作品：

現在中國與日本之運命　　才將到關頭

詩人須吶喊斷石灑血

啊我們現在　　須毅然拔刀而起

中國的友人呀　　現在　　共同拔刀

並肩跑到　　汪先生窗下吶喊

汪先生汪先生毅然拔刀吧……

飛向遠方的新國民運動之鐵鳥　　只有我們血之肅清才可歸
來……

無論怎樣親近之大官　　無論怎樣有權勢之富豪

貪官奸商斷然斬之……

啊新國民運動銜於大東亞道義之處

在洒壯烈之血才能開花……❻

詩的內容歌頌了「汪先生」和「新國民運動」，又處處充滿「拔

---

❺　　查（日本）中國研究所編，《中国の現代文化》（東京：白日書院，1948）
　　一書，有矢原禮三郎撰〈映画〉篇。

❻　　朝島雨之助，〈新國民運動飛向那裡〉，《詩領土》第 4 期，頁 16。按作者
　　另名朝島靖之助（1909-1978），戰後成為日本有名的推理小說家。

刀」、「灑血」、「斬之」的侵略意象，這當然就是紀弦宣稱不屑的口號詩（雖然他自己也寫過不少「政治抒情詩」），刊登在一份自稱堅持以「純詩」為本位的刊物之中，不免自亂其立場，後來大概他也深覺不安而有些微辭，但卻只能不論「意識」，只談「藝術」。❺❼可以想像，要不要刊登這樣的詩，可能面臨了些許掙扎。

　　路易士在上海還有許多東瀛詩友，其中以擔任汪政府「文化宣傳部顧問」的草野心平（1903-1988）最為著名。❺❽其次則是池田克己（1912-1953），他曾被徵召為「支那派遣軍」參與對華戰爭，後來卸除軍裝在上海擔任記者。❺❾路易士曾經這樣評論他的詩集：

> 在這本集子裡，所收入的作品，幾乎每一首都充滿了一種戰時下的國民的義務感，一種強烈的愛國心，並且幾乎是每一首都塗抹了濃厚的日本的色彩，這也許要使得大部分中國的讀者看了不若日本的讀者輩之印象深刻而且感覺親切吧。在這本集子裡，我友池田克己所引吭高歌了的乃是戰爭，乃是勝利，乃是祖國，正如所有真的愛國詩人一樣，他歌唱得非常之熱烈，非常之激昂慷慨。❻⓿

---

❺❼　路易士，〈詩評三種：「中華民國居留」〉，《詩領土》第 5 期，頁 19。

❺❽　路易士在〈偽自由詩及其他反動份子之放逐〉一文中，曾舉草野心平的〈關於〉為充滿詩素的範例，並稱讀後「感動極了」。參見《詩領土》第 5 期，頁 5。他又有詩題作〈草野心平之蛙〉，盛讚草野氏之詩「清新，純粹，可愛之至」。收在《夏天》（上海：詩領土社，1945），頁 19。

❺❾　路易士，〈詩評三種：「上海雜草原」〉，《詩領土》第 5 期，頁 18。

❻⓿　路易士，〈詩評三種：「中華民國居留」〉，《詩領土》第 5 期，頁 19。

刊載朝島的詩，還可說是被動接受；對池田的詩作這樣評論，卻是主動提出了。似乎看不出日本人的「勝利」，等於本國的失敗，日本人引吭高歌的「愛國」、「戰爭」，意味著本國的受侵侮，而加以稱讚，這未免超越民族本位，而到達了很高的同情境界了。無論如何，這段歌詠戰爭的評論，顯然有違於所謂崇尚和平的精神。

　　古遠清指出：目前，人們獲得路易士參與漢奸文化活動的最重要依據是沈子復在 1940 年代發表的〈八年來上海的文藝界〉披露的紀弦寫過適應日偽「大東亞文學」要求的漢奸作品。**❻❶**查沈子復原文，提到路易士僅有一處：

> 除了這些台柱之外，文載道、路易士、楊之華、紀果奄、譚正璧、楊光政、丁諦、陶晶孫、張愛玲、蘇青（……）等等都是「大東亞文壇」上的「健將」，其他「跑龍套」「小丑」之流真是枚舉。**❻❷**

泛泛羅列名單，還沒提到什麼漢奸作品，可能談不上是「最重要依據」。我在前面所引用的文獻，可能更具體些，年代也更早些。

　　除此之外，《文化漢奸罪惡史》把路易士列入 17 位「文化界的漢奸」之中，也屬現有紀弦研究未及徵引的重要文獻：

> 與蘇青齊名的「男作家」，要算路易士了吧，天天揮着手

❻❶　古遠清，《臺灣當代新詩史》，頁 88。
❻❷　沈子復，〈八年來上海文藝〉，《月刊》1 卷 1 期（1945.12），頁 78。

　　杖，吸着板煙，在馬路上散步，一付高傲的樣子，自以為是
　　了不起的大詩人，寫寫「魚」詩，倒也罷了，有時神經發
　　作，要寫幾首政治詩，反英美，反「重慶」，反共，擁護
　　「大東亞」「偽政府」的口號，都在他的詩裡出現，有人勸
　　告他，他竟說：「抗戰如果成功，他等着殺頭！」可是近
　　來，有人看見他露着一付可憐相，頗有想念幾首勝利詩的樣
　　子。❻❸

這一段話顯示，路易士在戰後第一時間已經蒙受「文化漢奸」的指
控了。雖然未必全真，但由於出版年代（1945.11）與歷史現場相
近，此書仍深具「時評」意義與價值。其中許多訊息，為在臺灣的
劉心皇們所未及傳達，包含他與小報的過節：

　　這回「文壇」的盤腸大戰的起因是這樣的。在林逆柏生某次
　　招待當時所謂大東亞文藝作家的宴會上，詩魚路易士突然起
　　立發表演說，以震動屋瓦的呼號，猛然抨擊左傾的普羅文
　　學，與墮落的鴛鴦蝴蝶派，出席該會的平襟亞，也就不待席
　　終，拂袖退席了。❻❹

演說內容與前引《詩領土》是一致的。這裡提到的林柏生，乃是汪

---

❻❸　司馬文偵，〈三年來上海文化界怪現狀〉，《文化漢奸罪惡史》，頁 5。
❻❹　司馬文偵，〈辱國的魚——跟了東洋詩人屁股後跑〉，《文化漢奸罪惡
　　史》，頁 29-30。

政府的宣傳部長，兼任各項要職，影響力遠過於胡蘭成、楊之華。不過，文中又說：「而明日，詩魚遂為林逆柏生賞識，重金禮聘入中華日報」，又說「還把他的弟弟，也是詩人的魯賓，又名田尾的，也拉入中華日報做編輯了」，與前引紀弦的回憶差別甚大，誌此待考。此外，文中還談及其生活：

> 詩魚的生活從此闊綽起來，不是領導一群詩領土的領民到新雅座談，便是到甜甜斯喝咖啡，讓一位愛好詩魚的大作的女士倚到懷中聽他朗誦傑作，再不然，就是到北四川路一間叫做潮的酒吧去，跟所謂盟邦的詩友池田克己他們討論大東亞文學。過的倒很寫意的生活。❻❺

「新雅」、「甜甜斯」、「潮」皆為當時上海著名沙龍，這裡的描述，可與紀弦在回憶錄裡所說的話形成強烈對照：「孩子們！如果有一天，也讓你們嘗嘗『飢餓』的滋味，你們就會知道什麼叫做『人生』了！」❻❻當時流離於後方的人民可能也會有不同意見。綜合各項資料，我們可以推測，身處淪陷區的路易士，物質生活未必充裕，但精神上卻頗為得意。

---

❻❺　司馬文偵，〈辱國的魚──跟了東洋詩人屁股後跑〉，《文化漢奸罪惡史》，頁 30。

❻❻　紀弦，《紀弦回憶錄第一部》，頁 123。

四、戰爭、文本與心態

㈠戰前：憂鬱而虛無的青年

20 歲那年，路易士拿著自己的詩稿到書店尋求出版的機會，遭到拒絕，乃自費印行一千本。**⑥**他的同窗王綠堡寫了簡單的序，提供了第一手的觀察：「易士是個感情脆弱而個性又很強的人。因了前者，他是比誰都容易感傷，因了後者，『恨』在他的心中又特別容易產生。」**⑥**神經質的性格已流露於這批薄弱的習作中，青年詩人這樣描述自我：

> 揮着羅亭式的拳頭，
> 會寫幾首歪詩，
> 囚犯一般地畜滿了頭長毛，
> 也大有個藝術家的模樣。
> 自命為前進的一員，
> 算是偉大的了！
> 穿起一件粗布的褂兒，
> 又耻對傭人們的輕視，
> 這是你虛榮心的中傷啊！

---

⑥ 紀弦，《紀弦回憶錄第一部》，頁 53-54。

⑥ 王綠堡，〈綠堡的序〉，在路易士，《易士詩集》（上海：作者自印，1934），頁 5。

不甘於平凡，
但終於在平凡的旗下屈服了。
太遠的追不上去，
回過頭來無人睬，
你只不過是個幼稚病的患者。⑲

他自比為屠格涅夫（Ivan S. Turgenev）筆下的羅亭，扮演著「語言的巨人，行動的侏儒」。既以作為前進的藝術家而自傲，卻又被世俗視為閒廢之人而感到屈辱。這是挫折後的牢騷，像每一個時代的文藝青年，自命不凡卻總是出不了名，乃自嘲為「幼稚病的患者」──詩雖未佳，卻很誠實。

感傷、陰悒、憤世的情調，通過稍稍進步的文學技術，更多地瀰漫於第二詩集《行過之生命》。在後記裡，詩人自述：

> 我底婚姻是美滿的，同時，父親還丟了點遺產下來（雖則是少得可憐的一點）。然而，我底詩將會告訴你以我是怎樣不幸的。本來，二十世紀做人難：倘痛痛快快地讓一切毀滅了，倒也算了；偏是活在這腥臭的糞坑裡，而我自己又不得不在蛆群裡苟延殘喘。「倒底是什麼值得你生存了下去呢？」我是時常地這樣地問着我自己的。⑳

---

⑲　路易士，〈自剖〉（1933），《易士詩集》，頁 39。
⑳　路易士，《行過之生命》（上海：未名書屋，1935），後記之頁 2。

詩人把他詩裡的「不幸」抽離個體、家庭，拉高到身為「二十世紀人」的巨大向度——這是理解紀弦詩質的重要關鍵。在紛亂的時代裡，他沒有找到任何值得認同的對象。世界被視為「腥臭的糞坑」，人群也就成了「蛆群」。往後十數年，這組意象始終揮之不去，儼然成為一種頑固隱喻。**❼**

詩當然未必要擁抱世界、熱愛人群，但無論是贊美或詛咒，背後還應有些情思。但這個時期的路易士，卻常陷於單調而浮面的吶喊：

> 我啊虛無者虛無者虛無者
> 虛無者虛無者虛無者虛無者
> 虛無者底心是一粒
> 往深海裡沉落的小小的砂
>
> 一個世紀兩個世紀三個世紀
> 十個世紀百個世紀千個世紀
> 無風無浪的日子
> 虛無者底心沉落海底了

---

❼ 例如〈都市的魔術〉（1941）：「我收縮了起來。我渺小了起來。／而且作為蛆群中之一蛆，／食著糞，飲著溺，蠕動在／／二十世紀的都市裡。」見《三十前集》，頁 223。又如〈大上海的末日〉（1948）：「無數的人！／無數的人！／歇斯底里的潮。／蛆一般的蠕動。」見《飲者詩鈔》，頁 255。

啊，你聽我唱，你聽我唱啊

你聽我唱虛無者之歌——

我啊虛無者虛無者虛無者

虛無者虛無者虛無者虛無者❼

依賴字眼的重覆來模擬情、事、物的「數量」，是他常用而不甚高明的技巧。當時，杜衡曾指出：「詩人所歌詠的是『二十世紀的煩憂』」，「並不是虛無的思想造成這醜惡的二十世紀，而是醜惡的二十世紀造成這虛無的思想的。」❼我認為，青年路易士確實頗具「大空間」與「大時間」的意識，惟就《行過之生命》一集而言，大多只是透過「宇宙」、「地球」、「太空」、「世紀」、「千年」這類宏大的字眼形成一種「念天地之悠悠」的悲愴感，還沒有能夠細膩地深入「現代的」事物、情境與體驗，使其達到「現代－詩學」的高度。因此，真正足以擔當杜衡之評論的，反而是進入淪陷期以後的部分作品。

　　也就是說，戰前這些灰色的作品，流露出來的只是個人性格與情緒的問題，那個「我」還很難說是「二十世紀人」的代表。當時的一位評論者就指出：

　　　　詩人的思想在這個集子中所見的，完全是一種近於或者趨於悲觀的厭世主義或者出世思想，他不特憎惡人類，而且厭棄

---

❼　路易士，〈虛無者之歌〉（1935），《行過之生命》，頁 199-200。

❼　杜衡，〈序〉，見路易士，《行過之生命》，序之頁 3-5。

家庭；不特厭棄家庭，而且詛咒自己的生命之存在。❼

「虛無」始終是人們討論路易士作品的核心議題，他本人雖曾大唱
「虛無者之歌」，後來卻也使用同樣誇張的句法否認虛無，顯現出
人我認知的差距以及性格的複雜性。❼其實，虛無、頹廢、厭棄云
云，不必然是道德評判，它們在現代性論述裡常是別具意義的。實
際上，他的詩裡經常充滿否定的訊息，包括家人：

> 你們啊——
> 我底夢的謀殺者
> 我——
> 你們底永恆的奴役啊
> 我幾連哭泣亦無聲淚了
>
> 我把一束盛開的
> 悲哀與不幸的花朵拋向天空
> 在我生命的暗夜裡

---

❼　宮草，〈讀《行過之生命》〉，《新詩》第 4 期（1937.1），頁 498。
❼　在下一本詩集的〈自序〉裡，路易士這樣替自己辯護：「那些罵我虛無，罵
　　我頹廢的人們，是尚未虔誠地讀過我的全部作品而就斷章取義地胡說八道了
　　起來的。那些罵我個人主義的人們，實際上是最最自私，最最唯利是圖的本
　　質的小人，偽君子，不可救藥的個人主義者，彼等之所以屢加漫罵（決非批
　　評）於我者，那完全是由於一種自卑心理之作祟。彼等一點也不團體主義。
　　彼等無恥之尤。彼等全然不知詩為何物。文學是什麼。」見《出發》（上
　　海：太平書局，1944），序之頁 2-3。

我看不見一顆星

或一個螢火蟲

吁嗟，你們——

我底夢的謀殺者❼⑥

「花朵」、「星」、「螢火蟲」這類美好意象或即指靈感或詩思，家人並非甜蜜的負擔，因為他們謀殺了詩人之夢，從而使他感覺到「家室之累」——這當中也反映了「個體」想要擺落「家庭」束縛的非傳統觀念。對「人」的厭惡，延伸到他各個時期的創作，包含戰時，例如：

生活在

蒸熱，狹小，且污濁的

弄堂裡的孩子們

是該詛咒的：

那麼眾多，

那麼醜惡，

不斷地囂騷着，

從早到晚，

像蒼蠅一般

---

❼⑥　路易士，〈家室之累〉（1935），《行過之生命》，頁 296。

　　快速地繁殖着。**⑦**

弄堂裡孩子們的「囂騷」招惹了詩人的清思，生活在那種「蒸熱，
狹小，且污濁」的生活條件下，有人或覺「可憐」，我們的詩人則
看到生命彷彿毫無道理地大肆繁衍的「可惡」。胡蘭成說過：「他
連孩子都不喜歡」，在此得到印證。下面這首題為〈進化論〉之
詩，更加激烈：

　　割斷！割斷！割斷！
　　把百分之九十九不優秀的生殖腺
　　割斷！

　　──這個可詛咒的蔑爾行星第 3 號
　　既有滿員之患了。**⑱**

對照於他多數詩篇所展露的自大傾向，讀者很難不認為，這近乎
「主張」而非「反諷」。雖說也算是對生命的反思，惟具有強烈侵
犯色彩的優生論，不免與戰時趨於鼎盛的一種法西斯主義有所契
合。可能又是「醜惡的二十世紀」、「時代的變態」或者「社會不
理會他」，才衍生出這種想法的吧。

---

⑦　路易士，〈弄堂裡〉（1942），《三十前集》，頁 230。
⑱　路易士，〈進化論〉（1944），《夏天》，頁 14-15。

(二)戰時：厭戰與悠遊的愛煙家

　　從回憶錄裡，我們其實不能真正看出紀弦在淪陷區的日常生
活、心境與想法，歷史現場的創作文本反而蘊藏著較豐富的訊息。
例如〈戰時下的愛煙家〉：

> 戰時下的愛煙家
> 坐在柚木的圈椅裡，
> 傾聽着飛機的轟音
> 和大砲的巨響，
> 一面抽着淡的煙草，
> 無煙草味的煙草，
> 非煙草味的煙草，
> 贋品的煙草，
> 樹葉製的煙草，
> 草葉製的煙草，
> 而注視着雨的窗外，
> 灰色的海上──
> 那些碇泊着的運輸艦
> 寂寞地冒着煙。❼❾

淡淡地飄颺的煙草味與飛機大砲的轟音巨響形成抗衡的關係，喧囂

---

❼❾　路易士，〈戰時下的愛煙家〉（1942），《三十前集》，頁229。

之中遂能取得一種寧謐、靜觀的美感。雖然這愛煙家已經犧牲了自己的品味，但也暫時滿足於聊勝於無的劣品。對他而言，這可能是戰爭所帶來的較嚴重的後果。

再如這首使路易士搏得「魚詩人」名號的小詩：

拿手杖的魚。
喫板煙的魚。

不可思議的大郵輪
駛向何處去？

那些霧，霧的海。
沒有天空，也沒有地平線。

馥郁的遠方和明日；
散步的魚，歌唱。❽⓿

張愛玲雖欣賞路易士的詩，卻稱這首詩「太做作了一點」。❽①其

---

❽⓿　路易士，〈散步的魚〉（1943），《出發》，頁 42。
❽①　張愛玲，〈詩與胡說〉，《流言》（臺北：皇冠出版社，1998），頁 144。張愛玲因為胡蘭成的關係，而認識青年路易士，並欣賞他某些潔淨、淒清的句子。文中提到：「讀到〈傍晚的家〉，我又有一樣想法了，覺得不但〈散步的魚〉可原諒，就連這人一切幼稚惡劣的做作也應當被容忍了。」見同書，頁 145。李瑞騰認為張愛玲此文「慧眼卓見，短短評語勝得過長篇大

實，此詩頗有可觀之處：詩人自比為陸地上的魚，乃在呈示「散步」之悠哉遊哉，「拿手杖」而「喫板煙」正是他常見的自畫像。詩中還通過巨大的郵輪，表現出對於未知（遠方和明日）的祈嚮，流露了欣然自得的情懷，雖然這是戰事方酣的年代。

　　當然，一旦炸彈投在住家附近，他還是會感應到戰爭的存在，〈十一月廿一日　No.1〉（1944.10）罕見地直接寫到戰亂背景。我想順便藉由這首詩，說明引用原版詩集的重要性，因為在滬與在臺兩個版本，頗有些差異：

　　　　空襲下秋日的陽光，
　　　　呈一種異乎尋常的寧謐；
　　　　而且多明麗啊，
　　　　宛如三春之丰姿。

　　　　~~兵營裡梧桐樹的葉子搖着，~~
　　　　~~似已讀厭了這個戰爭之~~
　　　　~~永無結局的~~
　　　　~~長篇小說之連載。~~【臺版刪除】

　　　　我立在曬臺上，
　　　　眺望十一月的青空：

論」，詳李瑞騰，〈張愛玲論紀弦〉，收於《大地文學 1》（臺北：國家書店，1978），頁 338-347。

高射砲的殘煙，

如我口中噴出的雲霧。

後記：民國三十三年十一月廿一日，盟機大炸上海，日寇漢
奸為之喪膽。可是老百姓却萬分興奮，愈益堅定了最後勝利
的信心。是日，我也登高觀戰，一面抽着煙斗，遂成此章。

【臺版新增】❷

被刪除掉的「似已讀厭了這個戰爭之永無局」，與新增加的「愈益
堅定了最後勝利的信心」，根本上是衝突的。對照於前引〈炸吧，
炸吧〉一詩所說的：「你們口口聲聲／長期抗戰，／最後勝利，／
教老百姓等著。／可是要到什麼時候／蔣介石／纔騎著馬回來？」
臺版「後記」明顯竄改了事實與情緒。所謂「盟機大炸上海，日寇
漢奸為之喪膽」，原詩真正的心情應是「盟機亂炸上海，本地軍民
義憤填膺」。滬版寫作時，盟機是敵方；臺版修改時，盟機變成我
方。原先的厭戰，是厭惡盟軍不應來擾亂悠遊美好的歲月，曬臺上
吞雲吐霧，是慶幸轟炸終於結束，而非炸死「日寇漢奸」。

　　紀弦回憶錄提到：「日本軍閥，罪大惡極！戰爭毀滅文化，實
在可恨之至！」❸前一句恐是事後之論，後一句應為當時之感。他
確實痛恨戰爭，但主要基於「文化藝術」而非「國家民族」的理
由，是從超越時空限制的「詩人」而非「中國人」的立場來設想。
路易士在戰時曾經呼喊：「再會！戰爭。／你使全人類墮落。／可

---

❷　滬版見路易士，《夏天》，頁77；臺版見紀弦，《飲者詩鈔》，頁83。

❸　紀弦，《紀弦回憶錄第一部》，頁115。

詛咒的！／二十世紀再會！／地球再會！」並提出這樣的請求：

> 給我以生存空間，
> 寫作場所，
> 書桌和書架，
> 創造之必要條件的閒暇和餘裕！
>
> 給我！
> 給我！
> 給我！
>
> 給我以炭水化合物，
> 脂肪，
> 蛋白質，
> 維他命 ABCD ！
> 給我以大衣！
>
> 給我！給我！給我！
>
> 否則，給我以火箭
> 或宇宙船！
> 給我以沙漠，無人島
> 或 GIN，瘋狂

　　或死！⑧

對詩人而言，寫作即是生存，否則他要求「離開」此世界。詩人具
有創作的才能與欲望，並認為這是神聖而不可剝奪的。因此，要求
世界給予「寫作條件／生存空間」也屬天經地義。依此理路，可以
推知其心態：他選擇回到淪陷區，戰時最富饒而刺激的都市，親近
文化界當權的人物，獲得發表空間、出版許可、稿酬、資助（那即
是所謂「維他命 ABCD」），「也不過是」一位詩人爭取創作的資源，
不肯因為蒙昧的戰爭而犧牲掉自己的創作才份，所做的努力而已。
至於世俗的什麼判斷，套句胡蘭成的話，「他全不管」！但「權
利」不免涉及政治，他或許沒有意識到，戰時上海的所謂文學活
動，特別是他自己那些動輒宣稱要杖擊他人的言論，其實充滿政治
性。

　　就文學史發展過程來看，戰前的上海甚至整個中國詩壇，應以
戴望舒為焦點人物，他具有充足的才情、學養與氣度，並先後藉由
《現代》、《新詩》這兩種大型而高水準的刊物，提倡詩的現代觀
念，影響了許多年輕詩人。戰爭爆發，戴、施、杜等「現代三劍
客」紛紛離滬，使得鼎盛的文藝運動一時消散。至於路易士，在抗
戰期間的行止，可以切成兩段：前一段自 1937 年秋離滬，流徙異
地，創作無甚精采；後一段自 1942 年夏返滬，填補戴望舒等人的
空缺，重舉現代派的大纛，一躍而為上海最知名的詩人。無論就質
或量而言，後四年的成果都遠超過前四年，單以《出發》（收 1943

---

⑧　路易士，〈向文學告別〉（1943），《出發》，頁 11-15。

年 6 月至 1944 年 4 月作品）及《夏天》（收 1944 年 5 月至 1944 年 12 月）兩集來說，一年半之間就得詩一百首，且不乏突破性的佳作。因此，僅就詩人生涯而言，返滬的抉擇居然就是「對的」。[85]學者指出：「張愛玲實在想不出有任何理由應該把成名的時間延後。」[86]路易士顯然也有類似的心理。

(三)戰後：「被迫害」的「藝術家」

戰爭後期的上海，充滿了暗殺、誹謗與謠言。穆時英、劉吶鷗先後於 1940 年遭到軍統特務暗殺身亡。胡蘭成因爭權失勢，不久便先離開上海，到武漢去辦報。終戰前夕，日本敗勢漸露，國共兩黨的特務活動愈趨頻繁。1943 年春，就連周佛海也與重慶政府暗相呼應，而丁默邨則與共產黨建立聯絡，各自預留戰後自保的空間。[87]在這種人心惶惶之際，我們不確定路易士遭遇了什麼樣的具體威脅，但他的詩明顯流露出「被謀害」的恐慌。1944 年 4 月，他有詩云：

---

[85] 但也可能是「錯的」，質疑者會說：杜甫因安史之亂而入川，詩藝與詩境俱大有突破，對他而言，忠愛之情與生活困境是詩的資源，而非妨礙。即以抗戰時期而言，西南聯大詩群對現代漢語詩的突破性創造，亦為文學史家所樂道。但這裡有另一種可能的解釋：紀弦是安逸型、都市型、未來型的詩人，留在上海才能激發他的創作潛力。

[86] 羅久蓉，〈張愛玲與她成名的年代（1943-1945）〉，在楊澤編，《閱讀張愛玲研討會論文集》（臺北：麥田出版社，1999），頁 125。

[87] 參見羅君強的回憶，在黃美珍編，《偽廷幽影錄》（北京：中國文史出版社，1991），頁 72。

　　嫉妒，嫉妒，嫉妒，

　　嫉妒，嫉妒，嫉妒，

　　嫉妒，嫉妒，嫉妒，

　　嫉妒——我。

　　謀害，謀害，謀害，

　　謀害，謀害，謀害，

　　謀害，謀害，謀害，

　　謀害——我。

　　但我活着，從從容容地活着。❽

十個「嫉妒」，十個「謀害」，各自欺壓一個小小的受詞——「我」，看起來真是敵眾我寡。但「我」依然強自振作，擺出「從容」的姿態。以今觀之，紀弦顯然對於政治或戰爭局勢欠缺敏感，否則這首詩大概不會以「武士道」為題。

　　1945 年 8 月 15 日，日本投降，路易士急忙寫了些「歡呼勝利」的詩，並且立刻將筆名改為「紀弦」，總算警覺到汪政府垮臺之後，舊筆名不會帶來光采。無可避免的，戰時活躍作家如柳雨生、陶亢德、張愛玲、蘇青等開始遭受到嚴厲的批判，路易士也難以置身事外。抗戰勝利之後，「拘捕漢奸」成了多數中國人民宣洩

---

❽　〈詩人的武士道〉（1944），《出發》，頁 118-119。按此詩在臺版的紀弦系列編年詩集中已被刪去。

情感的重要管道。報刊雜誌也因應讀者的需求，登載了大量拘捕祕辛、審判過程、監禁狀況的報導。輿論的壓力，對於政府的偵辦方向，不免產生若干影響。

　　因此，各種小報對於路易士「醜態」的揭露，必然產生了重大的心理威脅。整個 1945 年下半年，他所作的好幾首詩，都流露出憤恨與恐慌的心理。例如：

> 為什麼老是有一條狗
> 吠在我的深夜的窗外呢？
> 假如我有一把手槍，
> 一定把這畜生打死。
> 因為牠的吠聲
> 如此悽厲而且幻異，
> 使我的小洋燈，
> 有了不安的跳躍，在這樣的夜裡⑧⑨

「吠聲」是外來的攻擊，而「小洋燈」是自己內心的寫照。單獨看這首詩，我們不能斷定「這條狗」是在罵誰，但對照回憶錄用語，我們便可以確定，是指那些攻擊他是「文化漢奸」的人。⑨⑩回顧路

---

⑧⑨　〈絕望〉（1945），《飲者詩鈔》，頁 100。

⑨⑩　按紀弦回憶錄裡，提到 1970 年被「鍾國仁」投書攻擊時，曾這樣說：「『如果我有一把手槍一定要把這畜生打死！』這是當年祝豐、羅行他們極力阻止我去告狀之後所講過的一句話。當然，他們都是為我好的，他們生怕那些壞蛋仗著某種惡勢力的撐腰；打破我的飯碗；又怕他們加我以『白色恐怖』，

易士在淪陷區的行徑，應該稱不上是「賣國」、「事敵」，但言行確實有失分寸，報刊上的抨擊也並非全為空穴來風。而他一貫的回應方式，總是詛咒而非反省。

作為一個肆意用「我的聲音」證明「我的存在」的詩人，面對圍剿與封殺，忽然有了「失聲」之感：

> 今天是秋高氣爽，
> 值得狂歡的好日子。
> 但我不能歌唱——
> 唱這民族的大心靈，
> 唱這時代的大交響，
> 唱這生命的無限飛躍，
> 無限憧憬，無限愛。
> 因有一不可見的封條
> 貼在我口上。❾❶

封條代表外來的權力，阻住內在發聲的欲望。民族的大歡喜與個人的大失落，恰恰形成強烈的對比。也就是說，抗戰勝利，對於路易士個人而言，顯然不能算是「好消息」，他覺得自己「失業」了，必須去謀職維生。然而細讀紀弦回憶錄，在淪陷期的上海，他恐怕未曾正式「就業」過。他的事業就是寫稿、聚會、出刊物、印詩

使我失去自由，甚至老命不保。」見《紀弦回憶錄第一部》，頁143。
❾❶ 紀弦，〈歌者〉（1945），《飲者詩鈔》，頁111。

集，在經濟上卻不虞匱乏，以致所謂「愛國」文人對他提出強烈質疑——這可能就是他所謂「嫉妒」。

在表現被迫害情緒的作品中，這首〈畫室〉寫得相對好些：

> 我有一間畫室，那是關起來和一切人隔絕了的。在那裡面，我可以對鏡子塗我自己的裸體在畫布上。我的裸體是瘦弱的，蒼白的，而且傷痕纍纍，青的，紫的，舊的，新的，永不痊癒，正如我的仇恨，永不消除。
>
> 至於誰用鞭子打我的，我不知道；誰是用斧頭砍我的，我不知道；誰用繩子勒我的，我不知道，誰用烙鐵燙我的，我不知道；誰用消鏹水澆我的，我不知道。**92**

作為一位學畫出身的詩人，「畫室」是他最原初的藝術創造空間，也是安頓自我的最後堡壘。處於其中的「我」，被描寫成一個蒼白、天真、可憐的「藝術家／受害者」。鞭子、斧頭、繩子、烙鐵、消鏹水，說明了別人的中傷是多麼橫暴而慘烈。連用五個「我不知道」，更強化了無辜而無奈的感覺。

正因他自認無罪，好像「不知道」為何遭受批評，這一類詩的「內部解釋」與時人的「外部認知」產生了落差，彼此相互激盪：批評者總以正義之士自居，而將他視為漢奸，他則自以為是受難的天才藝術家，而把批評者視為嫉才而陰險的市儈。他的性格之中，

92　紀弦，〈畫室〉（1946），《飲者詩鈔》，頁126。

似乎向來有一種「被迫害狂」的症候，見於不同時期的作品。例如下列三個片段：

> 無數寒冷的箭
> 蝟集於我底胸膛
> 血‥‥‥‥
> 摧殘，摧殘　摧殘
> 一個聖潔的靈魂
> 悄然寂靜了 ❾❸

> 坐在沙發上，沙發下面有危險。
> 躺在臥榻中，臥榻下面有危險。
> 誰隱藏在衣廚中？
> 誰隱藏在餐桌下？
> 誰在敲門，叫我的名字 ❾❹

> 說我的壞話。
> 那些美麗的季節春夏秋
> 和殘酷的冬天。
> 她們嘲笑我，

---

❾❸　路易士，〈摧殘〉（1935），《行過之生命》，頁 303-304。
❾❹　路易士，〈什麼奸細老跟在我後面〉（1941），《三十前集》，頁 217-218。

說我許多的壞話。**❾❺**

這些話語頗似〈狂人日記〉，把自我與他人拉到緊張對立的關係。問題是，戰後的「冷箭」、「謀害」或「壞話」，性質已有所不同。當時在詩裡，後來在回憶錄裡，紀弦卻仍意圖用「被迫害的藝術家」的態度來解釋一切，把自己說成「我是一朵蓮花，出污泥而不染」**❾❻**，似乎並不容易得到共鳴。

五、結　語

「漢奸」乃是一個持續建構的概念，常隨歷史情境而演變。至於所謂「文化－漢奸」，表面看似漢奸這個集合裡的「子集合」。惟觀察相關文獻，卻顯示一種矛盾：他們並非先限定「漢奸」的範圍，再從裡面挑出文化界人士；而是打開「漢奸」的邊界，凡依附之、靠近之、牽涉之的文化界人士皆可被納入。也就是說，導入「文化」這個特殊面向，使得「漢奸」的指控更加率易而寬泛。這可能與文人受到更高的道德期待，或者文人之善於責全求備有關。

就指控者的立場而言，他們乃是站在民族意識、愛國主義的一邊，追究奸邪，維護正義。但以 1970 年代劉心皇們的說辭而言，卻也充滿了匿名的、推測的、情緒化的色彩，更重要的是，他們與威權體制關係密切，在那樣的年代提出證據並不充足的嚴厲指控，

---

❾❺　路易士，〈說我的壞話〉（1943），《出發》，頁 63。

❾❻　紀弦，《紀弦回憶錄第一部》，頁 152。

也未必就是道德的。再就被指控者紀弦的自我認知而言，他所追求的乃是藝術自主性（autonomy of art）。依照布爾格的講法：

> 藝術自主性是一個資產階級社會的範疇。得以將藝術超然於實際生活網絡的情形描述為一種歷史的發展──即在那些不必為生存掙扎（或偶爾無此壓力）的人當中，發展一種非屬任何工具─目的關係的感覺。[97]

1930 年代的現代派、新感覺派與第三種人，便是經由這種路數，擺落國族主義與社會革命的約束，加速了文學的精緻化發展，但也陷入一個格局窄隘的新圈套裡。抗戰爆發，相對於戴望舒、杜衡等人之轉向民族本位，紀弦選擇了與敵偽親近，繼續發展他的「純粹」藝術，自以為不受政治、社會、時代變局的「干擾」。但無論自覺與否，他實際上已運用了政治資源，並因此獲得了一些詩藝發展上的利益。這對於現代派運動的持續推進，應當有所貢獻，但也招致非議。

現有的討論，一致判定紀弦「大節有虧」。這個傳統觀念，預設了「節」的大小，也就是排定倫理道德的階序。所謂「月滿則虧」，「忠」卻因獨大於眾節，必須永保「滿月般的」完整性，稍有虧損，便屬「失貞」、「玷污」。但為什麼「忠孝」就優位於「仁愛」？有時我們看到，一個「強調大節」的史家可以很「不拘

---

[97] 布爾格（Peter Bürger）著，蔡佩君、徐明松譯，《前衛藝術理論》（臺北：時報出版公司，1998），頁58。

小節」地把近百個文人派進罪惡的名單。這時或可反思，哪一方更接近「殘酷」（cruelty）？「節」是被製造成來的名義，大節小節的分判，並不能直接呈現出損害他人權益的實際程度。我的立場，並非站在被指控者的一邊來「反控」指控者。這裡還想進一步指出，紀弦在回憶錄裡的說法，經常模仿了「大節論述」，其意原在堅決否認自己於此有虧，卻也間接承認了大節的權威性。這雙重迷思顯現他欠缺自我省察的能力，也沒有表現出真誠的態度。

　　理查・羅逖（Richard Rorty）認為：道德與明智具有相同的機制，良知（conscience）與美感品味（aesthetic taste）的區分不足以解決問題。並無一個永恆絕對的信念可以被拿來檢驗一切是非，歷史是充滿無數偶然性的敘事，可以被分析或檢驗。他延續佛洛伊德的思路，將「自我創造的私人倫理」和「相互協調的公共倫理」劃開，❾❽進而區分出兩種書籍：一種有助於我們變為自律，一種協助我們變得比較不殘酷。❾❾依此，劉心皇的書在表層目標上，應屬於避免殘酷的重來，以維護群體的自由；但在實際操作中，正義行動卻隱藏著暴力的暗影，使其本身成為另一宗殘酷事件。路易士在淪陷區的行動與文辭，則可以被視為建立自律，追求個人完善的一種敘述；惟考索其實質，他並沒有守住個體的尊嚴，善用心靈的自由，因而使這種敘述陷入一種困境。

　　老年紀弦無法為青年路易士提出較精準而有力的辯護，因為兩

---

❾❽　理查・羅逖（Richard Rorty）著、徐文瑞譯，《偶然、反諷與團結：一個實用主義者的政治想像》（臺北：麥田出版社，1998），頁80。

❾❾　理查・羅逖著、徐文瑞譯，《偶然、反諷與團結：一個實用主義者的政治想像》，頁245。

者之間是分裂的。「他們」都有將「道德／美感」劃為兩塊的傾
向，只是路易士專重美感品味，認為那與「良知」無關，紀弦卻硬
以社會現成的而非自行體驗的價值觀，把路易士描述為藝術成功而
且道德無缺。這種分裂起因於：老年紀弦對於青年路易士欠缺清楚
的理解，或者為了身後令譽，而修改了路易士的形象。

像戰時那首〈散步的魚〉，原本清新有味，但在回憶錄裡居然
被闡釋成這樣：

> 作為此詩之「詩眼」的「遠方」和「明日」，究竟意何所
> 指？那不就是「重慶」和「最後勝利」嗎？而「馥郁」本為
> 「芬芳」之同義辭，在此處，卻含有「心神嚮往的美好的事
> 物」之意。我雖然無法前往大後方，但我在淪陷區耐著性子
> 等天亮，和每個老百姓一樣的愛國，這不是假的：有詩為
> 證。⑩

參照於〈炸吧，炸吧〉對重慶、盟軍與最後勝利的尖銳嘲弄，詩人
老年的這種「回憶」不免近乎「天馬行空」。這裡我們再憑後見之
明，進行居高臨下的道德審判，並無太大的意義。但確實應當深
思：到底是怎樣的群體壓力與心靈變異，逼使一個向來我行我素的
老人必得假裝愛國？當他著力頌揚愛國之際，其實已嘲弄了愛國；
當他刻意曲解舊作，也已解構了自己所宣揚的對「詩的大神」的信
仰。

---

⑩　紀弦，《紀弦回憶錄第一部》，頁 125。

　　詩人必須更精準地認識過去的自我，然後才有辯護、解釋或批判的可能。綜合這裡所呈現的許多文獻，我們可以把他描述為：一、群體觀念淡薄、社會責任闕如，二、自我意識強烈，藝術追求執著。這兩者本屬不同領域，既不具因果關係也不相互妨礙，我們不宜以前者否定後者的合理性（如劉心皇所論），也不宜以後者為前者開脫（如胡蘭成之說）。當年處於白色恐怖威力無窮的臺灣，紀弦之迴避屬於合乎情理的自我保護。但處於價值多元的時代，在美國撰寫回憶錄，宣稱要對歷史與朋友有所交待，則似乎可以更準確些。反過來講，今天再對回憶錄進行民族情緒式的閱讀，極可能延續了一種群體的暴力，間接支持劉心皇式的肅清行動。

　　無論路易士或紀弦，如果能在追求自我實踐的過程中，坦然承認：我虛無而狂妄，我認為個體優先於國族，我不顧公共倫理但我自信於私人倫理，那麼他的敘述就不會顯得那樣空洞而脆弱。因此，我的結論是：並無所謂文化漢奸的問題，最多只有漢奸問題；再進一步看，並無本質性的漢奸問題，只有特定群體利益的明智計算，或者個體生命意識的深刻省察。遺憾的是，我們的現代派盟主不能算是明智或深刻。

第四章　破體爲詩，縱我成魔
——洛夫前期詩的精血狂飆

一、前　言

　　洛夫（1928-）前期的作品，向來被視為詩質稠密、意念繁複而索解困難。因此，自 1970 年代以來，即有許多重要評論家提出各種讀法。顏元叔雖肯定洛夫在語言運籌上的才氣，但也指出他時常陷入「結構崩潰」的窘態。❶張漢良從神話原始批評的視角，釐清洛夫若干被視為晦澀的主題和表現，並理出其風格由壓縮到放鬆的演變軌跡。❷簡政珍也認為洛夫的語言與意象具有高度創發性，能通過精細的「置換」技巧，達成「主客易位」的靈視，又時以「偶

---

❶　顏元叔，〈細讀洛夫的兩首詩〉（1972），《談民族文學》（臺北：臺灣學生書局，1973），頁 207-233。

❷　張漢良，〈論洛夫近期風格的演變〉（1973），《現代詩論衡》（臺北：幼獅文化公司，1979），頁 177-212。按當時所謂「近期」，係指 1960 年代後半葉到 1970 年代初期的作品，以今觀之，仍屬「前期」。

發性因素」掙脫僵化的結構觀念。❸葉維廉則更著重從心靈層面來考察,指出由於詩人「被逐入一種文化虛位、生存抽空的孤絕狀態」,承受強烈的禁錮感,終於不得不外顯為狂暴、撕裂、扭曲的形象。❹

　　以上除顏元叔較多針砭之外,大多給予頗高的評價。我們知道,洛夫在 1960 年代經常蒙受虛無、晦澀、紊亂、反理性的指責。張漢良和簡政珍的文章,主要從藝術表現與現實體驗的層面,提出縝密的辯護。惟葉維廉較多地將這些負面因素聯繫到歷史文化與精神創傷,考索其成因與意義。近年來大陸學界對洛夫的主要評論,大抵即採取類似觀點,而尤著重於對所謂「悲劇意識」的掘發。❺兼顧語言技巧、歷史背景、創作主體,進行內外交織的考索,應為較可行的詮釋路徑。然而所謂主體,也不能太偏向於精神面立說。事實上,具有極為敏銳而強烈的身體感知,正是洛夫區別於其他背景相似者的重要特質。在並不忽略精神意識的前提下,適度考慮生理的作用,當有助於擴展詮釋空間。

　　本章即以洛夫詩裡或顯或隱的體液符碼為焦點,考察它們如何扮演身體與世界交涉的重要媒介,在抒情、象徵、變形等面向上發揮奇特的效能,成為驅動詩意生產的有力資源。在論述策略上,則

---

❸　簡政珍,〈洛夫作品的意象世界〉(1987),《詩心與詩學》(臺北:書林出版社,1999),頁 252-305。

❹　葉維廉,〈洛夫論〉(1988),附錄於洛夫,《因為風的緣故》(臺北:九歌出版社,1988),頁 317-372。

❺　任洪淵,〈洛夫的詩與現代創世紀的悲劇〉(1989),附錄於洛夫,《天使的涅槃》(臺北:尚書文化公司,1990),頁 173-204。

有如下幾個重點：首先，強調體液在「身體感」中的關鍵性，避免
身體概念被過度泛化。其次，為凸顯洛夫在現今所謂身體書寫上的
前驅意義，把討論範圍限定在其早期，而尤聚焦於《石室之死亡》
（以下簡稱《石室》）與《魔歌》這兩部力作。最後，我還將超越題
材新變或情緒抒發的層次，重新闡發其「詩學」意義，著力探討體
液符碼與詩質、風格、技法之間的關聯性。

二、石室內的身體：阻塞與流出

(一)禁錮空間與流出想望

　　洛夫在抗戰時期度過青春歲月，才剛考上湖南大學，旋因國共
內戰而被迫放棄學業，斷離故鄉與血親，隨軍來臺（1949）。政工
幹校畢業後，分發到海軍服務，旋與張默等人創立創世紀詩社
（1954），成為推動戰後臺灣現代詩發展的重要社團。他的第一本
詩集《靈河》（1957），大抵延續了 1930、1940 年代漢語新詩的抒
情風，顯得較為感傷而薄弱。軍官外語學校畢業後，派任金門聯絡
官，起筆撰寫「石室的死亡」前面數節（1959）。詩人在戰地雖僅
停留十個月，即調返臺北海軍總部。但前此才發生過八二三砲戰，
雕堡間仍充滿砲聲、煙硝與血光。此一經驗與個人的時代感受相結
合，在往後數年間不斷被聚焦或渲染，蔚為詩集《石室》（1965）
的主旋律。

　　在兩本詩集之間，詩人經歷了一場極為劇烈的「現代轉向」。
無所不在的禁錮感是一致的，但抒情自我的因應之道卻並不相同。

《靈河》的關注焦點是愛情、青春、夢想,「封閉的園囿」是其中最常見的意象。❻美好的事物被橫暴的力量給凍結住了,❼而淚水就成了其中最主要的流動意象。舉例如下:

> 「記憶的河床」裏淤積着泥沙。
> 「情緒的河床」裏氾濫起春潮。❽

> 原想繫上那隻小船,載着一艙青天
> 但不能,我怕潮水把「意志的纜」沖斷。❾

> 燭火隱隱,壁上畫幅裡的青煙繚繞,
> 唉!又是簷滴,滴穿了長廊的深沉。❿

在諸種體液之中,淚向來連繫著情感,不僅是肉身的產物,更被視為直通心靈深處,而順理成章地成為「詩意的」(poetic)。第一例

---

❻ 奚密,〈從靈河到無岸之河——洛夫早期風格論〉,《現當代詩文錄》(臺北:聯合文學出版社,1998),頁 190。

❼ 集內有〈贈聖蘭〉十章,禁園意象出現最為頻繁。下面這條「詩人動態」,或可視為本事:「聖蘭被關在家庭的鐵幕裡。據說要待兩年,而洛夫則採堅忍政策,願他們能有一個開花的春天。」見〈詩人俱樂部〉,《創世紀》第 6 期(1956.6),封底內頁。

❽ 洛夫,〈我曾哭過〉(1955),《靈河》(高雄:創世紀詩社,1957),頁 8。

❾ 洛夫,〈街景〉(1955),《靈河》,頁 24。

❿ 洛夫,〈小樓之春〉(1956),《靈河》,頁 22。

藉由「情緒的河床」此一具備轉喻結構的詞組，帶出「春潮－淚水」的符號聯結。相同的「潮」，又見於第二例，製造了「情緒」與「意志」的對比。第三例說得較隱約，但煙雨引發「簷滴」，簷滴聯結「淚水」，也屬古來慣見的一種隱喻映射機制。綜合看來，多愁善感的年輕心靈經常「情不自禁」地流淚，無暇多加蘊釀與調節。因此，與淚相伴生的文字，趨向於熱烈、滾燙而氾濫，較接近於浪漫主義的詩意生產模式。

　　《靈河》裡有一首〈我曾哭過〉，也許可以這樣說，整本詩集原就布滿了「我曾哭過」的淚痕。十餘年後，詩人曾以中年之姿大舉「疏濬」自己的青年之作，不僅刪去「冗言贅語」和「陳腔濫調」，同時也盡量抑斂了諸如「愛」和「夢」的成份。❶由此看來，氾濫的詩意是淚，氾濫的詩語也是淚，中年的刪改，反映出在美學技術改變之後，急於回頭擦拭「昨日之淚」的願望。事實上，這種轉變很早便已開始。在《石室》這本備受爭議的詩集裡，面對戰爭的死傷威脅、拔離母土的命運以及陰暗凝滯的時代氛圍，抒情主體陷入一種極度緊繃而瀕臨爆炸的境地。典型的「流－淚」模式，已不足以抒此鉅變之情。洛夫乃走向兩個相互連鎖的表達策略：一是使用被泛稱為「超現實」的非理性技法，來描述流出的慾望；二是召喚了其他各種體液來支援，甚或取代淚水的作用。也就

---

❶　刪改後的部份作品見《無岸之河》（臺北：大林出版社，1970），以後洛夫各種個人選集收錄的所謂早期作品，都出自這個中年修改版。關於兩個版本的比較，參見蕭蕭，〈那寂靜的鼓聲──「靈河」時期的洛夫〉，收於《大地文學1》（臺北：國家書店，1978），頁365-368；以及奚密，《現當代詩文錄》，頁188-195。

是說，詩人持續「流─淚」，但「流」的方式與「淚」的範圍，都變得更加繁雜了。

首先，我們看到，他明顯將眼淚連繫到整個體液系統。同樣出現「水」或「河」，但指涉已有所不同：

> 第一回想到水，河川已在我的體內氾濫過千百次
> 而靈魂只是一襲在河岸上腐爛的褻衣
> 如再次被你們穿著，且隱隱作痛
> 且隱隱出現於某一手掌的啟闔之間
> 火曜日，我便引導眼淚向南方流❷

動詞「想到」有追溯生命本源的意思，詩人發現，體內的河川──各種內分泌與外分泌──居然支配著生命的行止與樣態。這裡的「氾濫」之液，遠較《靈河》時期更為複雜。相對於此，「靈魂」被比喻為污穢的、可替換的、外裹的「褻衣」，其優位性是被否定了，言下不無反諷與自傷之意。「你們」代表社會群體，而「某一手掌」指向命運、神或世界，兩者合而為洛夫筆下常見的「加害者」，而「我」則是「受難者」。在命運的安排下，我的靈魂失去了純淨與自主性，被他人所「穿著」。對照於前面詩行，淚在這裡，不再僅是感傷的產物，更是生命汁液的表徵。

---

❷ 洛夫，《石室之死亡》（臺北：創世紀詩社，1965.1）第 19 首，頁 51。按出版《靈河》時，創世紀詩社之社址在高雄左營；出版《石室之死亡》時，已遷至臺北內湖。

　　人不自主地被「生／殺」，面對這種情境，詩人常感忿恨。於是，他以相應於「扭曲心靈」的「變形技術」，來描述「流」或「被流」的歷程：

> 你懂得如何以眼色去馴服一把黑布傘的憤怒？
> 痴立鏡前，一顆眼珠幾乎破眶而出
> 別推開一扇門似的任意把靈魂推開
> 而我只是歷史中流浪了許久的那滴淚
> 老找不到一付臉來安置❸

　「眼」通常連繫著具意向性但乏行動力的精神主體，被視為靈魂之窗。「黑布傘」則以其陰沈、遮蔽、哀悼的形象，表徵了強烈的負面體驗。它像是怒張於體內的黑色狀態或黑色物質，難以「馴服」。「眼珠－破眶而出」是對「眼淚－奪眶而出」的想像性模擬，因為後者已經難以說明瀕臨爆炸的情緒，而前者更能表現「主體／身體」破裂的狀態——這裡的「眶」代表身體與世界的檻界。因為，憂憤緊緊附著於血肉之軀，排憂遣憤的過程，便被轉化為剔除血肉的自殘想像。換言之，流出者與流出物之間不能被簡化為「主－客」結構，例如在這裡，眼珠與眼淚便相互融合而難以分離。故後面兩行便把自己說成失去身體（臉）的體液（淚），也就是將情感投射到流出物，呈現失根無依的被遺棄感。隱然意味著，自

---

❸　《石室之死亡》第 33 首，頁 65。第三行「破眶」，原版詩集作「破框」，當為誤植，據《無岸之河》校改。

身已失去「流淚」的主動性，而成了「被流之淚」，這時流出者就可能指祖國母土了。整個來講，短短五行便構成豐富的序列結構：「國族－身體（臉）－眼珠－淚」，前端排出後端，兩端又相互模仿。在垂直軸上構成隱喻：國族就像身體就像眼珠就像淚。在平行軸上構成轉喻：國族流出身體，臉流出眼珠，眼流出淚。——流出物又被流出再流出，形成多層次的驅逐，絕難回歸了。

居於客體位置，被流出是悲哀而無告的；居於主體位置，流不出則有阻塞的鬱悶感——我們認為，《石室》裡的身體，兼含主客意義。按發源於希臘的西方傳統醫學，直到十八世紀，仍然十分依賴諸如此類的「排出式」手段：放血、發汗、催吐、發疱、通便及解痛。❶其基本認知在於，體內各種液體或物質的過份積累、阻塞，將會造成機能的失調。於是「放血術」在古代的希臘，甚至中國，都曾被視為紓解疼痛、排除毒素的重要治療方法。不過，栗山茂久曾做了一個有意思的歸納：

中國的醫生擔憂身體的孔洞會成為入侵的管道，希臘的醫生則僅僅將孔洞視為排泄的通道，排除過剩物質的開口。（……）因此，放血與針灸療法的區分在於不同的恐懼：一者恐懼腐敗，一者恐懼耗竭；一者恐懼囤積，另一者恐懼流失。❶

---

❶ 杜菲（John Duffy）著，張大慶等譯，《從體液論到醫學科學：美國醫學的演進歷程》（青島：青島出版社，2000），頁7。
❶ 栗山茂久著，陳信宏譯，《身體的語言》（臺北：究竟出版社，2001），頁242-243。

醫療行為涉及積累於文化體系中的內在想像，類似的恐懼就像一種
神話元素，在文學隱喻裡不絕如縷。《石室》的說話主體，幾乎陷
在附魔發狂的狀態，流血固是受難，但似乎也是自我療救之法。因
此，我們看到，他刻意而誇張地在詩行裡演練傷亡。❶這一方面是
藉由操作「放血」的想像，發洩層層淤積的腫毒般的情緒；一方面
卻也藉由凝視「失血」的畫面，寄寓哀悼不捨的情懷。

　　整組詩起筆於「砲彈嗖嗖」的金門地下坑道，而其主體結構則
陸續完成於臺灣，題材、情境和語言都屢有變遷。其中，開篇第一
節保留了較多的原始場景：

> 祇偶然昂首向鄰居的甬道，我便怔住
> 在清晨，那人以裸體去背叛死
> 任一條黑色支流咆哮橫過他的脈管
> 我以目光掃過那座石壁
> 上面即鑿成兩道血槽❶

論者已採用各種觀點作了並不一致的詮釋，這裡想增益的，仍是
「體液閱讀」的視域。首先，事件的主要場所「石室」，既是代表
殘酷現實的禁錮空間，也是儀式行為常見的「神祕空間」，故「甬

---

❶　根據統計，六十四首系列作品，共有三十四首出現「死」字，十五首出現
　　「血」字。其他雖未直接使用此類字眼而實際涉及傷亡者，更遠過此數。見
　　唐文標，〈詩的沒落──香港臺灣新詩的歷史批判〉，《天國不是我們的》
　　（臺北：聯經出版公司，1976 年），頁 175。
❶　《石室之死亡》第 1 首，頁 33。

道」同時具有「產道／墓道」的意義。就禁錮空間「墓穴－石室」
而言，兩種質素——肉身與石頭——形成了基本的對峙關係。「裸
體」，回歸生命原始的肉身存在，強調了主體的血肉成份。體液是
肉身與石頭的主要差異點，也就成了肉身回應石頭的有力方式。石
室代表向內壓縮的力量，體液代表向外釋放的想像。其中最具儀式
性功能的是「血」，又可分為兩種：首先是「那人」的死者之血
（黑色支流，因死的作用而「由紅轉黑」）是生命乾涸之前對石室、對命
運、對死亡的最後抵抗，故曰「背叛」。至於「我」的生者之血，
並非從傷口流出，而是從眼睛裡「看」出來的——可以視為對死者
之血的一種呼應。「石壁」阻絕了生機與自由，「目光」之急切推
移，顯現主體極力掙脫空間束縛的願望。詩人用「鑿」字誇大「觀
看」的歷程，實則反襯出肢體行動之失能。當肉體被石頭所禁錮，
觀看與流血成了被囚者最後的能耐。鑿成「血槽」，但終究難以鑿
穿石壁，其間蘊含著無聲的劇痛。就像血流出身體，卻流不出石
室，實際上也呈現了一種「體液阻塞」的鬱悶經驗。

　　血肉被封鎖於石室的意象，反映了洛夫的戰地感受。軍隊裡的
身體，依照傅柯的說法，在社會支配與權力控管之下，常被製作為
理智而可用的工具。❽洛夫對於體液符碼的大肆運用，對暴力場景
的刻意模仿，便具有「抗拒」的意圖。這裡我們看到，屬於公共身
份的被規訓身體，屬於私我身份的自主性身體，相互疊合、滲透或
抗衡的關係。「石室情境」在現實領域裡限縮了身體，但也正是基

---

❽　軍隊及其他規訓機構對肉身的宰制過程，詳傅柯（Michael Foucault）著，劉
　　北成、楊遠嬰譯，《規訓與懲罰》（北京：三聯書店，1999），頁 154-190。

於一種反彈心理，身體反而在想像層面上嘗試進行逃逸。其間對峙
關係，大約可以圖示如下：

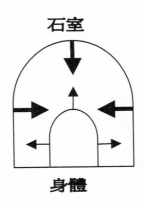

現實的血肉之軀無法推開鐵的紀律與石的圍圍，詩則提供可能
的施展空間。但在《石室》時期，「身體」幾乎背負著「石室」在
行走——實際上，「具體石室」僅出現於少數幾節，[19]廣義的「情
境石室」則不斷被深化與擴展。也就是說，石室仍佔有絕對的優
勢，現實的血肉之軀根本無力擺脫。[20]詩人乃極力操演各種「超現
實」想像，具體而言，則是用各種方法「解散」血肉。其基本型是
「體液流出」，更進一步（詳下文討論）則是製造肢解、燃燒或爆破

[19] 除了前舉第 1 首之外，還有第 30 首的「首次出現於此一啞然的石室」，第
43 首的「石室倒懸，便有一些暗影沿壁走來」。分別見《石室之死亡》，頁
62、75。

[20] 美國漢學家陶忘機（John Balcom）把「石室」譯為"stone cell"，凸顯了狹
迫、隱祕、禁錮的形象，可以引出無所不在的「一個人的牢房」的詮釋方
向。見 Lo Fu, *Stone Cell,* trans. John Balcom (Chicago: Zephyr Press, 2009).

的意象，後續的發展則是施展變形的幻術。凡此種種，大抵反映了有限形軀在久困無助之餘，穿透石室的願望。

㈡黏液和灰燼的辯證

人的空間感受，有兩種極端：一是墓穴狀態，主體被空間所侷迫；另一則是子宮狀態，主體被空間所滋養。體液或類體液之物，則是促使「墓穴－石室」向「子宮－石室」轉化的主要觸媒。**❹**換言之，死滅（墓穴或枯骨）的特徵是「灰燼」，存活生息的特徵則是「水份」。故寫生者之如死，云：「你確信自己就是那一甕不知悲哀的骨灰」。**❷**石室就像「骨灰甕」，在其中存活的身體即便仍有體液，卻無生機、無感覺，也就如同骨灰般。同一首詩裡，寫死者復活的願望，則云：「亦將在日落後看到血流在肌膚裏站起來」。**❸**詩人之特意渲染血液，也就可以理解為主體意圖轉化客體，從石室中找回肉身質素的行動。

然而「骨灰」既然可以是指一種心理狀態，它跟充滿「體液」的生理狀態，便有可能並存。它們在一體之內，形成既衝突又和諧的奇特關係：

---

❹ 特納曾經以在非洲所進行的田調資料，細膩闡釋坑道作為空間象徵的二重性（墓穴／子宮），以及代表「血／精」的「紅色／白色」物質在這儀式過程中的重要作用。參見 Victor Witter Turner, *The Ritual Process: Structure and Anti-structure,* (Chicago: Aldine Publishing, 1969), pp.27-33.

❷ 《石室之死亡》第 14 首，頁 46。

❸ 《石室之死亡》第 14 首，頁 46。

棺材以虎虎的步子踢翻了滿街燈火
這真是一種奇怪的威風
猶如被女子們折疊很好的綢質枕頭
我去遠方，為自己找尋葬地
埋下一件疑案

剛認識骨灰的價值，它便飛起
松鼠般地，往來於肌膚與靈魂之間
確知有一個死者在我內心
但我不懂得你的神，亦如我不懂得
荷花的升起是一種慾望，或某種禪❷❹

「棺材」與「燈火」之間的死生對比，經由「虎虎的步子」的聯結而形成一種動態過程，就像「魏延踢倒七星燈」一樣。「猶如」所帶出來的一行，可以視為前面兩行及後面兩行「共用的喻依」。換言之，「女子們－綢質枕頭」一方面表示「死亡」居然有著美好的觸感與魅力。另一方面，其間所蘊含的床笫意象，也成了「如死」之「我」最合適的「葬地」。處於性的迷惑與死的絕望之間，生命本身就是一件待埋而無法破解的「疑案」。故換段之後，仍然頻頻動用悖論式表述。中間由「確知」帶出的一行仍可視為屋脊，有助於我們對前後兩翼的理解。往前看，「在我內心」的那個「死者」，本質上如同「骨灰」，但在作用上卻像血氣勃勃的「松

---

❷❹　《石室之死亡》第 11 首，頁 43。

鼠」，跳躍於魂與體的枝葉間──這也暗示著，「我」雖仍是飽含體液的活物，但感覺上「骨灰」早已在體內蠢動了。再往後看，活體內部的「死者」究竟含容什麼意義？詩人認為，「死」就像「神」一樣奧妙而難解。正如「荷花」作為一種符徵，有人獲取玄妙的禪意，有人想到勃發的性器。這同時也暗示，「死」之為物，兼具禪的妙悟與性的耽溺。

在一種現代文學的隱喻模式裡，性有時是死的模仿，有時是死的反動。正因如此，在精神緊繃的石室情境中，會出現看似肉身放縱的性愛想像。事實上，《石室》之中可以跟「灰燼」抗衡的「水份」，除了較顯著的血淚之外，還有精液。㉕這個元素寫得比較隱晦，但應該是詮釋若干詩篇的重要關鍵。例如：

> 從灰燼中摸出千種冷千種白的那隻手
> 舉起便成為一炸裂的太陽
> 當散髮的投影扔在地上化為一股煙
> 遂有軟軟的蠕動，由脊骨向下溜至腳底再向上頂撞
> ──一條蒼龍隨之飛昇
>
> 錯就錯在所有的樹都要雕塑成灰

㉕ 蕭蕭已經指出「洛夫以射精作為宣洩管道」，並將它置於「放逸型的現代主義」的框架下進行解釋。不過他主要是從《魔歌》以後談起，我則嘗試把這種體液符碼上溯到隱晦的《石室》時期，並且提出不同的觀照焦點。參見蕭蕭，〈放逸型的現代主義──洛夫詩中新陳代謝的象徵意涵〉，《現代新詩美學》（臺北：爾雅出版社，2007），特別是頁 235-249。

> 所有的鐵器都駭然於揮斧人的緘默
> 欲撐乾河川一樣他撐乾我們的汗腺
> 一開始就把我們弄成這付等死的樣子
> 唯灰燼才是開始❷

　　就敘述結構而言，前段是果，是自我救贖的儀式；後段是因，是生命苦難的溯源。我們不妨就先從後段看起，如前所述，洛夫常以多漿汁（體液）的「樹」表述生命或身體的飽滿狀態（肉身），而以「灰燼」（骨灰）指稱由極熱到極冷的死滅狀態（石室）。後段第一行，便把「樹在生長→砍斷成塊→雕刻成形→燃燒成灰」的繁複歷程，直接壓縮為「雕塑成灰」，不僅將方生方死的劇烈流變加以戲劇化，同時也暗示「漿汁／灰燼」近乎一體之兩面。遭斲的樹是被宰制者，斷樹的鐵器也是；不動聲色的「揮斧人」同於前文提過的「某一手掌」，乃是「雕塑成灰」的元凶。詩人雖未明言，但在《石室》裡，萬物的加害者常常也就是造物者。「他」給了「我們」漿汁，又在其中預設化為灰燼的指令，此謂之「等死的樣子」。詩人藉由「汗腺」之被「撐乾」，也就是體液被世界無情榨取的過程，描述生命之趨於死滅。而肉體之瀕死，可能意味著精神之再生，這便須回到前段來看。

　　前段五行似乎重寫了「火浴鳳凰」的神話母題，只是將鳳凰置

---

❷　《石室之死亡》第 57 首，頁 89。第八行「汗腺」，原版詩集作「汗線」，當為誤植，據《無岸之河》校改。

換為蒼龍，並將「宇宙戲劇」凝縮為個人的「身體表演」。❷比較特別的是，整個描寫與身體成份（手、髮、脊骨、腳）連繫起來，藉由「摸出」、「舉起」、「炸裂」、「蠕動」、「頂撞」等動詞，隱約影射一種生理經驗——看似練功行氣，又彷彿對應於與性相關的體驗。可以這樣說：造物者／加害者不斷在「摔乾」體液，使「我們」陷入「槁木死灰」的存在狀態。但說話主體並不屈服，仍操作著那一開始就被「雕塑成灰」的身體，試圖找出流動的元素來突破存在的困境。於是，一種亢奮的身體感，便被夸稱為「蒼龍飛昇」，而有了火浴鳳凰般的重生意義。這幾行原是總題「太陽手札」的幾首詩的開端，顯見洛夫十分崇尚陽剛主體及其象徵秩序。常在有意無意間把身體放在類似於菲勒斯（Phallus）的位置，因而也部份地模仿了其行動與慾望。上述諸例裡的爆發類動詞，也可以視為陽物化身體／主體對於自身存在與能量的一種聲言。然則飛昇的蒼龍並不單指生理意義的快感，更是在被石室情境長久壓抑的精神狀態下，所欲想的一種釋放衝動。

關於「灰燼」，我們還應注意到，整部《石室》也有很豐富的火意象。許多衝突、演變、化合都來自「水與火的辯證關係」。首先，戰爭即是世界之火的極端代表，橫暴而具毀滅性，堪稱「三界無安，猶如火宅」的集中展示；其次，身體之中同樣充滿了各種形式的火，包含激情、夢想、慾望等等；而就語言風格與創作意識而

---

❷ 有關「火浴鳳凰」的形象，及其做為「宇宙戲劇」的闡釋，參見黃冠閔，〈巴修拉論火的詩意象〉《揭諦》第 6 期（2004.4），頁 187-191。

言，洛夫筆下的「雄性之火」其實頗為暢旺。❷眾火彙聚於「火宅
－石室」之中，這種封閉空間裡的火，必然引發恐怖的災難、瘋狂
與吶喊，而使肉身趨於毀滅。但巴什拉也曾經把「火」詮釋為「去
物質化，去實在化」而「變成精神」的淨化意象，「灰燼」則是它
遺留下來的物質渣滓，如同屍體般。❷也就是說，化為灰燼可以是
形蛻的契機，精神飛昇的必要歷程。由此推演，富含體液有時是生
命力的象徵，有時卻成了阻礙超越的關鍵，有身之患的恐怖證據。

　　然而，從灰燼中抓出太陽，使靈魂化成蒼龍，仍為超現實想
像。要想擺脫體液的拘執，進入一種如光如煙的自由狀態，並不容
易。大致同時完成的另一首詩，便透露別的訊息：

　　　幾乎對自己的驕傲不疑，我們蠢若雨前之傘
　　　撐開在一握之中只使世界造成一陣哄笑
　　　一朵羞澀的雲，雲是背陽植物
　　　床亦是，常在花朵不停的怒放中呼痛
　　　痛，黏黏地，好像決不能把它推開一般

　　　兩臂將我們拉向上帝，而血使勁將之壓下

---

❷　巴什拉（Gaston Bachelard）曾總結若干古代文獻說：「對於科學前精神而
　　言，一切精液的原則是火。」因此，他居然在關於火的專著裡細談精液，而
　　在論水之書則罕及之，這似乎是比較著重其精神或想像的面向，而非物質
　　面。參見巴什拉著，杜小真、顧嘉琛譯，《火的精神分析》（長沙：岳麓書
　　社，2005），頁 55。
❷　黃冠閔，〈巴修拉論火的詩意象〉，頁 185。

　　　　乃形成一種絕好的停頓，且搖蕩如閒著的右腿
　　　　閒著便想自刎是不是縊斷腰帶之類那麼尷尬
　　　　我們確夠疲憊，不足以把一口痰吐成一堆火
　　　　且非童男❸

　　相對於前詩之主寫「灰燼」，此詩是更著墨於體內的水份，或應說是「黏液」。前段五行設定了烏雲凝滯的背景，暗示處於暴雨將來卻遲遲不來的情境裡。過敏似地有所待的「雨前之傘」，固然明指肉身；但根據第四、第五行「床亦是」、「黏黏地」等字眼的暗示，它也隱約導向性器的聯想，可以視為「陽物化身體」——百無聊賴地被「生存」或「慾望」給「硬撐」起來，其實是一種愚蠢的「驕傲」，顯得滑稽可笑。床和烏雲同為陽光的反面，陰暗而沒有希望；床上不停「怒放」的花朵則指性愛，讀來只見煩悶，沒有太多快感（常言以「心花怒放」指極樂，這一行詩「召喚」而又「置換」了此語）。詩人似乎是用「呼一痛」來暗喻「射一精」，而將「痛」具體化為「黏黏地」體液。這種黏性，還被進一步闡釋為「不能推開」的悲哀，正如身體無法驅逐體液的作用。

　　後段寫出短暫而無力的掙扎：「兩臂」上拉的動作類似前詩舉起的「那隻手」，「上帝」則與「太陽」同屬正面價值。這也就是說：屬靈的力量把人往上提昇，血氣的因素卻橫暴地逼人下沈。肉身何等沈重，而體液可能是其重量的主要來源。這種上昇與下沈的「拉鋸」是悲哀的，但詩人居然耍弄了一個「擬之不倫」的修辭技

---

❸　《石室之死亡》第58首，頁90。

術，隱約把它聯結到性愛的動作。「閒著便想」這一行，再次把死亡（自刎）與下半身的衝動（繃斷腰帶）相互類比，凸顯了一種荒誕感。接下來，藉由「疲憊」、「童男」等詞彙的暗示，應可判斷「痰」與「火」為精液的兩個喻象：前者卑下污穢，黏稠可觸，代表其物質面；後者高尚純淨，但不可把捉，代表其精神面。此處殆謂，我們無法藉由「性」從如痰的陰暗病態裡生出如火的純淨能量。

　　洛夫筆下的性影射，游移於紮實與虛無，超越與沈淪之間，且往往更偏向於後項。因此，在相應的隱喻操作上，他更著力於發揮「性體液」的黏滯特質，也就是「如痰」的面向。例如：

> 有時也有音響，四隻眼球糾纏而且磨擦
> 黏膩的流質，流自一朵罌粟猛然的開放
> 裸婦們也談論戰爭，甚至要發現
> 肢體究竟在那個廂房中叫喊
> 口渴如泥，他是一截剛栽的斷柯❸

「裸婦們也談論……」這個句型帶有輕蔑的意味：男性在沙場上的「戰爭」充滿「肢體」碎斷的畫面，女性卻只能理會床笫之事，後者是前者的諧仿。性愛帶給「他」短暫的落實，進入「剛栽」的狀態；但戰爭帶來的根源性傷害，則使他終究是無根的「斷柯」。回頭看第一行，不直接寫血肉交歡的畫面，而寫「眼球」的廝磨，其

---

❸　《石室之死亡》第 8 首，頁 40。

意殆謂：肉慾源自眼球所生的幻象，眼球卻執迷地陷泥其中。性的聲色，被這樣分解地呈現出來，不像美事而更像是愚行。以花朵喻女性性器在人類文化中有很豐富的例證，詩人在此則選用「罌粟」來表述其「既香且毒」的性質，加上「猛然開放」的描寫，可與前一首詩裡的「花朵怒放」相互印證。至於「黏膩的流質」與前詩裡的「黏黏地」類似，應指與性相關的體液，在此既與所謂「罌粟」相連繫，則當發自女體。

《石室》裡的說話主體，習慣自比於陽剛之物。其間的女性形象大多指向原始而蒙昧的慾望，糾纏黏膩而令人厭煩——她們也常常被拿來表徵詩人所面對的現實生活世界，這其中不無厭女情結（misogyny）的作用。此外，沙特曾以「黏滯」（visquesux）來描述現代人的一種存在感受，並指出：一個黏滯實體（如樹脂），本質地表現為混濁的，流動性正在其間緩慢地消失。它是柔軟的、難以擺脫的、不平衡的實體，帶著一種變形的煩惱。碰觸黏滯的東西，彷彿就有被稀釋為黏滯的煩惱。❸❷我們知道，這個時期的洛夫不僅充滿受難意識，更有很強的虛無傾向。他筆下的淒慘畫面，無論被割鋸為「碎塊」，或焚燃為「灰燼」，都還具有斷然死滅的「痛／快」感。更令人難以忍受的，反而是一種「生死兩不堪」的感覺狀態，詩人即以性體液的黏滯性來加以表現。由此可見，體液書寫可以寓有較複雜的思維與體驗，並非總是舒憤懣、洩血氣而已。

---

❸❷　沙特（Jean-Paul Sartre）著，陳宣良等譯，《存在與虛無》（臺北：貓頭鷹出版社，2000），頁 586-600。

(三)身體渣滓與犧牲想像

　　洛夫及其他散落軍伍的詩人，面對斷裂破碎的人生體驗，常有一種被消耗、糟蹋、遺棄的感覺，從而形成一種「受難意識」。❸❸在《石室》的個別篇章裡，曾以「我」、「我們」、「你」、「你們」、「他」來稱呼受難的主人翁，這些代名詞都可以（但未必）聯結於「抒情自我」本身。造成時而置身其中、時而抽身旁觀的效果，敘述者與受難敘述的關係也顯得更加多樣。但無論怎麼說，受難主體的基本結構大致如此：

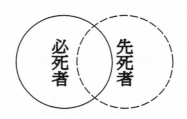

　　也就是說，詩中的生命狀態，經常游移於「死著」與「死了」之間。以開篇第 1 首來說，「任一條黑色支流咆哮橫過他的脈管」的「那人」，便是先死者；「以目光掃過那座石壁」的「我」，則是倖存的必死者——那人的屍體像揮之不去的陰影，預示著我的肉體也必將演變到那種狀態。❸❹最有意思的例子是悼念楊喚的三首

---

❸❸　相關分析，詳劉正忠，《軍旅詩人的異端性格——以五、六十年代的洛夫、商禽、瘂弦為主》（臺北：臺灣大學中國文學研究所博士論文），頁 19-38。

❸❹　本文關於「必死者」的說法，主要借用海德格爾（Martin Heidegger）所謂：「人之所以被稱為終有一死者（die Sterblichen），是因為人能夠承受作為死

詩，恰好分別使用「我」、「他」、「你」來指稱楊喚這個具有代表性意義的先死者。各摘錄三行如下：

> 我想我應是一座森林，病了的纖維在其間
> 一棵孤松在其間，它的臂腕上
> 寄生著整個宇宙的茫然❸❺

> 他曾打扮舒齊，在日午
> 去拾取那散落在平交道鐵軌的脊樑上
> 一撮自己的毛髮❸❻

> 你用說「否」的唇埋怨說「是」的眼
> 我都飲過，飲過你
> ——一杯被吸盡了個性的下午茶❸❼

在後來一種修改版本裡，這三首詩被合併為一首，指涉楊喚的「我」、「他」、「你」一律被更換為「他」。這種修改代表洛夫對於《石室》的一種自我解讀，而事後的統整也反襯出先前的淆

亡的死亡。唯有人赴死而且只要人在大地上，在天空下，在諸神面前持留，人就不斷地赴死。」見孫周興譯，〈築·居·思〉，收於《海德格爾選集》（上海：上海三聯書店，1996），頁1193。

❸❺　《石室之死亡》第16首，頁48。
❸❻　《石室之死亡》第17首，頁49。
❸❼　《石室之死亡》第18首，頁50。

亂。例如「我想我應是一座森林」，被改寫成「我想他應是一座森
林」。❸由此推想，「他／我」在原版《石室》裡，應是常相滲透
的。於是我們看到，「寫著詩、當著兵的必死者」以及「寫過詩、
當過兵的先死者」，形成了參差離合的辯證關係。如第二例，死前
「打扮舒齊」的「他」居然能夠「拾取」死後的「自己的毛髮」。
❸這既是時空疊合的技巧，也可說是把「悼者／被悼者」壓縮成一
體了。再如第三例，「唇」與「眼」的意向在「你」的身上形成分
裂，卻又同時被攝進「我」的內部。這可以解釋為：先死者的精神
仍然出入於倖存者的身體。而毛髮、唇、眼這些身體微物，常是體
與體相融合的中介結構。

論者已經指出，《石室》裡常見「墳墓—子宮」並陳的結構，
顯見「詩人領悟到生死同衾的原型觀念」。❹不過，洛夫的書寫重
點似非哲理上的了悟，而更傾向於表現對殘酷現實的忿恨。他固然
有看似超脫的警策語句：「驀然回首／遠處站著一個望墳而笑的嬰

---

❸　洛夫，〈早春——悼楊喚〉，《無岸之河》，頁 97-99。由於原版《石室》挾
　　泥沙以俱下，天機暢然，但也常常人機失控，洛夫曾多次進行改寫。收在
　　《無岸之河》裡的版本，留下較多改寫的痕跡，但並沒有成為最後定稿。後
　　來洛夫自訂的各種選集，仍多選自原版。

❸　按詩人楊喚（1930-1954）在趕赴西門町一場勞軍電影的途中，因闖越平交道
　　而死於鐵軌上，得年二十五歲。見葉泥，〈楊喚的生平〉，收於歸人編，
　　《楊喚全集》（臺北：洪範書店，1985），頁 528。不過，也有人認為楊喚
　　是「臥軌自盡」，參見林燿德（以編輯部名義）寫的楊喚簡介，附錄於林亨
　　泰，《跨不過的歷史》（臺北：尚書文化公司，1990），頁 217。

❹　張漢良，〈論洛夫近期風格的演變〉，頁 184。

兒」❹，迅捷有力地焊接了衝突的兩端。但這「笑」並不風平浪靜，更非一步到位，而是蘊藏著詭異與騷動。我們必須更多地考量到，整組詩其實充滿身體被傷害的描述。嬰兒是必死者的前身，墳墓是先死者的歸穴。就現實情勢而言，橫跨於「身體／屍體」兩端的「我」不可避免地往後端演進；詩人確實不斷地再現這種情境，但並不意味著接受或屈服。相反的，他正聲嘶力竭地嘗試通過語辭逆轉現實：從灰燼中發現體液，從墳墓中找到嬰兒，把屍體推回身體。

　　整個《石室》的主導情緒是「憤怒」，其作用不全是消極的，更在於凸顯身體尚非槁木死灰，具有向「迫害者」示威的意義。身體既是憤怒的演出者，也是劇場。洛夫常能將種種對立與衝突，壓縮為器官與體液的運動：

　　　　猶之一換皮的巨蟒
　　　　春天的城市散落著帶傷的鱗甲
　　　　你們圍睹，繼而怨尤，嫌街面不夠亮
　　　　誘使我把一隻眼睛挖出掛在電線桿上
　　　　神哦，我所能奉獻於你腳下的，只有這憤怒❹

巨蟒「換皮」的形象，表達了急於擺脫現狀（身體或身份）的願望。主體既有的邊界正在消亡，它的某些部份——例如「鱗甲」——正

----

❹　　《石室之死亡》第 36 首，頁 68。
❹　　《石室之死亡》第 46 首，頁 78。

被疼痛地放棄而成為客體。這一齣自傷的演出，原在分離出敗壞成份以確立主體的地位；但事實上，「我」努力重建的主體，終究仍是「你們」急於剝離、傷害、利用的客體。詩人還精心安排了一場自我被社會群體戕害的誇張戲碼：「他人之眼」構成一種「圍睹」的暴力，對於「我的受難」抱持著樂觀其成的態度。那不僅是冷漠而已，更含有幫兇助惡的意味。「我」必須拉高自殘的強度，乃能回應世界的惡意「期待」。

前面在討論「一顆眼珠幾乎破眶而出」時，我們提到：「眼」通常連繫著具意向性卻缺乏行動力的主體核心。它與作為主體邊際成份的「鱗甲」（皮膚），仍有內外輕重之別。此外，這裡的「挖出眼睛」的動作也比「破眶而出」多了一種忿恨（就像滿帶怨念的伍子胥要求死後要把眼睛掛在城頭）。在「他人之眼」的合力催促下，「自我之眼」被排擠出來。我們注意到，被挖出的僅是「一隻眼」，則身體上仍鑲著另一隻眼。這也就造成了能視主體的分裂：他既從外部的賤斥物發出視線，也從內在的賤斥者角度觀看。最後一行，又使用了悖論式語言來表述「神」和「我」的關係：正面動詞「奉獻」，帶出了負面名詞「憤怒」。依前文看來，「這憤怒」當即蘊含於被挖出的「眼睛」。那麼，在詩裡破壞身體並且呈現其殘塊，便成了自覺的抒情表意的行動。

這裡我們看到，「迫害－受難」的體驗，被隱喻為一種「獻祭行為」：相對於祭壇兩端的被祭者（神）與祭祀者（社會），詩人毋寧自居於兩面受敵的「犧牲」本位。按在祭祀的神聖／暴力儀式中，「替罪羊」被剝奪了主體性，身體淪為一種工具性的物件。洛夫著力從這個位置上觀看、馳想、發言，便具有爭取主體性的意

義。除了「被宰割」的描寫之外，其中還常見「被攝食」的意象，
試舉三例：

　　　　我便會有一次被咀嚼的經驗
　　　　我便會像冰山一樣發出冷冷的叫喊
　　　　「哦！糧食，你們乃被豐實的倉廩所謀殺！」❹❸

　　　　於是你們便在壕塹內分食自己的肢體
　　　　如大夫們以血漿撰寫論文，以眼珠換取名聲❹❹

　　　　我把遺言寫在風上，將升的太陽之上
　　　　在一噴嚏中始憶起吃我的竟是我自己❹❺

前一例是說，個體（麥子）為了滿足體制或機構（倉廩）的利益（豐
實），被迫失根離土，割斷生機，成為等待被吃的「糧食」。豐收
的另一種說法，居然是「謀殺」。後兩例則涉及「自食」的悖論，
這種吃與被吃的淆亂，反映了近乎精神分裂的主體狀態──這使我
們聯想到魯迅筆下「自嚙其身」的長蛇。「大夫們」可以用（別人
的）器官和血液搏取利益，而作為籌碼的「你們」卻只能享用被榨
盡菁華的「自己的肢體」。殘肢剩體是迫害者眼中的渣滓，卻是受

---

❹❸　《石室之死亡》第 15 首，頁 47。
❹❹　《石室之死亡》第 24 首，頁 56。
❹❺　《石室之死亡》第 45 首，頁 77。

害者自己的食物，其中寄寓著自憐。最後一例裡的「我」，起先自
居於「被吃」的死者，但因還發出「噴嚏」這一種身體感應，乃驚
覺自己同時也是「吃人」的活者。值得注意的是，無論「同類相
食」或「同體自食」，不僅是恐怖的「戕害」行動，其實也是另類
的「哀撫」儀式，具有挽回根器、留住體液的意義。

　　「神」與祭祀者的共犯結構，剝奪了祭品的青春、幸福、血
氣。詩人從犧牲本位發言，固然著力哀挽失落的菁華，但更重要
的，還在於重新發現渣滓的價值，展開「反賤斥」的行動：

　　　　從此便假寐般臥在自己的屍體上
　　　　且在中間墊一層印度的黑色，任其擴展
　　　　任其焚化，火葬後的黑色更為固體
　　　　如果火焰一直上昇而成為我們的不朽
　　　　燒焦的手便為你選擇了中央的那個人❹

這個主體似乎與「自己的屍體」保持著若即若離的關係，既不斷然
排拒，也不全然收納。「印度的黑色」是死亡的物質化描述，彷彿
有一種絨布墊般的質感，可以安詳地棲止。接下來，在以火焚屍的
「淨化」行動中，主體並不「選擇」上昇的潔淨的煙（不朽的靈
魂），而是下沈的污濁的灰燼（燒焦的肉身）。嚴格來講，這並不是
一首哀悼之作，而是在描摹一種游移於「肉身」與「屍體」之間的
存在感受。或者說是，必死者藉由想像的模擬，與先死者達成短暫

---

❹　《石室之死亡》第50首，頁82。

的合體。

三、魔怪主體之歌：轉化與漫衍

(一)體液與「受難－創造」結構

　　《石室》出版之後，洛夫旋即參予「援越軍事顧問團」，被派駐到另一個戰火與血光之地。駐越期間（1965-1967），完成了《外外集》（1967）的主要作品；返臺後兩年之內，則陸續完成描寫西貢經驗的系列詩篇，編入《無岸之河》（1970）——以上兩集，基本上屬於過渡與整編的性質。往後幾年，詩人在國防部連絡局工作直至退伍（1973），生活稍趨穩定，乃推出另一本備受矚目的詩集《魔歌》（1974），大致奠立了詩史上的地位。事實上，隨著生活、年齡、心境的改變，從《石室》到《魔歌》，風格與技巧也經歷了不小的演進。依照張漢良的說法：前者意象擁擠而詩質稠密，後者則較為疏朗而灑脫；前者著力於生死的形上討論，後者則逐漸走入日常生活。❹前文既已藉由《石室》討論了體液的內涵意義，這裡將試著以《魔歌》為核心，進一步探討體液如何向外擴大指涉的功能。

　　在《石室》裡，我們看到說話主體處於困居的狀態。透過體液的流淌，身體表達了擴展出去的慾望；但由於世界被凝縮為一堅牢而冷酷的石室，體液的流動性總是受到侷限。為了走出《石室》情

---

❹　張漢良，〈論洛夫近期風格的演變〉，頁 188-192。

境，詩人刻意進行一種遊離於「外」的想像——體外、室外、物外、形外、事外，從而構成了《外外集》的主軸。例如：

> 如一根燒紅的釘子插在鼓風爐的正午
> 我們是一籃在戀愛中受傷的桃子
> 我們把皮肉翻轉過來承受鞭打
> 而任血液
> 在體外循環❹

詩行已較《石室》放鬆些許，意象也不再那樣糾纏。同時，固執的「身體－自我」似乎也有稍稍打開之勢。這裡描寫血肉生命在青春昂揚的時刻，被採摘、攝食的傷痛。其間設計了一個怵目驚心的想像：「皮肉」一旦「翻轉」，鞭打的痛感更趨於尖銳，身體的內外界限也為之破壞。詩人用「循環」來描述血液在「體外」流淌的狀態，具有一種活動的生息，而非漸滅死寂。這種「血液」行於「體外」的想像，實際上也就擴大了感官所及的領域，使痛感由身體延伸到世界。

但上面這首詩，主要仍在表現「受難過程」，並沒有進一步描述血在體外如何運作。到了《魔歌》時期，詩人更自覺地把身體置入「受難－創造」的結構裡，「血」乃取得非凡的意義：

---

❹　洛夫，〈菓與死之外〉（1967），《外外集》（臺北：創世紀詩社，1967），頁 17。

> 我的頭殼炸裂在樹中
> 即結成石榴
> 在海中
> 即結成鹽
> 唯有血的方程式未變
> 在最紅的時候
> 灑落
>
> 這是火的語言，酒，鮮花，精緻的骨灰罈，俱是死亡的修辭學
>
> 我被害
> 我被創造為一新的形式❹

身體因素被劃分為兩部份：「頭殼」作為有形身軀，可以變化為萬物。「炸裂」是傷害歷程，「結成」是創造結果。至於「血」，則對應於主體的精神，具有一種恆定性。「血的方程式」頑強地存在，顯示自我絕不泯除，而是滲透到各種物象與語字之中。這裡儼然把「死亡」當成一種修辭手段，而其效果則是創造與再生。「我被害」，本為《石室》經常描寫的內容，主要指涉在現實世界所遭逢的慘痛命運，故充滿絕望而憤懣的情緒。至於「我被創造」的描

---

❹　洛夫，〈死亡的修辭學〉（1973），《魔歌》（臺北：中外文學月刊社，1974），頁 119-120。

寫，同樣見於早期：「如裸女被路人雕塑着／我在推想，我的肉體如何在一隻巨掌中成形」。**⓾**創造者（神或命運）也就是迫害者，「我」則淪為被支配的對象。但在這首詩裡，受難體驗被聯結到藝術創作，從而產生積極的意義。「我被害」、「我被創造」都採用了被動句式，但仔細玩味全詩，主動者仍然是「我」。也就是說，「我」藉由傷害「我」來創造嶄新的「我」。破碎的身體成了組構詩篇的材料，不變的體液則成了維繫主體存在的黏合劑。

對於這種創造方法，詩人在《魔歌》自序裡曾提出一套闡述。他除了引用「應無所住，而生其心」、「贊天地之化育，與天地參」等話頭來詮釋自己的境界，更明白展開所謂「與物同一」的論述：

> 詩人首先必須把自身割成碎片，而後揉入一切事物之中，使個人的生命與天地的生命融為一體。作為一個詩人，我必須意識到太陽的溫熱也就是我血液的溫熱；冰雪的寒冷也就是我肌膚的寒冷；我隨雲絮而遨遊八荒；海洋因我的激動而咆哮；我一揮手，群山奔走；我一歌唱，一株果樹在風中受孕；葉落花墜，我的肢體也碎裂成片；我可以看到「山鳥通過一幅畫而溶入自然的本身」，我可以聽到樹中年輪旋轉的聲音。**⓾**

⓾　《石室之死亡》第 30 首，頁 52。

⓾　洛夫，〈自序〉，《魔歌》，頁 4。

其中確實有一種感通模式，論者也常順著這個脈絡，以莊子美學與
禪宗思維來加以詮釋。❺但我們應該注意到，這種「融合」其實頗
具暴力色彩──「割成」、「揉入」、「激動」、「碎裂」，絕不
從容靜定。看來更像是「主體」對「客體」進行佔領，是「我」的
膨脹。驗諸「我被害／我被創造為一新的形式」這類語句下所含容
的「被傷害情結」，則更傾向於執泥，而非超脫。假如這裡真有什
麼莊禪成份的話，那應該也是經過「魔怪式調整」（demonic
modulation）的莊禪。

　　從被害式的「他傷」到創造式的「自殘」，可說是藝術對人生
的「暴力模仿」。血，不再只是被傷害的後果，更是創造的根源。
正因如此，詩人對於流血，也就展現出既詛咒復迷戀的雙重情緒。
在《魔歌》裡，他更是許多流血事件的「發動者」：

　　　你再猜
　　　我掌中隱藏些甚麼
　　　　（……）
　　　只有血
　　　要求釋放

　　　我猶豫一下

---

❺　費勇，〈洛夫詩中的莊與禪〉，《洛夫與中國現代詩》（臺北：東大圖書公
　　司，1994），頁 137-173。

我狠狠把雙手插入樹中❸

「掌」代表「我」所能擁有或支配的，其間並無任何外物，而只有
內發的「血」。這樣的手掌，依照此詩前文，有可能生長出「百
合，金雀花，黑色的迷迭香／或一隻吃自己長大的蛺蝶」❹，可說
是充滿變化的潛能。血「要求釋放」，也就暗示著有限形軀是一個
牢籠，必須加以突破，才能自由變化。問題是，血如何流出舊體，
而又如何進入新的存在形式呢？我們看到，詩人演示了這樣的畫
面：作為主體的「我」將雙手「狠狠－插入」作為客體的「樹」。
急於放血的掌，似乎成了一種凶器或性器；這也再次驗證：融入外
物的途徑，充滿了強佔的意味。

　　看來「血的方程式」隱含著自我繁衍的慾力，它被進一步轉化
為「精的方程式」，似乎是勢所必然的。「精」常被想像成「血」
的進一步提煉或昇華，是男性特有的一種生理資產。作為《魔歌》
的壓軸之作，〈巨石之變〉這首「論詩詩」頗具總結作用，詩人把
自己比喻為一顆水火合成的巨石，並提到：

　　我撫摸赤裸的自己
　　傾聽內部的喧囂於時間的盡頭
　　且怔怔望着
　　碎裂的肌膚如何在風中片片揚起

----

❸　洛夫，〈掌〉（1972），《魔歌》，頁 126。
❹　洛夫，〈掌〉，《魔歌》，頁 125。

> 晚上，月光唯一的操作是
> 射精❺❺

詩思由形成到表現的精神歷程，被類比於男性的性慾。身體碎裂的形象，則再度成為徹悟的表徵。上面兩個段落，大致對應於「蘊釀－爆發」的描述。只是傳統上文思「泉湧」的地理隱喻，一變而為「射精」的身體意象，使其含帶著更多生理上的快感，以及私祕、褻瀆、狂放的氣息。

　　緣於強烈的受難意識，洛夫在詩裡，始終熱衷於身體傷亡的表演。只是早年的書寫，像是在受難現場呼嚎或詛咒，顯得迫促而悽厲。漸入中年，則多了一種「痛定思痛」的敘述筆法。以《魔歌》而言，詩人經常從日常場景的瑣物細節出發，故意保持從容淡漠的語調，冷不防間，忽然丟出一個驚心的畫面。例如組詩〈黑色的循環〉，係在描寫日常生活揮之不去的潛在悲哀，全詩這樣起興：「再過去／就是中華商場／屋頂上那隻輕氣球／仍在栽一株／向日葵」。❺❻表面上的靜定，其實是為了反襯內在的騷動，情境很快被帶到一種非常狀態：

> 我的意義
> 當鞦韆揚起某種高度時起了變化

---

❺❺　洛夫，〈巨石之變〉（1974），《魔歌》，頁191。
❺❻　洛夫，〈黑色的循環·日曜日之歌〉（1971），《魔歌》，頁68。

而在──
用水菓刀一片片削的
夏季
（……）
我用鏟子挖開肉身
埋下去
一盆紅炭的夏季

我渴
我來回走動
我掉頭向一堆灰塵跑去
我把冷卻後的思想
全部從性器管中
排出❺❼

鞭韃揚到高處，暗示那是「出神的瞬間」，擺脫了此處現在，進入
超現實的馳想。接下來，詩人以肉身作為變化的媒介，表演了「進
一出」的歷程。「夏季」代表熾熱的物色與訊息，「我」也隨之激
昂起來，一片片削水果沾鹽吃，是故作舒緩貌，但並不能真正「消
暑」。於是這股熾熱被凝縮為「一盆紅炭」，以強悍而刻意的方式
──經由「挖開」、「埋下」，而非從自然的孔竅──進入肉身。
換段以後，藉由徙倚彷徨的動作，表述「我」與「炭」相搏鬥的歷

---

❺❼　洛夫，〈黑色的循環・月曜日之歌〉，《魔歌》，頁 70-71。

程，而其結果則是「思想」。詩人在此又出人意表地，宣稱是用「性器管」將它「排出」，如精或尿。無論這是把「思想」給卑賤化，或者賦予卑賤物崇高之名，都製造了強烈的反諷。

詩常被視為崇高的心靈產物，而聯結於心、志、情、韻等概念。洛夫的思路，基本上並不與此相違。但在個性、經驗與時代氛圍等多重因素的作用下，他有更尖銳而熾烈的身體覺知。這種覺知被不斷凸顯出來，形成一種不在感官之外空談心靈的傾向。以「精」和「血」來喻詩，看起來像是把詩「壓低」到生理層次。但細察其脈絡，則喻旨仍繫於「情」與「思」，也可以說是把體液拉高到心理層次。事實上，古希臘人已有「四體液」支配吾人「氣質」（temperaments）的想像，❺❽而中國古代也有把身體元素對應於各種形上概念的「關聯式思考」。❺❾因此，洛夫前述詩行所展現的特色，主要不在於「精血－詩－情思」的名詞聯結，而是表演了種種激烈昂揚的「排出」手段——寫血則充斥被害、自殘以及「與物偕傷」的景象，寫精則在積蘊之後大膽爆發，同時又都賦予一種能動的創造性。這是銘刻著受難記憶的暴力身體，同樣講形下體驗，但更誇大瘋狂變異的剎那，已經不同於凡常之軀了。

㈡體液行於天地與歷史

吾人之認知世界，原本即常動用到身體元素及其內蘊的體驗。

---

❺❽　Guido Majno, *The Healing Hand: Man and Wound in the Ancient World*, (Cambridge: Harvard University Press, 1975), p.395.

❺❾　參見費俠莉（Charlotte Furth）著，甄橙主譯，《繁盛之陰：中國醫學史中的性（960-1665）》（南京：江蘇人民出版社，2006），頁 20。

醫學人類學家斯圖瓦德與斯特拉森指出：

> 體液和體物質的觀念展示了一幅圖象：既包含了生理上的物
> 質及其斂聚和消散，流動和凝滯；同時也展示了吾人活躍的
> 稟性，以及體驗到的、塑造形象的，且意圖加以支配的宇
> 宙。在這樣的宇宙中，人們既被宇宙製作而又在其中製作自
> 身，從而意識到自己的存活。⑥

它們從人的體內發出，既是生理的，又是社會的，既含帶著各種訊
息或情感，而又展現了生物體自我延伸的欲力，有助於「體現」
（embodiment）觀念的形成與運作。在《石室》時期，體液符碼受限
於無形的牆壁，只能用以呈顯困窘的存在處境，難以推展開來。
《魔歌》時期猛然化「魔」的主體，有一種移開壓抑後的自我膨
脹，體液由蹇澀趨於滑順，施用的層面更加廣闊而多樣。用身體來
類比世界的傾向，不僅表現於「創作觀」，同時也被拿來詮釋山河
大地與歷史流變。這裡擬分別援舉若干「寫物」與「敘事」的作
品，觀察洛夫如何將體液因素展布在空間和時間的軸線上，擴大其
指涉。

　　長篇組詩〈清苦十三峰〉試圖「以十三種風格來寫十三種關於
山的貌與神，十三種山的隱祕」。⑥其方法則是將自己的感官焊接

---

⑥　Pamela J. Stewart and Andrew Strathern, *Humors and Substances: Ideas of the Body in New Guinea,* (Westport, CT: Bergin & Garvey, 2001), p.146.

⑥　洛夫，〈清苦十三峯·後記〉（1972），《魔歌》，頁 111。

於自然，將外物納入血肉的範疇。使筆下的宇宙創生，充滿了體液
運行的氣息。例如：

　　黑
　　是一種過程
　　變白
　　是另一種
　　太陽授精
　　於大地的湧動中

　　一切事物靜待着
　　痛楚
　　在純粹的燃燒中發聲
　　說有光
　　便有了光
　　只要一棵樹
　　走近另一棵樹
　　便結了菓子

　　日出
　　群山驚呼㉒

㉒　洛夫，〈清苦十三峯·第二峯〉，《魔歌》，頁 97。

此詩展現了洛夫慣於操作的二元結構：把「黑色－大地」給女體化，慾望對象化；並將自我投射於「白色－太陽」，賦予一種陽剛主體的地位。這既是在詮釋大自然運轉的法則，但也暗含著前面提過的主客遇合的創作過程。乾父坤母，本為較普遍的原始思維；以日月光輝對應於天地精華，也隱約見於部份神話及小說。洛夫藉由「太陽授精」此一大膽的語言聯結和意象創造，把這類思維予以「生理化」，帶出了「陽光是一種精液」的隱喻。詩行裡化用了：「神說：『要有光』，就有了光。」（〈舊約‧創世記〉1:3）旋即又回到了播粉結菓的意象，這意謂著：神聖主體（上帝、太陽、身體）發出的神聖訊息（語詞、陽光、精液），具有「生產」宇宙萬物的能力；而萬物或群山，無論「靜待」或「驚呼」，都只須被動配合這美好的創造過程。相對於「授精」，洛夫還預設了「受孕」的隱喻結構。例如：「我們安排一株桃樹／在風中／受孕」，❻又如：「所有河流／都發源於我莽莽的額角／而桃金孃／因我的一支歌而懷孕」。❻這種物我感通的模式，雖被說得生機流暢，終不免落入女性主義者所謂「男性本位的創造神話」。❻先把精子想像成堅強而精粹的生命之源，再把「我」生產出來的思想和情感類比於精

---

❻ 洛夫，〈大地之血〉（1973），《魔歌》，頁 124。

❻ 洛夫，〈清苦十三峯‧第一峯〉，《魔歌》，頁 93。

❻ 古芭指出，許多男性作家把創作想像成「陰莖之筆在處女膜之紙上書寫」，這種傳統把男性規定為創造主體，並把女性從文化創造中驅逐出去。參見 Susan Gubar, "'The Blank Page' and the Female Creativity," in *The New Feminist Criticism: Essays on Women, Literature, and Theory,* ed. Elaine Showalter, (London: Virago, 1986), p.295.

子。於是精益求精，在「提煉」的過程中，「排除」掉更多的可能性。

在「為事而作」的詩裡，亦見體液的流痕。如〈月問〉一詩，副題「為阿姆斯壯登陸月球而作」，描述因科技文明介入宇宙而產生的失落感。詩人擴展舊詩詞的聯想，月亮被視為故鄉、母親、古典的符徵。因此，全詩以一種孺慕的語調對月傾訴：

> 夜夜：
>
> 　　你在水中舞着
>
> 　　我在攪乳器中吼着
>
> 　　你在鏡中醒着
>
> 　　我在血中鹹着
>
> 　　你在車上蹲著
>
> 　　我在輪下唱着
>
> 　太陽一再下沉而歌聲永續不絕
>
> 　不絕若一高拔的孤煙
>
> 　我裊裊而上
>
> 　向你
>
> 　純白的深處❻

文明機巧未涉足以前，月亮常與「水」、「鏡」相聯結，保有一種崇高而玄祕的氛圍，「天之感人」近乎無言。至於「人之應天」，

---

❻　洛夫，〈月問〉（1970），《魔歌》，頁14-15。

則充滿了激昂的情緒，那主要是透過兩種體液意象展現出來的：
「攪乳器」在原地空轉，暗示了把「在水中」、「在鏡中」的月亮
視為飽含母乳而不可觸及的乳房，她引發一種血緣的繫念。「鹹
著」是因為血中鹽份的作用，而鹽在洛夫詩裡，常是生命力的表
徵。詩人顯然是把現實世界中「遙遠而隔斷」的母親形象投射到古
典月亮的身上。在此段的後文，他還把這種孺慕具體化：孤煙一般
的歌聲（詩）是抵抗黑色命運（日落）的方法，它來自心靈深處，經
由創作轉化為氣態之白（孤煙），終於提昇到宇宙高處固態之白（月
亮）。❻❼這種「白色視域」，當然不必是物理事實，更多的是心理
運作的結果。

　　人類登月的行動，嚴重褻瀆了古典而唯美的「母親－乳房－月
亮」形象。詩人以誇大的口吻，訴說這種不幸：

　　　這是初夜，他們狠狠踐踏你的私處
　　　讓你
　　　痛成歷史

　　　這是新郎的腳印

---

❻❼　巴什拉曾經分析「月」加上「水」如何引發「乳汁」的氛圍。並且強調是白
　　色感覺引發白色視象：「白色只是隨後而至，白色是推斷出來的。白色是由
　　名詞帶來的，在名詞之後出現的形容詞。在夢幻世界裡，欲想一種顏色像乳
　　汁一般白色的詞意是騙人的。夢幻者接觸到乳汁，他的雙眼朦朧欲睡，有時
　　所見到的是白色。」見巴什拉著，杜小真、顧嘉琛譯，《水與夢》（長沙：
　　岳麓書社，2005），頁133。

> 這是陷落的腳印
> 這是燃燒的腳印
> 這是授精的腳印
> **鼓聲，痛**
> **鼓聲，痛**
> 今夜，當我仰首向你
> 我的淚便順着髮根往上流
> 流向天河❻⑧

把阿姆斯壯所謂「人類的一大步」暗喻為男性性器，又把月亮給「處女化」。於是登月行動被貶低為一種未經許可的性侵犯，而「我」則只能默默用「往上流」的淚水撫慰受害的「你」。其中用語，如「燃燒」、「授精」以及「痛」，都是前舉〈清苦十三峰〉曾經出現過的，但同樣的性影射，在前詩是創造性，在此詩則變成破壞性。詩人彷彿跳出了男性本位的觀點，譴責了授精行為的自大與橫暴。不過，「精液－玷污－處女」這個隱喻框架，本身便含蘊著父權體制的貞操迷思。詩人同時把月亮當作神聖母親／純潔處女的表徵（兩者不無扞格），而後努力維護這種想像，其實反射了一種慾望以及隨之而來的失落感。

接著要談體液在敘事詩〈長恨歌〉裡的特殊作用。這首詩長達134 行，係對白居易原作的一種變奏，同樣述說唐玄宗與楊貴妃的生死離合，但加入許多現代詮釋。首先，詩人認為，是內分泌與外

---

❻⑧　洛夫，〈月問〉，《魔歌》，頁 12。

分泌催動了人的行動、命運與歷史。身體是凝縮的大地，每一個人都是一道河，一個體液系統：

> 而象牙床上伸展的肢體
> 是山
> 也是水
> 一道河熟睡在另一道河中
> 地層下的激流
> 湧向
> 江山萬里
> 及至一支白色歌謠
> 破土而出❽

山水和血肉，形成一種隱喻關係。某些權威個體的體液，竟可以滲入萬里江山，支配他人的體液。所謂「白色歌謠」，不僅是指哀輓的氛圍，更暗指男性之體液。特別是這裡的動作「破土而出」，符應白色體液意象特有的爆發性，其中當然也隱含著一種蠻橫。而以美好的「歌謠」指稱卑下的體液，暗示了「液以體貴」，聖軀九竅所出盡為純淨之物，具有反諷意味。

　　白居易原作寫性，程度大約止於「芙蓉帳房度春宵」，這在古詩是理所當然的含蓄手法。洛夫新製則詳其所略，一方面把「性慾支配歷史」的主題前景化，另一方面也使用現代型態的暗示手段，

---

❽　　洛夫，〈長恨歌·II〉（1972），《魔歌》，頁136。

最著名的片段是以具象排列的（在床上）「蓋章／蓋章／蓋章／蓋
章」的雙關語，誇張表演了「從此君王不早朝」的行徑。但更細緻
的技巧，還在側寫男性的「憂愁」：

> 他是皇帝
>
> 而戰爭
>
> 是一攤
>
> 不論怎麼擦也擦不掉的
>
> 黏液
>
> 在錦被中
>
> 殺伐，在遠方❼

把「戰爭」喻為「黏液」，奇險而富歧義。前文提過，黏液本為洛
夫的慣用意象，常在表示糾纏、陷泥、食之無味卻又揮之不去的存
在狀態。這裡用來寫玄宗，故意把他的荒淫寫成「不得已」，造成
寓嘲弄於同情的效果。身為「皇帝」，他有權以體液沾黏國家、歷
史與他人。但似乎存在著一個比他更有權更橫暴的宇宙主宰者，也
在分泌體液、排泄穢物，污染他的大小空間（江山與錦被）。後文描
述：「鼙鼓，以火紅的舌頭／舐著大地」，即帶出食色行為的侵犯
性，彷彿火舌也會像他一樣，分泌出貪婪的唾液。

　　然而，慾望仍在體內「交應」世界的橫暴，形成狼狽為奸的關
係。即使烽火滿天、屍橫遍野，體液仍要頑強地流：

---

❼　　洛夫，〈長恨歌·Ⅴ〉，《魔歌》，頁 138-139。

河川

仍在兩股之間燃燒

仗

不能不打

征戰國之大事

娘子，婦道人家之血只能朝某一方向流❼

「戰爭」與「性愛」在本詩裡幾乎被畫上等號，因此，所謂「仗／不能不打」及「征戰國之大事」除了是指具體的安史之亂，同時也表述了荒淫皇帝對於床第之事的「認真執著」。他不僅忙於宣洩「仍在兩股之間燃燒」的慾望的「河川」，還須為戰禍纏身的江山尋找決癰潰疽的出路。而其共同答案，都是「婦道人家」。這裡的「血」，主要是指殞身喪命之血，「娘子」被迫扮演了「替罪羊」，以死亡領受著消解罪惡、責難與恐慌的重任，使衰竭的秩序重歸蓬勃。❼但似乎也可兼指女性專有的經血，合起來便是說，女人之喪命就如同經血流出般，那是一種週期性的必然的排污過程，其間帶著「沒什麼大不了」的語氣。

前舉數例，無論寫山、寫月或歷史人物，都可見體液元素的作用。它們就像一種交流媒介，頻繁地往來於身體與世界之間，構成詩意生產的重要動能。這類文本的敘寫焦點，由「我」轉移到外物

---

❼ 洛夫，〈長恨歌·VI〉，《魔歌》，頁 139。

❼ René Girard, *Violence and the Sacred*, (Baltimore: The Johns Hopkins UP, 1977), p.276.

與他人,暫時擺落了受難情結的糾葛,展現了相對多元的面貌。寫山一首所含帶的「精液優位觀」,後來被延續到論詩詩裡。寫月一首導入乳汁慾想,不再把精的擴展視為當然,雖沒有撼動其優位性,至少稍稍擴展思慮的面向。最成功的要算是古典新詮的一首,女性身體仍然一貫地被物化,但藉由冷眼旁觀的敘述視角,演示了男性體液如何愚頑地驅動歷史。這種思路假使能夠反推到那些以「精」自豪的篇章,也許會有更為開放而多元的面貌。

(三)魔化、破體與變形

　　顏元叔曾經批評《無岸之河》裡的若干作品,「意象語的創造乃走火入魔了」。[73]這原是就技術層面來說,意指詩人求新求異之心太切,以致未能有效統合字與字、詞與義、句與句的組合關係。洛夫面對外來的批評,反而更加自覺地以「魔」自居,並把它發展為一套創作意識。他曾對《魔歌》的命名提出釋義:一為魔鬼之「魔」,一為魔法之「魔」。[74]前者描述了瘋狂變異的主體狀態,而後者則涉及謬忽幻異的藝術技巧。至於所謂「歌」,便指驚心動魄的血和詩,也就是「入魔」之後所發出的重組萬物秩序的履行性言語(performative utterances)。魔的意識與方法,乃是形塑洛夫體液書寫面貌的重要關鍵。

　　事實上,早在《石室》時期,洛夫便認定現代詩「在傳統中擔

---

[73]　顏元叔,〈細讀洛夫的兩首詩〉,頁233。
[74]　洛夫,〈自序〉,《魔歌》,頁13。

任一個背叛、魔性的角色」。❼這主要是指蓄意違離公共價值，並
為主流社會所鄙棄的處境。表現於具體詩篇，則是脫軌離常的句
法，以及瀆神犯忌的主題。反覆出現的性影射意象是手段之一，對
神或上帝、道德與公義的質疑也是。我們追索洛夫詩裡說話主體變
化的軌跡，可以發現：「魔」乃是由「替罪羊」演化而來。在《石
室》時期，身體是暴力的承受者，常呈現為被「毀形」（disfigured）
的面貌，但詩人筆下的替罪羊也常表露一種破體而出的願望。《魔
歌》裡的魔，其實就是衝出石室情境的「我」，久禁重錮之下積傷
懷憤，一旦出籠竟乃不斷膨脹，並把這毀形手段轉施於外物，形成
各種奇特的「魔法」。

　　洛夫前期創作的整體傾向，綜合諸多評論意見，可以概括如
下：一是充滿虛無、否定、玄祕的思維，扣觸心靈禁忌的主題；二
是採用脫軌離常，彷彿模擬潛意識世界的，未經格式化的語言；三
是呈現打破現實侷限，隨機變換形體的，奇詭變異的想像。這些元
素常被廣泛地比附於「超現實主義」，然而洛夫等詩人，其實更多
地模仿超現實繪畫的非理性構圖，而非超現實詩的自動語言。❼那
些所謂虛無的思想，也有更複雜的內因外緣。假如暫時撇開需要縝
密資料相佐證的影響研究，❼而改從詩人本身的精神狀態著眼，那

---

❼　洛夫，〈詩人之鏡〉（1964），《詩人之鏡》（高雄：大業書店，1969），
　　頁 32。
❼　相關研究，參見劉紀蕙，〈超現實的視覺翻譯：重探臺灣現代詩「橫的移
　　植」〉，《孤兒‧女神‧負面書寫》（臺北：立緒文化公司，2000），頁
　　99。
❼　張漢良在〈中國現代詩的「超現實主義風潮」〉一文之中，曾經通過「傲

麼部份被泛稱為超現實的思維與方法，實可視為特定詩人群體「解決自身當下危機」的一種「變形」手段。

神話裡所謂變形，係指突破既有的類別、性質、形體的限制，由某一事物變化為另一事物。詩人常通過細密的設計與狂野的構想，再現這種巫術思維，以表達現實圖像所難以詮達的思感。樂蘅軍曾扼要地指出：

> 自邈古原始神話到後世詩人的創作，變形是從物質的呆形上升到精神境界的努力；變形所表現的，是從有限到無限的一個創造，是否定生命僅為形式存在的一個雄辯。 **⑱**

洛夫和他的同志們，被禁斷的時代情境帶回一種新的蠻荒裡，經歷生死的恐慌與絕望。如前所述，在詩裡操作「解散」血肉的想像，便成了突破形軀拘執的一種手段。特別是體液大量流出的剎那，身心飆到激昂的狀態，常是化凡軀為魔體，由平常進入幻異的關鍵。

變形想像，每始於放棄舊有的形軀。例如背景與洛夫相似的詩人商禽（1930-），就常在詩裡使其靈魂脫離此身、現在、這裡，變為新的卑瑣之物而暫時轉移傷痛。但石室時期的洛夫，常固守於「我身」，因此受難的場面也就趨於慘烈，例如：

作」，質疑了影響研究的可行性。見所著《比較文學理論與實踐》（臺北：東大圖書公司，1986），頁 87。

⑱ 樂蘅軍，〈中國原始變形神話試探〉，《古典小說散論》（臺北：純文學出版社，1976），頁 2。

我曾是一座城，城堞上一個射口
當浪漫主義者塞我的靈魂於燒紅的砲管
今天的嘯聲即將凝固為明天的低吟
騎樓上只懸掛著一顆鬚眉不全的頭顱
你們或因絞刑機件的過於簡單而歡呼❼⑨

「我」在這裡，先是變化為城池意象——可以視為石室化的身體，在戰爭攻防間受到折磨。「靈魂」被當成砲彈來使用，代表生命的精華被剝離出去。最後是梟首示眾的意象，騎樓上那顆頭顱（梟首後掛售？）應是自身的投射。整個看來，這五行經營了典型的「肢解」圖像，而「我」無法逃離，也就承擔了全部的痛感。

　　神話裡有兩位身體被撕裂的英雄，可以用來闡釋悲劇性的抒情。一是逆天盜火的普羅米修斯（Prometheus），被天帝鎖在懸崖，反覆遭受惡鷹裂身開膛，啄食臟器的痛楚。另一則是樂音動鬼神的奧菲厄斯（Orpheus），入冥府救妻未果，乃縱酒狂歌，終為野地狂女人所撕碎。前者為群體而受難，具有淑世意義；後者因所愛而頹廢，富於自我色彩。❽⓪大致說來，《石室》裡的受難身體是普羅米修斯式的，被鎖在有限空間裡，接受無止盡的折磨——雖然並無盜火般的事蹟，但詩人自認（寫詩的行為本身）忤逆神威，冒犯禁域。至於《魔歌》裡，碎裂自身而揉入事物的創造性身體，顯非詩人自

❼⑨　《石室之死亡》第 23 首，頁 55。

❽⓪　Walter Strauss, *Descent and Return: The Orphic Theme in Modern Literature*, (Cambridge: Harvard University Press, 1971.) pp.11-12.

以為的莊或禪,而更接近奧菲厄斯式的。

奧菲厄斯的歌聲可以感發萬物,使鳥獸屏息,草木起舞,這也差不多就是洛夫所謂:「我一歌唱,一株果樹在風中受孕」,⑧這種向外延伸的抒情魔力,可以作為「魔歌」一詞的註腳。另外,奧菲厄斯散裂於大地的肢體,能夠轉化為新生命,創造新能量,就像祭祀酒神(Dionysus)的充滿暴力與狂歡的儀式(sparagmos)。⑧洛夫所謂「死亡的修辭學」也再現了這種「肢解—復活」的結構:身體或其中一部分藉由受傷或死亡,脫離現狀,化不可能為可能。但在實際操作上,洛夫至少有兩項特質區別於原型:首先,他的「歌」並不和諧悅耳,反而充滿詭異而淒厲的尖銳感。外物之響應,乃是被「魔」所強力挾持,而非感發。其次,他常著迷般誇大傷亡的記憶,使那肉身被撕裂的「瞬間」,不斷被延展或重覆。就此而言,他毋寧是以普羅米修斯式的受難方式,結合了奧菲厄斯的創造能力,融鑄出一種酒神般的非理性詩學路向。

作為早年的論敵,余光中曾以「自我虐待狂」譏諷洛夫崇尚虛無晦澀的寫作風格。⑧多年以後,則使用類似的語句來「稱許」洛夫常用的一種詩藝:

---

⑧　洛夫,〈自序〉,《魔歌》,頁4。

⑧　Robert McGahey, *The Orphic Moment: Shaman to Poet-thinker in Plato, Nietzsche, and Mallarmé*. (Albany: State University of New York Press, 1994). pp.18-19. 酒神肢解儀式的創造意義,另可參看尼采(Friedrich W. Nietzsche)著,劉崎譯,《悲劇的誕生》(臺北:志文出版社,1985),頁72-73。

⑧　余光中,〈古典詩到現代詩〉(1962),《掌上雨》(臺北:時報出版公司,1985),頁199。

　　在這一類對抗運動的詩裡，洛夫最愛做也是最善於做的，便
是把命豁出去，不惜犧牲自己，危害自己的器官，以完成那
一幕幕壯烈而狂熱的場面。（……）這種虐待自己的「苦肉
計」，是洛夫詩中咄咄迫人久而難忘的意象手法，也是他作
品的一大特色。（……）不過，這種驚心動魄的自虐劇，無
論多麼有效，給人的印象多麼深刻，卻不宜再三演出。❽❹

一方面肯定這種技法在安排意象、製造張力上的功效，另一方面也
隱約點出其侷限——肉體不可能凝固在極強烈的傷亡瞬間裡，操作
太頻，將造成感覺的遞減、思維的僵化。不過，余光中採用「苦肉
計」這個詞彙，似乎認為這是出於「刻意設計」的一種表演技術，
驚歎之餘，言下頗有「未必是真」的意思。依照前文對「犧牲本
位」意識的探討，我們認為，這種「自虐」書寫不僅屬於技巧層
次，同時更是連繫於詩人生命經驗的核心主題。❽❺問題是，這個主

---

❽❹　余光中，〈用傷口唱歌的詩人——從「午夜削梨」看洛夫詩風之變〉
　　（1978），《分水嶺上》（臺北：純文學出版社，1981），頁 19-21。按余氏
　　此文雖褒多於貶，與論戰時期不同。惟所褒者多為洛夫 1970 年代作品，殆仍
　　認定石室時期的「自虐劇」或「苦肉計」不夠圓熟。

❽❺　對於洛夫魔術式的寫法，論者多表讚賞。余光中、顏元叔則稍有保留，羅青
　　更直接指出：「詩人雖有權在詩中行使神力，去達到詩人所想要達到的任何
　　效果，但這種背馭常理的『神力』在使用時，還是以謹慎小心為宜，絕對不
　　可濫用。像時下某些流行的二流詩人，常喜歡一下子『狠狠把雙手插入樹
　　中』，一下子又『把空氣抱成白色』，終身沉迷於這種膚淺式的『驚人舉
　　動』，可則可矣，奇則奇矣，初讀雖然『嚇人』，再讀則令人作嘔。」見
　　《從徐志摩到余光中》（臺北：爾雅出版社，1978），頁 260。所舉詩例皆
　　出自《魔歌》，羅青僅將此「神力」視為一種修辭術，故有此惡評；惟本文

題是否有足夠的內在理據，可以發展數十年而不歇？即便作為技巧，它是否能夠展現多層次的變化，生產出豐富的內容？

　　洛夫 1960 年代的作品，場景多設在房間、床褥、墓室、戰壕、教堂，是在「受著傷」的存在感受之下發言。1970 年代以降，石室意象已隨生活變化而自行鬆落了──《魔歌》裡的空間，已轉移到較開闊的天地、山水、小鎮與院落，身體卻仍然念念於「受過傷」的記憶。最顯著的，莫過於隨處可見的「揭開傷口」的意象，例如：「除了傷痕／霍然，如眼睜開」**⑧⑥**、「等於由傷口喊出的那聲／危險」**⑧⑦**、「而傷口／驚惶地張著／不說一句話」**⑧⑧**、「沒有嘴的時候／用傷口呼吸」**⑧⑨**、「在花朵綻裂一如傷口的時刻／你才辨識自己」**⑨⓪**。綜合來看，傷口在他的詩裡實具有一種主動性，如眼睛、如嘴、亦如鼻，能視聽、能喊叫、還能呼吸。就像是可以開在身體任何位置的第十竅，形成重要的管道，接收並發送豐富的訊息。用傷口所「看到」的世界，必是異常而扭曲的；用傷口所「說出」的語言，也必是疼痛而淒厲的──就像血一般。

　　傷口不僅是可摘舉的字眼，這裡還想進一步探討，它如何成為洛夫詩裡「導常入幻」的情境裂縫。傷口是一種「不自然」的孔竅，它打開身體的邊界，破壞了穩定的系統，而流血即是這種失衡

認為，此種「神力」尚有內在意識與歷史脈絡可待解讀。

⑧⑥　洛夫，〈巨石之變〉（1974），《魔歌》，頁 192。

⑧⑦　洛夫，〈水〉（1970），《魔歌》，頁 29。

⑧⑧　洛夫，〈致詩人金斯堡〉（1971），《魔歌》，頁 56。

⑧⑨　洛夫，〈渴姆之歌〉（1968），《無岸之河》，頁 28。

⑨⓪　洛夫，〈蟹爪花〉（1973），《魔歌》，頁 113。

狀態的表徵。「我的傷口／除了流血之外甚麼也沒說」**❾❶**，算是較正常的敘述句法。但除此特例之外，洛夫在多數情況下，寫到「傷口」，就不直接提及「血」，而是悄悄將它化為隱喻。相反的，當他提到「流血」時，又通常不明講「傷口」。例如：

> 在鏡子裡
> 種下一把爛鬚
> 看吧！血便手指般
> 從裂縫中伸了出來
> 我抓起窗檻上的
> 刮鬍刀
> 怒視着
> 一臉皺紋的天空**❾❷**

「爛鬚」暗示自己的衰老或頹靡，而所謂「種下」，當係指剛刮完鬍子而使得鬍渣散落在鏡子裡。這時忽然發現，皮膚被刮傷了，但通過鏡子的映射，詩人把「流血者」從自我轉移給對象──這是洛夫常用的「主客易位」的寫法。經此設計，原本只是從皮膚傷口滲出的血滴，竟被誇大為「手指」從鏡子的裂縫裡伸出來的恐怖畫面。血和手指之間，很難找到相似性，因此也可以視之為一種變形。這段情節所蘊含的意思是，從日常生活的小傷聯想到自身昔日

---

❾❶　洛夫，〈心事〉（1971），《魔歌》，頁 88。
❾❷　洛夫，〈黑色的循環・水曜日之歌〉（1971），《魔歌》，頁 73。

的大傷，或者說，跟血有關的悽慘記憶猶纏繞至今。「我」很想對命運提出抗議，或者進行整修，於是有後面四行「持刀看天」的動作。天空暗指命運的法則，但也可能含帶自我生命的投射。

　　鏡子的「裂縫」類比於傷口結構，作為怪變的起點，尚屬有跡可循。但在某些情況下，卻是「流血」而找不到明顯的傷口結構。例如：

　　　　九個籮
　　　　一個箕
　　　　無論擱在甚麼地方
　　　　輕輕一按
　　　　便是滿把血

　　　　伸掌
　　　　對着燈火一照
　　　　嘿
　　　　繭中徐徐游出了
　　　　十隻鱷魚❽

詩人故鄉湖廣一帶有諺云：「九籮一箇箕，騎馬上階基。」意謂十指如有九個螺旋狀指紋，則為極富貴之命。他即藉此嘲弄自己就算有好命相，也難逃血色的生涯。因為主觀認定自己身心皆傷，便覺

---

❽　洛夫，〈指紋〉（1970），《魔歌》，頁 30-31。

指觸所及，萬物都能喚起流血的體驗。所謂「滿把血」，即在誇飾傷口之無所不在。見「血」之後，照例帶入「非常」情境。燈下自照，乃「看到」奇詭的畫面：「繭」是肉身被生活磨損的痕跡，「鱷魚」含帶靜默、冷血而可厭的形象。意思是說，只有在暗處才悄悄流血，在明處則用冷而硬的外表把傷口包藏起來。

　　這兩首詩所敘述的內容都頗為突兀，但卻能夠用迅捷的句法加以黏合。先就前一首來看，一進（種下）很順暢地引發一出（伸了出來），彷彿真有因果關聯。中間插入「看吧！」這個故作輕鬆的短語，製造「不出所料」的氛圍，有助於消解情調的緊繃。而後一首詩，也用「嘿」這個代表冷笑的語氣詞，試圖舒緩有些生硬的急轉。此外，血在兩首詩的變形敘述裡，都擔當了重要的功能。洛夫生產詩意的公式大約如此：凡流出處常為傷口，凡有傷口處即是裂縫，凡有裂縫則有「如血」的奇幻事物流出。

　　我們知道，在神話敘述中，水向來被視為飽含著豐富的意蘊、神聖的力量。水中的洗禮，便相當於一種形式的瓦解。水域的象徵同時指向死亡，也指向再生。❹洪水突破江海的承載，氾濫於大地，那是一種可怕的錯置，但也是萬物變化、秩序重組的關捩。❺體液之於身體，正如水之於世界。身體，以其相對固定的形狀與邊

---

❹　伊利亞德（Mircea Eliade）著，楊素娥譯，《聖與俗——宗教的本質》（臺北：桂冠圖書公司，2001），頁 173。

❺　洪水只是最極端的例子，其實各種水多具這種功能。在巴什拉的元素詩學中，就曾特別強調水的流動與變形的密切關係。相關闡釋，參見黃冠閔，〈音詩水想——倫理意象的一環〉，《藝術評論》16 期（2006.3），頁 101-107。

界，提供了主體存在的場所，但也侷限了主體伸展的空間。體液則因具有穿越身體的能力，成了突破邊界的重要媒介。有時是心靈的延伸，有時卻是引發突變的催化劑。當體液過量或不正常地流出，就像洗禮或洪水一般，常常具有重組器官、解構意識、變化物質的作用。就詩而言，也就成了破體與變形的契機。

四、結　語

　　身體書寫在上個世紀末以降的臺灣，蔚為可觀的風潮。惟累積下來的創作文本，乃至研究論述，雖然姿采各異，似乎存在著兩個極端的問題：一是過度將焦點集中於「情色－身體」或「性別－身體」，造成腹地狹促的局面，也把身體給「窄化」了。另一則是大量參考各種層面的身體論述，引出許多延伸性的解釋，卻也因為體外求體、一體適用，而有將血肉因素導向「泛化」的危機。在這種背景之下，像洛夫那樣在封閉凝滯的年代，時時展現「破體而出」的慾望與能量，便顯得格外值得注意。他用全幅打開的「身體」進行思考、感應和寫作，乃是在「石室情境」的壓迫下，意圖解決自身存在危機的嘗試，而非僅是炫耀慾望或理念。

　　嚴格說來，身體很少成為洛夫詩裡的主題，但卻始終是一個重要的認知場域。特別是居於核心位置的體液符碼，經常有力地串連了世界、文本、身體，並涉及時代背景、精神意識與藝術技術。以《石室》而言，在禁錮感受與流出想望的相互對顯之下，我們才能更具體地把握到：為何詩裡的主體會趨於憂狂變異，語言與意象會趨於緊張，而整體情境經常趨於破碎、悽厲、扭曲。以《魔歌》而

言，那個宣稱「與物合一」卻又「縱我成魔」的分裂主體，又是如何留下體液漫衍的漬痕，在世界標記著身體的版圖，並且在精神激昂的狀態下，成為擺落各種外在拘執的重要手段。

　　然而洛夫奉精血為至上，握身體如筆桿的觀念，原本有執守於「陽物理體中心主義」（phallogocentrism）的傾向。好在他又時時展現「破一體（身體與文體）」而出的解構慾望，從「犧牲本位」發展到「入魔狂喜」，向神聖與庸俗兩面作戰。他的創作能量就源於這種矛盾：既執泥於身體感知的領域，卻又著迷於崩解其結構。用雕刀與身體對話，血乃氾濫而出；不規則的傷口取代了天然的孔竅，可以觀看、呼吸、言說。筆既毀矣，墨汁橫流。體液書寫所體現的「非理性」思維，反過來質問了「理體」的可靠性。換言之，體液是材料，也蘊含著方法。洛夫開啟了一種新的筆墨模式，雖然不無缺陷，但也頗多新意。鍊「血」求「精」，使他成為臺灣現代主義詩學的重鎮；毀「形」破「體」，則又使他從中劃出一條非理性美學的新徑。

第五章　在惡露與甘露之間
——臺灣當代詩的女性體液書寫

一、前　言

　　據說人類社會有一種原始的想像：女人是失序、衝突、破壞、放蕩與欺詐的綜合體，代表人性原始而負面的力量。而濕漉漉、黏滴滴、血淋淋的女性體液，強烈威脅著堅硬、膨脹的慾望，也就成了恐怖女體的具象表徵。❶這類想像製造了許多社會禁忌，但也蘊藏著一種解禁犯忌的反詰力量。在當代論述裡，體液才逐漸取得較為豐富的形象。例如克莉斯蒂娃（Julia Kristeva）指出，經血代表了來自身體內部的危險，人們對於穢物的拒斥，則涉及權力與身份的自我防衛。❷既成的詩意體制，也常預設一種「詩／非詩」的疆界，從而壓抑了許多「污染性」的辭與物。但在近二十幾年來的臺灣現代詩裡，以血露為核心的女性體液符碼，卻有增多並且「化隱

---

❶　吉爾默（David D. Gilmore）著，何雯琪譯，《厭女現象》（臺北：書林出版社，2005），頁 222-224。

❷　克莉斯蒂娃（Julia Kristeva）著，彭仁郁譯，《恐怖的力量》（臺北：桂冠圖書公司，2003），頁 91。

為顯」之勢。這種（原本）非詩成份的「入詩」歷程，以及由此引發的衝激、阻拒與辯詰，宜為理解當代詩學的重要面向之一。

　　目前學界對於相關議題的探討，較常援引依蕊格萊（Luce Irigaray）所謂「流體『力學』」的觀點，進行身體之水（體液）與宇宙之水（江海雨露等等）的比況，從中掘發女性特有的創造力。依蕊格萊認為，相應於主流思維對陽剛、固態的追求，女性的語言運作類似於液體流動：

> 它是持續性、可壓縮、能膨脹、有黏性、可傳導而會擴散；……它無止無盡，藉由抵抗有形物質而顯得有力或乏力；因對壓力的極度敏感而顯得苦惱而又欣喜；它會轉變——比方在容量或力量上——隨著受熱的程度；它的物質狀態取決於兩個緊鄰實體之間的傾軋——一種鄰近而非固有的動力場，一種來自彷彿接契的兩個頗乏界限的體系本身的運動（根據波瓦澤伊〔Poiseuille〕定律，當黏滯係數在適當狀態下），而非限定系統的能量。❸

有關女性和水的聯結由來已久，但上述關於水的「神奇」性能也曾被拿來象喻其他東西（例如「道」）。這種聯結本來屬於常見的父權二元思考，藉由強調性別的生理「特性」，來建立優劣位階。依蕊格萊意圖經由仿擬而得到顛覆或轉移的效果，但正如莫（Toril Moi）

---

❸　Luce Irigaray, "The 'Mechanics' of Fluids" in *This Sex Which Is Not One* (Ithaca, N.Y.: Cornell University Press, 1985), p.111.

的批評：恐怕「只成功地再次加強父權而已」，不自覺地「掉入本質主義的陷阱」。❹我們對體液的感應，其實更多地取決於文化與社會的因素，難以被侷限在生理層面。轉為符號的體液，也不再只是籠統地與江海歸於一類的「流動液體」。它們在語言裡踐履出多重的詩意空間，而非推演物理定律。

　　因此，從女性詩作中「發現」一種所謂水性傾向，認定它導源於性別差異，可以衍生（或反映）出一種心靈結構與語言風格。這種解釋，恐怕還是神話式的或隱喻式的。問題是神話作為一種現象，能否被提昇為一種理據？隱喻的來源域與投射域之間的一些相似性，好不好被凝定為「客觀的」事實聯繫？女性體液即使有一些相對「普遍的」象徵意義，也常是經歷多層次「編碼」的結果。特別是就本章所關注的臺灣當代詩而言，女性體液符碼更多殊異的意義、美感和價值，是在踐履過程中生產出來的。我們不能總是訴諸超時空的神話象徵，而應該回到具體的時空來尋找問題的線索。就像一個字辭、語句或意象能否取得「詩意」功能（或怎樣的詩意功能），也常常不是穩定的，要從實際語境中來加以辨識。

　　所謂「女性體液」，除了生理上為女性所特有的羊水、奶汁、經血、惡露之外，某些體液——例如所謂「淫水」——似乎為男女所同有，但其差異點也常被刻意凸顯，因此也有重新檢視的空間。它們進入詩人的視域（無論做為材料、主題或方法），通常不僅作為生理經驗而已，更被視為身體與社會、文化交互作用的產物。因此，

---

❹　莫（Toril Moi）著，王奕婷譯，《性／文本政治：女性主義文學理論》（臺北：巨流圖書公司，2005），頁170-172。

訴諸生理性別的差異對比，無法說明全部的問題。實際上，「女性體液」這個概念的內部也還蘊含著許多細微的差異：一方面，諸種體液的詩意形象便各具姿態，我將根據其影響力與創造性的程度，而在討論上有所偏重。另一方面，不同詩人對於同一種體液的「詩化」手段，常反映出各自的意識型態、詩學觀與身體觀，這類個別因素的發揮，不能被大潮流與共通性所掩蓋。

在前述各種考量之下，本章將討論到下列議題：首先，舊有的詩意體制如何圈定關於女性體液的想像，又是在怎樣的脈絡下受到挑戰。其次，則集中討論夏宇、顏艾琳、江文瑜等重要的個案，考察他們如何以各自的方法打開新的表現管道，建構新的符號模組。最後，還將擴及多位年輕女詩人較晚近的文本，探討在充滿煙硝味的戰鬥歷程之後，這類特殊的符碼如何以相對自然的型態成為創作資源。整體而言，我特別關注女性體液符碼在「詩意生產」上的現代效能，對「抒情轉換」的催化作用；與外來思潮相激盪之餘，如何在實踐過程中，更多地銘刻著「臺灣建構」的積極意義。

二、詩意體制與體液書寫

體液想像是認知身體存在的重要途徑，同時也布滿倫理與慾望介入的痕跡。在既成的詩意運作體制裡，經常選擇性地發揮某些女性體液意象。最常被拿來融合慾望衝動與倫理機制，聯結身體意象與大地象徵的女性體液是乳汁。例如余光中（1928-）描寫母親／國族的詩篇裡，便出現過這類句子：「永不斷奶的聖液這乳房／每一

滴，都甘美也都悲辛」❺，「你便向那片肥沃匍匐／用蒂用根索她的恩液」❻。這種體液可以毫不覥腆地浮出於文字表層，成為男性詩人最常運用的女性體液模式。其次則是與性相關的分泌物，仍可舉余光中的名作為例：

> 吾愛哎吾愛
> 地下水為什麼愈探愈深
> 你的幽邃究竟
> 有什麼樣的珍藏
> 誘我這麼用力地開礦？❼

女體意象與地理意象的疊合，常見於他同時期的作品。把性體液比喻為「地下水」，仍算是大膽的意象。這幾句詩夾雜著兩股不同的情緒：身體之水「源源不絕」的想像，既引發孺慕探尋的慾望；而其不可控禦的態勢，也帶來一種近乎閹割焦慮的無力感。有意思的是，詩人在這個關頭，忽然把女體的指涉，由愛人過渡到母親：

> 那是，另一個女體
> 為了給我光她剖開自己
> 而我竟不能給她光

---

❺　余光中，〈大江東去〉（1972），《白玉苦瓜》（臺北：大地出版社，1974），頁86。

❻　余光中，〈白玉苦瓜〉（1974），《白玉苦瓜》，頁148。

❼　余光中，〈鶴嘴鋤〉（1971），《白玉苦瓜》，頁27。

> 當更黑的一個礦
> 關閉一切的一個礦
> 將她關閉❽

前一段的「快感／恐慌」是暫時被壓抑了，取而代之的是神聖的「生殖」功能，以及相隨而來的「倫理」機制。於是，所謂源源不絕的體液意象，便暫時超越「失控洪流」的原型，進而取得了「生命之泉」的創造意義。或者這樣說，官能性的「水」，經過倫理轉換之後，已經變成精神性的「光」。有些突兀的「悼念」之情，忽然介入了「情慾」之高潮。於是在詩的末段，對於暖濕肉體的迷戀，便與溯尋生命本源的行動相互疊合起來。本來與這種生產的疼痛歷程相伴生的體液，應是產露；但可能基於一種「不忍」，即便在直接以「母難日」為題的作品中，產露意象仍然傾向於缺席。❾

　　這裡我們約略看到，「含蓄美學」因時制宜的選擇性操作：對於自豪的慾望則揭示之，對於恐懼的對象則遮蓋之。以女性血露（這裡包含「經血」與「產露」）而言，在父權體系下的民俗信仰頗有觸及，甚至衍為「血污池」之類的規訓神話——女性流出的一點一滴都被儲存起來，要想擺脫這種污染的罪愆，除非擺脫女身。但在審美機制裡，長久以來它們幾乎不曾「入詩」。就筆者寓目所及，截至 1970 年代為止，紀弦（1913-）可能是唯一使用「經血意象」

---

❽　余光中，〈鶴嘴鋤〉，《白玉苦瓜》，頁 28。

❾　余光中，〈母難日〉（1995），《高樓對海》（臺北：九歌出版社，2000），頁 57-62。

的詩人：

> 我看見你的暗紅色的月經
> 流向世界的每一角落；
> 而凡是你的經水所觸及的都在迅速潰爛，
> 同時發出陣陣令人嘔吐的血腥氣味。
>
> 你的頭髮一半是蛇做的。
> 而你的半個臉浮腫着。
> 說吧！你這一絲不掛的大痲瘋的裸體，
> 教我如何抱起來給以即使是最漠然的一吻？❿

就隱喻的操作而言，詩的目標域是「二十世紀」的邪惡、腐敗、墮落，而其來源域則是女體意象。詩人十分「理直氣壯」地運用了男為主體、女為對象，男為純淨、女為濁穢的思維。為了表述「現代世界等於女體加妖魔」的看法，詩人召喚了蛇髮女妖美杜莎（Medusa）的神話——我們知道，同樣的形象在西蘇（Hélène Cixous）的論述裡，卻是女性創造力的象徵。⓫紀弦操作了「世界－女妖－經血」的聯結，這也就偏移了原版神話的焦點，壓抑了妖女的「聲

---

❿　紀弦，〈二十世紀〉（1960），《檳榔樹丙集》（臺北：現代詩社，1967），頁 9。

⓫　Hélène Cixous, "The Laugh of Medusa," in *New French Feminisms,* ed. Elaine Marks and Isabelle de Courtivron, (Cambridge, MA: University of Massachusetts Press, 1981), pp.245-264.

音」，而把經血視為魔性的重要表徵。不過，像紀弦這樣召喚經血以表達厭惡的情結，雖然寫作時間較早，畢竟近乎孤例。余光中對女性體液的感應方式——描寫與性相關的分泌物，展現官能上的迷戀；或描寫乳汁，展現對母性的孺慕與慾望；再加上描寫眼淚，以呈現女性溫婉、柔弱、等待的形象——則可以在同時代男性詩人那裡找到許多類似的例證。無論如何，各種女性體液總是滑移於「甘露」與「惡露」之間，無法置身於社會「觀感」之外。

在異性他觀的視域裡，女性體液常被收編為一種符號化的對象，附加褒貶好惡。但在女性自觀的體驗裡，它們卻是生命的核心成份，運行中的事物與難題。古芭（Susan Gubar）就曾從某些創作文本中，發現排血經驗如何成為女性文學藝術揮之不去的內在結構，使其充滿了以血獻祭的色彩。諸如：

> 塞克斯頓（Anne Sexton）把女性生理構造連繫到支配權的匱乏。在以女性視域重寫《荒原》的〈請快點，是時候了〉，她把自己視同艾略特（Eliot）筆下被損害的勞動婦女，因為她知道「我只有墨水而沒有筆」。因此，塞克斯頓感覺她的詩是從身體「滑脫」出來，就像「一次流產」。同樣，卡赫里（Frida Kahlo）描述自己被紅色繩索給縛住——不僅血脈、根莖，還有顏料。作為一個畫家，悲劇式的肉身難題逼使她感覺到被傷害、被刺穿而且流著血。❷

---

❷　Susan Gubar, "'The Blank Page' and the Female Creativity," in *The New Feminist*

這裡把生理經驗與文學創作相互類比：相較於男性射精式書寫的歡快氛圍與佔領意圖，女性的書寫體驗，更傾向於創傷、失落或毀滅。在社會成規裡，經期中的流血被視為一種責難，生產中的流血是一種禁忌，至於初夜床單上的血則為貞操的見證，所以是「聖潔」的。⓭女性創作者把它們還原為身體經驗，發現諸種流出物像是疼痛的墨汁，女性彷彿帶著與生俱來的創傷在寫作。依此推演，女性創造力的特質，也必須先從「流－血」的事實來加以體認。

　　落實到臺灣詩壇來看，在社會成規與美感體制的引導之下，這種「流血為墨」的慾望在早期並不十分顯著。大致上在 1980 年代以前，女性詩人比較傾向於採用抑斂而隱微的意象來表現身體與情慾，詩裡最常見的係由「異性戀體制生產女性化身體」，女詩人的自我想像主要集中於柔美、溫婉、純粹。⓮但即使在那樣的時代氛圍下，仍有少數詩人觸及較深層而幽黯的身體經驗，例如杜潘芳格（1927-）之描寫「更年期」。摘錄其前三段：

　　　俯伏，在山野，把耳朵貼在地面上。

　　　仍聽不到你的聲音。

Criticism: Essays on Women, Literature, and Theory, ed. Elaine Showalter, (London: Virago, 1986), p.302. 古芭著，孔書玉譯，〈「空白之頁」與女性創造力問題〉，見張京媛主編，《當代女性主義文學批評》（北京：北京大學出版社，1992），頁 174。譯文有改動。

⓭　*The New French Feminisms*, pp.300-301.

⓮　這裡的敘述，主要根據李元貞，〈論臺灣現代女詩人作品中的「身體」與「情慾」的想像〉，《女性詩學——臺灣現代女詩人集體研究（1951-2000）》（臺北：女書文化公司，2000），頁 165-227。

　　　那是，紅紅的夕陽，
　　　沾染了油加利樹梢，渡過鄉道
　　　你跟我，坐在同一部車子裡。

　　　頭痛，是車禍引起的
　　　不，也許是秋天引起的吧，**⑮**

開頭這兩行，即以無聲的「山野」暗喻入秋的肉身，從而隱含著一種失落感──論者曾詮釋為「愛情的遠離」，**⑯**我則以為這裡應當更扣緊「更年期」的生理現象來談，而可視為血氣（應當包含體液）的失落。後文即在回味有如「夕陽」的殘豔餘溫，並以「頭痛」來兼指身體反應及價值震撼──也就是說，「更年期」一詞含帶著雙重性的斷代指涉。處於哀樂中年的關頭，杜潘此詩蘊藏著並不單純的訊息：既追悼著行將消退的血氣青春，而又倡導了神所教示的潔身自持。依照本文提議的讀法，體液變化所帶來的身心衝擊，隱然主導著這首詩，但須「俯伏」乃能聽取。
　　直到 1990 年代以降，隨著女性主義論述與運動在臺灣的興盛，關於身體經驗及其社會處境的題材乃迅速開展。學者詩人陳玉玲（1964-2004）甚至直接以「惡露」入題，算是比較極端的例證，

---

⑮　杜潘芳格，〈更年期〉（1972），《慶壽》（臺北：笠詩刊社，1977），頁171-175。

⑯　李元貞，《女性詩學──臺灣現代女詩人集體研究（1951-2000）》，頁177。

過錄其前半截：

> 女人，以惡露寫詩
> 自子宮至陰道
>
> 血跡斑斑的床單，恍惚如
> 初夜驚悚的圖案
> 醫生大聲斥責
> 女人陣痛時的尖叫
> 她的男人手足無措，一如
> 射精之後，總把失眠與
> 惱人的一切
> 留給女人 ❼

詩寫生產過程的孤獨與痛苦，其間動用了多種體液意象。男性的行動是射精，以及「大聲斥責」、「手足無措」；女性的命運則是流出「初夜驚悚」之血，獨自面對「失眠與惱人的一切」，最後只能「以惡露寫詩」。於是在詩的後半，通過「產褥血露」和「初夜之血」相互疊合，重新揭示了「污穢／聖潔」之分的虛妄。應該指出，這首詩可以視為前引古芭論述的迴響。❽依照粗淺的劃分，論

---

❼ 　陳玉玲，〈惡露〉，《中外文學》27 卷 1 期（1998.6），頁 157。

❽ 　作為專研女性文學的學者，陳玉玲應當熟知古芭前述理論。另按，發表〈惡露〉的這一期《中外文學》，專輯名稱為「女人的湖泊：臺灣女性文學與文化」，由江文瑜策劃。其中的「女詩藤蔓園」部份，邀請了十二位女詩人創

述文字通過思辯而闡明意念，詩則創造隱喻，生產興味、韻律與形象。但在這裡，先行之論述反而發揮了詩一般強大的隱喻功能（這當然與古芭獨特的文體有關），後發之創作則注入「體驗」，達成例證化、概括化、明確化的效果。當然，這只是女性體液書寫的一種狀況，比較完整而複雜的個案，當在下面各節另作討論。

　　「女性體液」發自「女性身體」，似乎具有一些普遍的物理特徵。但它們的意義（包含詩意效能），卻來自身體與社會交互作用。因此，「男性詩人」帶著「男性身體」來寫「女性體液」，並不必然要落入僵化的詩意體制。因為身體與性別，在書寫的踐履歷程中，都是可以轉換的變項。比如男性的陳克華（1961-）便能在女體裡發言：

　　　　讓我流血，請讓我流血
　　　　在這凡人所建構起的柔軟世界裡
　　　　我想好想流血
　　　　當一百個相互乖離的人生方向迷惑了所有的眼睛
　　　　和肉體時，請讓我讓我流血
　　　　流血，當我厭倦了繼續做一名光明的處女

作以女性為主題的詩篇。編者並且表示：意圖藉由此一「製作」，達成「專題評論與專題創作作更密切的配合」、「展現女性集體力量」、「建立臺灣女性詩學與發展臺灣女性詩」。由此我們約略可以看出，在 1990 年代臺灣的歷史脈絡下，女性詩的崛起不僅是個體性創造，更涉及集體性的文學運動與文化現象。於是創作與論述相互呼應，學者與詩人的共同製作，便成了女性詩在當時蔚為風潮的重要動力。

在這凡人用坐墊、椅墊、靠墊、置物墊
所構築起的安全防漏世界裡
請用鞭子饗我以痛楚的真理
烙鐵醒我以灼熱的清明❶

眾血齊流，居然成就了肢骸震顫的「抒情瞬間」。所謂眾血，包含
經血、處女之血、鞭笞之血，幾乎是「行雲流水，不擇地而出」
了。當女體淪為對象，其主體性常被抹除。而這首詩，卻從受虐身
體的內部發聲，更精確地說，聲音、血液、情緒已經交融互滲，發
聲者／流血者／抒情者正在體驗那「流出」的快感，以及劇痛。
「讓我流血，請讓我流血」的祈使句法貫串全篇，使一種「被動」
的狀態有了「主動」爭取的氛圍。但為什麼要「流血」？詩人認
為，「世界」其實嗜血卻裝出怕血的樣子。由倫理與律法構成的和
諧社會，在這裡被稱為「安全防漏世界」，號稱柔軟、芳香而宜
人。「光明的」（這個修飾語）囚禁了「處女」（這個名詞），正如表
層之「柔軟的」覆蓋了「世界」之堅硬、腥臭而刺人。依此推演下
去，血的（自然地或人為地）流出，便可以穿透衣飾，污染社會，揭
露一個祕密：那得體、合法、有道的世界其實不斷上演著一場大型
的施虐／受虐遊戲。

　　陳克華做為「反伊底帕斯」性格強烈的詩人，本善於操控父權
符徵來顛覆父權意旨。他的這一類詩，撩亂了「體」，泛濫了

---

❶　陳克華，〈請讓我流血——愛麗絲夢遊陰道奇遇記〉（1993），《欠砍頭
　　詩》（臺北：九歌出版社，1995），頁138-139。此處援引其第一段。

「液」，演示一種思維：是感受身體的方式決定了「體液」的性質，而非九竅的生理構造。我們與其如此描述：男詩人站在女性那一邊反抗父權，從而凸顯了男女對立的結構。不如說他有意逾越男身女體、毀壞陰陽秩序。重點應是「失體脫序－我行我素」對於「得體有序－裝模作樣」的異議，非僅質疑男尊女卑的框架而已。因此，男女體液有時也可相互呼應，例如：

> 他夢遺了
> 他是王
> 夢遺出一塊屬於他的版圖
> 生
> 與死的潔白床單上
> 當月經
> 翻閱著另一本月經
> 他戀戀不捨，當夢遺
> 預言了下一次夢遺[20]

精液並非總是橫霸地佔領世界或他人，它也常常被封鎖在一些角落，成為自我哀傷的產物，彷彿另一種「淚」。也許著眼於「莫由自主的溢出」這個特徵，詩人出人意表地聯結了「夢遺」與「月經」，頗有引為同道之意。它們都是「潔白」的破壞者，暗地裡潛行的生理因素。綜合來看，這類詩不僅是借「體」發揮而已，實際

---

[20]　陳克華，〈夢遺的地圖〉，《欠砍頭詩》，頁 125-126。

上也變造了自體——而體液，則在這過程中發揮了重要效能。

三、體液的變幻之術

　　前引古芭的論述，話題焦點並非寫作題材，而是體液流出般的生命體驗或創作風格。也就是說，體液作為墨水的隱喻，其實涉及題材、隱喻、語言、風格等多層次的問題。而陳玉玲採用寫實方法的文本，仍較偏向於「詩寫惡露」，而非「詩如惡露」。腥惡黏膩的體液「轉化」為符碼之後，其實已經失落了腥惡黏膩的物理特徵，但仍會召喚相關經驗與認知，問題是召喚哪個部份？如何召喚？為何召喚？假設詩人動用體液符碼是為了表現「賤斥－反賤斥」的過程，那麼，她除了簡單揭示之外，也「可以」採用「惡露般的文體」來再現「惡露般的內容」。然而什麼是「惡露般的」？這又隨著詩人的個別體驗，而有許多不同的表現方法。

　　夏宇（1956-）的體液書寫，頗能反映這種複雜性。假使我們把詩詮釋為「生產美感的語言體制」，夏宇的許多創作表演，常像是在這個體制裡撩動「異質成份」。在女性主義風潮未盛的 1980 年代初期，她就寫出了〈一般見識〉——這應當是「臺灣女詩人」所寫的第一首直接關涉經血意象的詩，就此揭開女性體液詩學的序幕：

　　　一個女人

　　　每個月

　　　流一次血

懂得蛇的語言
適於突擊
不宜守約❷

短短數行已蘊含著「破－立」結構，奚密認為：前段說了「女性生理的規律性」，後段在說「女性個性行為的不規律性」，兩者恰成反比。❷但換另一種解釋，我們也可以說：後段仍在寫經血，是前段的延伸發展而非逆轉。依照某些宗教觀點，經血係因罪惡而來的天刑，此詩前三行即以冷然的語調陳述了這種生理設定。而後三行則揭露了這種設定本身的漏洞，並暗地利用它來進行解構與創造：首先，蛇的神話意義是罪惡與誘惑，在感官經驗裡則主於濕黏滑溜，其「語言」（符號性質）是與經血互通的，具有瀆神犯忌的潛能。（這個關頭也就暗示，此詩不僅描述了經血，也在隱喻一種「經血般的」思維方式與詩語風格。）接下來，「蛇／經血」悄然成為最後兩行的雙重主詞，它們都具有攻擊體系、違背常規的性能。合起來看，週期性地（每月）流血應是必然法則，但這條法則事實上卻常以不精準的、出人意表的偶然型態發生──偶然解消必然，型態顛覆法則。神懲戒女人被蛇誘惑的手段，居然是給了她一種如蛇的能力。

夏宇還曾經運用周朝的母系始祖神話，寫下〈姜嫄〉一詩，更

❷　夏宇，〈一般見識〉（1982），《備忘錄》（作者自印，1986），頁 89。
❷　奚密，〈夏宇的女性詩學〉，收於吳燕娜編，《中國婦女與文學論文集·第一集》（臺北：稻香出版社，1999），頁 292。

加全面地渲染女體之液：

> 每逢下雨天
> 我就有一種感覺
> 想要交配　繁殖
> 子嗣　遍佈
> 於世上各隨各的
> 方言
> 宗族
> 立國
>
> 像一頭獸
> 在一個隱密的洞穴
> 在下雨天❷❸

論者已經指出，水在此詩裡之所以成為姜嫄的生命傳播象徵，是因為「她所創生的子民如雨水」。但這種外來之水其實呼應著內發之水，指涉了一種生理經驗，我們不妨把「下雨天」直接解釋為「排卵」（ovulation），而從「卵子」與「精子」對話的角度來進行詮釋。既有的世界觀大多隱含著「精子本位」的思維，論者指出：即便是主流醫學教科書，也經常夾帶許多刻板的性別印象，帶著驚奇的語氣，描述精子的多產性與進化能力，又帶著遺憾的口氣，把月

---

❷❸　夏宇，〈姜嫄〉（1983），《備忘錄》，頁 118-119。

經描繪成組織的衰敗與多餘，並把卵子的生長描寫成老弱的、負面的、「一個浪費的過程」。更關鍵的是，精子強健、冒險犯難而具有穿透的能力，卵子則不會移動或游走，只能被動地等待「被運送」甚至延著輸卵管「盲目地漂流」。❷夏宇此詩，便在還給卵子能動的、創造的、變化的力量，洞是女性生殖器的替換，而「洞中之獸」即暗喻狂野的自我。正是非理性的「獸」，生出了各種紛繁變化的文明（各隨各的方言宗族立國）。

此外，夏宇還有一首〈魚罐頭──給朋友的婚禮〉，看起來是在調侃「結婚」本身：

魚躺在蕃茄醬裡
魚可能不大愉快
海並不知道

海太深了
海岸也不知道

這個故事是猩紅色的
而且這麼通俗

---

❷　瑪汀（Emily Martin）著，顧彩璇譯，〈卵子與精子──科學如何建構了一部以男女刻板性別角色為本的羅曼史〉，收於吳嘉苓‧傅大為‧雷祥麟主編，《科技渴望性別》（臺北：群學出版社，2004），頁 202-208。

　　所以其實是關於蕃茄醬的❷❺

　　一言以蔽之，結婚就像「魚」放棄「大海」（自由、深邃而狂野）而投入「罐頭」（凝凍、密封、死滅），這是詩的核心隱喻。但更迷人的，是另一個佐料般的次要意象：「蕃茄醬」。這個意象首先來自喜帖或婚禮的「猩紅」，也可能指加諸於「魚」的致命的愛慾，當然還召喚了那種俗艷甜膩的色與味。愛情或許高貴，但婚姻卻是「通俗的」。在這些意思之外，李元貞指出：「魚跟蕃茄醬再加上猩（腥）紅色，也易聯想到婚禮後男女性事所隱喻的女人的身體（經血）。」❷❻關於體液的影射，解成「處女之血」應當比「經血」更貼切些，食色互喻的關係也將更為彰顯。不過，年輕的詩人對於「婚禮」，其實抱持著多層次的想像。稍後的〈腹語術〉說：「我走錯房間／錯過了自己的婚禮」❷❼接著描繪了一場近乎無聲的「白色」儀式，像一齣形神分裂的戲碼，透露出既期待又不肯輕易就範的心態。至於〈背著你跳舞〉所說的：「再也不會變成你性急／瀕臨崩潰的新娘」❷❽，則在決絕之中暗藏著更多的悲傷。

　　一般討論夏宇詩裡的體液符碼，主要集中於上述三首詩。似乎

❷❺　夏宇，〈魚罐頭——給朋友的婚禮〉（1984），《備忘錄》，頁 150。

❷❻　李元貞，《女性詩學——臺灣現代女詩人集體研究（1951-2000）》，頁 170。

❷❼　夏宇，〈腹語術〉（1986），《腹語術》（臺北：現代詩季刊社，1991 大開本），頁 9。

❷❽　夏宇，〈背著你跳舞〉（1990），《腹語術》（臺北：現代詩季刊社，1991 大開本），頁 9。

當別的女性詩人大肆著墨於此，在她卻絕跡了。實則不然，面對這樣一個隨時在試驗各種編碼方法的詩人，解碼行動似可更靈活些。例如這首〈我們小心養大的水銀〉，便隱隱蘊含著體液的氣息：

> 穿過
> 黑色鞦韆廢墟
> 滲出邊界
> 延長舞蹈
> 逼近肉體邊廂
> 清晨 6 時
> 出了暗淡的月❷❾

第五行的「逼近肉體邊廂」，透露此詩在寫一種由身體內部流向外部的生理經驗，最後一行的「月－出」意象，則又有限縮為月經的可能。同時，這首詩的「題目－正文」大致構成「主語－謂語」的結構，而依據正文，我們可以進一步推測：謎面是水銀，謎底是體液，至於「穿過」、「滲出」則為其共同的性能，難以被框限與定型。

我們知道，這本詩集裡的字眼全部「剪－貼」自前一本詩集，詩人曾明示了使前後兩集彼此應答的意圖。❸⓿以此詩而言，前身主

---

❷❾　夏宇，〈我們小心養大的水銀〉，《摩擦·無以名狀》（臺北：現代詩季刊社，1995），無頁碼。

❸⓿　面對剪貼之後新得的詩句，詩人建議讀者回想或補讀前一詩集，參見夏宇，〈逆毛撫摸〉，《摩擦·無以名狀》，序言之頁 8。

要見於〈十四行詩十四首〉，她曾這樣寫：

> 水銀仍然養在魚缸裡慾望
> 還只是光。（……）**㉛**

到了另一首剪貼而成的〈道德的難題〉，全詩只有短短七字：

> 仍然
> 養在魚缸裡**㉜**

假使強加統整，可能得出「水銀」等於「道德的難題」的看法。然而在夏宇的詩裡，經常凸顯符徵自由嬉戲的物質性。她毋寧是借用相同的符徵，裝填性質歧異的符旨，從而展示了價值與意義的偶然性，解構的意味更甚於建構。

　　事實上，整組〈十四行詩十四首〉的話題穿梭於時間、愛情、旅行、靈魂等等，但就深層來看，更像是在談論水銀以及水銀般的狀態與事物。**㉝**詩人先是把時間等等抽象崇高的事物聯結於「我們

㉛ 夏宇，〈我的死亡們對生存的局部誤譯〉（1988-1990），《腹語術》，頁103。

㉜ 夏宇，〈道德的難題〉，《摩擦‧無以名狀》，無頁碼。

㉝ 小序裡說：「有些東西在詩裡是一再出現的，譬如時間、房間、睡眠、死、靈魂、肉體、歌劇院、銅器店。把水銀喻時間可好？水銀很令我不解。可是到最後我發現我最想表達的東西是噴泉，噴泉完全令我迷惑。」見《腹語術》，頁90。

小心養大的水銀」，後來的剪貼行動，則刻意使用低下而富於官能性的體液來聯結水銀。合而觀之，便構成一套創發性的表演，達成顛覆兩端符旨，凸顯中介符徵的效果。❸

　　夏宇詩裡常見一種敘述結構：先是「小心養大」（或具體物質或抽象價值），而後「打破、推翻、洩漏」。展現了一種起於期待與追求，終於破除容器、流溢漫衍的衝動，不論就「處理文字」或「安排自我」而言。而水銀和體液，正是最能夠激活這套結構的兩種元素。例如：「我們小心養大的水銀終於打碎了／滾落四處／每一滴都完整自足」。❸即利用水銀一洩不可收拾卻又各自完足的性能，凸顯了一種奇幻的「物質性」。再如：「一些一些地遲疑地稀釋著的我／如此與你告別分手」，❸彷彿召喚了體液流出的經驗，凸顯一種迫切的「身體感」。

　　不過，夏宇雖利用身體感寫詩，但她對感官、記憶、文字和比喻都時時表露一種既玩賞而又「不信任」的態度。這也表現在體液書寫上，例如：

　　　所有寫下的字都不被信任

---

❸　在她的筆下，也曾出現「體液」與「沙漏」彼此呼應的片斷，可以互證。〈逆風混聲合唱給ㄈ〉（1989）：「向彼此的身體索盡／季節剩餘的汁液」，見《腹語術》，頁78-79。後被剪貼成〈春天的夜晚〉（1995）：「向彼此／身體／索盡／陌生／幾近透明／的沙漏」，見《摩擦·無以名狀》，無頁碼。富於感官性的汁液，被替換以物質性的沙漏，恰與「先水銀後體液」的操作相反，但反映出來的思維則可相互類比。

❸　夏宇，〈在另一個可能的過去〉，《腹語術》，頁91。

❸　夏宇，〈一些一些地遲疑地稀釋著的我〉，《腹語術》，頁94。

即使用血

那時請剪下一束頭髮

用桑葉包裹滿月時埋在後院

當 5 和 6 同時於你有利

你卻顯得極端自我否定

木星主宰你的膝和腳踝

你為自己放血消除記憶和慾望❸❼

血被拿來表徵神聖、真誠、深刻的生命體驗，許多人相信，它們可以使文學成為永恆或偉大。惟夏宇撫摸字（如貓）、感官字（如黃金、乳香和沒藥），但並不信任字，她體驗（用身體經驗）流動的液體而不專門崇拜「血」及其所含帶的意旨。因此，她緊接著戲仿了神祕的祈禳行動，彷彿是故意在抵消「血」的崇高。後面一段的奇數行，是夏宇詩裡常見的「星象學式」的語言，那是神出鬼沒，故作嚴肅的「命運」；但在偶數行，我們還是看到了與命運作對的「意志」在湧動著。有些詩人「使文字充血」，讓它變硬變強。夏宇則常「為自己放血」，自虐似地享受著體液生成與流失的過程。

　　綜觀夏宇詩裡所展示的體液模式，頗具「即連即斷」的特色：連的時候，化合多於鑲嵌——體液並不呆板對應於某物，而是常與異質相混雜，變幻為新的符碼。斷的時候，滲透多於切割——體液

---

❸❼　夏宇，〈你就再也不想去那裡旅行〉，《夏宇詩集：Salsa》（臺北：唐山出版社，2004），頁 38。

常能穿透邊界，不泥一端，成為延伸自我的機動斥堠。體液在她的筆下，一方面使得物質、符號、身體不斷被貫串起來，另一方面又展示了種種不對應關係。而肉體與靈魂的脫節，風格與主題的脫節，所言與所指的脫節，世界與自我的脫節，正是夏宇重要的主題與方法。

四、水性，淫邪與憂鬱

　　昔人曾以「水性楊花」來形容女性的情慾無有定性，很容易受到誘惑。但同樣以水為喻，《紅樓夢》卻有不同的說法：「女兒是水做的骨肉，男人是泥做的骨肉。我見了女兒便清爽，見了男子便覺濁臭逼人！」❸❽舊說對於水性傾向於污名化，曹雪芹則傾向於聖潔化。這類既成的隱喻，不免各自陷入主觀的認知方式。其實，女性比男性更「水性」，很可能只是一種欠缺驗證的體液想像。

　　這裡我想藉由顏艾琳（1968-）的作品，觀察現代詩人如何延續或變化這類想像。在她的筆下，各式各樣的體液構成一組頑固的意象系統。這首詩便具有提綱挈領的意義：

　　　　覺得夜很乾燥
　　　　體內有煩惱的聲音
　　　　嗷吠不休：

---

❸❽　曹雪芹著，饒彬校注，《紅樓夢》（臺北：三民書局，1973）第 2 回，頁14。

「液體想找尋海口宣洩」

「但海水太鹹」

「而液體腥羶甜膩」

「無所謂，反正我們原先來自海底」

「不可。二十世紀的文明太過旱氣

回歸海洋終究不思議」

唾液淚腺血

淫水精液腎上腺素

水，於床上完成一切回溯㊴

詩人把體液流出的內發慾力，說成是「煩惱的聲音」，具有兩層意義：一是把體液與「煩惱」聯繫起來，賦予一種情緒內涵；另一則是從體液中聽到「聲音」，賦予它表達的能力——也就在這裡，體液與詩隱隱形成互為隱喻的關係。此詩還描寫了身體之水與世界之水的相互呼應：生命脫離海洋的歷程，一般被視為「進化」；但依詩人的觀點，這卻是水份、野性、生命力與自然本質的失落。「文明太過旱氣」，必須重新找回濕／詩意。而使肉身得到解放的床，七情宣洩，眾液齊出，也就成了海的縮影。於是「體液－宣洩」與「生命－回溯」被聯結起來，成為一種追尋。

　　由此看來，顏艾琳並未切斷傳統上「女子－水性」的聯結，反而從生理基礎上，重新渲染了這種想像。她同時也沒有切斷「水性

㊴　顏艾琳，〈在不斷進化的夜裡〉（1997），《她方》（臺北：聯經出版公司，2004），頁89。

一淫邪」的成見，甚至刻意表演「淫」的姿態：

> 骯髒而淫穢的桔月升起來。
> 在吸滿了太陽的精光氣色之後
> 她以淺淺的下弦。❹

日為發光授精的雄性，月為反光受精的的雌性，詩人照樣接收這一組傳統意象，並以之指涉具體的器官，使日月輝映的畫面變得「肉慾化」。向來具有聖潔形象的月亮，被描繪成「骯髒而淫穢」。下弦月的形狀，又被進一步暗喻為嘴唇，在下文更經由連續三個「舔著」，把月照大地的形象詮釋為一種「挑逗」。這類詩句高揚慾望而嘲弄道德，不僅以女性情慾入詩，更逾軌之處，還在於採用一種「赤裸裸」的言說，不提供太多模糊的空間。

　　瘂弦曾經「就詩論詩」，「稱讚」顏艾琳「言人之不好意思言」。他認為這些作品是「好詩」，並說：「大膽、坦率、純潔、天真而美麗，一點也沒有淫邪之感。不淫邪，我想這是表現情色世界很重要的前提。」❹此處所謂前提，顯然召喚了「樂而不淫」以及「思無邪」的儒家美學傳統，對於情或詩的表現尺度預設限定。至於說顏詩「一點也沒有淫邪之感」，則有強將評論對象拉進評論

---

❹　顏艾琳，〈淫時之月〉（1994），《骨皮肉》（臺北：時報出版社，1997），頁38。

❹　這是瘂弦針對〈水性——女子但書〉、〈淫時之月〉、〈度冬的情獸〉等三首詩所作的〈小評〉，收於洛夫、杜十三編，《八十三年詩選》（臺北：現代詩社，1995），頁69。

框架之嫌。因此，陳克華就曾有所反詰：「誰說淫邪就不能成詩，成好詩呢？」❷他從歷史脈絡與權力關係的角度來省視問題，指陳一種對照關係：早期余光中與楊牧運用「掩遮手法」的性意象可以被「津津樂道」，新一代詩人掀開床單式的寫法則令人「憂心忡忡」。也就是說，淫邪與否的分判標準，關鍵還不在於所說的內容，而在於情／慾的野獸是否衝出既定的修辭柵欄。進一步分析，我們認為，「說」者的身份位置，也會決定「話」的刺激性。故成熟男性的陽物敘述（如余光中的「鶴嘴鋤」、洛夫的「鑰匙」和「臘燭」、楊牧的「挺進向北」），❸雖然用語造象也頗淺露，但因符合父權社會的象徵秩序，還是被視為「樂而不淫」。至於「年輕－女性」則被社會期待以「矜持」的倫理和美學，稍有逾越，便構成威脅而事涉「淫邪」了。❹

　　顏艾琳的詩，確實召喚各種「放、貪、溢、僭」的體液意象，❺製作了多篇「淫邪詩」（而非樂而不淫的「情色詩」）。但如果僅以追求「女性－情慾－自主」來概括她的創作，可能也有太過簡化之

---

❷　陳克華，〈是操控情慾的瑪麗蓮，還是情慾操控的芭比〉，收於顏艾琳，《骨皮肉》，頁 7-15。

❸　相關詩例，見余光中，〈鶴嘴鋤〉（1971），《白玉苦瓜》（臺北：大地出版社，1974），頁 27；洛夫〈和你和我和臘燭〉，《眾荷喧嘩》（新竹：楓城出版社，1976），頁 115；楊牧，〈十二星象練習曲〉（1970），《傳說》（臺北：志文出版社，1971），頁 83。

❹　本章初稿即對淫邪有所闡釋，感謝劉人鵬提出了一些質疑，使我重新著力論證，嘗試探討「淫邪」之詩的社會性成因。

❺　這是「淫」在字典中的引申義，參見張玉書等總閱，凌紹雯等纂修，高樹藩重修，《康熙字典》（臺北：啟業書局，1987），頁 903。

虞。例如〈瓶中蘋果〉一詩，把月經比做在體內變化的「蘋果」，
它使身體有所失落：「感覺滯重、暈眩」，也使身體有所獲取：
「彷彿有什麼即將發生」。接著說：

> 是誰賦予我敏銳的
> 生理天秤？
> 那蘋果熟至腐爛
> 化為稠汁，
> 並且憤怒地、快速地
> 往下墜落
> 離開我的身體。❹

女性所擁有的這個「生理天秤」，兩端放著生與死。蘋果由「種
下」到「成熟」到「腐爛」，而又反覆運行，使得天秤常在搖晃中
保持平衡。詩人選擇蘋果這個豐碩美好的喻象，不僅跳脫了經血污
穢的成見，同時也召喚了自然循環的觀點，表現出衰敗與生產的一
體性。使用「憤怒地、快速地」來修飾那種腐爛至極而墜落的態
勢，既扣觸了痛楚，也再現了能量。當騷動歸於空無，生機正在蘊
釀。詩的末段說：

> 那蘋果僅留一籽，
> 以結實的眼淚型態

---

❹　顏艾琳，〈瓶中蘋果〉（2000），《她方》，頁 142-143。

懸於我幽密的花瓶，

之中。**❹**

花瓶應即是指子宮，具有收藏蘋果精華的功能。至於把「籽」比喻為「結實的眼淚」，則帶有一種既失落又梨實的情緒，具體而言，即是指生命的胚胎。於是女性特有的體液經驗，也就引發了「母性」（motherhood）的覺知。事實上，在詩裡大舉釋放「生育與快感」的想像，從而創造一種自由狂野的氛圍，乃是她後期作品鬆解象徵秩序的重要途徑。**❹**由此看來，「水性主體」是繁複的，非僅淫邪一味而已。

　　即以性別概念而言，顏艾琳就展現了多重體驗。她固然常大膽地展現對異性的慾望，但也曾向女詩人示「愛」：「不論有幾種關於她的說法，／我仍然愛她，／包括她像母親的體味。」**❹**又曾說過：「寫詩像與心中的女神作愛。靈感雖如勃起，但才氣一不小心

---

❹　顏艾琳，〈瓶中蘋果〉，《她方》，頁 143。

❹　母性慾望較顯著的例證，有〈五月病〉（1998）、〈孕事〉（2001）、〈陰田〉（2001）、〈陽具屬陰〉（2000）、〈妻母〉（2000）、〈母性〉（1999）等詩，俱見詩集《她方》。其中〈妻母〉提到男性「以倫理的愛馴我為妻子」，而自由狂野如暴龍的「母性」則能夠「鬆開道德的鐵銬，敗壞成龐然巨獸」，並且「放肆地生殖眾生」，反過來馴服一切「老的少的強的弱的病的殘的美的醜的」。見《她方》，頁 139-140。這裡對倫理妻性與原始母性的思考，可印證於克莉斯蒂娃（Julia Kristeva）的說法：母性乃是突破父權壓抑的關鍵。相關理論介紹，見莫（Toril Moi）著，王奕婷譯，《性／文本政治：女性主義文學理論》，頁 201。

❹　顏艾琳，〈因為詩，我與夏宇同性戀〉（2003），《她方》，頁 65。

便會陽萎……」❺直將雌雄並現於一體，從而淆亂了性別的界限。另外，就母性而言，她固然再三展示了「生殖」的慾望，但也曾對此提出反思。例如組詩〈水性——女子但書〉的其中一節：

> 日子剛過去，
> 經血沖洗過的子宮
> 現在很虛無地鬧著飢餓；
> 沒有守寡的卵子
> 也沒有來訪的精子。
> 只剩一個
> 吊在腹腔下方的空巢，
> 無父無母、
> 無子無孫。❺

所謂「但書」通常係指本文之後特別強調的例外或附加條件，然則此詩即是針對一般所認知的「水性」，格外提出一種立基於體驗的特殊詮解。在「經血－沖洗－子宮」的敘述裡，經血並不污濁，反而如洪水般兼具破壞與重生的功能。無論是「潮來」的飽滿，或「潮退」的空無，似乎都顯得自然且自足。子宮常被世人視為女性身體最神聖的部份，但它之所以值得「歌頌」，乃是因為具有生育繁殖的功能。但詩人在此並不經營這類較典型的詩意模式，反而做

---

❺　顏艾琳，〈詩觀〉，《骨皮肉》，頁 26。
❺　顏艾琳，〈水性——女子但書：潮〉（1994），《骨皮肉》，頁 36。

了逆向的起興。潮退的子宮跳脫了「卵子－等待／精子－來訪」的
敘述結構。前面的「飢餓」一詞，似乎帶有期待之意，但搭配以
「虛無地鬧著」，則更傾向於無所謂的意思。特別是後面的用語，
還順便調侃了專為女性而設的「守寡」的美德，同時很乾脆地提到
有無精子來訪，絕不顯得害臊、焦慮或欣喜。空巢般的子宮（而非
心靈）所體驗到的「虛無」乃是：「無父無母無子無孫」。這是走
出生殖功能設定的自主的子宮，擺落了父母子孫的連鎖關係。❷而
此一特別的體悟，就起於「經血」的「沖洗」。

　　由此看來，身體之「潮」固然觸及慾望，而所謂慾望並沒有一
般理解得那麼平板。其間可能還潛存著思維、情感、文化與想像等
各種面向的豐富訊息。再看另一首詩：

　　　　月亮追求圓滿
　　　　星星嚮往流浪
　　　　花朵等待綻放
　　　　經血侵襲女岸❸

從語言的垂直軸來看，把「經血」與星星、月亮、花朵放在同一位
置，暗示它們同屬於自然機制的一部份，且偏向於正面的聯想。再
就平行軸而言，使用「侵襲」這個動詞，描述了經血對身體的衝

---

❷　感謝劉人鵬教授對這首詩提出精細的解讀，這裡的敘述，大多得益於她的見
　　解。

❸　顏艾琳，〈因為慾望之故〉（1998），《她方》，頁 16。

激。對照於前幾行的追求、嚮往、等待,則這種衝激更像是創造,而非破壞。接下來的一段,描述了在潮的帶領下,「不得不」生出慾望,那當中充滿了「生的暴動」、「死的前兆」。在慾望的洗禮之後,前述四個意象分別得到進一步發展:

> 圓月召喚狼人現形
> 星群滂沱成淚海
> 花朵走入了香水瓶
> 女人傾聽紅色的潮汐❺❹

月圓暗示經血的週而復始,它召喚了「狼人」(人與獸的複合)一般原始的身體,其中還隱含著「渴血」與「囓咬」的形象,導向一種創痛,以及沈埋於人性底層的慾望與憂鬱——這在她的詩裡經常是一體並生的。「淚海」兼指大量流出的體液,至於第三行的「香水瓶」仍應是子宮或生殖器的代稱,這也就是以「花朵被蘊造成香水」的過程來描寫經血及其他分泌物被提昇為一種生命資源。把特定「雌性之水」寫成香水,在那些把女體視為慾望對象的男性詩人,已有先例。❺❺但女詩人在這裡,把所謂腥惡污濁的經血喻為香水,則展露了對於自我身體經驗的認同,仍有獨特的創造意義。

綜合看來,顏艾琳的「水性書寫」實以經血意象為核心,但也

---

❺❹ 顏艾琳,〈因為慾望之故〉,《她方》,頁 17。
❺❺ 有關女性分泌物與香料、花香的類比及其文學想像,參見布雷克里琪(Catherine Blackledge)著,郭乃嘉譯,《女陰:揭開女性祕密花園的祕密》(臺北:麥田文化公司,2005),頁 274-285。

因為有淫水、精液、乳汁的輔助，而顯得更加豐富。除此之外，她還寫到另一種刺激性的體液，頗能更新既有的水性想像。這首詩號稱描寫「思想」：

> 苦的酸的甜的辣的
> 化學成一灘阿摩尼亞
> （且讓我以暢快心情來發洩尿意）❺❻

按食物中的蛋白質經過消化道後，會產生含有尿素和氨的液體，即尿液。氨又名阿摩尼亞（ammonia），是一種具刺鼻異味的化學物質，在救傷上，可作為令人清醒的吸入劑。此詩之中的「苦的酸的甜的辣的」當指各種記憶、體驗或感官材料，它們在體內經歷化學作用，變成一股飽含阿摩尼亞的尿液。詩人用此來隱喻「思想」，應當出於兩個理據：它是一種「不得不」的生理現象，又具有強烈的「刺激」作用。女性以尿入詩頗為罕見，這幾行詩更顯示了一種坦然面對、恣意放洩的情態，具有質疑社會規範，並反思慣性心理機制的意義。❺❼細究起來，也可說是詩人對於自身創作風格的一種描述。

　　體液流動於躁與鬱之間，也是淫邪姿態之外的一個重要面向。

---

❺❻　顏艾琳，〈思想速描・蟒蛇篇〉（1996），《她方》，頁8。

❺❼　論者指出，男人經由小便這個日常例行小事得到爽快經驗，形成了對自己身體的自信、自豪；而女人則養成了自我嫌惡甚至憎恨自己身體及其生理功能的態度。見何春蕤，〈小不便──性壓抑的日常運作〉，《豪爽女人》（臺北：皇冠出版公司，1994），頁45。

要精準描述顏艾琳的詩，不能忽略其中的憂鬱成份。❸依照西方古代醫學的「四體液說」，悲傷沮喪的情緒會刺激「憂鬱液」（melancholy）的分泌，其中有一種治療法乃是「用一種明亮清潔的血液置換憂鬱症患者過量的、粘滯的、被苦澀體液所滲入的血液，因為清潔血液能驅散譫妄。」❹這並不符合現代醫學的認知，卻也反映了一種原始想像：憂鬱彷彿鬱積於體內的物質，必須排放乃能紓解。顏艾琳的詩，不僅能寫那紓解的一面，也常見這鬱積的一面。例如：

> 不知道已經開始了，
> 只感覺空氣變稀薄。
> 喉嚨裡湧出一種感動的液體
> 聚成一滴沈重的淚
> 墜落體內，
> 那重量令我無力承受。
> 我跪倒，
> 我感知莫名的罪惡。❻

---

❸ 詩集中有許多詩，直接書寫憂鬱症，包括，〈你從我這邊經過──寫給憂鬱症的朋友〉、〈對方──寫給憂鬱症的我們〉、〈交換──寫給我們的憂鬱症〉、〈粉紅的存在〉等詩，分別見顏艾琳，《她方》，頁 59-60；71-73；75-77；78-80。

❹ 傅柯（Michel Foucault），劉北成、楊遠嬰譯，《瘋癲與文明》（北京：三聯書店，1999），頁 151。

❻ 顏艾琳，〈什麼〉（2002），《她方》，頁 20。

詩人把這種牽動情緒的物質，稱為「什麼」──不知其源、莫名其狀、難以承受，它是一種帶來「感動」，留下「罪惡」的神祕液體，如淚，卻不往外流，而是往內重重壓迫自我。這種液體，雖具象徵意味，但也緊扣著生理經驗。

在顏艾琳詩裡，經常理直氣壯地描述著體液與情緒微妙的互動，賦予較立體的面貌，非僅重新召喚「憂鬱情緒」與「月經來潮」聯結的刻板印象而已。她筆下的「來潮」，既有焦慮、挫折、沮喪，也有亢奮、驕傲、昂揚。在描述顏艾琳如何大膽凝視「淫念邪思」之餘，應當把那些流出體外的血露和這一滴「墜落體內」的「沈重的淚」合看。某一特定「主體／身體」內部的諸種體液，必然有所交流互滲，可以一併考量；個體內在豐富的特質，以及充滿變化的生命歷程，也常會造就性質各異的體液，我們不能總是從「性別共體」的角度將之歸於一律。以顏艾琳而言，如果考慮那橫恣語字之下的憂鬱主體，則可發現：看似單調的體液，時或滑順（淫），時或滯澀（鬱），合而成為一種「憂鬱的淫邪」，這應是水性詩學較精采之處。

五、體液與社會實踐

即使在宣稱崇尚性別平等的社會，女性身為「有月經者」，仍常處於尷尬的位置。女性主義政治哲學家楊（Iris Marion Young）如此描述：

藏好妳的月經跡象──別讓血漬染上地板、浴缸、床單或椅

子。確定妳的血不會滲出衣服、露出痕跡，也別讓衛生棉的輪廓顯現出來。月經骯髒、噁心且不潔，因此必須藏好。在日常生活中，這些必須藏好月經的要求，為女人帶來巨大的焦慮與現實難處，也是我們每月來潮的困擾的主要源頭。❻❶

月事雖然已被論述為健康的生物過程，但在它實際降臨的那天起，堅強的社會制約和女性自己內化的禮貌意識，又再三的警示：經血並非可說、絕不可見、遑論可喜可樂。楊甚至認為，存在著一種「月經衣櫃」的壓迫，使得女性活在一種分裂的主體性中，既擁有常態的公共面貌，又帶著暴露自身流動血肉的恐懼。❻❷「櫃」的意象，標誌著社會體制、禮儀、價值觀或意識型態。

詩學體制裡也存在著類似的結構，那就是既成認知模式對於某一些辭彙、思維、美感與敘述的隔離，或者誘導其自行隱藏。在不同時代裡，新元素介入舊體制，常是變革的起點。現實中的經血，既是一種具流滲之力與刺激之味的物質，也就難以被斷然鎖住；至於詩裡再現的血露成份，其實只是語言符碼，早已失去腥臊滑膩的物理性質，卻依然局部喚起類似的心理作用。因此，仍有一種審美或倫理的外在壓力叫它「藏」，又有一種內在本能要它「出」，這種拉扯本身即是饒富意味的。

江文瑜的體液書寫，聯結了社會實踐的意義，營構出另外一種

---

❻❶ 楊（Iris Marion Young）著，何定照譯，《像女孩那樣丟球：論女性身體經驗》（臺北：商周出版社，2007），頁 184。

❻❷ 楊，《像女孩那樣丟球：論女性身體經驗》，頁 184-188。

詩學面向。在她的筆下，幾乎所有的體液都到齊了，其中經血、精液、白帶、淫液、奶汁五種，尤其值得注意。首惡之露仍屬「經血」，它常常決定女性體液觀的基本樣貌。對於這個閨中密友，詩人提出這樣的責問：

> 呸！算什麼好朋友？
> 每個月來訪
> 攜來一堆破碎的猩紅記憶
> 帶腥腐敗在康乃馨
> 或是靠不住的五月花
> 卻藉口說這是一束盛開的玫瑰❻❸

「康乃馨」、「靠得住」、「五月花」都是衛生棉的品牌，這些名稱都帶著「美化」的意圖，藉由商業廣告的強力運作，宣揚舒適、芳香、吸水、防漏的效果，從而灌輸了一種責任：女性必須消滅、掩蓋、隱藏月經的種種跡象，也就是說，要把「猩紅記憶」化妝為「盛開的玫瑰」。此詩即以「廣告似的通俗語言」重新詮釋「事物」再回頭揭露「名稱」製作的偶然、任意與暴力，從而反省了「名－實」構造之虛妄。後文所列舉的名實不符，還包含「好朋友」的「壞行徑」──暴烈而來，操控女人的青春與慾望，然後飄忽而去。

---

❻❸　江文瑜，〈口・紅〉，《男人的乳頭》（臺北：元尊文化公司，1998），頁38。

整首詩的機杼，似乎把「身體／月經」切分為「我／你」的對
立結構，提出多層次的抱怨，但這實為戲劇式的設計，意在表述一
種辯證過程。「呸！算什麼」所帶出的句子，飽含「欲拒還迎」的
情緒。詩的末段說：

哎！看在這點的份上──
每次來訪都送我不同的顏色的唇膏
塗在陰鬱的花瓣
頓時，我蒼白的容顏
彷彿泛著溫存後的餘光……❻❹

「這點」係指經血滋潤子宮，連繫著生殖能力。前面所講的，是經
血衝激破壞的一面；這裡所講的，則是創造的一面。詩人質疑了外
加的「好朋友」的名目，幾經思索與體驗，不得不承認「壞行徑」
夾帶著「新能量」。於是「身體－經血」的關係，被比喻成天然的
「口－紅」，那是女性重要的身體資源，經由「耗損」而「獲
得」。

詩人另外一次大破大立的經血表演，見於〈憤怒的玫瑰〉。詩
共六段，中間四段分別以鋒利的言辭痛擊了酒客、嫖客、賭客、政
客。取得主位的女性，所秉持的「待客之道」，一言以蔽之，曰：
「沒／梅／霉／痞」了「他」。其力量則來自頭尾兩段所建立的體
液觀與詩學觀。為凸顯其演變，並舉如下：

❻❹　江文瑜，〈口·紅〉，《男人的乳頭》，頁 62。按原詩加重強調第一行。

憤怒的玫瑰	憤怒的玫瑰
下體充血	漲紅了臉
月經碎塊飛瀉	容顏更加嬌妍
口出譁／穢言	口出慧言❻

剛才所提到的四次攻擊行動，便源自這裡的「下體充血」。在男性書寫的一種格套之中，常把「充血－射精」的經驗，包裝成「蘊釀－爆發」的結構。因為爆發出來的是「精粹」（血肉之精、文字之精、感思之精），所以常被夸談炫耀。這一種「由紅轉白」、「煉血成精」的能力，乃是許多男性引以為傲的重要天賦——「充血」則是關鍵的程序，因為它使身體進入「固態」的想像，坐實了邏格斯中心主義的迷思。就內容而言，女性下體所充之血，只能轉黑（由於經血被視為污穢，故被降格為黑），無法上昇為白（上體之血則能轉為乳汁），此為「不如」之一。就行動而言，女性給出的方式，被視為「漸－漏」，無法「猛－爆」，此又一「不如」。

　　江文瑜此詩對於「血」的利用與變化，有一套自己的脈絡。其中「體液」與「語言」的對應關係頗為顯著。所謂不如之處，全被轉化為自在自如：月經之「碎塊飛瀉」，可以被解讀為一種零碎性、自由化、潑灑式的書寫。由紅轉黑的體液墨汁，則由恥辱轉為力量，以之書寫或潑灑之後，「容顏更加嬌妍」。正如前一首詩的「口－紅」之喻，我們再次看到，「上體」與「下體」之間的聯合作用：憤怒不平的心理，先轉化作上體下體俱充血的生理，再轉化

---

❻　江文瑜，〈憤怒的玫瑰〉，《男人的乳頭》，頁62。

為強力的語言。這裡似乎不必採取分解：把「下體之口」所出，視為「諱／穢言」；又把「上體之口」所出，視為「慧言」。諱／穢與慧，應是一體之多面：從女性主體潑灑而出的「經血－文字」，是世俗之口所「諱言」，且被視為「穢言」，他們諱莫如深，詩人使之昭然若「揭」，他們除穢務盡，詩人使之生「輝」──藉由反作用力的操作，貫通污穢與智慧，即是所謂「慧言」。

第二種體液，要談「白帶」。❻❻在傳統的「禍水」觀之下，女性身體常被視為血露的擴大，而娼妓更以其「居下游而眾惡集焉」的位置，被視為骯髒之尤者。江文瑜有意凸顯這種成見，面對「廢公娼事件」，她選擇了「白帶」來做為公娼們的象徵而開展其新詮。詩分四段，摘錄中間兩段如下：

　　　一卷　空白帶　手指按下「record」鍵
　　　一隻隻　白帶魚　躺在盤子上死不瞑目
　　　女人的白帶在性交時繼續泌泌流觸
　　　一條條白帶沾滿鮮血寫出的文字

　　　一卷　空白帶　開始錄下機械式的做愛
　　　一隻隻　白帶魚　被雙面翻攪，牙齒啃蛀
　　　女人的白帶混雜著精液，沾濕被褥

---

❻❻　婦科醫學所謂「白帶」，係指由女性生殖器分泌的一種具有自我保護作用的多種黏液混合而成，偶或帶有較強的色、味和血絲，可能是感染或疾病的警訊。

　　一條條　白帶從糾結的髮梢脫落❻⑦

此詩多方利用漢語的構詞潛能，每段漸次展示四種「白帶」的用法。其中「女人的」這一種乃是核心意象，由此衍生的其他三種意象，則分別隱喻女性生命的特殊狀態——白帶是錄存記憶的載具，白帶是被煎煮哨食的身體，白帶是寫著抗議文字的布條，合起來說，這些遭受損害的女性，就像她們所分泌的白帶一樣被不斷「賤斥」。白帶雖號稱「白」，但在價值上卻被納入「黑」的體系，這顯得頗為弔詭。詩人在此，便刻意用這種分泌物來表徵女性抒情達意的一種「語言」。

　　再其次，要談到精液與「愛液」。精液常被男性作者視為主體的延伸或擴展，因而自居於光明火熱，或不自覺地扮演橫暴的角色，如〈空白帶〉所示。但在〈妳要驚異與精液〉裡，卻展現了另一種主客盡歡的氛圍。❻⑧女性主體以一種自信的態度「凝視－諦聽」精液。全詩刻意運用諧音技巧（如：驚溢／勁屹／精義／晶衣），幾至泛濫的程度，經由聲音漫衍之術，解放了「精液」一詞固著的形象與意義。相應於精液的，則是「愛液」，也就是顏艾琳筆下出現過的「淫水」，江文瑜再度利用諧音的技巧，一方面賦予它「愛意」的情感內涵，一方面舖陳其「淫役」（淫液）的感官行動。合起來看，便是坦然愛淫，樂此不疲，同時對於男精女液進行了「解污名化」的程序。

---

❻⑦　江文瑜，〈白帶〉，《男人的乳頭》，頁 67。
❻⑧　江文瑜，〈妳要驚異與精液〉，《男人的乳頭》，頁 25。

　　前文提過，男性之血可以轉白，得到光明價值，女性之血卻常
轉黑，歸入陰暗體系。其實，女性身體之內也有一種由紅轉白的產
物——乳汁。這一種體液在人類社會裡，向來是被公開稱頌孺慕的
對象。依照佛教常見的說法，人身所出盡可稱為「惡露」；⁶⁹但在
若干經文裡，乳汁似乎更具「甘露」的性質。⁷⁰江文瑜筆下的乳
汁，則是：

> 我打開立可白
> 她橫躺——
> 堅挺的乳頭滲出豐沛的乳汁
> 或是，堅硬的陰唇
> 泌流黏狀的潤滑液
>
> 正準備塗抹在攤開的男體
> 修正那一身陽性的弧線——⁷¹

---

⁶⁹　佛教所謂惡露（asubha），泛指肉身所出一切體液及排泄物。惡，為憎厭之
義；露，即分泌物。參見丁福保，《佛學大辭典》（上海：上海書店，
1991），頁 2056。至於古今醫書所稱惡露（lochis），則指產婦分娩後胞宮
遺留的餘血與濁液，兩者定義並不相同。

⁷⁰　例如乳汁可以象徵慈悲或智慧。經云：「佛乳哺力勝一萬白香象。」又云：
「佛大慈悲猶如善母。般若波羅蜜如美乳。須菩提如犢子。雖數聞諸法相猶
未厭足。」見龍樹著，鳩摩羅什譯，《大智度論》卷 26、卷 89，在《大正新
脩大藏經》（臺北：新文豐出版社，1985），第 25 冊，頁 252、頁 690。

⁷¹　江文瑜，〈立可白修正液〉，《男人的乳頭》，頁 55。

這裡呈現的乳汁，顯然不是世俗所期待的那一種溫馴、滋養、甜美的光明液體，而是與「潤滑液」相提並論的慾望之汁。它被誇飾為「立可白」，一種具有修正功能且帶有刺鼻氣味的化學物質。被攤開、被塗抹、被修正的男體，也就淪為對象；乳汁與愛／淫液則成了女性主體向外延伸並發揮作用的利器。

江文瑜的詩既不入常格，相關評價也頗見分歧。李元貞肯定她：能夠跳脫父權文化的框限，解構並重構身體／思想／語言，翻轉出開闊的意象。❼❷鄭慧如則認為她的詩：「力」大於美，「刺激」大於啟發，「常被兩性對立的框架所圍限」。並補充說：

> 江文瑜雖然一意孤行地挑戰既有的價值體系，然而她選擇詩來表達自己的身體論述時，還是把握了文學作品的某些永恆價值，時或冰山一角地露出對安穩和溫柔的渴盼。有意思的是，她動人的作品往往出於這些酸楚的回味，反而不是她聲嘶力竭的搖旗吶喊。❼❸

這段評論立基於講究永恆、溫柔、含蓄的美學，反襯出江文瑜的價值立場——她最具特色的詩法，自非「冰山一角」式的局部露出，而是「聲嘶力竭」式的過度表達；不求酸楚的回味，而是快感的炫耀。這一種詩極力把意思說盡，「已說」吞噬「未說」，不留太多

---

❼❷ 李元貞，《女性詩學——臺灣現代女詩人集體研究（1951-2000）》，頁 204-215。

❼❸ 鄭慧如，《身體詩論（1970-1999·臺灣）》（臺北：五南圖書公司，2004），頁 240。

想像或回味的空間。其利銳處,在於斷然揭開眾所「不說」,給出新的發現。這種刺激似乎「來得急,去得快」,效果很難被延展或保留。問題是它本來就不追求那種鑽石般的「永恆」,而是動態式的當下感應。

江文瑜寫過一首〈女人·三字經·行動短劇〉,**❼④**最能反映這種特徵。題目裡的三個成份,恰好各有些意思:「女人」標出主體,「三字經」標出解構髒話的意圖,「行動短劇」則表明係用戲劇語言來將意念表演出來,不同於一般詩語言對現實作者的依附。相對於女性的遊行之姿,銅像堅持著一種頂天立地的態度,像神聖的陽物,發送一種無聲的三字經。「他」是理所當然的主詞,因為關鍵動詞,就源於他自我膨脹的價值。在詩行裡,女人掙脫「三字經」結構中無可替代的受詞位置,回應主詞的言說與行動。一般所謂「髒話」,主要便運用了「動詞:性交」與「名詞:性器」這兩項令人覺得「髒」(污穢、嫌惡、被侵犯之感)的字辭作為武器。話語的物理構成,僅是一堆無害的「語音」,但被聯結到其所指涉的具體事物,便會引發各種感覺與情緒。髒話的製作程序裡其實暗含「賤斥」,必先相信那些事物是污穢的,再以之擲向他人。

江文瑜的「反賤斥」策略,便是慨然打開視聽,「收錄」這些充滿惡意的話語,再將之還原為語音。在「轉拷」的過程中,大致沿用原來的語音材料,卻重新配置以不同的字詞,在「重播」時給出不同的意義。其路徑大約如此:

---

❼④ 江文瑜,《男人的乳頭》,頁58-60。

訊息Ａ→字詞Ａ→語音Ａ≒語音Ｂ→字詞Ｂ→訊息Ｂ

　　就語音而言，Ｂ係仿自Ａ，構成銜接點；就訊息而言，Ｂ卻顛覆
Ａ，引發新思維。髒話的製造者，在表層常毫不靦腆地表現出「亂
倫慾望」與「暴露狂」的衝動，在底層則潛藏著閹割與性無能的恐
慌。因此，Ｂ系統的主要操作便是「借力使力」運用Ａ系統的表層
衝動，再以相對應的強勢語言，揭露其內在恐慌。這一種以「行動
劇」自居的詩，充滿表演慾與動態感，算是一種履行性言語，完全
要放回「說話現場」才有完整意義，不同於安詳自足的美感。

　　銅像以及銅像般的語言（成語、慣用語與若干飽含權威或引發固定反應
的語句），作為聖體英魂的符徵，以其堅硬、凝定、冰冷的物質
性，在在蔑視著血肉之軀的生理性。體液以及體液般的非理性語
言，作為生命力量的展現，則又以其逾越、污染、變化的性能，反
過來嘲弄了銅像的僵固與無能。江文瑜喜歡「爛」用成語與髒話，
就像利用「被體液潑灑過的銅像」來恐嚇其他的銅像。所謂詩的技
藝，有時也就是在細究蓋得是否緊密、巧妙而漂亮。但江文瑜這一
類「淺－露」之詩，彷彿在追問：為什麼一定要蓋起來？為什麼不
能迎向剎那即將消逝的「痛」或「快」，而要延緩到下一刻來「回
味」？

六、華麗的出血表演

　　以血為核心的體液意象，在敘事性文學中，常能將事件帶入
「非常」情境。例如李昂（1952-）筆下，或流淌或噴濺的割殺之

血，有效形塑了殘暴而腥臊的小鎮。精液則表徵侵犯性的原始慾力，淚水是柔弱的；唯有經血能夠發揮一點點抵禦的作用，使男性觸者感到「無名的憤怒與一種清冷的恐懼」。❼但在陳雪（1970-）筆下，經血卻成了一個心靈畸變的男子迷戀的對象：

> 他攤開我淌血的下體，伏下他的臉。我看見他晶亮的眼珠中
> 反射出溫柔的血光，你聞，那腥甜的氣味，我也是個無能者
> 你知道嗎？只能在淚水與體液中反覆摸索，誰也觸碰不著我
> 生命的核心，那個部分已經蛀空了，剩下一個拳頭大的窟
> 窿，黑幽幽的。❼

在李昂那裡，經血主於隔開（異己），在這裡則主於引進（同類），效用並不相同。但多少皆聲言了女性身體的特殊屬性，並且含帶著一種「憂傷」的氛圍，彷彿流自心靈的黏膩而無聲的話語。這一段詩意文字，描述了哺餵與渴嗜的供需結構，經血居然如奶水或淚水，彌合了兩個「無能者」的身體，完成殊異的情感交流。對經血的「孺慕」，也曾出現在男性詩人許悔之筆下。他以「海洋撲面時／喜悅的經血」來呈現不可思議的宗教悟境；❼又以「哀求你的指

---

❼ 李昂，《殺夫》（臺北：聯經出版公司，1983），頁 137-140。

❼ 陳雪，〈色情天使〉，《夢遊 1994》（臺北：遠流出版公司，1996），頁 67-68。另外還有一段相關描述，見同書，頁 52-53。

❼ 許悔之，〈無可比擬〉，《我佛莫要，為我流淚》（臺北：皇冠出版公司，1994），頁 35。

頭／哀求你的頭髮／哀求你的經血／哀求你的乳頭」⑱描述痴迷之境。其實悟與迷之間難以分解，但詩人似乎在腥惡中體驗到一種聖潔而虔敬的氛圍。

　　李昂和陳雪的小說，還曾寫到「初潮」體驗。⑲那種震憾性的身體儀式，開啟了女性生命的另一個階段。它將成為豐富的載義之體（vehicle），但首先仍應該是被體驗、被談論的旨意核心（tenor）。隨著社會的開放，近十年左右開筆的年輕作者，更多地觸及這種自身的體驗。當十六歲的湯舒雯（1986-）在散文裡，坦然描寫「腹內似鉛塊順勢緩緩一沉，胯下就汩汩滑過一股熱流」的景象，以及它如何成為家庭、學校的日常物事與一般話題。⑳似乎也正透露，經血符碼已不必然帶著瀆神犯忌的聲息。此外，李欣倫（1978-）曾經援用克莉斯蒂娃的賤斥（abjection）觀念，正視各種身體孔竅及其流出物。㉑當代文化理論打開知識與感官交互為用的視域，使作家能更銳利地分析自己與他人的體液經驗，並從中衍生體悟與詩意。

　　在類似的社會脈絡下，經血符碼日漸浮顯於年輕詩人的筆下。但相對於其他文類的敘事與言說，詩更專長於意象的營造。例如陳

---

⑱　許悔之，〈哀求者〉，《當一隻鯨魚渴望海洋》（臺北：時報出版公司，1997），頁 86。

⑲　分別見李昂，《殺夫》，頁 81-82；陳雪，《夢遊 1994》，頁 87-88。

⑳　湯舒雯，〈初經‧人事〉（2002），收於席慕蓉編，《九十一年散文選》（臺北：九歌出版社，2003），頁 181-187。按此文曾獲得全國學生文學獎高中散文組第一名。

㉑　李欣倫，〈有洞〉，《有病》（臺北：聯合文學出版社，2004），頁 121-129。

柏伶（1977-）的詩，提到：

> 魔鬼嬉鬧地自坍塌子宮蜂擁而出
> 熱水瓶仍仰躺成極地冰山之頂峰
> 血衣散落紛紛
> 覆染時間成滯留的淤傷
> 藥劑溶不進感緊的眉心……
> 我浮貼一次死亡
> 在嬰孩微笑的臉上⑧

略過污穢腥臊的性質，專力凝視身體所遭受的強大衝激，以及由此喚起的存在感受。其間塑造了許多鮮明的對比意象：經血將出之際有如「魔鬼嬉鬧」在裡面，既出之後有如「嬰孩微笑」在外面；整個身體就像「極地冰山」，但腹腔某處卻像「熱水瓶」。它所帶來的疼痛與憂鬱，是藥劑所無法弭平的。──從這些意象群看來（特別是藥劑、死亡、嬰孩、仰躺等字眼），似乎也可能指向「墮胎」的經驗。或者說，詩人有意使「行經」與「墮胎」形成互為隱喻的作用，以強化詭異的氛圍。總之，全詩緊緊「浮貼」著一種自觀的痛感經驗，正是異性他觀所匱乏的。

除了作為焦點，經血在詩裡，也可以是脫軌離常的輔助性意象。比如在楊佳嫻（1978-）充滿暴力色彩的抒情詩裡，有這樣的描

---

⑧　陳柏伶，〈經痛〉（1998），見《雙子星人文詩刊》第 7 期（1998.6），頁34。

寫：

> 大霧裡投下愛人的眼睛作材薪
> 床單上的經血可以生飲
> 我越過風雨後凌亂的草原
> 追趕想要逃走的無數標語❽

「大霧」帶出夢境般的奇異畫面，製造了迷離恍惚的氛圍。其中的經血符碼，特別具有魅惑之力。不寫經血之排出，而寫飲回，刻意表演了一種逆向行動。一般以「茹毛飲血」描述人類過著野獸般的飲食生活，但那是指異己的獸身之血。楊佳嫻所想像的生食模式，則不僅野獸化，更趨於魔怪化。在一種巫醫想像裡，經血被視為兼具「破壞／創造」的雙重性，常人懍於腥惡，不敢輕攝其能量。詩人則利用這種能量，再現了意識底層的破壞慾望。

　　「床單上的經血」就像稿紙上的猩紅記號，再次出現於她描寫愛情失落的詩篇。惟相對於前詩的狂野想像，此詩更像在描述日常的細節。開頭兩段說：

> 你所不知道的早晨
> 我依舊最早醒來
> 掀開棉被

---

❽　楊佳嫻，〈暴力華爾滋〉（1999），《屏息的文明》（臺北：木馬文化出版社，2003），頁121。

用沾濕的面紙擦拭床單上的經血
氣味暈開了，我的內在
潰散於第一道晨光

想像愛是夭亡的卵子
逃離促迫的城市內壁⑭

舖陳之際，不無寄託。其中「用沾濕的面紙擦拭床單上的經血」的畫面，無論實寫或虛設，總是來自體驗，並指向「努力擦拭愛情記憶」的聯想。後面一行：「氣味暈開了，我的內在」，確認了外流經血暗喻內在情思的解讀方向——它們是幽黯的，就如夜色潰散於晨光。隔段的兩行，使整個比喻系統急速凝定：「內在－愛情」有如「經血－卵子」排出「城市／體腔」之內壁。在既有的符號模式裡，代表情思的體液，通常是眼淚，或者血淚。它們從身體內部（有時被理解為心靈深處）流出，便具有「抒發」和「傳導」的作用。這類體液純淨而高級，本不包含生理之血。但在前面這首書寫「悲傷」的詩裡，經血儼然變成了特殊的抒情之液。

　　當然，經血抒情的方法並不單一，有時也可和敘述性或議論性相結合。吳音寧（1972-）新近出版的詩集，有一輯「姊姊妹妹」，便屢屢使用生理意象來推動性別敘述。經血符碼再三出現，卻頗能超脫窠臼。例如〈隱花植物〉，以四季變化呈示繁複的身心應受，既觸及「一回回微甜的血腥味」那樣的自得玩味，又有「肚腹有颱

---

⑭　楊佳嫻，〈悲傷〉（1999），《屏息的文明》，頁123。

風橫掃而過」所激生的奇異幻想。❽再如帶著故事性的〈妹妹，種
子落地了嗎〉，共分四段，茲錄其前半部：

> 這季雨下得特凶，天空洞開，如期釋出庫存。一舉沖塌雲層
> 整個月的淤滯，紅紅、紅紅的水，匯流進入山谷，素樸山
> 頭，於是開出一朵朵的花俏。我懶惰不想出門，就窩在潮起
> 潮落的廁所裡給妳寫信，不怕他們發現，一向嫻靜的馬桶流
> 露慾望，大口飽食羞紅臉的衛生紙而笑聲盈滿。這洗滌的大
> 好季節啊！我感覺自己變乾淨了。
>
> 妳仍苦苦等待嗎？托腮看錶，嗓聲吞忍焦躁。月經這小妮子
> 時常頑皮戲弄，遲遲、遲遲不來，延誤滿園春色，僵老燦
> 爛，等不到夏天攜雨來造訪。是不是被禁足了？脹大的乳房
> 預言著失約的悲傷事實，任憑青春翹首，逐漸凝結成型的灰
> 濁雲塊，反覆思量上次玩樂的細節而心生怨懟。只恨上帝生
> 就男兒身，不懂體會女子的心煩。❽

詩人意圖通過「姊姊妹妹」共享的經潮體驗，使「我」能夠體入
「妳」的身心處境。首段的演出者是「我」，充滿縱放的歡快與坦
然：紅潮滋潤肉身，如同暴雨匯入山谷。伴隨著生理之潮的縱放而

---

❽　吳音寧，〈隱花植物〉，《危崖有花》（臺北：印刻出版公司，2008），頁
　　38-41。
❽　吳音寧，〈妹妹，種子落地了嗎〉，《危崖有花》，頁 42-43。

來的，是行為與心思的縱放——詩人使用了「流露慾望」、「笑聲盈滿」、「大好季節」等字眼，描述坐在紅潮起落的馬桶上的情態。馬桶在這裡，儼然被視為來經女性肉身的延伸體或對應物，有違一般所謂美感，卻觸及異樣的快感。其中經血與笑聲構成轉喻關係，寫信與行經也暗相呼應，它們都是身體內部送出的訊息。第二段焦點轉到「妳」，一個「有待」的年輕女子——經血不來且伊人不來（這應當是，關於年輕女子未婚懷孕終至墮胎的故事）。詩人藉由一種「淤塞感」（乳房脹大、雲塊凝結）來表達「有待不遂」的煩哀，這與前段「縱放感」所含蘊的「無待自得」形成對比。就寫作方法而言，相對於前段的感官式呈顯，後段更偏向於理念式說明（特別是最後一句），恰恰反映了經血書寫的兩種型模。

　　事實上，這兩種型模也可以相互滲透，共同呈顯。田菡（1988-）的〈鬼故事〉，不像吳音寧那樣帶有社會關懷的意圖，而更馳縱於「流出」的想像：

　　　　血流著汨汨的流，長江黃河千人萬人大合唱「經血經血向哪流」，大哉問，從浴室躺著她涼涼影子的橄欖綠瓷磚鮮明突兀地轉換成「流過山川」的大陸尋奇的片段、然後千千萬個亞洲歐洲非洲婦女的臉孔——（……）
　　　　無聲的千萬張嘴用力開翕是最為謳訝嘲哳的，彷彿猥褻的安魂曲，不是安魂而是擾靈了。她是無聲的流著血，一個月亮週期又一個月亮週期。
　　　　未有著落安居的億萬小生命的候選者，也如流光淌去乾涸了。我的小寶貝啊，她無聲也無心的哀歎，只有鬼魂的攬

鏡，無有端視無有。❽

　　首先，詩裡觸及了體液的共體效能──經血是普天之下姊妹們共通、交流、合唱的樂章，流自各式各樣的女體，超越種族、信仰、階級，滋潤地球上的每一塊土地。其次，又彰顯了體液的自體意義──稱之為「小寶貝」，意謂著排出有如生產；稱之為「鬼魂」，則排出又等於死亡（機杼類同於前引陳柏伶詩，但渲染得更仔細）。這是臨界於生死界限，游移乎自我與陌異他者之間的一種生命體驗。合起來看，這個文本書寫了體液的多重面向，一方面是能「放」諸四海的快感演出，經血在大地上自由漫衍，流得理直氣壯，姿態橫生，這種境地稱得上是漪矣盛哉了！另一方面是「收」之不得的悵然若失，有著傷悼自憐的抒情顫動，大肆流淌而又微微留戀，製造了思維與感受的縟褶。

　　再以林立婕（1974-）最近出版的詩集《櫻桃破》來說，體液意象也「縱放」得十分「自然」，因為它們幾乎已經成為日常的一部份了。其中的〈門前遲行跡〉很值得細讀，全篇與李白的〈長干行〉（妾髮初覆額）這首著名的樂府體閨怨詩形成互文關係。第一段以「我就這樣死在你的耳朵邊」開頭，似乎在影射性愛，但結果是（我的心裡？）「──一生綠苔」，而你「趕著去拔牙」。第二段首句轉到「我想起奶奶的葬禮上兒孫稀少的情形」，然後歷數家族成員生死與婚嫁的瑣事。這兩個段落似無直接關聯，但都涉及人情之

---

❽　田菡，〈鬼故事〉，收在陳惠齡、丁威仁編，《第二屆竹韻清揚文學獎作品集》（新竹：國立新竹教育大學，2008），頁 55。

冷、門庭之疏，也就是李白原詩的核心意象：「門前遲行跡，一一
生綠苔。」接下的段落，迅速進入激昂的抒情瞬間：

> 我穿了黑色的褶裙
> 血流出鑲成黑色蕾絲
> 涸了又滲滲了又涸
> 荼蘼啊整座墳塋
> 往下墜也不會怨懟
> 妖冶啊葳蕤山坡
> 輕輕掠過狠狠刮痛
> 焚燒啊西園黃草
> 罪惡的淵藪
> 荏苒的沉痾
>
> 麻疹啊整片海洋，發燙啊皚皚冰川
> 宿醉啊每個決定，坐愁啊任憑靈雨**⑱**

「黑色」衣著表示了前兩段累積下來的鬱積之感，而內發的「血
流」則成了一種紓解。「涸了又滲滲了又涸」的歷程，雖對應於生
理現象，但彷彿也是暗示無法封鎖住的情思反覆運作著。「墳塋」
原本接續前段提到的「葬禮」，但這裡同時暗喻自己的肉身，而

---

⑱　林立婕，〈門前遲行跡〉，《櫻桃破》（臺北縣：角立有限公司，2009），
頁 57-58。

「荼蘼」則影射「血流」。同理，下一行的「妖冶」緊扣荼蘼（血流），蕨蕨山坡緊扣「墳塋」（肉身）。所謂「開到荼蘼春事了」，抒情主體感受到青春如血流逝的焦慮（輕輕掠過狠狠刮痛），而更著力體驗著奔流的時刻。第四行以後，句子顯得迫促而跳躍，恰恰再現了一種狂熱的精神狀態。好幾處只用個「啊」或「的」字串連句子的兩端，而不多說明，使意象自行碰觸而產生力量——其中「荼蘼」、「麻疹」等名詞與「焚燒」、「發燙」等動詞，擺在相應的位置，彷彿也動詞化了。統而觀之，焚燒、荏苒、麻疹、發燙等等，發揮了「血紅」（內發之熱）系列；西園黃草、海洋、冰川、霪雨等，則構成了「綠苔」（外爍之冷）系列——它們都在身體裡交融。前面我們提過，經血有時取得「淚」一般的抒情表徵；讀了這首詩，還可進一步說，經血有時還可以發揮（或結合）「酒」一般使身體忽忽如狂的抒情效能。

　　在上述諸例之中，我們看到：在「現實」中被遮蔽的經血，在「文本」中卻可以大肆展覽。這涉及了符號對物質的轉化，私祕慾望對公共禮儀的質問。傳統的「血污池」之類的想像，顯示了對於異質成份的恐慌。然而社會規範極力將體液妖魔化，這也恰恰賦予它們妖魔般的能量。在戰鬥性較強的文本中，譬如江文瑜，我們看到體液符碼有如猛獸出柙，聲言了自身的存在。而在更偏向於日常性的夏宇模式裡，則體液有時也如寵物那般與人親近——本節所討論的年輕女詩人們，兩者兼具而更偏向於後者。這些流出體驗在詩裡，每如一場華麗的文字表演。無論憂傷或狂歡，多能帶出鮮銳的震顫，在抒情與敘事上，取得獨特的魅惑之力。

七、結　語

　　經血化為符碼，曾出現在不同的語言脈絡裡——書面的醫書、志怪、宗教典籍，⑧⑨口頭的髒話、笑話、委婉語，⑨⑩儘管姿態內容各異，總是不把它當成詩意對象。當代創作者，以詩的文體格式廣泛收納各種體液符碼，其意義便在於擴充舊有的認知方式，提供新的詮釋與創造。在考察當代臺灣一種另類的身體書寫時，我們發現使用「糞便型污染」來進行解放或反抗的詩人，大多為男性。⑨⑪或許正因為「經血型污染」蘊含著更複雜、強悍而特殊的能量（在述說的過程，也顯得更為艱難），所以當代女性詩人更迫切地利用它來表義，而不遑他求了。

　　本文所探討的幾位主要詩人，關懷重點各有不同：夏宇率先使體液成為身體／主體的延伸物，具有「說破」的首功，在保守的年代裡打開了一條任性的表現管道。顏艾琳接著大肆發揮生理性因素，一則開展了「情慾－經血」的新面向，一則強化了「情緒－經血」的舊關聯，誇大而且反思，使之趨於立體化。江文瑜又帶進了「語言詩派」的視野與方法，刻意操作體液的反諷功能，使體液成為挑戰體制或權力的利器。她們的共通處在於，全都走上了「得體」的反面，形成不馴的體液與不羈的文字相互生產的結構。

---

⑧⑨　相關例證，參見李建民，《方術·醫學·歷史》（臺北：南天書局，2000），頁 123-129。

⑨⑩　Sophie Laws, *Issues of blood: the politics of menstruation*, (Hampshire: Macmillan, 1990), p.86.

⑨⑪　參見本書第六章。

　　然而文學上的體液表演，把經血及其他分泌物加以「前景化」，也可視為現實生活的扭曲變形。這是女性意識覺醒後，一種姿態的表演，具有性別認同與社會實踐的戰鬥意義。評價這樣的文本，不能單獨從字詞之間去尋求張力，還應當從前景符碼與背景文化的相互拉扯，來考察美感、詩質、詩語本身如何被問題化，從而在動態過程中產生力量。也正是經歷這樣的狂飆洗禮，經驗與符號都被拉到極限，形成百無禁忌的態勢。體液符碼漸漸融入既成的詩語系統，晚近十年出手的新詩人，已經不必費力於開疆闢土，反而能夠在更自然的氛圍裡，從容享受揮灑的自由，創造出各種豐富的樣態。**❷**

　　女性體液，特別是經血惡露，向來具有「恐怖／神聖」、「玷污／滌蕩」、「疼痛／快感」乃至「腥／甜」等多層次的雙重性。相較於傳統的認知模式，詩人雖更著力於喚醒後端的正面效應，但也時時利用前端的「負面－力量」，只是賦予更多主體意識，把社會賤斥之物轉換為自我表現之道。因此，體液詩學基本上是濁穢而魅惑的，甚至於執迷不悟。好在詩並非總是追求醒悟，有時也得追求狂迷。

---

❷　這裏的描述與歸納，得益於劉人鵬提供的見解。

第六章　違犯·錯置·污染
——臺灣當代詩的屎尿書寫

云何名生處不淨？頭足腹脊脅肋，諸不淨物和合，名為女身。內有生藏熟藏屎尿不淨，外有煩惱業因緣風，吹識種令入二藏中間。若八月若九月，如在屎尿坑中。（……）種子不淨者，父母以妄想邪憶念風，吹妊欲火，故肉髓膏流，熱變為精。宿業行因緣，識種子在赤白精中住，是名身種。（……）自性不淨者，從足至頂，四邊薄皮，其中所有不淨充滿。飾以衣服，澡浴花香，食以上饌，眾味餚膳。經宿之間，皆為不淨。假令衣以天衣，食以天食，以身性故，亦為不淨，何況人衣食？（……）自相不淨者，是身九孔常流不淨：眼流眵淚，耳出結矃，鼻中洟流，口出涎吐，廁道水道常出屎尿，及諸毛孔，汗流不淨。（……）究竟不淨者，是身若投火則為灰，若蟲食則為屎，在地則腐壞為土，在水則膖脹爛壞，或為水蟲所食。一切死屍中，人身最不淨，不淨法九相中當廣說。——《大智度論》❶

---

❶　龍樹著，鳩摩羅什譯，《大智度論》（臺北：新文豐出版社，1981），卷

一、前言：屎尿之為一種詩材

　　佛教有所謂「不淨觀」，又稱「惡露觀」，係指透過觀想肉體所出種種不淨之物，從而去除貪欲執迷的修行方法。相關說法，屢見於各種佛教經典。例如《大智度論》所提「觀身五種不淨相」，便是從多重角度反覆論證身體的本質有如糞土一般，不可眷戀。「屎尿」在系列言說中，以其分明「可厭」的條件，強烈彰顯了這種本質，成為最重要的象徵物。就「不淨觀」所蘊含的身體論或世界觀而言，我們可以說：屎尿是身體的提喻（synecdoche），身體又是五濁惡世的提喻。於是，「屎尿－穢身－濁世」儼然構成了一組「厭棄」的對象系列。

　　但依照莊子的「齊物」思想，神奇與臭腐並無本質上的差別。他曾以「在屎溺」來呈示道之不逃於物。因此，濁穢意象的再三運用，成了道家破解成見的重要方法。其實，屎尿自古以來即與人類生活密不可分：在農業上，「多糞肥田」乃是重要而普及的觀念；在醫學上，排泄物也常是中醫藥方中不可或缺的一種成分。❷除此之外，道教文獻中常有服食屎尿穢垢可以脫凡成仙的傳奇，可見此物在被污名化的同時，另有被神聖化的面向。❸

19，頁 284-285。

❷　詳林富士，〈道在屎尿〉，《小歷史——歷史的邊陲》（臺北：三民書局，2000），頁 150-151。

❸　詳陳器文，〈道家故事中的「食穢」文化〉（明清文學國際學術研討會論文，香港大學亞洲研究中心，2000.4.27-28）。此文對屎尿的文化意義，有豐富的闡發。惟僅將「食穢」解釋為謙卑告罪的儀式性意義，似乎忽略了食穢

　　再就禪宗而言，也頗異於傳統佛教之除穢務盡。唐代德山宣鑒禪師說：

> 這裏無祖無佛：達磨是老臊胡，釋迦老子是乾屎橛，文殊普
> 賢是擔屎漢，等覺妙覺是破執凡夫，菩提涅槃是繫驢橛，十
> 二分教是鬼神薄、拭瘡疣紙。❹

這個系列喻象，在破除聖潔與穢濁的對立，說明佛法不是超然物外的空洞觀念，而是存在於當下世間萬物之中。一味追求耳聞目見之清淨，是縛不是悟。尤有甚者，密宗以上師之尿、屎、髓、精、血為「五甘露」，號稱供養或服用的聖品。❺凡此種種，顯示了屎尿能出（排泄）能入（飲食）可淨（益道）可穢（污染）的多重性質，蘊含著豐饒的文化意義。

　　惟在傳統詩學的美感系統下，屎尿題材不易大規模開展。❻而

　　療病的經驗基礎。葛洪《神仙傳》固以此為登仙之術，但其所著被視為具有
　　臨床參考價值的醫書，卻也充滿此類藥方：「取牛馬糞尚濕者絞取汁灌其口
　　中……若無新者，以人溺解乾者絞取汁，此扁鵲云。」見《肘後備急方》
　　（北京：人民衛生出版社，1983），卷1，頁13。
❹　釋普濟撰，蘇淵雷校，《五燈會元》（北京：中華書局），卷7，頁324。
❺　見宗喀巴著，法尊法師譯，《密宗道次第廣論》（臺北：妙吉祥出版社，
　　1986），頁532-535。
❻　按在古典詩裡，屎尿入詩並非絕無，以《全唐詩》為例，卷869，顧況：
　　「駐馬上山阿，風來屎氣多。」卷869，權龍褒：「飽食房裡側，家糞集野
　　螂。」卷870，朱沖和：「牛屎堆邊說我能」。（以上係利用羅鳳珠主持
　　「網路展書讀」網站 http://cls.hs.yzu.edu.tw，檢索而得。）這些詩句都局部地
　　利用糞便意象來製造趣味，但還沒構成系統性。至於小說方面，則在《紅樓

在現代美學裡，「肛門快感和驕傲地表現這種快感的藝術，已經不足為怪；形式法則無力地向醜陋投降。美和醜變成完全動態性的關係。」❼這種趨向經常體現於現代詩歌，特別是導源於波特萊爾（Charles Baudelaire）的「惡之華模式」，魔怪、醜陋、罪惡、污穢等等負面事物皆能「入詩」，激生澎沛的能量。此外，當代文化理論對於象徵過程與異質殘渣的重新省視，則又從屎尿中開發出深刻的蘊涵，文學藝術也有相應的精采表現。克莉斯蒂娃（Julia Kristeva）的「賤斥」（abjection）論述，尤具啟發意義：「對某種食物、髒污或殘渣感到噁心時，有痙攣和嘔吐保護著我。反感和噁心，將我和骯髒、污穢、淫邪之物隔開。而由妥協、騎牆或背叛所帶來的恥辱，則有令人迷惘的震顫，將我引向它，又把我和它分開。」❽身體對於穢物的拒迎機制，與主體形成具有繁複的關聯，它們乃是宗教、政治、社會行為中「驅逐異己的暴力」具體而微的展現。

　　當代臺灣詩人（特別是後現代特徵較強烈的幾位詩人）對於屎尿詩材的運用，面貌頗為豐富，足與前述傳統宗教觀念或當代文化理論相互印證。這裡準備就此進行較細膩的探討，期能通過諸多詩例的檢視、分析、整理，找出指標性的詩意模組，以抉發一種當代詩歌的嶄新走向。經由廣泛整理與實際分析，選定陳黎、孫維民、陳克

　　夢》中有頗為精采的穢物書寫，詳歐麗娟，〈《紅樓夢》中的「狂歡詩學」〉，《臺大文史哲學報》第 63 期（2005.11），頁 90-99。

❼　阿多諾（Theodor W. Adorno）著，林宏濤、王華君譯，《美學理論》（臺北：美學書房，2000），頁 97。

❽　克莉斯蒂娃（Julia Kristeva）著，彭仁郁譯，《恐怖的力量》（臺北：桂冠圖書公司，2003），頁 4。

華、林燿德四位詩人共計二十餘本詩集作為研究材料，大致歸納為三種主要類型，分別於正文各節詳論：其一、鬱糞填膺型，以屎尿為魔鬼或罪惡的隱喻；其二、潑糞罵街型，以屎尿為反社會的武器；其三、玩屎不恭型，以屎尿為神奇變幻的遊戲。最後，我將嘗試從屎尿作為詩法的面向，探討建立屎尿詩學的可能。

二、污鬼附身或排泄困難

> 排泄是天與地最終分離的隱喻核心。（……）污物總是與排泄有些心理學上的關聯，涉及我們總想擺落的任何東西。這便是耶穌所說的：「入口的不能污穢人，出口的乃能污穢人。」（〈新約·馬太福音〉15:11）（……）正如基督教的聖餐建立在飲食的隱喻基礎上，洗禮也成為潔淨靈魂的物質形象，即把真正的個人從原罪的排泄物中分離出來。❾

　　為了防衛既成認知，擺脫不要的東西，人們劃定了「不淨／潔淨」的對立概念。污物周邊的一切，隸屬於「不淨」範疇，這是「地」的系統；遠離污物的侵擾，乃能昇入「潔淨」範疇，那是「天」的系統。《聖經》裡經常出現「屍體如糞土」的比喻，例如：「人的屍首必倒在田野像糞土，又像收割的人遺落的一把禾稼，無人收取。」（〈舊約·耶利米書〉9:22）這是被懲罰的、靈魂不

---

❾　Northrop Frye, *Words with power: being a second study of "the Bible and literature"* (San Diego: Harcourt Brace Jovanovich, 1990), pp.262-263.

在的、逐漸腐爛的身體，生前不斷地製造並排出糞便，一旦死了，其本身便成了最大的一塊糞便。克莉斯蒂娃（Julia Kristeva）曾指出：「糞便及其等同物（腐爛物、感染物、疾病、屍體）代表了來自身體外部的危險：自我與非自我的威脅，社會受到其外部的威脅，生命受到死亡的威脅。」❿糞便預告食物的下場，屍體則映照身體的本質。人類社會中種種淨化的行動，其實也顯示了一項認知：身體存在著「與生俱來」的濁穢與罪惡。⓫

這些「去糞便化」的努力，除了洗禮之外，還包含驅逐「替罪羊」以取回社群的和諧，以及對於各種鬼怪或異質成份的排除。《聖經》裡就有許多關於「鬼附」及「趕鬼」的記載，例如：

> 耶穌一下船，就有一個被污鬼附著的人從墳塋裡出來迎着他。那人常住在墳塋裏，沒有人能捆住他，就是用鐵鍊也不能；因為人屢次用腳鐐和鐵鍊捆鎖他，鐵鍊竟被他掙斷了，腳鐐也被他弄碎了；總沒有人能制伏他。他晝夜常在墳塋裡和山中喊叫，又用石頭砍自己。他遠遠的看見耶穌，就跑過去拜他，大聲呼叫說：「至高　神的兒子耶穌，我與你有甚麼相干？我指著　神懇求你，不要叫我受苦！」（〈新約·馬可福音〉5：2-5）

---

❿　克莉斯蒂娃，《恐怖的力量》，頁 91。

⓫　里克爾（Pual Ricoeur）指出：「嬰兒因父親一方精液的傳染、因母親生殖器裡外的不潔，和因分娩時外加的不潔，而可以被認為生下來就帶有不潔。」這種信念對於原罪觀念的形成，具有決定性的作用。見里克爾著，翁紹軍譯，《惡的象徵》（臺北：桂冠圖書公司，1992），頁 29。

被鬼附身的主要症狀包含自殘、自毀、瘋狂、抑鬱、抽搐、癲癇、失聰、失言、失明等等，而耶穌的驅鬼行動則具有清除污穢、顯揚神道、廣布聖潔的意義。⑫經文的記載都在彰顯神的權柄，神力的語言一發，鬼怪便被排泄出去。但假使鬼附之人恰巧沒有遭遇基督呢？是否還要常在墳塋裡瘋狂、喊叫、自殘？就像一個人飽嚐排泄困難的苦疾，走投無路，鬱「糞」填膺。

　　污鬼一般的生命體驗，始終是孫維民（1959-）重要的主題。在他早期的作品，頗有些頌讚「果園與樹」的意象群，但果園的純淨並不堅牢，詩人漸漸像一棵悲哀的「樹」負載著整個果園的傾頹破壞。人間惡化為牢房、病院、荒原、戰場，重病的使徒漸漸浮起一種「請你帶我走」的彼岸想望。靈魂難以飛昇，而血肉之軀則要不斷地擺脫污濁。他曾在兩首詩裡演練了掩埋惡夢／屍體的行動，旋即發現其徒勞。其中一首說：

　　　　你不能夠掩埋惡夢像一具屍體
　　　　當你丟下鐵鏟，轉身離開
　　　　你不能夠微笑並且安慰自己：
　　　　「天啊，我已經將它掩埋——」

　　　　因為它會回來，像一具屍體
　　　　破土而出，當你的心日漸衰弱

⑫　關於「鬼附與趕鬼的新約模式」，詳楊牧谷，《魔惑眾生——魔鬼學探究》（香港：明風出版社，2006），頁167-224。

> 或者它是一片綠草，以嬰兒的哭聲
> 包圍你的破枕與床第❸

掘穴掩埋，代表一種驅逐異質穢物出界的努力。但「它」並未輕易就範，反而展現週而復始的再生能力。嬰兒與屍體，正如食物與糞土，乃是一物之流轉狀態。於是「掩埋」同時也就等於「栽種」，消滅成了製造，製造一個生長著的幼小屍體。關於「嬰兒的哭聲」，應該參考情節類似的另一首詩：「他夢見遙遠的惡夢像一堆嬰孩／以植物生長的速度，劇烈地號哭」。❹植物般的速生，也就暗含著速死，因此一般所謂「欣欣向榮」的景象，詩人看來居然「如哭」。這裡關於化屍為嬰的描寫，同時具有「污物生命化」的意涵，就像污鬼一般。

但這兩首詩，實際上並未講到身體如何「分離」惡夢的技術，就直接談論「掩埋」，也未正面涉及惡夢的運作模式。若干年後，這種經驗乃被具體化為近似「魔鬼附身」與「驅魔未遂」的描述：

> 如此強悍的痛苦在我的體內我無法以眼睛嘴巴性
> 器將它排出我不能用聲影液體煙霧將它殺死
> 我在信封上書寫姓名地址
> 我拿起電話按下一堆數字

---

❸　孫維民，〈你不能夠掩埋惡夢〉（1986），《拜波之塔》（臺北：現代詩季刊社，1991），頁 123。

❹　孫維民，〈清晨掩埋〉（1986），《拜波之塔》，頁 121-122。這兩首詩之間的關係，既屬重覆呼喊，也有前後發展。

我走進黑暗的街道直到破曉
我駕著車任憑儀錶求救尖叫
我打開門找到床枕
躺下以前照例我
祈禱⓯

看起來惡夢與身體的分離並非理所當然，「我」彷彿面臨了一種
「排泄困難」的病症：病者多方尋求「排出」的可能，但無論通過
九竅之分泌，或者藥物催逼乃至幅射線之滅殺，依然莫奈之何。
它，一種宇宙無敵的超級大便，甚至是無法（書信）「寫－出」或
（電話）「說－出」、「叫－出」的。「我」走進街道（亦即走「出」
屋子，這是仿擬性排泄），駕車狂奔，依然擺脫不了，最後只得乖乖回
家、上床、祈禱（這一連串動作是「就範」的儀式）。禱詞也許就是這
樣：「你以黑雲遮蔽自己，以致禱告不得透入。你使我們在萬民中
成為污穢和渣滓。」（〈舊約·耶利米哀歌〉3:44-45）但詩人沒有多
說。至此，其實已確認了「糞便即身體」的判斷，其演算公式約略
如下：因身體是我，且糞便也是我，故我不可能排出我。詩人接著
說：

可是始終它在生長還在我的體內像某種外太空的
異形指節伸進我的指節如同手套腳掌踩壓我的腳

⓯　孫維民，〈異形〉（1993），《異形》（臺北：書林出版社，1997），頁
68。

　　掌彷若鞋子它的身體終於取代了我餘下空殼的我

　　不過是它臨時的居所偽裝❶

糞便的另一個名字叫魔鬼，只是詩人以當代科幻視域更新了傳統的
鬼附境況，其創意還在於把神祕的驅鬼行為與生理經驗結合起來，
並描繪「鬼」在現代人身上所施展的「無聲詩學」：沒有抽搐、癲
癇、失聰、失明等症狀，外觀良好，內質卻被全面置換。按《聖
經》裡所承諾的「淨穢分離術」非常斬截：「將稗子薅出來用火焚
燒，世界的末了也要如此。」（〈新約·馬太福音〉13:40）「世界的末
了也要這樣。天使要出來，從義人中把惡人分別出來」（〈新約·馬
太福音〉13:49）但假使「稗子＝我＝麥子」呢？那麼，稗子可能無法
薅出，正如污鬼無法逐出，糞便無法排出。

　　魔鬼來自人或神，正如排泄來自飲食。下面這首詩便涉及此一
議題：

　　　晚飯之後冬日的風還在門外搜索著。

　　　我的足印向後行走，經過樓梯，巷街，車站，橋樑

　　　回到一幢此時已然沉寂黑暗的建築……。

　　　胃裡的食物磨碎，分解，進入小腸與大腸

　　　而傷痛持續逗留在體內無法確定的某處

　　　　　不易吸收，排泄困難。❷

---

❶　孫維民，〈異形〉，《異形》，頁 68。

❷　孫維民，〈一日之傷〉（1995），《異形》，頁 71。

詩的核心意象是「傷痛」與「糞便」的類比，以及因此產生的速差：晚上新食之物已速速化糞，白天獲取之傷痛卻遲遲其行。詩人倒帶式地回溯了它的形成，那依然是可怕的「無聲詩學」：天地不言，萬「糞」（病、毒、惡、魔、罪）生焉。詩的後半即描述它與食物、空氣接觸之後，終於「內化」為身體的一部份：「在細胞之間築巢，像禽與獸／在血液之上飛翔，如神或魔」❶⑧。這等描述當然不指糞便，看來倒像是惡性腫瘤或血癌的層次了；惟細究其實又不僅是肉身磨難，而是靈魂上的大災變。換言之，腫瘤是難以自力排泄的糞便，惡魔是天地間最可怕的腫瘤。生理上的糞便終究可以經由小腸大腸而排出，但靈魂深處的糞便（魔或如魔之物）卻是「對景難排」的。

　　他的三部詩集，從《拜波之塔》到《異形》、《麒麟》，可以看到一個總趨勢：神啟意象（apocalyptic imagery）漸弱，魔怪意象（demonic imagery）漸強。較早的〈海禱〉，詩人祈望回歸彼世的花園，那時作為現世代表的意象不過是「血紅的月亮」。❶⑨到了〈兒語〉、〈俘虜〉，整個現世都成了魔怪的類比：狗食腿骨，菌侵內臟。要結束這一切，只能期之於一場毀滅性的「大戰」。❷⑩後來又有〈路徑〉，描述人想尋找路徑回到記憶中的樂園，但迷離恍惚，

---

❶⑧　孫維民，〈一日之傷〉，《異形》，頁 72。

❶⑨　孫維民，〈海禱〉（1981/1985），《拜波之塔》，頁 44-46。

❷⑩　孫維民，〈兒語〉（1991）、〈俘虜〉（1992），分別見於《異形》，頁 38-41、42-43。

近乎痴妄。❹有意無意之間，孫維民的創作彷彿都在與《聖經》對話。他曾自述所思所疑：

> 約翰曾謂：「全世界都臥在那惡者手下」，〈以弗所書〉則說人並非是與屬血氣的爭戰。我於《聖經》的信念，經常來自類似悲觀武斷的章節。我只認識這個世界，至於死後的種種應許，依舊欠缺明確的經驗。不過，由於承認此書描述現世的部分無誤，我揣想它所揭露的其他國度或者也是真的。❷

經文所描繪的現世之惡，可以目擊耳聞而得到充份驗證；它所預告的彼岸美好，彷彿縹緲，久之不免啟人疑竇。這也就是他在雙行小詩裡說的：「乖離讓我承認部分神學：／我更接近你了，當惡環繞」。❸信念斷成兩截，取此而遺彼，難免陷入有苦難而無救贖的狀態，確立了難以驅除的灰黑色調。

　　惡有如強大的輻射污染源，使人類及其世界扭曲變形，就連示瑞的仁獸──麒麟，也要「被沾血的繩索套住了頸，關入／蒸散著糞尿和死之氣味的鐵籠。」❹這個鐵籠便等於詩人所認知的世界，充塞著各種形式的糞尿，以及指鹿為馬的愚行。當他提到「某人」

---

❹　孫維民，〈路徑〉（1998），《麒麟》（臺北：九歌出版社，2002），頁34-39。

❷　孫維民，〈後記〉，《麒麟》，頁141。

❸　孫維民，〈懷人3〉（2002），《麒麟》，頁20。

❹　孫維民，〈麒麟〉（1999/2000），《麒麟》，頁91。

的時侯，幾乎就是指「某惡人」。換言之，「惡」（糞便）與「人」（身體）是同一回事。在一首三行短詩裡，他說：「我一定是犯了很大的錯。／才會和那隻動物／擁有相同的座標及學名」❷❺。這裡流露出一種想從人類或人群之中分離出來的想望，因為這是一種善於造惡的動物。稍早，他便曾通過「變形換位」的技巧，讓植物來對人類提出評論：「他是一種較為低等的生物：／無根。排便。消耗大量的空氣和飲食。／善於偽裝。雌雄異株。／心靈傾向黑暗和孤獨。」❷❻這是以負面列舉的方式，劃出人的特質。生物進化的結果，使人充滿各種「糞便似的」雜質，相對於植物的純粹（其原型即為「園中之樹」），反而顯得「低等」。

孫維民獨特的觀點，在於著力把文化意義的「人」還原為生物意義的「人類」。就像我們在國家地理頻道窺看野獸的起居交配殺戮飲食，他總是冷靜地錄存人類日常的活動：機車發動死亡、垃圾抵達信箱、迎娶的車隊沿街錄影。這些，我們習以為常，在詩裡播放出來才覺得可憐可怪可鄙。魔怪未必張牙舞爪，牠們隱居於日常。而交配、飲食、排泄，正是他展示「動物－人」的寫作焦點。例如〈動物出沒的六首詩〉便具雙關意涵，表面上是說這一組詩運用了動物意象，實則暗示動物性格（或糞便本質）在人的身上時時「出沒」，如其中這一首：

　　拿掉修拔整齊的眉

---

❷❺　孫維民，〈關於前世的推測〉（1998），《麒麟》，頁93。
❷❻　孫維民，〈三株盆栽和它們的主人〉（1992），《異形》，頁84。

　　拿掉周圍塗畫陰影與線條的眼睛

　　拿掉口紅，其下溫軟如新糞的唇

　　拿掉鼻子和耳朵（像抓住易開罐的拉環）

　　一起扯下濃密的毛髮，整張頭皮

　　挖淨裡面的固體和流質等等

　　最後只剩乾白的頭骨，之後擊碎它㉗

暴力性動詞在此用得極為頻繁，對於色相進行近乎冷酷的解剖，把頭顱當成廢墟或地層來挖掘，發現美麗的臉孔原來是層層偽飾的結果，究其原始構造，則與鳥獸無異。於是迷人的紅唇居然「溫軟如新糞」，而血肉脂髓則被簡化為「固體和流質」，一切都淪陷在「糜爛視境」（the excremental vision）之中。女性頭顱的糞便化演出，更流露出一種「女體嫌惡症」（misogyny）。㉘惟細究其實，這種描寫並不引致蒼蠅貪糞式的侵犯慾望，而是導向「慾望等於愚行」的體悟。

　　順此思路而下，神聖的婚禮也不過是以「不自然成份」修飾「自然本質」的行為，體面之下充滿不堪的景象：

　　最後，只有垃圾留下

㉗　孫維民，〈動物出沒的六首詩·考古學〉（1995），《麒麟》，頁 100。

㉘　詳吉爾默（David D. Gilmore）著，何雯琪譯，《厭女現象》（臺北：書林出版社，2005）。關於將女性身體糞便化的男性傳統，可參見德渥亞（Dworkin Andrea）著，陳蒼多譯，《性交》（臺北：新雨出版社，2002），〈糞土／死亡〉這一整章，特別是頁 302。

當音樂與燈光相繼離開
衣帽間內一片荒涼
杯盤還殘餘著字句和笑臉的渣滓
地板上的骨頭發白、花瓣變黑
桌椅斜躺在自己的虛空裡
因為血的腥臊而無法入睡
最後，文明如屎留下❷❾

短短幾行，充斥著各式各樣的「垃圾／渣滓／糞便／屍體」，它們來自於「宴」，一種大規模而具社會交際意義的群體飲食行為。食物通向糞便，不待申論，食物就是糞便，這才是詩人想說的。他更暗示，那些堂皇神聖的儀式也不過是替「血的腥臊」（殺戮、污染、交配）加上裝飾而已。非僅裝飾，「文明」還大量生產垃圾，或者說，文明即垃圾本身。於是，「只有垃圾留下」與「文明如屎留下」便有前後呼應的效果。

　　靈魂上的「原罪」（original sin），身體內的「原糞」，都是一種難以驅除的垃圾。因此，「垃圾書寫／罪惡書寫／糞便書寫」在孫維民的脈絡裡，常是同一回事。例如這首短詩：

應該為無限的垃圾寫一首詩
（當然一首甚至兩首不夠）畢竟
它們和我長久地姦淫　環繞著光

　　與一池腥臭的體液終日旋轉❸⓪

這可以說是對於系列創作主題的自我解說，那便是透過「體液」來
探討「人類」的性質。光應指屬靈的一面，但那是無力的。而「一
池腥臭的體液」既指自我的血肉之軀，也可以擴大指涉人獸滿布的
五濁惡世。「姦淫」二字寫出肉身（體液）與世界（垃圾）內外交
流，具有邪惡的、肉慾的、相互取悅的關係。

　　垃圾與肉身屬於同一類事物，通過姦淫而相互滲透，要加以分
離近乎不可能。至於肉身中的「靈」，大抵難以使人得救，卻足以
清楚感知痛苦。這是它求告的聲音：

　　　大慈大悲的菩薩，你將我
　　　拔離此一世界，這堆不可思議的垃圾——
　　　　　蟑螂變化為蝶
　　　　　肥蛆長成蜜蜂
　　　　　（至於鼠輩，無人知道它們哪裡去了）
　　　在高處的果園內飛
　　　5'05"❸①

垃圾之不可思議，在於它們有時居然不以垃圾的形式出現，而是化
妝或進化為各種美好的事物。本質上是蟑螂，卻可以取得蝴蝶的外

---

❸⓪　　孫維民，〈計畫〉（2000），《麒麟》，頁 26。

❸①　　孫維民，〈巴哈〉（2000），《麒麟》，頁 107。

表；肥蛆作為原因，卻能夠獲致蜜蜂之結果。以此類推，則「鼠輩」可能早已美哉成「人」了，卻「無人知道」自身的來源。於是人類被圈定在自己製造的糞便之中，難以拔離。

垃圾持續漫衍，惡人持續繁殖，神所承諾的天國與最後的審判真的存在嗎？詩人不得不反思這個問題。〈公車〉描寫上班途中，搭上「駛向桃花源站的公車」，所見無非破產的銀行、地震撕裂之地、命案現場，以及諸如此類的片段：

> 農曆新年已近
> 邪惡除舊布新
> 巷口，肥胖的垃圾袋就要
> 破裂，麒麟早已腐臭流汁
> 還有電瓶、玻璃、鋁、奶嘴……
> 蟲蠅揮舞天使之翼
> 暈眩於富饒[32]

這不是環保宣導片，而是帶有忿恨的天問。時日推移，只有邪惡享有一種節慶的氣息──歡快、飽脹、富饒，人間成了「偏地魔獰」（pandemonium）之所。麒麟（兼指古之聖獸與今之キリンビール）變成糞便，垃圾舞成天使。面對此種趨近絕望的景觀，詩人發出「求你睡醒，為何儘睡？」（〈舊約・詩篇〉44:23）的疑惑與哀求，「因為我

---

[32] 孫維民，〈公車〉（1999），《麒麟》，頁131。

在急難之中，甚至開始信仰幻覺……」❸❸。幻覺是腦神經的糞便化，或者可以說，那是一種污鬼。

　　幻覺逐漸坐大，便要發展為對神的詆毀。詩人像是憂鬱的校對者，開始抱怨那位「作者」寫了一本錯字連篇的大書，其間充滿：偽裝為信件的垃圾，變化為蝶的蟑螂，以及得體合法的惡，於是我們讀到了，一個被「撒旦化」的上帝。在一首描述災難的詩裡，開頭就指出「祂不住在天上，祂在地下」，有時感到「有人掘開地面，深深地掩埋一些什麼」（對照前面的分析，我們知道，無非是垃圾、屍體、惡夢）。在經歷「地震」（這個隱喻在詩集裡出現許多遍）一般的人間騷亂之後，神的地下堡壘似乎也被垃圾攻陷：

> 時而一片頭皮、內臟或枯骨
> 彷若積水，自天花板的裂縫
> 掉進祂的晚餐的杯盤中
> 今天清晨，當祂走入浴室排泄盥洗
> 在小鏡子裡，祂瞥見一段孩童的手臂
> 模仿扭曲的鋼筋刺破屋角
> 殘缺的手掌猶在高處指向祂
> 向祂，索討審判與公義……❸❹

屍體碎片落入「杯盤」，是否暗示它們將轉為食物，經消化吸收之

---

❸❸　孫維民，〈公車〉，《麒麟》，頁 133。

❸❹　孫維民，〈地震〉（1991/1997），《麒麟》，頁 51-52。

後，又將成為糞土？「祂走入浴室排泄盥洗」，可見祂也會生出耳
聹目垢，故須盥洗；也會製造食物的渣滓，故須排泄。這樣繼續往
下推，便發現了「罪惡不能消失，像難以分解的垃圾」。人間諸
惡，宇宙群魔，如果追根究底，神居然也有一「糞」？

　　這位詩人像是妖魔化了的「約伯」。飽經災難、痛苦、不幸，
忍受「神把我扔在淤泥中，我就像塵土和爐灰一般」。（〈舊約·約
伯記〉30:19）要是他信心不搖，有幸聽到上帝的安慰與開導，便可
以得到「改善」。但假使他無福接收或者收到而竟不滿意於天上回
傳的訊息，那麼，他不免要暫時化作彌爾頓（John Milton）筆下叛變
的天使長[35]，發表詰問天理的惡聲。值得注意的是，孫維民的屎尿
書寫，雖極力凝視「競相怒放的／黑色勢力」[36]，卻始終流露一股
源自基督教傳統的「幽黯意識」（gloomy consciousness）──即以強烈
的道德感為出發點，並未隨罪惡俱沉或對黑暗做價值上的肯定。[37]
同時，他深切認知「惡」或「魔」是我的一部份，故與衛道式的斬
滅並不相同。這是一種哀傷的凝視，以一身而集天下糞，頗有「哀
眾芳之蕪穢」的騷意。

---

[35]　卜倫（Harold Bloom）曾指出：「彌爾頓的上帝說話聽來頗有暴君的味
　　　道」，「他的撒旦融合了依阿高的存在虛無主義、馬克白滿腦子的預想邃
　　　思，以及哈姆雷特對說話行為的輕蔑。」見其所著，高志仁譯，《西方正
　　　典》（臺北：立緒文化公司，1998），頁245。

[36]　孫維民，〈狼〉（2002），《麒麟》，頁78。

[37]　張灝，《幽黯意識與民主傳統》（臺北：聯經出版公司，1989），頁4。

三、潔穢逆轉：推離與反推離

> 在氣味方面，動物並沒有表現出厭惡。人類似乎對這種自然
> 狀況感到**羞恥**，而人類來自於這種自然狀況，而且不斷地
> 屬於這種狀況。（……）因此，聖奧古斯丁說明了肉體不可
> 告人的特徵，這種特徵潛伏在我們的源頭：他說，「**我們
> 來自污物。**」但是我們不知道，是這些我們來自的污物本
> 身不堪入目，還是因為我們來自這些污物，我們覺得它們不
> 堪入目。（……）但是要求我們不斷地進行這種拋棄活動的
> 厭惡，並不是**自然的**。相反，這種厭惡有一種否定自然的
> 意義。❸❽

　　屎尿之被視為「可惡」，其實並非「自然現象」，而是「社會
建構」的產物。換言之，這是人類特有的一種文化表現，是違逆了
「動物性」的結果。依照巴塔耶（Georges Bataille）的說法，對動物
需求的厭惡，標誌著「從動物到人的轉化」。❸❾由此推衍，可知人
對屎尿的拒斥，具有強烈的區隔作用，劃開了「自然／社會」、
「野蠻／文明」、「動物／人類」、「昏昧／醒覺」等等對立的概
念。屎尿是中間的這條分際線：「／」，它既是真實可觸的物質性
存在，也是虛幻游移的精神性產物。無論是在崇尚禮儀與規訓的

---

❸❽　巴塔耶（Georges Bataille）著，劉暉譯，《色情史》（北京：商務印書館，
　　2003），頁 48。
❸❾　巴塔耶，《色情史》，頁 47。

「傳統」社會，或者崇尚理性進步的「現代」思維裡，人類經常不自覺地執迷於這條線——拒斥卑賤的一面，追尋聖潔的一面。但在巴塔耶這種具有「後現代意義」的觀點下，重重對立有了破除、顛覆、重構的可能，其間反映了新穎銳利的認知態度與感受模式。當然，也蘊含著豐饒的詩意，可供詩人加以開掘。

作為一個被視為「敗德」只好以敗德自居的詩人，陳克華對於一般所謂「道德」、「倫理」、「人性」極為敏感，或者精確地說，極為不滿。而「污物」，恰好成了他重啟「人獸之辨」的重要手段。〈黑狗悲歌〉描述黑狗兄混跡市井的一生，充滿魔幻的氣息：「意志與表徵的世界與馬桶的水平面等齊／世人都膜拜他上廁所的姿勢／他的糞便和他的胳膊一般粗／小便充滿天籟的韻律」❹被聖物化的污物也許就是被權力化的獸性，通過糞便，人獸可以換位、交流、合體。〈吳興街誌異〉則是另一種對照：「一位女子停止擁抱著話筒飲泣。／一隻黃犬立下電線桿下洩出豐沛的水柱。」❹淚水作為人類愛恨情仇的表徵，在體液系統中向來居於高貴的地位。這裡卻被拿來和狗尿並列，儼然是把它還原為一種動物性的生理行為。人的動物本質既然是難以滌除淨盡的，那麼，屎尿也就必須被重新省視：

　　　　天人尚且五衰……，我說

---

❹　陳克華，〈黑狗悲歌〉，《與孤獨的無盡遊戲》（臺北：皇冠出版社，1993），頁 174。

❹　陳克華，〈吳興街誌異〉（1984），《我撿到一顆頭顱》（臺北：漢光出版社，1988），頁 95。

　　那麼何不當頭賞我一泡你的屎和尿和無盡自在

　　樹木花朵，日月星辰❷

天界眾生享樂無窮，即至壽命將終，便有五種衰相：衣服垢穢、頭
上花萎、身體臭穢、腋下汗流、不樂本座。❸這些症狀在宗教上也
許各有深義，但以俗眼觀之，也就是身體「糞便化」的過程。即連
天人最終也有一糞，則人間眾生又何必強分淨濁。詩人在此，把屎
尿與「樹木花朵，日月星辰」並列，視為等值同階，便是將其性質
從「可惡」提到中立，甚至可以愛賞的地步。

　　糞便不僅是「人獸之辨」的指標，更是「聖凡之別」的重要判
準。❹據說，歐洲中世紀神甫嘗斤斤究辯「天堂中有無矢溺」。馬
丁路德則斷言：「上帝無矢無胃」。伏爾泰謂上帝無腸胃，不飲
食，凡人自負於上帝具體而微，乃蹲踞溷上，了不知羞。❺佛典則
謂淨土之內「國界嚴飾，無諸穢惡、瓦礫荊棘、便利不淨。」❻而
太古之人「智慧威德色力具足，安隱快樂，唯有三病：一者便利，

---

❷　陳克華，〈在 A 片流行的年代……〉（1993），《欠砍頭詩》（臺北：九歌
　　出版社，1995），頁 136-137。

❸　天人五衰分大小兩種，此為大五衰。詳吳汝鈞，《佛教大辭典》（北京：商
　　務印書館，1994），頁 135。

❹　林富士，〈道在屎尿〉，《小歷史──歷史的邊陲》（臺北：三民書局，
　　2000），頁 152。

❺　以上數條資料皆轉引自錢鍾書，《管錐編》（香港：中華書局，1990），第
　　2 冊，頁 650。

❻　鳩摩羅什譯，《妙法蓮華經》卷 3，在《大正新脩大藏經》（臺北：新文豐
　　出版社，1985），第 9 冊，頁 21。

二者飲食，三者衰老。」❼三病不除，依然為人身所縛。於是「去糞便化」也就通向「成佛」之道。佛言：「昔我前世，於波羅奈國，近大道邊，安施圊廁。國中人民，得輕安者，莫不感義。緣此功德，所生淨潔，累劫行道，穢染不污，功祚大備，自致成佛。金體光耀，塵水不著，食自消化，無便利之患。」❽由此看來，宗教或道德上的聖潔觀念，與人類共通的「無糞想望」有很密切的關聯。

　　陳克華的詩，很早便觸及此一議題。他曾把聖體安排在馬桶之上，激發思考：

　　　　聖者該思考些什麼好呢究竟
　　　　當他踞坐在馬桶上
　　　　大腦和灼熱的直腸同樣忙碌
　　　　氫氣球般鼓脹：「人體……
　　　　人體如此確實不疑的本體亦饒富形而上的多層象徵……」
　　　　是的，食物引人墮落
　　　　纖維粗大者尤是。
　　　　而馬桶處於隘室
　　　　精神卻源於城市下水道
　　　　聖者如斯羨慕著：

---

❼　鳩摩羅什譯，《佛說彌勒下生成佛經》卷 1，在《大正新脩大藏經》第 14 冊，頁 423。

❽　法立、法炬共譯，《佛說諸德福田經》卷 1，在《大正新脩大藏經》第 16 冊，頁 293。

看馬桶之源頭活水如此豐沛清澈呵，呵呵……

在一種感動的微醺當中

聖者嗅著了

使他靈魂無法飛昇的

1.5 公斤沉重遺糞。**㊾**

大腦生產思想，直腸生產糞便，而兩者都源自同一具肉身，並非了不相干。由於糞便的介入，使冷卻穩定的思想重新灼熱而動盪起來。聖者之思，原本屬於「清陽者薄靡而為天，重濁者凝滯而為地」**㊿**的傳統型態，看重上半身，輕鄙下半身。但在馬桶道場，聖者因「嗅著」（一種感官上的正視）而有所省覺：遺糞固然使靈魂無法飛昇，但也使靈魂重新著地而免於虛渺迷茫。這首詩已經展露，一種以「形而下」的「腔腸思維」校正「形而上」的「大腦霸權」的企圖。

假使進一步追問：糞便何由起？它與人的身體有何關聯？人糞與其他動物是否有別？陳克華曾藉此處理人的本質問題：

他確定有便意。

然而他想起昨日一整天他幾乎沒有吃進任何東西：一顆維他命 B 丸，一小盒錫箔紙包的麥茶，半品脫殺菌芳香漱口水，

㊾ 陳克華，〈馬桶上的聖者〉（1987），《我撿到一顆頭顱》，頁 40。

㊿ 劉安撰，張雙棣校釋，〈天文訓〉，《淮南子校釋》（北京：北京大學出版社，1997），頁 245。

一小段白露潔牙膏，和自己的唾液。

然而大便很多。

人真是能製造氣味和遺糞的動物哪。他一邊這樣想：他真的沒吃什麼呵。

這時他悄悄飛昇起來的靈魂離開了馬桶，走入淨身的浴室，「天堂在隔壁嗎？」他邊洗邊敲左邊的牆問。❺¹

排泄來自飲食，這是一般的認知。陳克華在此刻意作對，提出了「排泄遠遠大於飲食」的看法。然則多出來的部份，便非「外來」，而係人身「內發」的。所以即使他並未「吃進」東西，仍須「排出」；努力「淨身」（殺菌芳香漱口水、白露潔牙膏），依然「污染世界」（大便）。於是後面又製造了靈肉分離的戲碼：靈魂走入浴室，扣問天堂；肉身留在馬桶，繼續排便。這裡其實反思了「潔淨／污染」的區隔，依照我們所理解的陳克華脈絡，與其說他重述了「人身不淨」的現象，毋寧說是在質問：絕對的「潔淨」（天堂）是否存在？換言之，面對人類天生善產「大便」的事實，應當接納它是身體的本質性成份，而非徒勞無功追求肉身的「去大便化」（淨土的想望）。

　　林燿德的長達 200 行的〈馬桶〉是「馬桶書寫」的另一標竿。宿醉之夜，人彷彿退化為遠古的三畸龍，白磁的馬桶則如「女體」，排放孔穴被想像成「女陰」。進一步來說，則這白磁女體又是母性大地（在林燿德的脈絡裡，常被「都市」化）的提喻。於是，頭顱

❺¹　陳克華，〈馬桶人〉（1989），《欠砍頭詩》，頁 86-87。

朝著馬桶孔穴嘔吐及臨照的容姿，便可以解讀出「返回子宮」一般的神話原型。馬桶一般被比做肛門，這裡則不僅「誤」將肛門視為通向子宮的入口，同時也顛覆了子宮的田園模式。

值得注意的是，馬桶不僅扮演「收訊者」，同時也可以是「發訊者」。人的九竅能夠「排出」各種污物，也必須「接收」其回饋。「藍色馬桶清潔劑」混同各種穢物匯成強撼的嗅味之河流，進入鼻孔、食道、氣管，「它們和你肺泡中擠出的廢氣／愉快地交媾融合／升華　極樂　飄渺」❺❷。氣味的交媾，其實也就是身體與馬桶的交媾，人及其污物的和解，分裂自我（淨我與濁我）的重新合體。經此程序，乃領悟到：「只是同一回事兒／馬桶與肉體／正統與異端／性交和自瀆／繪畫、書寫以及肢體的舒張」❺❸，我們可以由此再度看見，糞便整合對立的神奇能力。

林燿德向來善於操作「肉身零件化」與「機械器官化」的轉換過程，其公式大約如此：肉身＝器官的總和／零件的總和＝機械。在這首詩中，馬桶便成了兩個系統接榫之處：

> 沒錯，你光著屁股
> 活似一隻拔光羽毛的鴿子
> 蹲踞在赤裸的白磁馬桶上頭
> 赤裸的白磁馬桶蹲踞在

---

❺❷　林燿德，〈馬桶〉（1996），收於楊宗翰編，《黑鍵與白鍵——林燿德佚文選 03》（臺北：天行社，2001），頁 71。

❺❸　林燿德，〈馬桶〉，《黑鍵與白鍵——林燿德佚文選 03》，頁 77。

　　彎彎曲曲的排水管上頭

　　這彎彎曲曲的排水管

　　又蹲踞在大廈排泄系統的上頭

　　整棟大廈的排水管又，又全部扭結為一體

　　流進陰森森的陰溝❺

在馬桶之上，人一方面還原為動物的自然身份（裸猿），去除了衣飾、階級、膚色、意識型態的社會遮蔽。另一方面，人也被納入了器物與建築的物理結構，「腔腸／排水管」取得緊密的聯繫，成為都市系統的一部份。通過糞便的形成、排出與流通，食物與人的腔腸（口器、食道、胃腸、肛門）以及馬桶、廁所的燈光和氣味，乃至大樓的排污管線、都市的下水道系統等，構成一種共存的迴路。也正是透過這種設計，排泄物串連了人的身體與都市的建築、經濟、社會制度與日常生活。換言之，林燿德跟陳克華一樣，都破除了淨穢對立的觀念，但陳克華著重於以屎尿泯除「人／獸」之別，林燿德則更偏向於以之聯結「人／機」界限。

　　佛家的「不淨觀」，實際上是一套超越耳目常識的思維公式，鼓勵人在面對動欲起執的感官材料之際，強力體認其過去未來之惡，忘其當下瞬間之美，例如：美饌在目，便要看到牠生前曾躺在濁潦，舐過污泥，入了胃腸將要化作餿水糞土。美色當前，則要想到她曾經長滿爛瘡惡瘤，曾經蹲踞糞坑，不久將流膿化血，腐屍露骨。一旦這種觀想操之漸熟，化作當下的直覺，據說，距離大道便

---

❺　林燿德，〈馬桶〉，《黑鍵與白鍵——林燿德佚文選 03》，頁 77。

不遠了。但現代詩裡這一種「自甘墮落型」的「屎尿書寫」，則有意推翻並改寫了這種佛經模式，創造另一種超越常識的模式：看到「不淨」之物，想到它本是潔淨的——糞土無異美食，香辣濃甜等同污穢惡臭；死屍即是美體，細滑煖濕等同腫脹腐爛。聖人說：「君子惡居下流而眾惡集焉」，這一種詩人卻明知故犯，執迷不悟，自居於眾「矢」之的。

　　陳克華的詩，就十分刻意地勾勒出一片靡爛而華美的世界。〈美麗深邃的亞細亞——贈鄭問〉變奏自鄭問的奇幻漫畫《深邃美麗的亞細亞》，主旨在於扣問善惡美醜的本質。全詩一反佛經式「斷慾離穢」的言說，慨然站在「垃圾」與「潰爛」的立場。其一說：

　　　　你說這垃圾界與非垃圾界都已在迅速崩壞之中
　　　　雖然擁有完美的脊柱與贅力
　　　　智慧與福報，你依舊無法改變
　　　　身為一個倒楣王的命運……
　　　　然而倒楣終究是無從抵禦的大神力
　　　　讓幸運遠離罷
　　　　遠離這我一切深愛的顛倒夢想
　　　　我就是貪，我就是嗔，我就是癡❺❺

---

❺❺　陳克華，〈美麗深邃的亞細亞・倒楣王——垃圾〉（1995），《美麗深邃的亞細亞》（臺北：書林出版社，1997），頁69。

鄭問的原著漫畫創造了一位善良卻註定禍害連緜的倒霉王百兵衛，一位死命建構理想國卻不擇手段的理想王，為了證明自己才是對的，兩人掀起了顛覆人、神、魔三界之戰。陳克華在此做了兩組繫聯：「倒霉－垃圾－禍害」以及「幸運－理想－神聖」。「我」樂於當一塊小垃圾，雖然垃圾是倒霉的，注定要被清除。但垃圾也代表自由、真實而充滿能量，通過固執的「垃圾」信念，終將彰顯「理想」之偽善、媚俗、空洞。垃圾是糞便書寫的一種變形，潰爛則是另一種。故其二說：

潰爛是神性的花
悄悄，第一朵開在你羞怯的鼠蹊
你說，你願像天上雲朵
從此在地上自在飄流
無憂，無涉

不落苦樂，你該是
以潰爛紋身腐水淨身的潰爛王罷
你原以為你那身薰著屍臭的風衣
可以驅擋群魔　生死　業力
不招因果

誰知你竟悄悄潰爛了，潰爛是
內在的，一直從皮膚開出一朵
璀璨華美的花來──

　　　　「潰爛之花呢……」
　　　　而你竟是摩訶迦葉的微笑
　　　　恆河之水中的無數屎溺殘屍
　　　　也將比不上這場莊嚴花事❺❻

這首詩使人想起波特萊爾（Charles Baudelaire）對「潰爛屍體」的頌
贊，並且更進一步，使其由客體（被看被說的屍體）上昇為主體（能看
能說的屍體），指向「糞中說法」的修行法門。「潰爛是神性的
花」，點出了因病入神、惡極生美、爛透啟悟的辯證思維。那漫衍
的潰爛居然有如雲行水流葉落花開一般，原本無善無惡，卻可以目
擊道存。詩人說：「潰爛是內在的」，直是把它視為一種精神境
界，一種質疑現存秩序的立場。他以《楞嚴經》：「雖有聖境，莫
作聖解；若作聖解，即受群邪。」作為引言，正在說明「聖潔」與
「邪穢」具有可逆轉性。

　　「潔穢逆轉」也正是陳克華創作的重大主題。在宗教、政治、
社會、文化的霸權結構中，經常展現一種「淨化」的慾望與行動。
而其實質意義，也許就是原著漫畫裡「理想王」一針見血的名言：

　　　我痛恨雜亂無章！雜亂代表著沒有秩序，也是失敗的同義
　　　詞。我的思想行為正確無比，從不失誤。現在的世界充滿著
　　　苦難，都是因為各種雜亂無章的野心所引起的。只有剷除他

---

❺❻　陳克華，〈美麗深邃的亞細亞・潰爛王──皮膚〉（1995），《美麗深邃的
　　亞細亞》，頁 72-73。

們，才能實現我的理想。殺一個人是為了金子，殺十個人是
為了仇恨……殺一百個人則一定是為了理想。**❺**

這是禮教殺人的白話翻譯，「理想王」消滅了礙眼的「潰爛王」，
並且上天下地追殺「倒霉王」，便是這段話的具體實踐。「純淨」
經常以暴力為其存在方式，具有極端冷酷的性格，經常對於所謂不
淨的「雜質－垃圾－糞便－病毒－屍體」展開毫不留情的清除的行
動。不淨使「潔身自愛者」感到「噁心」，從而「推離」卑賤物。
就此而言，到底哪一方才是野蠻，實在尚有疑義。

　　作為一個「反伊底帕斯」的詩人，陳克華經常透過他的文字，
展開一種可稱為「逆推離」的行動。最新詩集《善男子》號稱「出
櫃」，實則他的發聲立場與聲調自始即有一貫性，早就是被「賤
斥」的對象。瑪莎·納思邦（Martha C. Nussbaum）曾經如此描述社會
上常有的一種迷思：

　　　　引發噁心的通常是男人對於男同志的想法，想像他們的肛門
　　　　是可以穿透的。想到精液與排泄物混合在一個男人的體內，
　　　　這就是最噁心的情況了；對男人而言，不可穿透性乃是抵抗
　　　　黏液、爛泥與死亡的神聖界線。男同志如果出現在一個人的
　　　　附近，他就會產生自己可能因為接納那些動物的產物而失去

---

❺　鄭問，《深邃美麗的亞細亞》（臺北：東立出版社，1993），第 2 話，本書
　　為漫畫，無頁碼。

乾淨與安全性的想法。⑱

因為「噁心」，所以必須進行隔離與懲罰，許多道德和法律就這樣
應運而生。也正是為了反擊這一套噁心操作程序的橫霸壟斷，陳克
華的作品，大量提供「精液與排泄物混合在一首詩的內部」的體
驗，把所謂難以啟齒、不堪入目、令人作嘔的事物攤在檯面上，從
而挑戰了「噁心」及其防範機制（道德、法律、美學）。肛門以糞便
發言，指稱人們用來消除自己的噁心而行的拒斥方法，反過來也使
「被拒斥物」感到噁心。於是陳克華宣布：

> 無止境的偽善和鄉愿。當市井鄰里、媒體報紙、學校母姊
> 會，還在熱烈且誠懇地討論「裸體」──一如政客討論如何
> 分贓，警察們討論如何巧取豪奪，媒體人討論如何危言聳
> 聽……時，我便有一種人類文明原地踏步了幾千年的感覺。
> 陳舊而不耐，為了擺脫不耐，除舊布新，我只好脫、脫、
> 脫。脫到只剩下生命不可承受之輕，方知如何承擔生命之沉
> 重。⑲

他特別厭惡各種形式的「道德重整運動」，認為其間充滿虛假的
「遮掩」。即便是舉世推崇的宗教慈善團體，在他眼裡，竟也是髒

---

⑱ 瑪莎·納思邦（Martha C. Nussbaum）著，方桂俊譯，《逃避人性：噁心、羞
恥與法律》（臺北：商周出版公司，2007），頁 184。

⑲ 陳克華，〈我只好脫、脫、脫〉，《善男子》（臺北：九歌出版社，
2006），頁 71。這一輯詩的創作年份，詩人未標注。

的：「假宗教慈善之名，行精神獨裁之實。毒瘤般盤踞於人的五根六識，（凡人不許批判佛，連帶打著佛的旗號的團體……）」❻⓪毒瘤的比喻，便是把對方當成固著的精神垃圾，直欲排出而不能。在另一處，則提到：「為了除去鎮日的噁心感，我也只好脫、脫、脫。」❻①這樣便把整個賤斥行動來了一個大逆轉，宗教、道德、法律、媒體、政府這些慣於發動淨化行動的機構，或者說整個現存的社會，反成了令他噁心、嘔吐、暈眩的賤斥物。

　　除了「脫」之外，他的「反淨化」行動，居然「以暴易暴」地，採取「淨化」式的橫暴語言。使用滿布「髒物」的「髒話」來反擊世界的髒，例如，〈濃夜，有人快跑過操場……〉充斥著穢物飽滿的描述，放肆地「在暗黃的貯屍槽裡／勇敢解下年輕的尿液」，展開青春、屎尿、屍體與體制的超級混戰。❻②〈母狗・選舉日〉把擁護「愛・公理・出頭天」的群眾，等同於狗的「屎便的訊息」，從而表達對顛狂選戰的鄙夷。❻③〈為人民服務〉則以：「我愛你。與你的尿道分泌物何干？」嘲諷了「大同。大愛。大中國」。❻④最近的悲憤，則繼續擲向當令的一種「正確」：

---

❻⓪　陳克華，〈但我不知道你在害怕什麼〉，《善男子》，頁73。

❻①　陳克華，〈貪官，污吏，奸商，刁民〉，《善男子》，頁75。

❻②　陳克華，〈濃夜，有人快跑過操場……〉（1996），《美麗深邃的亞細亞》，頁95-98。

❻③　陳克華，〈母狗・選舉日〉之八，〈噢〉（1994），《美麗深邃的亞細亞》，頁162-164。

❻④　陳克華，〈新新三篇・為人民服務〉（1995），《美麗深邃的亞細亞》，頁148-149。

　　　　正確的高潮方式
　　　　一如正確的愛，你必須愛
　　　　愛臺灣愛鄉土愛本土愛泥土愛砂礫愛泥土中的
　　　　大便小便污染垃圾屍體痰液血液精液經血尿液
　　　　還有氰酸鉀多氯聯苯甲乙丙丁醇等等等❻❺

詩人不滿於一種橫暴的價值判斷：黨政糜爛天地糜爛社會糜爛風俗糜爛，人們卻說這就是「愛」，正確的愛。「我」在愛，依照自己的信仰性情氣質身體思想去愛，人們卻說這就是「髒」，致命的髒。於是愛與髒開始混淆，像糞與土之難以區隔。誰較正確？誰較可恥？也就成詩人質疑的問題：

　　　　那位戀屍症者瘋狂蒐集著尹清楓剪報因為每每那些屍體和制
　　　　服照片總是令他不能自己亢奮勃起（……）尹清楓之死是因
　　　　為愛一切都是為了愛愛是永久忍耐又有恩慈我們要不斷地愛
　　　　愛愛愛愛異性愛同性愛變裝愛虐待愛被虐愛大便愛小便愛戀
　　　　童愛枯陽愛屍體愛制服愛臭味愛暴露愛偷竊愛穢語愛只要是
　　　　愛我們都要拼命不斷地愛愛愛愛愛。❻❻

陳克華在他的詩裡再三地召喚「尹清楓的屍體」❻❼，已經形成一種

<hr />

❻❺　　陳克華，〈樹在手淫〉，《善男子》，頁 97。
❻❻　　陳克華，〈我愛尹清楓〉，《善男子》，頁 77-78。
❻❼　　他至少四次直接處理這個題材，除了這一首之外，更早另有，〈在寒冷海水
　　　　與溫暖海水交會處──寫給尹清楓和一些因為相似原因而自殺或失蹤的人

「頑固隱喻」。依照克莉斯蒂娃（Julia Kristeva）的理論，腐敗的屍體乃是最根本的污染形式，不可使其暴露，而應立刻加以埋葬。換言之，它是「精神界、象徵界、神聖律法的反面」，是亟須處理的賤斥物。❻❽尹清楓這具屍體，可以說是龐大官僚體系與貪腐結構的排泄物，陳克華的頑戀，使它脫離了「混合物」、「腐敗物」、「衰退物」，而有了一種精純、新鮮、生長的性質。這種「戀屍癖」是對儀式成規的挑戰，刻意製造不安，同時也激發出豐富的思考空間。

反淨化論述的持續發展，使陳克華大肆發展出一套被遮蔽已久的「肛門詩學」，從〈「肛交」之必要〉到〈我的肛門主體性〉，他反覆嘗試打破「正面／反面」、「上部／下部」、「空洞／實在」、「被經過的客體／能言說的主體」的迷思，而賦予肛門性慾一種天經地義的權力，不僅性慾，在許多地方，他甚至主張「肛門／陽具」可以取代「心臟／大腦」，成為思考、良知、情感的核心器官。❻❾而在這個體系中，屎尿符碼居然有了無愧於血液腦汁的地

們〉，見《欠砍頭詩》，頁 148-157；〈誰是尹清楓〉（1996），見《美麗深邃的亞細亞》，頁 137-143；〈人人都愛尹清楓〉，見《中外文學》26 卷 11 期（1998.4），頁 187-188。

❻❽　克莉斯蒂娃，《恐怖的力量》，頁 137。

❻❾　陳克華對「肛門性」（the anal character）的執泥，頗與斯威夫特（Jonathan Swift）的著作類似。但斯氏係藉此彰顯人類劣根性，從而達成攻擊的目的。陳克華則以之為釋放自我，重建主體性的契機。有關斯氏著作及人類肛門性的討論，詳 Norman Oliver Brown, "The Excremental Vision," in *Life Against Death: the Psychoanalytical Meaning of History* (Middletown, Connecticut: Wesleyan University Press,1959), pp.179-201.

位。

四、私人慶典：黏合、穿透、破壞

> 人們是通過自己的身體，在人體極端物質的活動和機能，即
> 飲食、分泌和排泄及性生活行為中，掌握和感覺物質宇宙及
> 其元素的，他們正是在自己身上找到了那些東西，並且彷彿
> 是在自己肉體內部由內而外地觸摸著土地、海洋、空氣、火
> 及全世界的物質及其所有表現形態，並以此來掌握它。**⓻**

　　陳黎是另一個大量從事屎尿書寫的詩人。在早期的詩行裡，糞
便僅是作為負面系列事物之一：「我聽見泥沙挾帶花粉，臭水挾帶
蜂蜜／我看見糞便呵護著稻米，／爛鐵扶攜著蟲鳴」**⓼**。消化過的
糞便和生長中的稻米，性質看似矛盾卻構成「和諧」的畫面，這說
明了它們本是同一批物質元素的流轉狀態。

　　但愈趨晚近（差不多就是他的後現代特徵逐漸強化的同時），「糞便」
成了一套核心隱喻，生產出豐富的語句與意旨。〈福爾摩莎·一六
六一〉借用荷蘭教士的口氣發言，展示了西方施加於異國的「殖民
／傳教／探險」，有如體液的滲透：

⓻　巴赫金（Mikhail Mikhailovich Bakhtin）著，李兆林、夏忠憲等譯，《拉伯雷
　　研究》（石家莊：河北教育出版社，1998），頁 390。

⓼　陳黎，〈暴雨〉（1981），《小丑畢費的戀歌》（臺北：圓神出版社，
　　1990），頁 21。

> 文明與原始的婚媾，讓上帝的靈入
> 福爾摩莎的肉——或者，讓福爾摩莎的
> 鹿肉入我的胃入我的脾，成為我的血尿
> 大便，成為我的靈。（……
> ……）。上帝已經讓我把我的血
> 尿，大便，像字母般，和土人們的
> 混在一起，印在這塊土地⑫

在此一片段裡，殖民經驗被化約為三項「入」的行動：一、把宗教（上帝之靈）在異國（福爾摩莎）的傳播化育，視為強勢文明「姦辱」蠻荒大地的惡行。二、把殖民者對殖民地的掠奪，比喻為「咀嚼、吞食、消化」的過程。三、把殖民者對殖民地的佔領，具體化為（動物一般）以排泄物「匯入」土地，從而印記地盤的行為。其中二、三項之間還存在著「出」（排泄）的行動，換言之，屎尿在「入－出－入」的歷程中扮演著關鍵的中介結構，串連了身體與世界，殖民者與殖民地，男性與女性的交流互動。這裡我們看到排泄物「黏合、融解、滲透」的強大效能，它們是「我」的身體與權力的延伸，一種主體氾濫、開疆闢土、同化異己的神祕工具。

　　在陳黎充份釋放「男性慾望」的「情詩」裡，排泄物變成了一個身體「進入」另一個身體的重要方法。這本應是「精液」的工作（在陳黎這類詩作裡，精液確實也未曾缺席），奇特的是，他居然使得（黑

---

⑫　陳黎，〈福爾摩莎・一六六一〉（1995），《島嶼邊緣》（臺北：皇冠出版
　　社，1995），頁 191-192。

色的）屎尿扮演著如同（白色的）精液一般的「身體殖民」的工具：

> 躍上你的電腦桌，尿濕你的鍵盤
> 融入你的程式，讓你在每一次開機後
> 在如鏡的螢光幕上清楚地瞥見我❼❸

〈貓對鏡〉一組五首，大抵屬於層次卑下、格調猥鄙的「淫詩」，但先穿上（旋即撕裂）了「情詩」的外衣。詩裡的「你」（情詩的受訊者），被物化為一種簡單的慾望對象，有血有肉但靈魂不在場。因此，以屎尿符碼表達一種「動物性」的佔領行為，使「你」無法揮去「我」的可怕的陰影。值得注意的是，屎尿在此，不僅穿梭於「記憶－現實－幻想」之間，更彌合了「機械（電腦）－動物（貓）－人（你）」的區隔，發揮一種近乎音樂性的「黏合劑」效果。

此種特徵在系列組詩的下一首，同樣顯著：

> 馬桶是貓的煙火
> 在你的排泄物之後
> 急急漩開的水的爆竹
> 短暫而私密的慶典
> 融你的體香，尿味和糞臭
> 融我的嗅覺，聽覺與視學❼❹

---

❼❸　陳黎，〈貓對鏡 V〉，《貓對鏡》（臺北：九歌出版社，1999），頁 90。
❼❹　陳黎，〈貓對鏡 VI〉，《貓對鏡》，頁 92。

排泄被「慶典化」之際，把「我泥中有你，你泥中有我」的舊情境，轉化為「屎尿交融」的新版本。在視聽以外，這裡對於原始官能的復興，也流露出一種「嗜糞癖」的傾向。依照佛洛依德（Sigmund Freud）的說法，嗅覺與味覺屬於生殖器性欲的「鄰近感覺」，但在人類文明的發展過程中，把它們給非性欲化了：

> 本能中的嗜糞癖成份可能自從人類能夠直立行走，嗅覺器官
> 不再匍伏地面之後，便根本不容於我們的審美觀念；其次，
> 情慾本能中一大半的虐待症成份也需放棄。然而，所有這些
> 發展過程，只與心靈中上層的，複雜的結構有關。而促成和
> 激盪情慾的基本過程則依然故我。排泄物委實與性器官太鄰
> 近太不可分了；不管意識的心靈如何變遷，性器官的位置
> ——介於屎與尿之間——總是一成不變地顯示其重要性。❼❺

比起「聲色」所構成的高尚的感覺，味覺與嗅覺的快感被視為是低下的、肉慾的，那是一種未昇華的快樂（未壓抑的厭惡），違背了社會統治所需要的組織化行為。❼❻陳黎的詩，也正是利用屎尿來聯結情慾，其意義便在於撥除壓抑，還原了「文明歷程」對於本能所作的變更。

　　〈苦惱與自由的平均律〉是一首失眠者之歌，既因苦惱而哀

---

❼❺　佛洛依德（Sigmund Freud）著，林克明譯，《性學三論‧愛情心理學》（臺北：志文出版社，1990）頁 161。

❼❻　馬庫色（Herbert Marcuse）著，賴添進譯，《愛欲與文明》（臺北：南方出版社，1988），頁 55-56。

鳴，復因自由而歡唱，有一種亢躁的聲調：

> 夜中不能寐是對晝寢的懲罰
> 宰我晝寢。殺我，殺我無用的
> 時間。漫漫長日頹廢一如浪漫
> 長夜。不可雕之朽木，不可杇
> 之糞土之牆。把你的大便你的
> 體液塗在我的軀體，我無用
> 空蕩蕩的記憶體。用最熟悉
> 也最難堪的音樂懲罰我，轉旋
> 變奏如郭德堡倒懸難眠的伯爵
> 夜夜所服用。愛與死與絕望❼

子曰：「朽木不可雕也，糞土之牆不可杇也」，那原是責備人的話。但這裡的發言者卻把自己的軀體比作「糞土之牆」，自豪於「不可杇」。於是屎尿體液都成了足與牛奶蜜汁相頡頏的美好事物，可以被拿來比擬一種音樂，為此身所樂於薰染浸淫。這也就對糞土進行了「化貶為褒」的轉換，以洗刷嗜糞之士的污名。後文云：「我按下馬桶企圖回味昨日的／信仰，二聲或三聲部創意曲般／你的大便小便（啊，熟悉而／難堪的音樂懲罰我）多美妙的／遁走

---

❼ 陳黎，〈苦惱與自由的平均律〉（1999），《苦惱與自由的平均律》（臺北：九歌出版社，2005），頁 18-19。

曲！」⓭則又把躡影追蹤的懷想，化作拾遺逐臭的貪戀，同時也寄寓了「逝者如糞」的悵惘之情。

屎尿同時也是解構崇高精神、破壞宏大敘述的利器。例如：「誰最大：宇宙最大？皇帝最大？神最大？／死最大？G 罩杯最大？吃最大？－／我先去大便」⓮字裡行間充滿流氓氣息與 Kuso態度，同時也彷彿呼應前文提過的禪宗糞便觀。總之，這裡的屎尿所含蘊的，乃是一種顛覆、破壞、張狂的精神。在〈達達之歌〉裡，更趨於極致：

> 夜裡，一列火車在雨中載著尿轟隆而過
> 把彎了一世紀的尿意傾倒進我的屋頂
> 在夢的屋簷一滴滴落下的是
> 混合著雨水的全世界的尿液
> 毛主席露著毛從無力的膀胱滴下的，達達
> 委員長夫人拿著毛筆從花鳥畫的宣紙滴下的，達達
> 你的祖母在房間一角破夜壺裡滴下的，達達
>
> 達達，達達
> 混合著雨水，檸檬汁，仙草蜜，精液，陰道的分泌
> 達達，達達

⓭ 陳黎，〈苦惱與自由的平均律〉，《苦惱與自由的平均律》，頁 24。

⓮ 陳黎，《小宇宙：現代俳句二○○首》（臺北：二魚文化公司，2006），頁182。

　　每一個人都要尿尿❽

關鍵字在「憋」，以及隨之而來的「放」。憋是長久忍耐又有恩
慈，遵守社會生活的規範；放是精神自由身體解放，充份順從個體
的需求。詩人為這美好的解放配上輕快的伴奏，串連篇章。「達
達」擬聲而兼取義：屎尿是達達主義的作品，它是自發性的、夢囈
般的、肉慾衝動的、童稚心態的、非組織化的結果。無論是神武梟
雄或聖潔國母，無論是甜的酸的男的女的明的暗的，都要達達一次
兩次千萬次。達達之前，階級泯滅，頭腦解嚴，權威消失，憑藉屎
尿的穿針引線，自然的雨水與身體的飲食排泄達成，簡直到了「天
人合一」的境界。通過屎液生產過程的混雜與拼貼，其實也展示了
一種詩的方法。

　　拋擲糞便，原是狂歡節中的一項儀式。巴赫金（M. Bakhtin）在
分析拉伯雷的《巨人傳》這部糞便經典時，指出：「糞便還是歡快
和令人清醒的物質，這種物質既是貶低性的，又是溫柔的，它用一
種輕鬆的、毫不可怕的詼諧方式將墳墓與分娩集於一身。」❽也正
是這種特質，使它可以接近孩童，喚起歡笑、自由與創意。於是陳
黎有了這樣的「童詩」：

　　　　我是人類物質文明的博物館

---

❽　陳黎，〈達達之歌〉（2000），《苦惱與自由的平均律》，頁 47-48。

❽　巴赫金（Mikhail Mikhailovich Bakhtin）著，李兆林、夏忠憲等譯，《拉伯雷
　　研究》（石家莊：河北教育出版社，1998），頁 200。

　　我在世界各地都設有分館

　　我收容被人類偉大器官充分咀嚼、消化後積累的一切精華

　　你們有收藏古今藝術精華的羅浮宮、故宮等博物院、美術館

　　我也跟你們不相上下——

　　你們有奧塞美術館，我是「放塞」（ㄅㄤˋ　ㄙㄞˋ）、「漏塞」（ㄌㄡˋ　ㄙㄞˋ）美事館

　　你們是大都會博物館，我呢，我想每個人每天「大都會」來本館遊覽好幾回

　　你們是龐畢度藝術中心，我則是「龐脾肚」物流中心，吞納來自龐大脾、胃、肚、腸的各色流通物❷

　　正如杜象（Marce Duchamp）將白磁小便池的「現成物」（ready-made）翻轉簽名而成為藝術，陳黎把馬桶抽離原來的認知範圍，賦予博物館的形象，使「塞」取得即興創作的性質。反過來講，發言者馬桶所吟詠的這一篇詩，也「污衊」了高尚藝術及其所在的殿堂或體制，顛覆了上下關係。同時藉由馬桶無所不包的「吞納」，以及各色流通物與「匯流」，創造一種宏壯的視域。

　　林燿德的詩，也曾利用屎尿的特殊性質，遂行破壞既有秩序的企圖。《都市之甍》裡的「符徵」一輯四首，用「公文」、「辦法」、「銅像」、「教官」模擬城市符號體系的僵固老大。相對之下，在其間飄流的各種「垃圾」，反而成了最具能動性與生命力、綑綁不住、清運不完的零碎符碼。這些垃圾的首惡是人渣級的「少

---

❷　陳黎，〈馬桶之歌〉（2002），《苦惱與自由的平均律》，頁95。

年某」，他的國中生涯被歸納為「二十一條罪狀」，第 3 到第 9 條是在不同地方「穿洞、狂塗、畫烏龜」，其他各條跟菸頭、臭襪子、鼻涕、偷窺、髒話有關，並包括：

〈罪狀 1〉公然在路牌根部排尿
（……）
〈罪狀 11〉鼓動鄰班女生上課時間向老師要求：「我要尿尿！」或者「快憋不住了！」❽

在邊緣肉身反擊權力體制之際，下半身兩竅所出白、黃、黑之物，常被拿來當作恐怖攻擊的武器。此所以敵視社會的「潑糞阿婆」雖然實力甚弱，而震動視聽的能耐卻甚強。身處都市，一個高度「再符碼化」的體系，人已經被無所不在的新符碼（譬如路牌或學校）控制了，在一切講究秩序、理性、規則、辦法的情境下，屎尿及其類似物的穿透性與解放力便成了「再解碼」的利器。

〈公園〉一詩堪稱林燿德「人渣詩學」或「垃圾美學」的代表作，其間亦步亦趨地挪用了一份《C 女中垃圾分類資源回收辦法》，包括詳盡的目的、分類方法、組織與職掌、實施項目等。從「詩」的觀點看來，這個橫跨數頁的宣稱要清除垃圾的辦法本身才是真正的垃圾，那些被淨化的對象反而是「無辜」的。緊接著那個辦法的是「我」與「你」（即前述辦法的設計者）一場狂放而晦澀的情

---

❽　林燿德，〈路牌〉（1988），《都市之甍》（臺北：漢光出版社，1989），頁 24-25。

慾排泄，然後說：

> 過期的軍訓課本過期的《真大師從電影看人生》
> 過期的《情書大全》過期的老銅像過期的直升機
> 過期的《C女中垃圾分類資源回收辦法》過期的
> 鋁罐歡天喜地載歌載舞列隊步入色澤鮮紅的圓桶
> 桶桶填裝可燃物的垃圾層層疊疊包圍黑闇的公園
> 我們肏我們亢奮我們高潮我們親睹互相點燃互相
>
> 噢，愛、暴力、銅像與垃圾桶
> 正在血紅的穹空交織淫亂……⑧

一切人、事、物、情，本質上並無所謂淨與不淨，但卻被各種時間空間功能角色所綑綁，一旦脫離了應然的位置（「過期」或「越位」），便成了垃圾。就連處理垃圾的「辦法」本身，也難逃此一法則。但它們通常不知道自己即將要變成廢紙，老是擺出「鑽石恆久遠」的姿態。相較於此，當下已經升等為垃圾、糞便、屍體、人渣之過期物，反而有一種先爛先腐故先知先覺的自豪。這種「泛垃圾論」或「終極糞便說」導致虛無主義，以及隨之而來的任縱與狂歡。雖然同樣「如豬樂在溷」⑧，但其型態已經不同於童真式的單純享樂，而有一種病癲痙攣的快感。

---

⑧　林燿德，〈公園〉（1988），《都市之甍》，頁 50。
⑧　語出龍樹，《大智度論》，卷 15，頁 236。

五、結語：屎尿之為一種方法

依照人類學家瑪麗·道格拉斯（Mary Douglas）的講法，污穢乃是系統分類下的副產品，因為秩序化的過程總要拒斥不適宜的元素。具體言之，則事物本質上並不存在著骯髒（dirt），但鞋子置於餐桌、廚具擱在臥房、食物沾上衣服、浴廁見於客廳、內衣穿在外面，便令人覺得那是「髒的」（dirty）。「簡而言之，我們對污穢的行為態度乃是一種反動，用以排拒任何可能擾亂或否定心中分類體系的物體或觀念。」❽身體作為可以象徵任何有界系統（bounded system）的模型，「潔淨／污染」的辨別法則也是如此。屎尿之所以可「惡」，正因為它「露」出於身體的界限，逾越了「內／外」的規定，觸動一般人對於自我（身體、家庭、社會、國家）之界限的焦慮。

不過，道格拉斯判斷污穢並非本質性存在，係以「撇開病原論與衛生學的成份」為前提。問題在於，這個被撇開的成份也正是人們認知穢物最主要的方式。因此，穢物之所以為穢，除了逾越「位置」之外，也應考慮其污染「性質」。特別是人身所出之種種穢物，一般被認為極具傳染疾病的潛能。綜合來看，屎尿便具有內外雙重特徵：一是污染、危險、威脅；另一則是逾越、錯置、殘餘──而這，也正是「一種當代詩歌」的特徵，它利用屎尿取得能量，對體系規則進行顛覆。實際上，以「文字」形式再現的屎尿，

---

❽ Mary Douglas, *Purity and danger: an analysis of the concepts of pollution and taboo* (London: New York: Routledge, 1995), pp.35-36.

已經完全失去了病原學上的污染性——它絕不帶菌，難以致病。只是一般人睹「辭」思「物」，「餘悸」猶存，遂混淆了虛實、表裡、言說與行動，同時也就賦予詩人操弄「記號作用」的空間。我們從陳克華的自述裡，可以發現他如何自覺地走上這一種路向：

> 猥褻原只是一種手段，無奈有人對其他視而不見。因為表面上的猥褻，喚醒的是他們自身人格裏頭更深一層的猥褻，那潛伏但永遠無法享用的快感。於是他們整齊方正的人格被深深激怒了——他們習於安穩的性格不容任何輕佻的撼動。**❽⑦**

「猥褻」是莊重、清潔、得體的逆反，也是威脅社會道德機制的力量。但一般對於骯髒、敗德、淫穢的清除與禁制，通常只在「表面」（例如語言的淨化），無法及於「人格裡頭」。因此，以「猥褻」作為一種寫詩的手段，便具有撼動表象結構、揭露精神底層的效果。這段話扣觸一個尖銳的議題：既然社會規範控制了「審美」，追求審美解放的行動，不可能與倫理議題分別看待。

　　換言之，屎尿詩人並非先作出「道德／美感」的區隔，然後要求美感的自主性，而是把它們視為一體兩面。在立場上，毋寧近於理查・羅遜所說的「自由主義的反諷主義者」（liberal ironist）——認真面對自己最核心信念與欲望的偶然性，不再相信其背後還有一個超越時間與機緣的基礎，決定著人類存在的意義。這種信念出自一

---

❽⑦　陳克華，〈猥褻之必要（代序）〉，《欠砍頭詩》，頁 15。

種願望：減少苦難，停止人對人的侮辱。❸依羅遜的講法，一般所謂倫理規範，其實是個宏大的敘述結構。而「詩裡的」背德或猥褻，也即是通過「文字敘述」，暴露倫理規範的構築過程與權力本質，從而彰顯其虛妄。此外，由於佛洛依德學說的影響，「罪惡感」也成了可以被討論、分析、質疑的機制，像「嬰兒期的」（infantile）、「虐待狂的」（sadistic）、「強迫症的」（obsessional），或「偏執狂」（paranoid）等術語，便迴然異於沿自傳統的諸惡及諸德的名目。❸屎尿－符碼，背德－敘述，猥褻－風格，這些元素入詩之後，能以一種迅捷銳利的方法，帶領讀者回到身體感來省察倫理的構造。假使道德的真義在於儘量避免「殘酷」（cruely）的發生，那麼，屎尿書寫非但沒有製造殘酷（在實質行動上並不損害他人的權益），甚且對抗了殘酷（以一種修辭挑戰了外爍的德目，從而鼓舞了內發的良知）。然則這種「反諷」終究是有益於「團結」的，豈非真正民主化、自由化的道德。❾

屎尿因為「逾越界限，擺錯位置」而取得撼人的力量，轉到詩學上面來談，這不僅僅是內容問題，更涉及結構、形式、風格以及寫作策略的問題。因此，最具「惡露特徵」的「屎尿書寫」，往往

---

❽❽ 羅遜（Richard Rorty）著，徐文瑞譯，《偶然、反諷與團結：一個實用主義者的政治想像》（臺北：麥田出版社，1998），頁 28。

❽❾ 羅遜，《偶然、反諷與團結：一個實用主義者的政治想像》，頁 78。

❾⓪ 鄭愁予認為：「用現代名詞來解釋，『仁』是道德（morality），『禮』是律德（ethics）。藝術作品表現的是道德——亦即「仁」的精神，涵蓋了憐憫、人的本質，頗有宗教精神。……因此，我認為陳克華的詩不是律德的，但卻是道德的。」見〈鄭愁予論陳克華的詩與道德〉，《現代詩》復刊 22 期（1994.8），頁 45。本文之論述，或可印證這一段話。

將這類詞彙、意象、隱喻，擺放在也許「不應該」出現的位置，並與上下文產生激盪，醞釀撼人的力量。這一種作品，不只抨擊了社會格套，同時也對美學成規進行了嚴厲的挑戰。這些事物長久被限定在「非詩」的界限之外，一旦成功地「入詩」，便具有毀壞並再造「詩」文類的效能。「詩／非詩」正如「潔／不潔」，其界限原本就是社會建構的產物，並非不容挑戰。假使一首詩不斷裝填「垃圾」（多餘的字詞、意象、細節、陳述，以及許多令人不安的成份），而這垃圾卻能發揮活絡舊符碼、激生新符旨的效果，那麼，它仍然是詩意的。詩意並非先驗、預設、定型的，而是在文字運作的過程中被生產出來。

　　傳統詩學大多崇尚風雅，講究「把最適當的字擺在最適當的位置」。那也就是一種經由美麗外衣（隱喻、意象、藻飾）的遮蔽，來達成更深廣的詩意呈顯的路向：講究以少總多的「象徵」、意內言外的「託寓」、收鋒斂勢的「含蓄」、刪汰蕪雜的「精鍊」。違背了這套文學體制，不免被視為「爛」詩。隨著文字、衣飾、禮制的逐一完成，人類得以進入文明，但也從而拋棄了「從蠻荒得新力」的可能。「文」的過程，常是符碼化的過程。許多符碼會以「盛載」的名義，導致「覆蓋」的實質。文字盛載意義，卻覆蓋豐饒的無意識。衣飾盛載身體，卻覆蓋器官。禮制盛載文明，卻覆蓋了血氣勃勃的慾望。那些「婉曲之辭」盛載了教養，有時卻也覆蓋了世界的真相。屎尿詩學則「脫」了衣服，很「不正常」地裸露器官、製造垃圾、玩弄糞便。在「詩者文之精」的觀念制約下，詩人大多講究壓縮、錘鍊、雅潔的「文字鍊金術」。屎尿詩學則著迷於揮霍、滲透、粗野的行動，儼然走上了「文字潑糞術」的路途。

　　當然，屎尿符碼既豐饒多義，相關書寫的面貌也不會輕易被統一。即以本章處理的四位詩人來說，便明顯可以大別為兩種「逐臭之道」：相對於陳克華、陳黎、林燿德之著迷於「追逐」，孫維民卻是用力於「驅逐」，態度看來頗不相同。惟一般人拒斥穢物的方法乃是掩而去之，避而不看、不思、不談。孫維民則在他的詩裡，再三召喚相關符碼，並大肆擴展其指涉——因為懷糞／憤在心，其視域遂有「泛糞便化」的傾向。他早期能寫華美潔淨的抒情詩，隨著屎尿題材逐漸增多，風格乃愈趨於狂亂、橫溢、恣虐，符合屎尿修辭的文體特性。因此，儘管兩類詩人對於屎尿褒貶不一，但就其大量運用並刻意操作屎尿符碼的冒犯性質而言，卻有相通之處。甚至就思想型態而言，也有相互整合的可能。如果不避簡化，孫維民的修辭公式，可被歸納為「世界是屎尿是可厭的」，其他三位詩人的公式則為「我是屎尿是可喜的」。在兩種公式中，屎尿都扮演重要的中介結構，但聯結的兩端則有不同。前者直斥社會之濁如屎尿，後者則反襯出社會並不比屎尿乾淨，可以說是殊途而同歸。也就在這種共性與個性的相互辯詰中，屎尿作為意象，蘊含著多重樣態：或懷憂、或洩憤、或嘲諷、或狂歡，在當代文本裡展開精采的表演。

　　綜合看來，環繞屎尿所建構出來的觀念與方法，基本上是一種反向詩學，這不僅是指其偏向於處理醜惡的屎尿意象而已。同時，更涉及相關詩人與作品所透露的「反」的趨向：反文明、反成規、反理性、反社會、反道德、反美學等等。它偏好處理令人厭惡的事物，利用畸零、醜怪、污穢對規格化的世界進行攻擊，從而釋放了壓抑，並藉此聲明了邊緣者的權利。其言說方式既不服從於既有的

認知體系，故常能化「臭腐」為「神奇」，變「髒話」為「詩語」**❾**。然而邊緣位置有時會被吸納到新的體制裡，露而非露；過量的刺激有時只能引發固定的反應，惡而無惡。如此一來，其獲取詩意的方式將會僵化而衰竭。因此，反向詩學不能被靜止為一種姿態，而應該是一種持續詰辯、反覆革命的行動。它不奢求成功、完整、美好，但必須為自己的「爛」和「不爽」找到撼動人心的內在理據。

---

❾　特別是指克麗絲蒂娃（Julia Kristeva）定義下的詩語：能夠銘刻表意過程，顯揚「否定性」、「抗拒」和主體的異質性（heterogeneity）。參見 Michael Payne 著，李奭學譯，《閱讀理論：拉康、德希達與克麗絲蒂娃導讀》（臺北：書林出版社，1997），頁 341。

引用書目

丸尾常喜著，秦弓譯，《人與鬼的糾葛——魯迅小說論析》，北京：人民文學出版社，2006。

于文編，《大漢奸傳奇》，北京：團結出版社，1994。

中野美代子著，劉禾山譯，《從中國小說看中國人的思考方式》，臺北：成文出版社，1977。

方仁念選編，《新月派評論資料選》，上海：華東師範大學出版社，1993。

方梅，〈自然口語中弱化連詞的話語標記功能〉，《中國語文》，2000 年 5 期（2000.05），頁 459-470。

毛曉平，〈魯迅與目連戲〉，《晉陽學刊》，2001 年 3 期（2001.03），頁 71-77。

王利器編，《元明清三代禁毀小說戲曲史料》，上海：上海古籍出版社，1981。

王柯，〈「漢奸」：想像中的單一民族國家話語〉，《二十一世紀》，83 期（2004.06），頁 63-73。

王國維著，滕咸惠校注，《人間詞話新注》，臺北：里仁書局，1987。

王瑤，《中國現代文學史論集》，北京：北京大學出版社，1998。

王德威，《歷史與怪獸》，臺北：麥田出版社，2004。

王德威，《後遺民寫作》，臺北：麥田出版社，2007。

北岡正子著，何乃英譯，《摩羅詩力說材源考》，北京：北京師範大學出版社，1983。

古添洪，〈論魯迅散文詩集《野草》中的撒旦主義——兼述接受過程中的日本「中介」〉，《中外文學》，25 卷 3 期（1996.08），頁 234-253。

古遠清，〈紀弦抗戰前後的「歷史問題」〉，《文藝理論與批評》2002 年第
　　4 期，頁 100。

古遠清，《臺灣當代新詩史》，臺北：文津出版社，2008。

司馬文偵，《文化漢奸罪惡史》，上海：曙光書局，1945。

任洪淵，〈洛夫的詩與現代創世紀的悲劇〉，附錄於洛夫，《天使的涅槃》，
　　臺北：尚書文化公司，1990，頁 173-204。

印順編，《雜阿含經論會編》，臺北：正聞出版社，1987。

朱湘，《夏天》，上海：商務印書館，1925。

朱湘，《草莽集》，上海：開明書店，1927。

朱湘，《中書集》，上海：生活書店，1934。

朱湘，《石門集》，上海：商務印書館，1934。

朱湘著，趙景深編，《永言集》，上海：時代圖書公司，1936。

朱壽桐，《新月派的紳士風情》，南京：江蘇文藝出版社，1995。

江文瑜，《男人的乳頭》，臺北：元尊文化公司，1998。

何春蕤，《豪爽女人》，臺北：皇冠出版公司，1994。

余光中，《白玉苦瓜》，臺北：大地出版社，1974。

余光中，《分水嶺上》，臺北：純文學出版社，1981。

余光中，《掌上雨》，臺北：時報出版公司，1985。

余光中，《高樓對海》，臺北：九歌出版社，2000。

吳文治主編，《宋詩話全編》，南京：江蘇古籍出版社，1998。

吳音寧，《危崖有花》，臺北：印刻出版公司，2000。

李元貞，《女性詩學——臺灣現代女詩人集體研究（1951-2000）》，臺北：
　　女書文化公司，2000。

李昂，《殺夫》，臺北：聯經出版公司，1983。

李欣倫，《有病》，臺北：聯合文學出版社，2004。

李建民，《方術‧醫學‧歷史》，臺北：南天書局，2000。

李瑞騰，〈張愛玲論紀弦〉，收於《大地文學 1》（臺北：國家書店，1978），
　　頁 338-347。

李歐梵，《鐵屋中的吶喊》，臺北：風雲時代出版社，1995。

李歐梵，《現代性的追求》，臺北：麥田出版社，1996。

李歐梵，《上海摩登：一種新都市文化在中國（1930-1945）》，香港：牛津大學出版社，2000。

李豐楙，〈由常入非常──中國節日慶典中的狂文化〉，《中外文學》，22 卷 3 期（1993.08），頁 116-150。

杜潘芳格，《慶壽》，臺北：笠詩刊社，1977。

沈子復，〈八年來上海文藝〉，《月刊》1 卷 1 期（1945.12），頁 73-78。

沈從文，《沈從文文集》第 11 卷，廣州：花城出版社，1993。

汪暉，《汪暉自選集》，桂林：廣西師範大學出版社，1995。

汪暉，《反抗絕望──魯迅及其文學世界》，石家莊：河北教育出版社，2000。

汪暉，《死火重溫》，北京：人民文學出版社，2000。

邢澍，《金石文字辨異》，臺北：藝文印書館，1970，聚學齋叢書本。

周昌龍，《新思潮與傳統：五四思想史論集》，臺北：時報文化公司，1995。

宗喀巴著，法尊法師譯，《密宗道次第廣論》，臺北：妙吉祥出版社，1986。

林立婕，《櫻桃破》，臺北縣：角立有限公司，2009。

林富士，〈道在屎尿〉，《小歷史──歷史的邊陲》，臺北：三民書局，2000。

林燿德，《都市之甍》，臺北：漢光出版社，1989。

林燿德著，楊宗翰編，《黑鍵與白鍵──林燿德佚文選 03》，臺北：天行社，2001。

法立、法炬共譯，《佛說諸德福田經》，《大正新脩大藏經》第 16 冊，臺北：新文豐出版社，1985。

邱文治，《現代文學流派研究鳥瞰》，天津：天津教育出版社，1992。

南京市檔案館編，《審訊汪偽漢奸筆錄》，南京：江蘇古籍出版社，1992。

封世輝編，《中國淪陷區文學大系：史料卷》，南寧：廣西教育出版社，2000。

柯慶明，《中國文學的美感》，臺北：麥田出版社，2000。

洛夫，《靈河》，高雄：創世紀詩社，1957。

洛夫，《石室之死亡》，臺北：創世紀詩社，1965。

洛夫，《外外集》，臺北：創世紀詩社，1967。

洛夫，《詩人之鏡》，高雄：大業書店，1969。

洛夫，《無岸之河》，臺北：大林出版社，1970。

洛夫，《魔歌》，臺北：中外文學月刊社，1974。

洛夫，《眾荷喧嘩》，新竹：楓城出版社，1976。

洛夫，《因為風的緣故》，臺北：九歌出版社，1988。

洛夫，《天使的涅槃》，臺北：尚書文化公司，1990。

洛夫、杜十三編，《八十三年詩選》，臺北：現代詩社，1995。

紀弦，《飲者詩鈔》，臺北：現代詩社，1963。

紀弦，《檳榔樹丙集》，臺北：現代詩社，1967。

紀弦，《檳榔樹丁集》，臺北：現代詩社，1969。

紀弦，〈從 1937 年說起──紀弦回憶錄之一片斷〉，《文訊》第 7 期、第 8 期合刊（1984.02），頁 76-85。

紀弦，《紀弦回憶錄第一部：二分明月下》，臺北：聯合文學出版社，2001。

紀弦，《紀弦回憶錄第三部：半島春秋》，臺北：聯合文學出版社，2001。

胡輝杰，〈從目連戲看魯迅和他的文本世界〉，《魯迅研究月刊》，1999 年 7 期（1999.07），頁 30-36。

胡輝杰，〈負罪、拯救與超越──再論從目連戲看魯迅和他的文本世界〉，《湖南大學學報：社會科學版》，18 卷 2 期（2004.02），頁 104-108。

胡適，《四十自述》，臺北：遠東圖書公司，1985。

胡蘭成，〈周作人與路易士〉，收於楊一鳴編，《文壇史料》，頁 112-115。

胡蘭成，〈路易士〉，收於楊一鳴（楊之華）編，《文壇史料》，大連：大連書店，1944，頁 270-277。

韋昭注，上海師範大學古籍整理研究所校點，《國語》，上海：上海古籍出版社，1995。

唐文標，《天國不是我們的》，臺北：聯經出版公司，1976。

夏宇，《備忘錄》，作者自印，1986。

夏宇，《腹語術》，臺北：現代詩季刊社，1991。

夏宇，《摩擦·無以名狀》，臺北：現代詩季刊社，1995。

夏宇，《夏宇詩集：Salsa》，臺北：唐山出版社，2004。

夏濟安著，林以亮譯，《夏濟安選集》，臺北：志文出版社，1971。

奚密，《現當代詩文錄》，臺北：聯合文學出版社，1998。

奚密，〈夏宇的女性詩學〉，收於吳燕娜編，《中國婦女與文學論文集・第一集》，臺北：稻香出版社，1999。

孫玉石，《現實的與哲學的：魯迅「野草」重釋》，上海：上海書店，2001。

孫維民，《拜波之塔》，臺北：現代詩季刊社，1991。

孫維民，《異形》，臺北：書林出版社，1997。

孫維民，《麒麟》，臺北：九歌出版社，2002。

宮草，〈讀《行過之生命》〉，《新詩》，第 4 期（1937.01），頁 498-500。

席慕蓉編，《九十一年散文選》，臺北：九歌出版社，2003。

徐宏圖、王秋桂編著，《浙江省目連戲資料匯編》，臺北：施合鄭基金會，1994。

徐宏圖，《浙江省東陽市馬宅鎮孔村漢人的目連戲》，臺北：施合鄭基金會，1995。

徐志摩，《落葉》，上海：北新書店，1926。

徐志摩，《翡冷翠的一夜》，上海：新月書店，1927。

徐志摩，《自剖》，上海：新月書店，1928。

徐志摩，《志摩的詩》，上海：新月書店，1928。

徐志摩，《猛虎集》，上海，新月書店，1931。

徐志摩著，楊牧編校，《徐志摩詩選》，臺北：洪範書店，1987。

徐復觀，《中國文學論集續編》，臺北：臺灣學生書局，1984。

栗山茂久著，陳信宏譯，《身體的語言》，臺北：究竟出版社，2001。

秦賢次、王宏志合編，《詩人朱湘懷念集》，臺北：志文出版社，1990。

郝譽翔，《民間目連戲中庶民文化之探討》，臺北：文史哲出版社，1998。

張光直，《中國青銅時代》，臺北：聯經出版公司，1983。

張光直著，郭淨、陳星譯，《美術・神話與祭祀》，臺北：稻鄉出版社，1983。

張泉，〈關於「大東亞文學者大會」〉，《新文學史料》，1994 年 2 期，頁 216-221。

張淑香，《抒情傳統的現代省思》，臺北：大安出版社，1992。

張隆溪，《同工異曲：跨文化閱讀的啟示》，南京：江蘇教育出版社，2006。

張愛玲，《流言》，臺北：皇冠出版社，1998。

張新穎，〈作為方法的語言──論胡適之體與魯迅風〉，《在語言的地圖上》，上海：文匯出版社，1999。

張漢良，《現代詩論衡》，臺北：幼獅文化公司，1979。

張漢良，《比較文學理論與實踐》，臺北：東大圖書公司，1986。

張銓津，《鴉片戰爭時期的漢奸問題之研究》，臺北：臺灣師大歷史所碩士論文，1996。

張灝，《幽黯意識與民主傳統》，臺北：聯經出版社，1989。

張灝，〈重訪五四：論五四思想的兩岐性〉，收於余英時等著，《五四新論：既非文藝復興，亦非啟蒙運動》，臺北：聯經文化公司，1999，頁 33-65。

梁實秋，《偏見集》，臺北：文星書店，1964。

梁實秋，《談聞一多》，臺北：傳記文學出版社，1967。

梁實秋，《秋室雜憶》，臺北：傳記文學社，1971。

淡癡，《玉歷寶鈔勸世》，臺中：瑞成書局，1954。

淡癡，《玉歷至寶鈔》，收入《藏外道書》第 12 冊，成都：巴蜀書社，1992。

許悔之，《我佛莫要，為我流淚》，臺北：皇冠出版公司，1994。

許悔之，《當一隻鯨魚渴望海洋》，臺北：時報出版公司，1997。

許壽裳，《亡友魯迅印象記》，北京：人民文學出版社，1953。

郭沫若，《女神》，上海：泰東圖書局，1921。

陳世驤，〈中國詩字之原始觀念試論〉，《陳世驤文存》，瀋陽：遼寧教育出版社，1998。

陳克華，《與孤獨的無盡遊戲》，臺北：皇冠出版社，1993。

陳克華，《我撿到一顆頭顱》，臺北：漢光出版社，1988。

陳克華，《欠砍頭詩》，臺北：九歌出版社，1995。

陳克華，《美麗深邃的亞細亞》，臺北：書林出版社，1997。

陳克華，《善男子》，臺北：九歌出版社，2006。

陳芳明，《典範的追求》，臺北：聯合文學出版社，1994。

陳青生，《抗戰時期的上海文學》，上海：上海人民出版社，1995。

陳雪，《夢遊 1994》，臺北：遠流出版公司，1996。

陳惠齡、丁威仁編，《第二屆竹韻清揚文學獎作品集》，新竹：國立新竹教
育大學，2008。

陳黎，《小丑畢費的戀歌》，臺北：圓神出版社，1990。

陳黎，《島嶼邊緣》，臺北：皇冠出版社，1995。

陳黎，《貓對鏡》，臺北：九歌出版社，1999。

陳黎，《苦惱與自由的平均律》，臺北：九歌出版社，2005。

陳黎，《小宇宙：現代俳句二〇〇首》，臺北：二魚文化公司，2006。

陳器文，〈道家故事中的「食穢」文化〉，明清文學國際學術研討會論文，
香港大學亞洲研究中心，2000.4.27-28。

陶淵明著，王叔岷箋證，《陶淵明詩箋證稿》，臺北：藝文印書館，1975。

勞思光，《新編中國哲學史》，臺北：三民書局，1990。

費勇，《洛夫與中國現代詩》，臺北：東大圖書公司，1994。

黃冠閔，〈巴修拉論火的詩意象〉，《揭諦》，6 期（2004.04），頁 163-
194。

黃冠閔，〈音詩水想——倫理意象的一環〉，《藝術評論》，16 期（2006.03），
頁 101-124。

黃美珍編，《偽廷幽影錄》，北京：中國文史出版社，1991。

楊匡漢、劉福春編，《中國現代詩論》，廣州：花城出版社，1991。

楊佳嫻，《屏息的文明》，臺北：木馬文化出版社，2003。

楊牧，《傳說》，臺北：志文出版社，1971。

楊牧谷，《魔惑眾生——魔鬼學探究》，香港：明風出版社，2006。

楊澤，〈邊緣的抵抗——試論魯迅的現代性與否定性〉，收於胡曉真編，
《民族國家論述》，臺北：中央研究院文哲所籌備處，1995，頁 173-
205。

楊澤，〈現代詩與典範的變遷〉，收於封德屏主編，《臺灣現代詩史論》，
臺北：文訊雜誌社，1996，頁 619-622。

葉泥，〈楊喚的生平〉，收於歸人編，《楊喚全集》，臺北：洪範書店，1985，

頁 515-528。

葉維廉，〈洛夫論〉，附錄於洛夫，《因為風的緣故》，頁 317-372。

葛洪，《肘後備急方》，北京：人民衛生出版社，1983。

路易士，《易士詩集》，上海：作者自印，1934。

路易士，《行過之生命》，上海：未名書屋，1935。

路易士，《出發》，上海：太平書局，1944。

路易士，《三十前集》，上海：詩領土社，1945。

路易士，《夏天》，上海：詩領土社，1945。

鳩摩羅什譯，《大智度論》，臺北：新文豐出版社，1981。

鳩摩羅什譯，《佛說彌勒下生成佛經》，《大正新脩大藏經》第 14 冊，臺北：新文豐出版社，1985。

鳩摩羅什譯，《妙法蓮華經》，《大正新脩大藏經》第 9 冊，臺北：新文豐出版社，1985。

聞一多，《紅燭》，上海：泰東圖書局，1923。

聞一多，《死水》，上海：新月書店，1933。

聞一多著，朱自清等編，《聞一多全集》丁集，上海：開明書店，1948。

趙瑞蕻，《魯迅「摩羅詩力說」：注釋・今譯・解說》，天津：天津人民出版，1982。

劉心皇編，《文化漢奸得獎案》，臺北：陽明雜誌社，1968。

劉心皇，《抗戰時期淪陷區文學史》，臺北：成文出版社，1980。

劉半農著，瘂弦編，《劉半農文選》，臺北：洪範書店，1977。

劉正忠，《軍旅詩人的異端性格——以五、六十年代的洛夫、商禽、瘂弦為主》，臺北：臺灣大學中國文學研究所博士論文，2001。

劉安撰，張雙棣校釋，《淮南子校釋》，北京：北京大學出版社，1997。

劉紀蕙，〈超現實的視覺翻譯：重探臺灣現代詩「橫的移植」〉，《孤兒・女神・負面書寫》，臺北：立緒文化公司，2000。

劉若愚，《中國文學理論》，臺北：聯經出版公司，1985。

劉苑如，《六朝志怪的常異論述與小說美學》，臺北：中央研究院中國文哲研究所，2002。

劉家思，〈紹興目連戲原型與魯迅的主體意識〉，《中國現代文學研究叢刊》，
　　　2006 年 5 期（2006.09），頁 48-68。

劉家思，〈論紹興目連戲對魯迅藝術審美的影響〉，《文學評論》，2007 年
　　　4 期（2007.04），頁 148-154。

劉勰著，周振甫注，《文心雕龍注釋》，臺北：里仁書局，1984。

廚川白村著，魯迅譯，《苦悶的象徵》，臺北：昭明出版社，2000。

樂蘅軍，《古典小說散論》，臺北：純文學出版社，1976。

歐麗娟，〈《紅樓夢》中的「狂歡詩學」〉，《臺大文史哲學報》，63 期
　　　（2005.11），頁 71-104。

鄭玄注，孔穎達疏，《禮記正義》，臺北：藝文印書館，1981，十三經注疏
　　　本。

鄭辰之編，《漢奸醜史》，出版地不詳：抗戰建國社，1940。

鄭問，《深邃美麗的亞細亞》，臺北：東立出版社，1993。

鄭愁予，〈鄭愁予論陳克華的詩與道德〉，《現代詩》，復刊22 期（1994.08），
　　　頁 45。

鄭慧如，《身體詩論（1970-1999・臺灣）》，臺北：五南圖書公司，2004。

魯迅，《野草》，北京：北新書局，1927。

魯迅，《魯迅全集》，北京：人民文學出版社，1982。

魯迅，《吶喊》，臺北：風雲時代出版社，1989。

魯迅，《彷徨》，臺北：風雲時代出版社，1989。

魯迅，《二心集》，臺北：風雲時代出版社，1989。

魯迅，《三閒集》，臺北：風雲時代出版社，1989。

魯迅，《故事新編》，臺北：風雲時代出版社，1989。

魯迅，《朝華夕拾》，臺北：風雲時代出版社，1989。

魯迅，《華蓋集》，臺北：風雲時代出版社，1989。

魯迅，《華蓋集續編》臺北：風雲時代出版社，1989。

魯迅，《墳》，臺北：風雲時代出版社，1989。

魯迅，《熱風》，臺北：風雲時代出版社，1989。

魯迅，《集外集》，臺北：風雲時代出版社，1990。

魯迅，《集外集拾遺》，臺北：風雲時代出版社，1990。

魯迅，《中國小說史略》，臺北：風雲時代出版社，1990。

魯迅，《且介亭雜文末編》，臺北：風雲時代出版社，1990。

魯迅，《魯迅雜文補編（一）》，臺北：風雲時代出版社，1990。

魯迅，《譯文序跋集》，臺北：風雲時代出版社，1991。

魯迅著，劉運峰編，《魯迅全集補遺》，天津：天津人民出版社，2006。

蕭蕭，〈那寂靜的鼓聲——「靈河」時期的洛夫〉，收於《大地文學 1》，臺北：國家書店，1978，頁 348-369。

蕭蕭，《現代新詩美學》，臺北：爾雅出版社，2007。

錢理群、溫儒敏、吳福輝，《中國現代文學三十年》，北京：北京大學出版社，1998。

錢理群，《心靈的探索》，北京：北京大學出版社，1999。

錢鍾書，《七綴集》，臺北：書林出版社，1990。

錢鍾書，《管錐編》，香港：中華書局，1990。

龍樹著，鳩摩羅什譯，《大智度論》，臺北：新文豐出版社，1981。

戴望舒譯，《惡之華掇英》，上海：懷正文化社，1947。

戴望舒著，王文彬、金石主編，《戴望舒全集：散文卷》，北京：中國青年出版社，1999。

簡政珍，《詩心與詩學》，臺北：書林出版社，1999。

藍棣之編，《新月派詩選》，北京：人民文學出版社，2002。

顏元叔，《談民族文學》，臺北：臺灣學生書局，1973。

顏艾琳，《骨皮肉》，臺北：時報出版社，1997。

顏艾琳，《她方》，臺北：聯經出版公司，2004。

顏健富，〈「易屍還魂」的變調——論魯迅小說人物的體格、精神與民族身分〉，《臺大文史哲學報》，65 期（2006.11），頁 113-149。

羅久蓉，〈張愛玲與她成名的年代（1943-1945）〉，收於楊澤編，《閱讀張愛玲研討會論文集》，臺北：麥田出版社，1999，頁 117-133。

羅青，《從徐志摩到余光中》，臺北：爾雅出版社，1978。

蘇汶編，《文藝自由論辯集》，上海：現代書局，1933。

蘇雪林，《青鳥集》，長沙：商務印書館，1938。

釋普濟撰，蘇淵雷校，《五燈會元》，北京：中華書局，1984。

卜倫（Harold Bloom）著，高志仁譯，《西方正典》，臺北：立緒文化公司，
　　1998。

卜倫（Harold Bloom）著，徐文博譯，《影響的焦慮──詩歌理論》，臺北：
　　久大文化公司，1990。

巴什拉（Gaston Bachelard）著，杜小真、顧嘉琛譯，《火的精神分析》，長
　　沙：岳麓書社，2005。

巴什拉（Gaston Bachelard）著，杜小真、顧嘉琛譯，《水與夢》，長沙：岳
　　麓書社，2005。

巴塔耶（Georges Bataille）著，劉暉譯，《色情史》，北京：商務印書館，
　　2003。

巴赫金（Mikhail Mikhailovich Bakhtin）著，李兆林、夏忠憲等譯，《拉伯雷
　　研究》，石家莊：河北教育出版社，1998。

古芭（Susan Gubar）著，孔書玉譯，〈「空白之頁」與女性創造力問題〉，
　　收於張京媛主編，《當代女性主義文學批評》，北京：北京大學出版
　　社，1992。

尼采（Friedrich W. Nietzsche）著，劉崎譯，《悲劇的誕生》，臺北：志文出
　　版社，1985。

布雷克里琪（Catherine Blackledge），郭乃嘉譯，《女陰：揭開女性祕密花園
　　的祕密》，臺北：麥田文化公司，2005。

布爾格（Peter Bürger）著，蔡佩君、徐明松譯，《前衛藝術理論》，臺北：
　　時報出版公司，1998。

弗洛伊德（Sigmund Freud）著，林塵、孫喚民、陳偉奇譯，《弗洛伊德後期
　　著作選》，上海：上海譯文出版社，1997。

弗萊（Northrop Frye）著，陳慧、袁憲軍、吳偉仁譯，《批評的剖析》，天
　　津：百花文藝出版社，1998。

伊利亞德（Mircea Eliade）著，楊素娥譯，《聖與俗──宗教的本質》，臺

北：桂冠圖書公司，2001。

吉辛（Roger M. Keesing）著，陳恭啟、于嘉雲合譯，《當代文化人類學》，臺北：巨流出版公司，1980。

吉爾默（David D. Gilmore）著，何雯琪譯，《厭女現象》，臺北：書林出版社 2005.。

宇文所安（Stephen Owen），王柏華、陶慶梅譯，《中國文論：英譯與評論》，上海：上海社會科學院出版社，2003。

佛洛依德（Sigmund Freud）著，林克明譯，《性學三論·愛情心理學》，臺北：志文出版社，1990。

克莉斯蒂娃（Julia Kristeva）著，彭仁郁譯，《恐怖的力量》，臺北：桂冠圖書公司，2003。

坎伯（Joseph Campbell）著，朱侃如譯，《千面英雄》，臺北：立緒文化公司，1997。

杜菲（John Duffy）著，張大慶等譯，《從體液論到醫學科學：美國醫學的演進歷程》，青島：青島出版社，2000。

沙特（Jean-Paul Sartre）著，陳宣良等譯，《存在與虛無》，臺北：貓頭鷹出版社，2000。

里克爾（Pual Ricoeur）著，翁紹軍譯，《惡的象徵》，臺北：桂冠圖書公司，1992。

阿多諾（Theodor W. Adorno）著，林宏濤、王華君譯，《美學理論》，臺北：美學書房，2000。

海德格爾（Martin Heidegger）著，孫周興編選，《海德格爾選集》，上海：上海三聯書店，1996。

特納（Victor W. Turner）著，黃劍波、柳博贇譯，《儀式過程》，北京：中國人民大學出版社。

納思邦（Martha C. Nussbaum）著，方桂俊譯，《逃避人性：噁心、羞恥與法律》，臺北：商周出版公司，2007。

馬庫色（Herbert Marcuse）著，賴添進譯，《愛欲與文明》，臺北：南方出版社，1988。

莎士比亞（William Shakespeare）著，梁實秋譯，《羅蜜歐與茱麗葉》，臺北：遠東圖書公司，1967。

莫（Toril Moi）著，王奕婷譯，《性／文本政治：女性主義文學理論》，臺北：巨流圖書公司，2005。

傅柯（Michel Foucault）著，劉北成、楊遠嬰譯，《規訓與懲罰》，北京：三聯書店，1999。

傅柯（Michel Foucault）著，劉北成、楊遠嬰譯，《瘋癲與文明》，北京：三聯書店，1999。

費俠莉（Charlotte Furth）著，甄橙主譯，《繁盛之陰：中國醫學史中的性（960-1665）》，南京：江蘇人民出版社，2006。

奧托（Rudolf Otto）著，成窮、周邦憲譯，《論神聖》，成都：四川人民出版社，1995。

楊（Iris Marion Young）著，何定照譯，《像女孩那樣丟球：論女性身體經驗》，臺北：商周出版社，2007。

瑪汀（Emily Martin）著，顧彩璇譯，〈卵子與精子——科學如何建構了一部以男女刻板性別角色為本的羅曼史〉，收於吳嘉苓、傅大為、雷祥麟主編，《科技渴望性別》，臺北：群學出版社，2004。

德勒茲（Gilles Deleuze）著，周穎、劉玉寧譯，《尼采與哲學》，北京：社會科學文獻出版社，2001。

德渥亞（Dworkin Andrea）著，陳蒼多譯，《性交》，臺北：新雨出版社，2002。

潘恩（Michael Payne）著，李奭學譯，《閱讀理論：拉康、德希達與克麗絲蒂娃導讀》，臺北：書林出版社，1997。

羅逖（Richard Rorty）著、徐文瑞譯，《偶然、反諷與團結：一個實用主義者的政治想像》，臺北：麥田出版社，1998。

ペイゲルス（Elaain Pagels）著，松田和也譯，《惡魔の起源》，東京：青土社，2000。

中島長文，〈藍本『摩羅詩力の說』第四・五章——北岡正子氏作るところ

　　　の「摩羅詩力說材源考ノート」によせて〉，《颱風》，5 號
　　　（1973.06），頁 95-140。

中国研究所編，《中国の現代文化》，東京：白日書院，1948。

片山智行，《魯迅「野草」全釈》，東京：平凡社，1991。

北岡正子，《魯迅救亡の夢のゆくえ：悪魔派詩人論から「狂人日記」ま
　　　で》，大阪：関西大学出版部，2006。

伊藤虎丸，《魯迅と終末論——近代リアリズムの成立》，東京：龍溪書
　　　舍，1975。

吉岡義豊，〈中國民間の地獄十王信仰について——玉歷至宝鈔を中心とし
　　　て〉，《吉岡義豊著作集》第 1 卷，東京：五月書房，1989。

尾崎秀樹，《近代文學の傷痕：大東亞文學者大會・その他》，東京：普通
　　　社，1963。

阿部兼也，《魯迅の仙台時代：魯迅の日本留學の研究》，仙台：東北大學
　　　出版會，1999。

益井康一，《漢奸裁判史（1946-1948）》，東京：みすず書房，1977。

澤田瑞穂，《地獄變——中國の冥界說》，東京：平河出版社，1991。

澤地久枝，〈日中の懸橋——郭をとみと陶みさを〉，《文藝春秋》，59 號
　　　（1981.05），頁 384-410。

藤井省三，《魯迅：「故郷」の風景》，東京：平凡社，1986。

Boyd, James Waldemar. *Satan and Mara: Christian and Buddhist Symbols of Evil.*
　　　Leiden: E. J. Brill, 1975.

Calinescu, Matei. "Modernity, Modernism, Modernization: Variations on Modern
　　　Themes" in C. Berg, F. Durieux & G. Lernout ed., *The Turn of the Century:*
　　　Modernism and Modernity in Literature and the Arts. Berlin & New York:
　　　Walter de Gruyter, 1995.

Calinescu, Matei. *Five Faces of Modernity: Modernism, Avant-Garde, Decadence,*
　　　Kitsch, Postmodernism. Durham: Duke University Press, 1987.

Cixous, Hélène. "The Laugh of Medusa," in *New French Feminisms,* ed. Elaine

Marks and Isabelle de Courtivron, Cambridge, MA: University of Massachusetts Press, 1981.

Derrida, Jacques. *Of Grammatology*. translated by Gayatri Chakravorty Spivak. Baltimore: Johns Hopkins University Press, 1976.

Douglas, Mary. *Purity and Danger: an Analysis of the Concepts of Pollution and Taboo*, London: New York: Routledge, 1995.

Freud, Sigmund. *Totem and Taboo: Some Points of Agreement between the Mental Lives of Savages and Neurotics*. trans. James Strachey. New York: Norton. 1952.

Friedrich, Hugo. *The Structure of the Modern Lyric: from the Mid-nineteenth to the Mid-twentieth century*. translated by Joachim Neugroschel. Evanston, Ill.: Northwestern University Press, 1974.

Frye, Northrop. *Words with Power: being a Second Study of "the Bible and Literature"*, San Diego: Harcourt Brace Jovanovich, 1990.

Genette, Gérard. *Figures of Literary Discourse*. trans. Alan Sheridan. New York: Columbia UP, 1982.

Girard, René. *Violence and the Sacred*. Baltimore: The Johns Hopkins UP, 1977.

Gubar, Susan. "'The Blank Page' and the Female Creativity," in *The New Feminist Criticism: Essays on Women, Literature, and Theory*, ed. Elaine Showalter, London: Virago, 1986.

Hsu, Kai-yu. *Twentieth Century Chinese Poetry: an Anthology*. Garden City, N.Y.: Doubleday, 1963.

Irigaray, Luce. "The 'Mechanics' of Fluids" in *This Sex Which Is Not One*, Ithaca, N.Y.: Cornell University Press, 1985.

Laws, Sophie. *Issues of Blood: the Politics of Menstruation*, Hampshire: Macmillan, 1990.

Lin, Yu-sheng. "The morality of mind and immortality of politics: reflections on Lu Xun, the intellectual." in Leo Ou-fan Lee ed., *Lu Xun and his Legacy*. Berkeley: UCP, 1985.

Lo-Fu, *Stone Cell,* trans. John Balcom, Chicago: Zephyr Press, 2009.

Majno, Guido. *The Healing Hand: Man and Wound in the Ancient World*, Cambridge: Harvard University Press, 1975.

McGahey, Robert. *The Orphic Moment: Shaman to Poet-thinker in Plato, Nietzsche, and Mallarmé*, Albany: State University of New York Press, 1994.

Norman Oliver. Brown, "The Excremental Vision," in *Life Against Death: the Psychoanalytical Meaning of History,* Middletown, Connecticut: Wesleyan University Press, 1959.

Shakespeare, William. *Romeo & Juliet.* edited by Brian Gibbons. New York: Routledge, 1980.

Stewart, Pamela J. and Strathern, Andrew. *Humors and Substances: Ideas of the Body in New Guinea,* Westport, CT: Bergin & Garvey, 2001.

Strauss, Walter. *Descent and Return: The Orphic Theme in Modern Literature*, Cambridge: Harvard University Press, 1971.

Turner, Victor W. *The Forest of Symbols.* Ithaca: Cornell UP, 1967.

Turner, Victor W. *The Ritual Process: Structure and Anti-structure,* Chicago: Aldine Publishing, 1969.

論文出處

1. 〈魔／鬼交融與廟會文體——魯迅詩學的非理性視域〉，刊登於《清華學報》新 39 卷 3 期（2009 年 9 月）。【國科會計劃編號 NSC92-2411-H-031-021、NSC93-2411-H-031-001 成果之一】

2. 〈墳墓・屍體・毒藥——新月詩人的魔怪意象〉，刊登於《清華中文學報》2 期（2008 年 12 月）。【國科會計劃編號 NSC92-2411-H-031-021、NSC93-2411-H-031-001 成果之二】

3. 〈藝術自主與民族大義——「紀弦為文化漢奸說」新探〉，初稿宣讀於「非關忠誠？」：辨異與認同的文化與政治研討會，臺北：中央研究院中國文哲研究所（2008 年 11 月 18 日），改寫後刊登於《政大中文學報》11 期（2009 年 6 月）。【中央研究院「97 年度第 2 梯次獎勵國內學人短期來院訪問研究」成果】

4. 〈破體為詩，縱我成魔——洛夫前期詩的精血狂飆〉，初稿宣讀於「天、自然與空間」國際學術研討會，臺北：國立臺灣大學中國文學系（2008 年 9 月 26 日），改寫後刊登於《臺大中文學報》31 期（2009 年 12 月）。【國科會計劃編號 NSC95-2411-H-007-038 成果之一】

5. 〈在惡露與甘露之間——臺灣當代詩的女性體液書寫〉，刊登於《清華中文學報》3 期（2010 年 1 月）。【國科會計劃編號 NSC95-2411-H-007-038 成果之二】

6. 〈逾越・錯置・污染——臺灣當代詩的屎尿書寫〉，初稿宣讀於「兩岸後現代詩學」學術研究會，臺北：中央研究院中國文哲研究所（2007 年 12 月 10 日），改寫後刊登於《臺大文史哲學報》69 期（2008 年 11 月）。【國科會計劃編號 NSC95-2411-H-007-038 成果之三】

國家圖書館出版品預行編目資料

現代漢詩的魔怪書寫

劉正忠著. – 初版. – 臺北市：臺灣學生，2010.02
面；公分
參考書目：面

ISBN 978-957-15-1488-8(平裝)

1. 中國詩 2. 新詩 3. 詩評

820.9108　　　　　　　　　　　　99000910

現代漢詩的魔怪書寫

著　作　者：劉　　　　　正　　　　　忠
出　版　者：臺　灣　學　生　書　局　有　限　公　司
發　行　人：孫　　　　　善　　　　　治
發　行　所：臺　灣　學　生　書　局　有　限　公　司
　　　　　　臺北市和平東路一段七十五巷十一號
　　　　　　郵 政 劃 撥 帳 號 ： 0 0 0 2 4 6 6 8
　　　　　　電　話 ： (0 2) 2 3 9 2 8 1 8 5
　　　　　　傳　眞 ： (0 2) 2 3 9 2 8 1 0 5
　　　　　　E-mail：student.book@msa.hinet.net
　　　　　　http：//www.studentbooks.com.tw
本書局登
記證字號：行政院新聞局局版北市業字第玖捌壹號
印　刷　所：長　欣　印　刷　企　業　社
　　　　　　中和市永和路三六三巷四二號
　　　　　　電　話 ： (0 2) 2 2 2 6 8 8 5 3

定價：平裝新臺幣四二○元

西　元　二　○　一　○　年　二　月　初　版